一瞬之光

一瞬の光

白石一文

黃心寧——譯

我們人活著，就是活在死亡當中。從出生的那一刻起，人總是背負著不知何時死亡的不確定性，而這個不確定性遲早終將成為事實。最理想的情況是，把人生的每個瞬間視為最後一瞬間。

如果下一個瞬間就是最後一瞬間，那麼任何瞬間都將是最閃耀的極致時光。

我想像香折的十年、二十年後，還有更久以後的模樣。就算香折和某人結婚生子，年華逐漸老去；就算今後的每一天、每一年她不再想起我，我還是會每一天、每一年牽掛著遠方的她。我想我能以這樣的心情度過我的後半輩子。

目錄

譯序

堅持作家精髓

黃心寧

近年來日本文壇吹起了年輕風潮。二〇〇三年，綿矢莉莎與金原晴兩個二十歲的小女生雙雙獲得芥川獎；白岩玄、島本理生等二十五歲以下的年輕作家紛紛嶄露頭角。根據統計，這些年輕作家撐起當今日本書店的三成銷售量。他們漫畫式的寫作風格以及貼近年輕人的生活故事廣受好評，日本文學界期待這些漫畫世代的作家能夠為文壇注入嶄新的氣息。

而同一年（二〇〇三年），白石一文以《我心中尚未崩壞的部分》一書引起讀者熱烈迴響，也打響了作家的名號，《一瞬之光》更在文學雜誌《本的雜誌》中獲選為「二〇〇三年十大文庫本第二名」。在一片年輕作家當道的氣候中，白石一文以富有哲學性以及成熟的風格打入市場，讀者重新回頭尋找日本小說的真正價值。白石偏好探討人生中最沉重的議題並且找出答案，這是當今年輕作家無法觸及的，也是讀者渴望得到的解答。

白石一文出生於福岡縣，父親是直木獎作家白石一郎，雙胞胎弟弟白石文郎也同樣走上文學作家的路。白石生長在充滿文學氣息的家庭，然而他們的生活卻相當困苦。父親在白石出社會後才獲得直木獎，在這之前父親根本無法以創作糊口，母親為扛起家計只好跑去當銷售員。白石回憶，小時候家裡珍藏的相機時常消失，卻又在幾天後出現，此後他才知道有當鋪的存在。白石一家可說是日本人心目中典型的傳統作家生活，雖然清寒，但父親堅持自己的夢想，而母親發揮糟糠之妻的美德一直在背後默默支持。白石就在這樣的環境下與文學結緣，在心中深深地植下文學家的種子。

二〇〇〇年，白石一文擔任日本知名出版社文藝春秋編輯的同時，出版了《一瞬之光》。此書甫出版即引起讀者注目，卻遍尋不到白石一文這位作家的資料，因為眾人沒有想到結構如此緊密的作品竟然是一個編輯的初試啼聲之作。

書中主角橋田浩介任職於知名大企業，年紀輕輕就當上課長，更是社長的愛將，外貌、能力、待人皆是可圈可點，一路走來平步青雲，可說是日本人心目中最為人稱羨的上班族。然而，外人無法了解他的堅持以及空虛，他為了維持身為強者的自我，拚命掙扎但也不斷失去。就在這個時候，認識了二十歲的香折，一個完全的弱者。香折是個受虐兒，在飽受折騰的環境中勉強活了下來，但更時時刻刻渴望死亡。

「無法愛自己也等於無法愛別人。」

白石以殘酷的企業文化以及虐童的心理創傷背景，一步步解開身心的累贅，從複雜緩緩接近單純的真實。社會上充滿交易，就連感情也不例外。人一談起感情，總免不了論及付出與接受，然而真正的愛理應無怨無悔，甚至不應該出現怨悔二字。

「無法愛自己也等於無法愛別人」，這是橋田對香折的勸告，最後成為結合兩人的信念。愛對方如同愛自己，然而最難的就在於愛自己。在無法愛自己的情況下，人不得不要求對方的回報，因為內心的空虛需要有人來填補。

乍看之下，一個是強者、一個是弱者，兩個相反且不同世界的男女卻有著同樣的空虛及脆弱。橋田在香折身上發現自己的傲慢，也觸動了他內心渴望解脫的枷鎖。

白石在他首次的作品中探討愛的真諦，更是深刻思索人該如何活、為何而活的人生難題。人，無法一個人活下去，即使擁有一切天賦，人類社會終究不容許孤單一人。然而當有個人陪伴你的時候，又該如何孕育心中的情感，這也是白石對讀者投出的問題，也是他藉由此書表達自身的人生哲學。

除此之外，讀者更能夠透過此書了解日本企業的企業哲學以及黑暗面貌。作者以他豐富的知識，巨細靡遺刻畫出日本企業及官商之間的爾虞我詐。《一瞬之光》可說是企業小說，亦可稱為戀愛小說，而在另一方面它又是探討人生的小說，作品極具戲劇張力，提供讀者看小說的趣味，同時兼具深沉意涵，不時讓人思考、反省自我。

繼《一瞬之光》之後，白石一文陸續發表佳作，短短三年內已出版了七部作品。因此這幾年來白石的忠實讀者與日俱增，直木獎的提名呼聲高張。不過由於小時候父親因多次提名直木獎卻遲遲無法獲獎受盡煎熬，因此他不願去煩惱得獎與否，更不願接受任何獎項。此外，雖然他的作品題材多元，但是風格卻更趨純熟。白石表示：「所有作品的主題終歸於生命的意義。」或許這樣的骨氣與堅持，正是成就白石一文的作家精髓所在。

（本文寫於二〇〇五年）

一瞬之光

第一部

「香折。」
這也是我第一次開口叫出她的名字。
看見她回頭的臉龐，
這一瞬間，我心中某處似乎震了一下。
剛才她手腕上的傷口看得我怵目驚心，
就這樣讓她回去，好嗎？

1

是竹井帶我走進了這家店。在這裡待了一段時間，我卻遲遲沒察覺到那個女孩的存在。認出她的那一刻，她正在吧枱的另一邊替我和竹井換酒杯。她換了幾次酒之後，我瞄到她放下威士忌的右手，袖口上有袖釦，袖口露出白色繃帶。看到繃帶的那一剎那，我的記憶頓時甦醒，她白天的臉和現在的臉在我腦海裡合而為一，我差點叫出聲音。打從我一坐上高腳椅，對方就認出我了，卻面不改色，即使知道我認出了她，刻意注視著她，她的視線也絕不與我相會，仍然一臉若無其事。

我偷偷觀察她，她和其他幾個調酒師一樣搖著雪克杯。她調酒、擠萊姆、從密封罐中取出橄欖、切起司。她身穿方領白色襯衫、黑色短背心，一副端正幹練的模樣，身段和手法乾淨俐落，可說到了爐火純青的地步。她從酒櫃取出酒瓶轉開瓶蓋，手掌的動作宛如飛舞一般，熟練的程度遠超過其他男調酒師。

我驚訝不已，此刻她給人的印象和面試時落差太大了。現在的她，不過是在昏暗的燈光下做幾個規律且靜默無語的動作，當然旁觀的我也醉得不輕，但她的變化太過於驚人，我們十二小時前才在公司進行三對三面談，哪想到她有如此神采奕奕的一面呢？

竹井已經醉倒了，趴在吧枱上發出微弱的呻吟。我看了手表，已經過了午夜兩點。該是散場的時候了。

在前兩家店喝酒時，竹井還會禮讓我。今晚約我出來喝酒的也是他。但在過了十二點之後，我們一路喝到這家位在南青山的Dining Bar，他說他是這裡的常客。到了這裡他就開始挖苦我，那種挖苦與我跟同事喝酒時必定聽到的冷嘲熱諷不遑多讓。竹井是我大學時代帆船隊的學弟，因此關係也較為親近。當年我擔任隊長，帶隊拿到全國第一，他是我的隊員，也是我邀他進了現在的公司。我一直很關照他，調任到人事部時，也只挑了竹井一人一起轉調。我如此厚待竹井，他卻還是會在幾杯黃湯下肚之後有意無意酸我幾句。一開始他還把內山罵得一文不值，最後卻一臉世故地說：「橋田學長你實在太身在福中不知福了啦。雖然你現在高高在上，不過也得了解民間疾苦啊。想想內山部長的心情，四月突然從企畫室空降來了一個小他一輪的後輩，還讓這小毛頭掌管所有錄用事務，他當然不服氣啊。他這次的作法你說卑鄙嘛當然很卑鄙，不過反正內山部長也不是你的對手嘛。你就稍微體諒一下，不要變得太陰險，隨便應付應付就過去了，這才是成熟人的智慧，不是嗎？」

最近我對於這類說詞極度反感。這幾年來，我常被揶揄說是「高高在上」、「金懷表[1]」、「像剃刀般敏銳」、「社長的心腹」等等。五年前轉調到經營企畫室、去年又以特例受拔擢為室長之後，這類揶揄的話更是經常在公司內流傳。之後我又在今年四月受任命為人事課長，從此我甚至認為大家看我的眼神都帶了一股殺氣。

這次內山人事部長的舉動確實是衝著我來的。公司在三月的高層經營會議中，決定大幅更改大學畢業生的錄用辦法。我在經營企畫室花了一年的時間擬定錄取制度改革計畫，也因此在春季異動中轉任到人事部。而內山卻在最後一刻，也就是實際執行新人的錄取事宜時，把我從執行團隊中除名。這是一個星期前七月初的事情。

新人的錄用事務原本屬於人事課長的職掌，部長則是統籌公司內部人事，內山卻宣布今年他要親自指揮新人錄用，並片面決定只讓我負責短大及專職錄用部分。

「這是你第一次負責人事，而且還年輕嘛，今年這一年就讓我來示範，你要好好學習喔。反正明年起這全都是你的職權啦。」

我比前任人事課長小了八歲。內山指示我的職務內容時，順便諷刺了我幾句。他是董事兼人事部長，我當然無力反駁。況且他和我各自隸屬於敵對的派系：他所屬的宇佐見副社長派如今勢力逐漸沒落，公司內部謠傳他明年必將調離總公司，轉調到子公司當專務或常務[2]；我身為現任社長的愛將，必然成了他的眼中釘。總之，內山這次明目張膽地剝奪我的職權，只因為他希望在遭公司貶職之前報一箭之仇。

我不是不痛恨內山的小人舉止。我從四月就開始負責新人錄用的準備工作，因此聽到這項消息時也曾是一肚子火。但如今，當時的怒氣早消了。竹井叫我「別變得太陰險」，把我說得好像比內山還要奸詐，事實上我絲毫沒有這樣的念頭。再說，我根本沒想過「內山不是我的對手」，更沒笨到自以為了不起，覺得自己「高高在上」。

譯注

1 二次世界大戰前，日本天皇曾對帝國大學成績優異者恩賜金懷表一只，爾後成為「名校出身、表現優異者」的代名詞。

2 日本企業職稱，相當於公司董事。

老實說，我最近的心情正好相反。這幾年來一路平步青雲，一而再、再而三受到提拔，卻對工作逐漸產生某種不自在感，發覺原本勉強維持的協調正在一點一滴瓦解。我，應該是由各式各樣的要素組成，然而總覺得唯獨「工作」這一個要素吸收了我最高濃度的養分，快速成長而形成一個可怕的腫瘤。這份感受伴隨著另一種恐懼：這代表其他功能正逐漸退化。

被指派為人事課長時，我心想「這也未免太誇張了吧」，也幾度向扇谷社長表示自己不適任。但我畢竟是錄用制度改革草案的撰寫人，因此他完全不理會。這不是我自願要來的職位，我是這麼想的，所以我打從心底不曾憎恨過內山。

竹井已經呼呼大睡，我懶得叫醒他，暫且繼續默默喝著威士忌，心想要不要叫那個女的替我調杯酒，但又作罷。後來也因為無聊，我不停盯著她的一舉一動。

她最引人注目的就是那酒紅色的唇膏，那色澤在光線照射下有時還呈現紫色，與她豐潤的嘴唇格外適合。面試的時候，她讓我有一種幼稚不可靠的印象，然而光是這支口紅的顏色就讓我覺得她判若兩人。髮型是俏麗的短髮，她把劉海梳到旁邊，兩側頭髮則勾在耳朵後面，露出小巧的臉蛋。額頭比想像中來得寬，一對雙眼皮、圓圓的眼睛，位在細長眉毛下恰如其分的位置上。眼皮上閃著淡淡的藍色眼影，鼻子雖小卻非常挺。她的五官猶如男孩，不怎麼性感，但看著看著卻受她莫名的氣質吸引。她與白天最大的不同之處在於眼神，那雙眼睛有一股強烈的氣息，那樣的強度並非來自於她的自信，而是一種掙扎煎熬下的韌性；在她眼神深處，確實散發出一絲堅毅不撓的微小光芒。

我在公司見到她時，她身穿深藍色套裝和黑色低跟皮鞋，頭髮垂放遮住臉頰。十五分鐘的面試裡，她的表情始終緊張而僵硬，眼神也游移不定，難怪我沒發現她那眼神中的光芒。

我心想，真是失策了。我訝異自己竟然有這種念頭。「公私分明」向來是我的信念，但不知為何，我此刻竟然後悔沒錄用這個女孩。連我自己都不明白怎麼有這樣的想法？

光是昨天一天我就面試了五十個短大生。我不記得和眼前這個女孩之間有過什麼樣的對話，一定是她給人的印象不夠深刻。當時我發現她右手的繃帶，問她怎麼了，她說「早上被狗咬傷了」，然後露出尷尬的微笑，用袖子遮蓋繃帶。我只記得這些，其餘的印象就是個極為平凡、隨處可見的一般女孩。她的筆試成績算是名列前茅，但三個面試官的評價都是C等，因此我也毫不猶豫地刷下她。我在傍晚選出了參加第二次面試的五名應徵者，並依照履歷表上的電話告知她們面試時間。她也應該清楚自己沒有接到那通電話。

當時她在三名應徵者中坐在最左邊。最右邊的是個五官立體、相當健談的女孩，我記得兩個部下的發問都集中在那女孩身上。由於那女孩長得美，兩個部下都給了她偏高的評價，但這一組應試者全被我刷下了。

這是我第一次接觸面試的工作，我訝異現在的年輕人竟如此缺乏個性。光說這星期面試的兩百個短大生好了，每個人都像一個模子刻出來似的，沒有半個能打動我們。不論問什麼問題，她們都只有樣板答案。在我眼中，她們就像沒有五官的無臉鬼，我還懷疑她們該不會是魚板做成的吧！這一星期還有三天得負責這份單調的工作，一想到這，我甚至憂鬱起來。

竹井負責四年制大學生的面試，他也說那些學生的態度都差不多，剛才還在抱怨。「總之他們就是沒有生氣，也沒有幹勁。選擇在哪家公司就職也毫無原則可言，那些傢伙大概沒想過進了我們公司之後想幹什麼吧。我問他們進公司想做什麼？結果清一色都是標準答案，說什麼衛星通訊啦、新媒體什麼的，根本搞不清楚我們是造船重工業的製造公司嘛。」

想起工作，讓我有點恍神了，猛然察覺那個女孩就站在我面前。我們第一次眼神交會。

「嗨，我們白天見過面。」我開口打招呼，但又立刻閉上嘴，因為她的表情始終沒有任何變化。

「非常抱歉，我們要打烊了。麻煩您先結帳。」

她遞上夾有帳單的黑色板子對我微笑。她職業性的笑容改變了我的想法：她或許真的不記得我了。面試官有三個，而她因為緊張以致沒心情觀察每一個面試官的長相。我心想，原來如此，我自以為她已經認出我，對於半天前才刷下自己的面試官突然出現在店裡卻仍面不改色地服侍，這樣的態度令我有些動心。不過似乎是我自己想太多了。

我從皮夾裡取出信用卡，之後就再也沒有注意她，去叫醒在一旁呼呼大睡的竹井。

2

竹井醉得不省人事，連走路都有問題。我拖著他重重的身軀走到六本木通，攔下路過的計程車把他塞進後座。目送他離開之後，我看了看手表，半夜三點多了。我在路邊駐足了一會兒，星期一的深夜，竟然招不到半輛空車。偶爾見到空車，卻往澀谷方向駛去，完全不理我。我疑惑怎麼有這種怪事，過了好一陣子才想出原因：上週末，大多數企業剛發了夏季獎金，而昨天就是拿到獎金後的第一個工作日。

打從大學畢業上東京之後，我一直過著自由自在的單身生活，對於獎金不曾有過任何期待。有時候連每個月的薪水都忘得一乾二淨，偶爾去刷存摺，才被高額的存款嚇一大跳。五年前搬到池尻的公寓大廈，這也是拿我祖父的遺產買下來的。進公司以來，我的生活就只有加班和出差，根本沒機會為自己花錢買東西。最近一次大筆的開銷也只有兩年前換了一部車，還有去年扇谷推薦我買HONMA的高爾夫球具罷了。

獎金呀，我感嘆了一聲，仰頭望了望天空。

今晚東京的天空格外清澈，星星閃爍。如果說工作是為了賺錢，那麼這十五年來，我投入工作的程度已經超過為了賺錢的範疇。我連這次的獎金是多少都不清楚，每次會計部總是拿一份明細給我，但我從沒拆過。我沒有經濟上的壓力，不需要在乎薪水，不過連我都覺得自己不在乎得有點誇張。心想，我工作到底是為了什麼？並不是為了充實生活，這一點倒是很清楚。而我也沒有家累，所以也不是為了任何人賣命。

「橋田，你不要只從公司的角度思考。無論多麼艱困，首先要考量國家利益，然後判斷，最後才付諸行動。」扇谷社長常把這句話掛在嘴邊。

我們公司身為日本最大財團的核心企業，自明治開國以來始終依循國家政策拓展事業版圖，扇谷這樣的想法是本公司綿延傳承下來的傳統觀念。我沒記錯的話，集團一年的總營業額甚至超過NIEs＊各國的國家預算。如此龐大的企業，實力確實不容小覷，社長這番話也不是隨口說說

譯注

＊Newly-Industrialized Economics的縮寫，即新興工業化經濟體，包括台灣、南韓、香港、新加坡。

的。

當年扇谷還只是副社長的時候，他看中我的英文能力，要我陪他到歐美考察。由於當時表現不錯，我在進公司的第三年就當上他的祕書。隨著扇谷升官，我的仕途也一路亨通，所以如果問我工作是為了什麼？那應該就是為了扇谷吧。而為了扇谷又是為了什麼？那也就等於他的口頭禪：為國效命。

為國效命，是吧。我喃喃自語。為國效命，那是多麼不切實際的目標，比那天邊的星星還要遙遠。

那天我試圖推辭人事課長一職，卻遭到扇谷怒斥。

「我絕不允許你在工作上耍性子！你得先想到五萬名員工，然後再想想他們的十五萬個家人。先替這二十萬人著想，再來思考自己還有女朋友以及家人。現在就叫苦，那以後怎麼辦？別再讓我失望了！」

扇谷在七年前失去獨子——據說是自殺身亡。現在沒人敢提起這件事，扇谷也從不透露私事，然而我在遭到扇谷嚴厲斥責之後，對他兒子的死更為好奇。

身為員工，我不否認自己也希望能像扇谷那樣爬上權力金字塔的頂端，但如果要我賠上家人的性命，我肯定會停下腳步忍痛放棄吧。然而即使我心裡這麼想，卻發現自己猶如立足於泥濘之處，已然搖搖欲墜。

我望著車流將近十五分鐘，還是招不到半輛計程車，因此決定放棄，先走一段路再說。我想往回走到表參道的十字路口，若還是攔不到計程車，沿著青山通走回池尻也無所謂。大概兩個鐘頭就能到家了吧。到時太陽升起，還能看到初夏黎明的天空。七月和煦的微風吹拂著微醺的臉頰，實在舒服極了。

我沿著小巷走了五分鐘，正好來到剛才那家店附近，忽然聽到女人的慘叫聲，我停下了腳步。聲音從巷子底的暗處傳來。我走過熄了燈的店門口，往聲音的方向走去，看到一棟細長的大樓，櫥窗內有幾個白色的假人。我沿著小巷左轉，立刻看見廣大的停車場。

廣大停車場的最裡面只停了一輛Land Cruiser，車後站著一對男女，似乎是個高大男子與白衣女子在互相拉扯。

「別這樣！住手！」

仔細一看，只見男子抓著女子的手試圖把她拖進門半開的車內。我思考了一秒鐘，決定走進停車場。女子驚慌失措，看來不像是情侶爭吵。我靠近他們，兩人察覺有人，立刻停止拉扯往我這邊看。看到女子的臉，我當場愣住了。是剛才店裡的女孩。我對男子也有印象。我和竹井一同進店裡時，這個中年男子和竹井聊得相當熱絡。他身穿西裝，看似這家店的老闆，也是他引導我們到座位上的。

「請問你們怎麼了？」

我走近兩人身旁問道。男子放開女子的手腕，嘴角微微上揚，露出詭異的冷笑。我就著街燈的燈光端詳男子的鬍鬚和國字臉，是店裡的那個男子沒錯。

「沒什麼啊。」

男子高亢的聲調與體格和長相不搭，他仰著頭對女子說「對吧」，要求對方附和。女子的上半身靠在車蓋上，無袖白色上衣露出細長的手臂環抱在胸前，她只是低頭不語。我注意到她右手的白色繃帶。繃帶從手腕纏起，包紮的範圍比我想像中還要大。男子剛才就是抓了那隻右手，這一點挑動了我的神經。

我凝視女子，她的模樣有些詭異：肩膀顫抖不止，身體搖搖晃晃，似乎就快昏倒了。她一定是嚇壞了。剛才在店裡那種神采奕奕的印象早已消失得無影無蹤。

「對吧？沒錯吧？」男子像是在戲弄她一般，以親密的口吻再次問道。

「看起來好像沒那麼單純吧？」我問道。我不喜歡男子傲慢的態度。「她已經嚇壞了。」

聽我這麼一說，男子面目猙獰，細長的眼睛露出凶狠的目光。我心想，他的鬍子讓他看起來有些老成，不過應該還很年輕。他看似有些黑道背景。「先生啊。」男子嘆氣說：「最好別管閒事。反正我說沒事就是沒事，早點滾回家吧。」

年紀果然不大，只是龐大的身軀和鬍鬚讓我誤以為他是個中年人。他大概只有三十出頭吧，光滑的臉蛋看來白得有些病態，他憑著自己高大的身材想給我下馬威，直直瞪著我。我有些後悔竟然槓上不好惹的傢伙，但既然插手，只好將錯就錯。幸好酒已經醒了。

我不理會男子的話，走近女子，抓著她的左手把她帶離開車子。我一碰到她的手，她的身體像是痙攣般抖了一下。

「你還好嗎？」

女子用力點頭，卻不肯抬起頭來。

「很晚了，趕快回去吧。我幫你解決。」

女子再度點頭，但愣在一旁不知所措，我只好摟著她的肩膀推她走向停車場出口。

「喂！喂！」男子這時追了上來，「搞什麼鬼啊！」

「快！快跑！」

我推開女子，這時眼前的男子已經撲向我了，但他伸出的雙手沒什麼架式，看來並不習慣打架。我抓住男子的手腕，貼緊他的身體壓制他的動作。我強勁的腕力讓男子明顯退縮了不少。我以划槳的動作奮力把他的手腕往上推到他的胸前，如果再把他雙手各往左右扭轉四十五度，他的身體就會自動上提；若我再施力，他的肩胛骨就會脫臼。接下來就看他的態度，我隨時可以用右膝踹他的肚子。

「好痛！痛痛痛……」

男子露出極度痛苦的表情。靠近他，我才發現他的個子真不小。我有一七五，他至少高出我十公分以上。

「很不巧，我今天的心情不怎麼痛快。」我慢條斯理說道：「幸好已經這麼晚了，也不會有人看到，正好可以好好伺候你一番，讓心情爽快一些。」

男子睜大了眼睛，好像在看一個異類，跟剛才傲慢的態度判若兩人，他嚇得眼珠子直打轉，十分可笑。

「你說，要我怎麼做呢？」

我邊說邊察覺到一股戰鬥欲望從全身沸騰起來。我驚訝自己竟想來真的，想好好痛扁這傢伙一頓。

「別……有話好說嘛。」男子擠出微弱的聲音，但眼中仍舊流露出狡猾的神色。他曲著雙膝用腳尖支撐著身體，雙腿頻頻打戰。

「我說你呀……」

我心裡那股逞凶鬥狠的衝動更加高昂，血液瞬間衝上腦部。我不常打架，所以也不知道是不是該收手了。就在這一剎那，發生了連我自己都難以置信的事。男子軟弱的聲音似乎點燃了我的怒火，我的右腳原本離男子有半步的距離，卻在剎那間自然離地。待一回神，膝蓋上傳來一種撞擊軟物的觸感。「嗚！」呻吟聲和帶有腥味的氣味瞬間撲向我的側臉。我的雙手不知何時鬆開了男子的手腕，緊緊掐住男子的脖子。

「我說你呀……」

我又說了同樣的話，但接下來的話卻說不上口。我推開男子，他跪倒在地。我愣愣地看著眼前龐大的身軀像隻蝦子在地面上跳動。

男子的疼痛似乎消退了。但我還站在一旁，他也不知道該作何反應。他抱著肚子躺在地上，不時斜眼偷瞄我。我直覺該是收手的時候了，於是往後退了一步。

我背對男子往停車場出口走去。擔心他從後面襲擊，全副精神都集中在背部，加上情緒亢奮，直到走到外頭才發現那個女子還留在原地。

她雙臂環抱靜靜地佇立在出口處的桐樹下。

3

可能是昨晚幾乎沒闔眼的關係吧，今天總覺得沒什麼興致跟瑠衣聊天。我們在銀座的餐廳吃懷石大餐，瑠衣顯得興致盎然，似乎非常愉快。

「日本人還是吃和食好。」

她在紐約待了半個月，上週才剛回國，我能體會她為什麼要一再重複這句話，但瑠衣的身材樣貌卻不像日本人，從她口中聽到「還是和食好」，讓我覺得有些不搭調。去年聖誕節，我們透過朋友介紹認識之後就固定每個星期聚餐一次，也常去看電影或兜風。算一算，交往已經超過半年了，然而我發現自己還不能適應她。

瑠衣每道菜都吃得精光。我望著她的嘴角，深深體會十歲的年齡差距。

十年前，我二十八歲，那一年正是當上扇谷祕書的第四年。當時扇谷總算爬上副社長的寶座，企圖邁向社長之路，那也是我們最忙碌的一段時期。我面對老闆的無理要求，時常被耍得團團轉，但仍舊堅持跟隨他，不顧一切賣命工作。那時我還年輕，扇谷五十六歲，當時的他也還不算老。

瑠衣展現旺盛的食欲，邊吃邊聊著這次的紐約之行，偶爾摻雜幾句英文，發音非常標準。我除了學生時代曾利用暑假到維吉尼亞州遊學之外，英文都是在日本學的，不禁感嘆自己的英文程度遠遠不及於她。瑠衣畢業自一橋大學經濟系，並取得哥倫比亞大學商學院碩士，在日本女性當中是相當罕見的。學成歸國後，她到外商管理顧問公司上班，今年是她職涯的第五年。

「這次到紐約，有兩件事讓我很吃驚。」

瑠衣目前負責兩家客戶，一家大型信用銀行因為呆帳處理不當被迫大幅縮小海外投資部門；另一家則是全國性報社，曾被澳洲的大型媒體集團收購旗下電視台的股權，最近總算成功奪回股權。她和上司為了處理這兩家公司的財務問題，一同到紐約出差。正當她巨細靡遺地說明出差的業務內容時又突然轉移話題，我不禁停下筷子，抬起了頭。

「什麼事讓你大吃一驚？」

瑠衣沒有開口，反而靜靜盯著我看。

「怎麼啦？怎麼突然不說話了？」

我和瑠衣面對面，心想：果然像個外國人。一頭柔順美麗的褐色秀髮、直挺的鼻梁、白皙的肌膚，一百六十八公分的高䠷身材加上勻稱豐滿的體態，一雙大眼睛的眼珠微微偏向上方，看起來有些迷濛，神情也總是帶著令人捉摸不定的感覺與曖昧。第一次見到她的時候，她的名字就讓我直覺她是另外一個世界的人。當時我把我的感覺告訴她，她笑著說：「大家都這麼想，不過沒有人在一見面就敢對我這麼說，你算是第一個呢！」

「你看起來總算有點精神了，橋田先生。」瑠衣的眼神亮了起來。

「啊？」我露出疑惑的表情。

「我心想橋田先生今天怎麼這麼無精打采，好像沒心情聽我說話，總是心不在焉的樣子。」

被人說中了心事，我無話可答。瑠衣三天前才出差回國，這次的出差時間長，她的精神卻好得很，反而讓我更加消沉，打算趕快結束這場飯局提早回家，但我這樣的念頭似乎被她識破了。

「是嗎？沒那麼嚴重啦。」

「現在正是新人錄用時期，你負責人事，想必很忙吧。不好意思，我還硬把你挖出來陪我。」

「沒有啦，工作上沒什麼大不了，其實最近也沒那麼忙了。」

「不過，你得面試還要處理一些雜事，應該很辛苦吧？」

「也算是啦。」

不過，反正我已經被內山踢出來了。我差點脫口說出這句話，急忙吞了回去。總不能對扇谷的姪女抱怨公司的內幕吧。

「我今天的確有點累，不過我年紀也不小了嘛。」

聽我這麼說，瑠衣竊笑。

「有什麼好笑的？」我也笑著問她。

「橋田先生，你總是喜歡說自己老，這已經是你的口頭禪了。過一陣子，你也才滿三十八歲，不是嗎？一點都不老啊。好奇怪喔。外表還那麼年輕，不能總是說自己老啦，再說下去真的會被你說老喔。」

自從和瑠衣交往以來，我發覺自己老愛提起年紀。過去我在人前幾乎不曾說過「累了」這類的話，但每回跟瑠衣見面，卻經常隨口說出。

「或許是因為最近都得面對好幾百個二十出頭的小女孩吧。她們可是我大學時代出生的小孩呢，怎能不想到自己的年紀呢？」

「這麼說，我也是在你小學四年級的時候出生的唷。橋田先生二十歲的時候我還是個小學生呢。」瑠衣露出調皮的表情。

「別說了。聊這個話題會讓我心情愈來愈沉重呀。」說著，忽然想起昨晚在莫名的情況下認識的那個女孩。後來事情有了奇妙的變化，我竟然讓那女孩在我房間住了一晚。不知道她現在怎麼樣了？記得昨晚她非常驚恐，她說今天還有面試。不曉得順不順利？有沒有好好回到自己家裡？

她的名字叫中平香折。今年才十九歲，比眼前的藤山瑠衣小十歲。想起香折，我開始心不在焉。「橋田先生。」聽到瑠衣叫喚，我急忙抬起頭。

「怎麼了，好像有點恍神。有什麼不愉快的事嗎？」

「沒有，沒什麼事啊。」

瑠衣開始擔心我。「還是，有什麼事情讓你掛心呢？」

「也沒有啊。」

「那就別那麼憂愁嘛。多喝一點吧。來！」瑠衣說，然後替我倒啤酒。

「開心一點嘛，喝個痛快吧！」

我一口氣乾了啤酒。

「對！對！就是要這樣！」

雖然我對酒量頗有自信，但幾次和瑠衣喝酒，她始終面不改色，如此驚人的酒量連我都甘拜下風。

「話說回來，這家店好有氣氛喔。」

瑠衣環顧店內。我說：「這家店也算是泡沫經濟下的產物吧。」

「怎麼說？」

「這家餐廳原本的老闆是大日本製紙[1]，幾年前投資大把鈔票開了這家店。當時說什麼多角化經營，連紙業都來開餐廳。現在回想起來，還真是個笑話。但是這家店都是紙做成的喔。當然梁柱就另當別論了。」

我用食指和中指敲了桌面。

「這張桌子也是紙，牆壁也是。他們在楮紙上塗上石灰加強硬度。你看，這個燈罩也是和紙做的。」

「哇，原來如此。」

「店名也叫『ITOSHI』[2]，懂吧。」

火柴盒上印有「糸氏」的店名，我把它遞給了瑠衣。

「真的耶，他們把『紙』拆成兩個字。」

「沒錯吧。」

第一個帶我來這家店的人也是扇谷。大日本製紙的現任董事長和扇谷是陸軍幼年學校[3]時代的同學，更是摯友。這位董事長在開店之初舉辦了開幕酒會，當時我是扇谷的祕書，於是陪同扇谷一同出席，因而店裡的女老闆也認識我，從此就算我私下光顧，她也會給我一些優惠，否則老實說，以我現在的職位根本無法踏進這家店。進公司到現在，我見識了許多場面，而這都要歸功於扇谷的教導。我認識的人、我該去的地方，這一切都是扇谷賜給我的。因為他，我學會了超齡的玩樂，否則基本上以我的身分根本沒機會和那些金字塔頂端的人物說上話。但我卻認識了他們，更獲得他們的賞識。但是仔細一想，或許我只是在扇谷這個傑出人物的掌心裡轉來轉去罷了，最後甚至與扇谷的親戚交往。我覺得自己連最後的隱私都徹徹底底獻給了他。

瑠衣正在端詳火柴盒上的文字。我心想得振作一點，於是以輕鬆的口吻問她。

譯注

1 日本國內規模最大的紙業公司。

2 日文中，「糸」的訓讀為ITO，「氏」的音讀為SHI。

3 日本二次大戰前培養未來陸軍將官的教育機構。

「對了，你剛才說有兩件事讓你大吃一驚，到底是什麼事？」

「對啊，對啊。」瑠衣傾身向前，開口說道：「一個是關於銀行，另一個是ＩＢＭ。」

「銀行和ＩＢＭ怎麼了？」

「你知道嗎？現在美國的銀行早上七點半就開始營業了。我是到了當地在飯店附近逛逛時發現的。後來我問了朋友，據說從今年開始，幾乎所有的銀行都是這麼做的。他說再過一陣子，全美的銀行就會像便利商店一樣二十四小時營業呢。這表示銀行業的競爭愈來愈激烈了。」

「是喔。」

「不過更讓我驚訝的還在後頭。有一天，我到ＩＢＭ新蓋的紐約總公司大樓參觀。」

「ＩＢＭ的辦公室怎麼了？」

「他們辦公室終端都是無線呢！」

「是喔？」

我對銀行的變化並不感到驚訝，不過ＩＢＭ的變化倒是令我意外。

「怎麼說？」

「他們公司內部網路都是無線終端，所以地板也不需要做夾層來安置網路線。」

「也就是說，每個人的電腦都是無線上網嗎？」

「對啊！我真是嚇了一大跳！日本最近一直在興建一些高科技大樓，不過都還是有線吧。我聽ＩＢＭ的人說這種方式已經落伍了，以後是無線終端的時代了。」

「他們已經進步到這種程度了啊。」

我的公司到最近才跟總公司大樓完成連線系統，每一個員工桌上都有電腦與網路線，為此花了一大筆建置費。當初我還在經營企畫室時，為了搞定這份預算以及系統化的基礎設計，費了不少苦心。我問瑠衣：「所以，他們未來可能以光纖連結，採用衛星通訊，是吧？」

「沒錯。美國那些傢伙更斷言有線時代已經結束，今後只需要衛星就夠了。這也代表美國將是未來資訊化的霸主。」

「如果衛星通訊繼續普及，那是必然的趨勢吧。」

「我想也是。NTT[4]現在才宣稱要如何擴充海底纜線的頻寬什麼的，日本的觀念比別人都晚了十年二十年呢。」

聊到這，我深深嘆了一口氣，然後問她：「去年摩托羅拉和DDI[5]共同研發一種不限區域的手機，你知道嗎？」

「是喔？」

瑠衣似乎不知道這件事。

「是啊。現在一部要價兩百萬圓，有了這支手機就能在世界任何角落透過衛星電波通話。不過，當然得經由美國發射的衛星。我得知這個消息後，便覺得公司應該花更多預算在衛星開發部門，所以寫了一份報告給社長。我們公司一直在做美國軍事專用衛星的代工，技術上應該不成問題，不過民生用的技術就很難說了。但我認為，將來即使一支小手機也需要透過衛星。其實軍事

譯注

4 日本電信電話株式會社之簡稱，為日本最大的通訊企業集團。
5 第二電電株式會社之簡稱。二〇〇〇年已由KDD、DDI、IDO三家電信公司合併為KDDI。

上早已經完全衛星化了。」

接著我開始說明美軍現階段的飛彈防衛系統。連我都發覺自己愈講愈起勁，剛才消沉的心情逐漸開朗，恢復生氣。瑠衣邊眨眼，邊認真傾聽。

「現在日本政府正著手檢視美日防衛合作的方針，但就技術層面而言，這根本沒什麼好談的。他們還在討論遠東區域到底包不包括台灣海峽，這更是無聊的爭議。目前我們公司和美國五角大廈正在合作研發衛星探測系統，只要開發成功，不管從世界任何地區發射飛彈，電腦都能夠從最近的軍艦或美日的飛彈基地自動發射飛彈回擊。自從波斯灣戰爭以來，美國就曾利用太空梭發射軍用衛星，我們公司也提供了部分技術，這是百分之百依照防衛策略研發的產品。」

「所以外界說什麼日本只是從旁支援、履行後端補給義務什麼的，但實際上一旦爆發戰爭，日本也將捲入這場戰役嘍？」瑠衣憂心忡忡地問我。

「那當然。所以就算日本只是從旁支援，也必須擁有自己的衛星網絡，這樣才能確保一定程度的國家自主。反正遲早得跟美國一起打仗嘛。EU正企圖為衛星開發殺出一條血路，這也是為了防堵美國。這跟冷戰時期法國和英國擴充核子武器是一樣的道理。而且，軍事衛星技術絕對能夠轉變為民生用品。如果美國掌握了網路的核心部分，一旦發生事情，其他國家就動彈不得了。連打個國際電話都有問題，所有對話都讓老美聽得一清二楚。」

和瑠衣分手後，我在回家的計程車上後悔自己說太多了。瑠衣大概不會記得我說過的話，不過我們公司提供技術給美國太空梭的衛星發射系統這件事可說是國家機密呀。將近十年前，美日締結了技術支援協定，我們公司與美國的合作案也是基於這項協定，並由公司跟五角大廈簽署了合約。如果就美日安保條約的主軸「日本的專守防衛思想」和憲法第九條[6]，以及不履行集團自衛權的原則而言，我們公司提供的技術內容已經完全超出這項原則。美國希望能夠在太空擊毀俄羅斯的殺手衛星，因此研發小型飛彈的導引系統，公司提供的技術就是協助開發這個導引系統，這項技術已經明顯涉及攻擊武器的領域。儘管對方是扇谷的姪女，也不能把太空梭的軍事衛星一事洩漏出去。

我心想，最近到底是怎麼了？從忙得不可開交的經營企畫室轉戰到稍微輕鬆的人事部門，反倒亂了自己的生活步調，這似乎是我近來情緒不穩的原因所在。

企畫室時代，我的時間都被工作占滿了，擔任扇谷祕書的時期也差不多如此。仔細回想這十幾年，我幾乎沒有私人生活。尤其最近幾年，公司交代的任務已經超出我的年齡應該擔負的，盡是一些重責大任；身為社長的親信，更得負責經營層面的重要業務。過去的任何一項工作就算我全心全意投入其中仍力有未逮，現在回想起來，我能夠不出差錯地完成每一項任務，可說是奇蹟呀。

但就因為辛苦，才更覺得充實。事實上，扇谷長達十年的太平盛世靠的是扇谷身邊幾個重要親信，我雖然是親信中最基層的一員，但也自負是其中的一分子。近一百名同期員工當中，我的升遷顯然比任何人都順遂，然而我也認為自己付出相對的代價。我以這些代價換來人事部門的異

譯注

6 日本憲法第九條規定：「日本國民衷心謀求基於正義與秩序的國際和平，永遠放棄作為國家主權發動的戰爭、武力威脅或使用武力作為解決國際爭端的手段。為達到前項目的，不保持陸海空軍及其他戰爭力量，不承認國家的交戰權。」

動，更獲得有史以來最年輕的人事課長的頭銜。不過現在突然多出許多時間，反倒失去精神上的平衡——應該說是過去只專注於工作的負面影響突然爆發開來。而且我不得不承認，這樣的負面影響已然大到讓我束手無策的地步。

我看著車窗外流逝的景色，回想昨晚那一件事也是個徵兆。我竟然在深夜牽扯上不尋常的男女糾紛，不止動口竟然還動了手，最後更是把女子帶回家，雖然只有一晚，但我讓她睡在自己家裡。我整晚無法入睡，今天早上也不敢吵醒她，只留了一張紙條便匆匆出門。不管如何解釋，這一連串的行為都違反我平時的作風，更奇怪的是，那個女子一直在我腦中揮之不去。

剛才瑠衣說我「心不在焉」，的確如此。回想今天一整天，我無時無刻都在想那個叫作中平香折的女子，我就在滿腦子都是這個女子的情況下，度過了漫長的一天。

4

我在大廈前下了計程車，通過半開的玻璃門走進屋內。狹窄的玄關大廳的右手邊有一排信箱，我打開信箱，在晚報下找到鑰匙，心想那個女子會不會留張紙條，但什麼也沒有。我把鑰匙收到口袋裡，搭電梯上五樓的自家。

打開房門，打開玄關到走廊的燈，一邊解開領帶走進客廳。我直接坐在電視前的沙發上，手表的指針指著晚上九點半。今晚沒喝多少酒，沉重的疲憊卻滯留全身。瑠衣在飯後送我一份紐約行的禮物：一條ETRO的領帶。我把它丟在眼前的玻璃桌上，然後深深嘆了一口氣，在昏暗的客廳裡一動也不動，靜靜發呆。

我終於起身脫下上衣，打開北邊牆上的開關，點亮頭上的照明。從廚房冰箱裡取出一罐啤酒，再度坐回沙發。桌上有個鬧鐘，鬧鐘下有張紙條，那是我早上放在她枕頭旁的紙條。我喝了一口啤酒，抽出鬧鐘下的紙，重新讀了一遍。

早安。記得你說今天下午要去面試，所以我會在中午前打電話叫醒你，好好表現吧。出門時，記得把鑰匙放在信箱裡。我雖然不知道你跟那個男的有什麼過節，不過最好找他談一談。如果擔心他騷擾你，你也可以到朋友家住一陣子。如果真的遇到什麼麻煩也可以找我商量。不過自己的事還是得自己解決，這是大人世界的遊戲規則。你即將要出社會了，需要懂得做人處事的道理。恕我多管閒事，不過身為長輩，我想給你一些忠告。再見。

橋田浩介

紙條上的內容讓我的心情糟到極點。白天想起這篇留言，我就後悔了，這時候再度看到紙上工整的字跡和空洞的內容，不禁感嘆自己一成不變的老舊思考模式。說什麼「自己的事還是得自己解決，這是大人世界的遊戲規則」，一個十九歲的女孩怎麼懂得大人世界的規則呢？更何況，「大人世界的遊戲規則」究竟是什麼，連我都不是很了解。自己隨著年齡的增長，對於許多事物愈來愈漫不經心。我總喜歡立刻判定對錯，不顧對方的想法或用意就立刻劃清界線，試圖撇清關係。年輕時，我對於人與人的相處仍存有一絲敬畏，認為即使是工作上的交往，人與人仍舊存在著一種超越利害關係、不可侵犯的禮貌或是一種尊重。然而逐漸地，我把人看作只是團體中的一顆小螺絲。大多數人都有屬於各自的角色，這個角色可大可小，但畢竟只是個機器罷了。我學會把人當作機器看待。一旦學會這一套待人模式，反倒容易錯失與人深入交往的契機。除了親人之外，這世界上的人一開始都只是陌生人，但就在發生一些事情或是累積一些莫名的感情之後，你也就無法忽視對方的存在。好比一顆氣球因為空氣而膨脹，好比船帆迎風推動一艘船，人類必須仰賴不具實體的偶然與心情上的變化才得以豐富自己的人生。這些道理我都清楚得很，但現在的我必須遵循每一項計算與計畫，猶如堆積硬石一般，一步步爬上升遷的階梯。這樣的日子過久了，整個人都綁死在一連串確實無誤的道路上。我再也無法熱心追逐飄浮的情緒，也不敢觸及簇新卻又不可知的事物。

「如果在高速公路上以一百五十公里的速度奔馳，有一些風景是看不見的。」

昨晚竹井對我展開無聊的說教時，曾說過這麼一段話。

我打開啤酒罐，拿起沙發腳下的公事包，取出一張文件攤開在手上。白天也曾在公司看過一遍，但因為面試行程滿檔，無法看個仔細。那是中平香折的履歷表。早上一到公司，我就從厚重的文件夾中抽出這一張，偷偷帶回家裡。

首先我仔細端詳貼在右上角三乘四的大頭照。香折縮著下巴，嘴巴閉成一字形，眼珠朝上看著這一方。細長的眼睛睜得大大的，表情就像母親在訓誡小孩一般。照片比本人要來得稚氣，或許是頭髮較短的關係。

中平香折——昭和五十二年（一九七七）十月五日生，十九歲。出生地和籍貫是橫濱市磯子區，雙親的居住地也是橫濱。畢業於當地的高中，平成八年（一九九六）進入青山學院短期大學教養學系，預計明年畢業。目前居住於世田谷區駒澤四—八—十一，白庭公寓一〇三號房。興趣：「音樂欣賞、網球、滑雪」。優點：「開朗活潑、對任何事都感到好奇……」。缺點：「……有時會鑽牛角尖」。應徵動機欄寫著：「貴公司為引領日本的大企業，不斷挑戰新領域，是一家充滿企圖心的公司。貴公司的企業文化融合了傳統與革新，我希望能夠在這樣的環境下充分展現自己的能力」。以她的年紀而言，字跡顯得相當成熟，但內容果然是千篇一律，毫無特別之處。

她的父親任職於某大證券公司；母親經營補習班；似乎沒有兄弟姊妹。大概是獨生女吧。這點和我一樣。昭和五十二年生，我深感年齡上的差距。五十二年，我已經是大學生了。就年齡而言，我和她今年五十歲的父親比較接近。母親才四十六歲，和我只差了八歲。她今年十九歲，我感嘆自己的輩分已經可以當她的父母了。

我詳讀每一項記載，優缺點的欄位特別引起我的興趣。白天只是簡單略過一遍，現在仔細一看才發現有些特別的地方。優點寫著「比任何人都能夠體會他人的痛楚」，缺點是「非常害怕寂寞」。在評分時，通常不會把應徵者的自我分析列入考量，但現在和她有了些微的牽連，我感興趣的部分便從學歷或是應徵動機轉移到個性分析。

非常害怕寂寞，有時會鑽牛角尖，又比任何人都能夠體會他人的痛楚——我把她寫的優點和缺點在心中理了一遍，再反芻中平香折昨晚那不尋常的惶恐模樣。

她在停車場出口叫住我，我靠近她說「你可以放心了」，但她仍舊不停顫抖。我輕輕拍了她的肩膀說：「你記得我嗎？」

這時她總算抬起頭來，微微點了頭。

「昨天真不好意思，沒錄用你。還揍了那個老闆，搞砸了你的打工機會。真是對不起。」

我向她低頭道歉，她卻說：「怎麼會呢？我得謝謝您救了我一命。」她表情嚴肅，猛搖頭。

「不過事情搞成這樣，你也沒辦法再到那家店去上班了吧。那一類型的男人其實相當陰險，特別愛記仇。」

「沒關係，我打算辭掉了。反正不過是打工，這半年來盡是一些不愉快的經驗。昨天的面試雖然很遺憾，不過今天下午還有另一家公司的面試，我希望趕快到正常的公司上班。其實，我根本不想在那種賣酒的店工作，只是因為薪水好才勉強到那裡打工。今天真是感謝您救了我，真不知道該如何答謝您才好。」

「他還在停車場裡唉唉叫，你也可以過去安慰他呀，現在或許還來得及。」

聽我這麼一說，她的臉上再度出現懼色。就在這個時候，停車場傳來發動引擎的聲音。她摀住耳朵，以微弱的聲音喊說「我好怕」，當場蹲在地上。我望著縮得小小的背影，一陣茫然，隨即拉起她說：「總之我們趕緊走到大馬路上，攔車回家吧！」但她似乎無法一個人行走，她靠過來緊緊抱著我，我只好抱著她拐過轉角，走了五十公尺左右到了前方的青山通。引擎聲已經遠去，站在閃亮著橘光的青山通，她緊張的情緒也平復了許多，卻還是抓著我的手不放。

我們遲遲攔不到空車。她依舊沉默不語，愣愣地望著馬路上來來往往的車流。剛才她那難以親近的神情已經消失了，那雙有特色的眼睛也恢復了光采，不過臉色依然是蒼白的。

「剛才在店裡，我還以為你已經不記得我了，因為你替我們調酒的時候，始終面不改色的。」

「我沒想到您還記得我。」

她的臉頰總算紅潤了起來，也放開了我的手。我從西裝內袋裡掏出名片夾，取出一張名片遞給她。

「我叫橋田浩介。昨天真是不好意思。」

香折以雙手接下。「我叫中平香折。您該不會連名字都記得吧？」

我思索了一會兒，在口中念了一遍，這才想起她的名字。腦海裡浮現履歷表上「中平香折」的漢字。

「原來您是人事課長啊。」香折看著名片說。

「是啊。」

「您看起來還很年輕呢。」

「其實沒那麼年輕，我快要三十八了。」

「還是很年輕。橋田先生一定是菁英，很優秀的吧。」

「今天真的很抱歉。」

我再度向她道歉，香折的臉上第一次出現了笑容。

「請您別放在心上。我這種人本來就不可能考上那麼優秀的公司。您記得我，我已經很感動了。」

香折說她的公寓在駒澤，我住在池尻，我們算順路。我們終於攔下一部計程車，我打算繞遠路送香折回家，然後再回到自己的住處。上車時，街上銀行的數位時鐘顯示已經四點五分了。

我收好履歷表，想著如果當時順利送香折回家，現在也不會如此掛念著她。在同一天巧遇當天面試過的人就已經夠稀奇了，還莫名其妙牽扯上無聊的打架事件，就算這一切是巧合，也不是常有的事吧。只是如果事情就這麼單純，我便能夠將它遺留在記憶深處，當作是一場意外插曲。

一看時鐘，已經快要十點鐘，有點睏了，這才想到忘了打電話給瑠衣。平常我總習慣在分手後打個電話問她是否安全到家。我們認識半年多了，我卻不曾和瑠衣上過床。如果有意上床，其實隨時都可以，我卻沒有那股欲望，而瑠衣似乎也對我們這樣一對二十八歲與三十八歲的男女交往關係卻還像小孩扮家家酒的情況未曾感到任何不妥。

瑠衣是扇谷夫人娘家藤山家的女兒，她的父親也就是扇谷夫人的兄長，是藤山家所經營的大型石油公司「新日本石油」社長，也是鼎鼎大名的經濟同友會副代表幹事。而且藤山家跟皇室算是遠親，可謂名門中的名門。扇谷願意把這樣一個名門閨秀介紹給我，他對我的信任可見一斑，不過正因為如此，我才會克制自己不能輕舉妄動。扇谷將瑠衣介紹給我，與她之間的交往等同於某種業務命令。如果我們的關係越過了最後一道防線，當然得論及婚嫁——瑠衣似乎也了解這一點，才能夠不動聲色，默默地維持這段關係。

扇谷第五期的任期即將屆滿，有些人傳言公司已經進入扇谷一人獨大的體制，然而他的權勢卻不衰反盛，就算即將卸任會長，經營實權仍掌握在扇谷手中。這樣的話，和扇谷姪女的婚事可說是不可多得的好機會。如果成為扇谷家族的一員，我的地位必將水漲船高，這也表示扇谷已經替我鋪好了未來的路。

我打了個呵欠起身。沖個澡上床睡覺吧。中平香折已經離開，我們再也不會見面了吧。今晚也別打電話給瑠衣了。

5

沖好澡，我穿上浴袍躺在沙發上看著體育新聞。不知何時睡著的，玄關的門鈴聲在我矇矓的意識中響起，我這才回過神來。走到玄關，從門上小孔窺視外面。小小的洞口裡出現中平香折低著頭的身影。我慢慢地解開門鎖打開門。

「這麼晚了，你怎麼在這裡？」

香折忽然露出笑容說「晚安」，然後一鞠躬。她撥開前額的劉海，劉海已經濕透了。

「外面在下雨嗎？」

「剛剛才開始下的。」

「是喔，我沒發現呢。」

「不好意思，這麼晚打擾你。」

「不會……」說完這一句，我的意識才逐漸清醒，也才察覺浴袍下沒穿任何衣服。「等我一下。我去換個衣服。」

「啊！不用麻煩了，我馬上就走。」

香折的樣子和昨晚截然不同，昨晚的極度恐懼沒有留下任何痕跡。眼前的她，不過是隨處可見的普通女孩。

「總之，我先去換個衣服。」

「真的不用了。突然打擾你真是抱歉。」香折的表情變得有些困惑。「昨晚真是謝謝你。讀了橋田先生的紙條之後，我回去好好地反省了，覺得自己怎麼那麼丟臉呢。昨晚我真的很失常。已經這麼晚了，原本猶豫該不該來，不過我想今天一定得向你道個歉。昨晚真的非常抱歉。」香折急切地說完這一整段話。

「嗯……這是答謝你的禮物，謝謝你讓我住一晚。我沒什麼錢，所以並不是什麼好東西……」

她拿起手上的白色塑膠袋。我伸出雙手接下又大又重的袋子，裡頭裝滿了大瓶裝的麥茶和啤酒。

「我真是太不知分寸了，道歉好像也於事無補，不過我保證不會再有這種事了，所以請你原諒我。真的真的對不起。求求你原諒我。」

香折深深一鞠躬。「真的很抱歉。」

她高聲地不斷重複同一句話。

仔細一瞧，她的衣服或腳邊都濕了一大片。我邀她進屋裡，她的態度又顯得十分自然，回想她剛才的言詞和語氣，心中再度浮現奇異的感覺。她的聲調開朗，和昨晚判若兩人，表情也生動許多，但是，道歉方式和謙卑的態度卻又太誇張了。我的腦海中湧上好幾個疑問：她怎麼在三更半夜也不撐把傘、特地跑來找我呢？都淋成落湯雞了，怎麼一副毫不在意的樣子？為什麼還穿著昨天那一件無袖連身洋裝呢？還有，今天不是有面試嗎？到底有沒有去？

我不發一語盯著她看，讓香折更加慌張。

「橋田先生，你果然還在生我的氣，對不對？我應該正式向你道歉，但我竟然拿這種不值錢的東西當禮物，很沒禮貌對不對？是吧，我這麼做很奇怪吧。」

我站在玄關口，她瞇著眼睛望著我，一臉走投無路的模樣。她不斷瞎猜對方的想法，情緒也隨之起舞；我看著她不斷變化的神情，覺得十分有趣。

她見到我在苦笑，表情又變了，眼神無意間變得銳利起來，露出履歷表照片上的神情。

「對不起。」她不動聲色，再次道歉。

「我並沒有生氣。只是如果有人在這種時間而且全身濕淋淋地突然出現在你面前，任誰也會嚇一跳吧。」我總算開了口。

香折這才發覺自己濕透了。她環顧全身，摸摸衣服再摸摸淋濕的頭髮，顯得相當尷尬。

「不好意思。雨來得突然，我也沒帶傘，所以……」她右手撫摸著頭髮，上頭的繃帶因為雨水而滲出淡淡的血紅色。

「你這樣會感冒的，趕快上來吧。」

我想最好讓她沖個澡，再替她換個繃帶。

「不，不用了。我不能再麻煩橋田先生了。」她的語氣格外堅定，「那我告辭了。」

香折立刻轉身握住門把。這個女孩的每一個動作都太不協調了，我這麼想著，急忙攔住她。

「等等。要走也得讓你帶把傘再走。」

香折回頭說：「不好意思。」

像個挨罵的小孩一般。她忽然左手握拳，敲了敲自己的頭說：「我真是笨死了。」然而她那羞怯的微笑和動作，實在太可愛了。

我從走廊的小雜物櫃裡拿了一把傘回到玄關，再度瞧了香折一眼。只見濕答答的衣服黏在她的身體上，瘦弱的身軀叫人心疼。纖細的四肢幾乎快要折斷了。洋裝的衣領露出了胸口，突出的鎖骨線條清晰可見。不過以她骨感的體型而言，鎖骨下的胸部算是相當豐滿。十九歲的肌膚果然水嫩光滑。

「這是男用傘，不過，拿去用吧。不必還。」

香折左手還拎著另一個白色塑膠袋，她雙手抱住黑色雨傘，鞠躬道謝。

「謝謝你。我一定會報答你的。」

「好啦，別說得那麼嚴重啦。」我再度苦笑。

「那麼晚安，再見。」

「晚安。」

就在香折打開門的那一剎那，突然一陣巨響。豪雨聲與冰涼的空氣瞬間竄入屋內。猛烈的雨勢彷彿晃動了整座大廈。轟然的雨聲使得香折只能駐足在玄關前。

「這下子你也沒辦法回去了。過一會兒雨勢應該會轉弱，你就先留在這兒，等雨小一點再走吧。」

香折低頭思索了一會，然後抬起頭，又再度鞠躬。「真的很不好意思。」

香折進了客廳，卻只敢站在門邊一動也不動。我請她坐在沙發上，接著從隔壁寢室拿了新的浴巾和一套運動服放在她腿上。

「你最好趕緊去沖個澡。我用烘衣機替你烘乾衣服。」

「不好意思。」

香折一鞠躬後起身。我帶她到浴室再折回到客廳。我換好衣服，到廚房磨了咖啡豆，煮開水準備泡咖啡。趁煮開水的時間，我坐在沙發上抽了一根菸。她到底在想什麼？怎麼在這麼晚的時候又回到我這裡？同樣的疑問再度浮現。我拉開背後的窗簾看看外頭，雨勢非常大。時鐘已經指著十點半，希望雨勢能夠在最後一班電車之前緩和下來。

過了十分鐘左右，香折穿著運動服進到客廳。看到她的模樣，我不禁失笑。袖子和褲管都鬆垮垮的，她的體型遠比我想像中還要來得嬌小。

「別笑人家嘛。」

香折紅著臉嘟起了嘴。看來她身體暖和了，態度也溫和許多。

「濕的衣服在浴室嗎？」

「是。」

「那我把它放進烘衣機。」

我穿過香折身旁走向浴室，啟動烘衣機之後，到香折昨晚睡過的書房拿了急救箱再回到客廳。香折坐在沙發上擦頭髮。我把壺中的開水再煮沸一次，泡了咖啡，放在她眼前。

「喝了會更暖和。」

香折雙手捧住杯子，緩緩拿到嘴邊。我站著看她的一舉一動，她那天真無邪的表情讓我無法移開視線。

「很香醇。」

香折抬頭看著我說。我坐到她右邊，把急救箱放在兩人的中間。

「右手伸出來。」

香折默默地伸出右手。我把她的袖子捲到手肘。淋雨之後，白色繃帶已經染成紅色。我打開急救箱，取出新的繃帶和消毒藥水，然後解開繃帶。香折只是靜靜注視我的動作。

傷口從手腕處延伸長達十公分，嚴重程度超乎我的想像。

「你說是被狗咬的？」

連手腕背後也留下了圓形齒痕，皮膚多處撕裂，有出血的痕跡，其中一部分已經化膿腫脹，周圍也因為內出血而瘀青。

「太嚴重了。」我開始噴消毒藥水，香折皺了皺眉頭。「痛嗎？」

香折點頭。

「什麼時候被咬的？」

「昨天早上。」

「有沒有去醫院？」

「有。」

「今天呢？」

「今天沒去。」

「有沒有吃消炎藥？」

「有。」

「是哪裡的狗咬你？」

「隔壁鄰居的狗。」

「駒澤那間公寓的鄰居嗎？」

「不是，昨天正好回爸媽家。」

「哪一種狗？」

「小隻的雜種狗，平常跟我還滿要好的。」

我在紗布上塗了抗生素軟膏，敷在傷口上，再細心替她包上新的繃帶。

「謝謝。」香折說得很小聲，說完立刻別開眼神。

「有點奇怪喔。」

我忍不住問她。看到傷口的第一眼我就覺得奇怪。香折神情詫異地看著我。「我到高中畢業之前一直都有養狗。」

我說到這兒，香折的眼神開始閃爍，顯得有些惶恐。我輕輕按上她的右手說：「這不是狗的齒痕。」

香折站起身，不搭理我的話，自顧自地走到廚房，拿起餐桌上的白色塑膠袋到冰箱前，打開冰箱把袋子裡的飲料裝進飲料櫃。

「那個男的後來怎麼樣？還有沒有去找你麻煩？」我對著蹲在冰箱前的香折問。

那個男的，指的是昨晚肚子被我踹了一腳的那個人，也就是香折打工店裡的老闆。

昨晚我送她到駒澤下車。我原以為香折已經走進巷內了，但是當計程車打算迴轉離開時，她又突然衝向計程車。司機急忙按下喇叭，緊急煞車。她險些撞上保險桿，繞過車頭跑到後座窗前比了手勢，要我打開車門。不知發生了什麼事，她的臉色發青。一打開車門，她連滾帶爬地衝進車內抱住我，大喊：「請馬上開走！」她的身體不停顫抖。車子開了一會兒，已經看不見駒澤公園的森林，她這才抬起了頭。我問她發生了什麼事？她說：「我看到那傢伙的休旅車停在我家前面。」她似乎只擠得出這一句話，說完又再度把頭埋進我的胸口。

「已經沒事了。打工也辭掉，我跟他已經沒有瓜葛了。」

她擺好所有的飲料和啤酒，回到我對面的沙發上。

「不過，照昨天的樣子，應該沒那麼單純吧？」

「不會的。請你不要擔心。」

她的表情雖然平靜，但語氣有些僵硬，似乎不希望別人追問。

「沒有啊，我並不會擔心。」

兩人沉默許久，傾聽著屋外的雨聲。

「橋田先生，你的生活看來滿悽慘的嘛。」香折忽然開口然後竊笑。

「啊？什麼意思？」

「因為冰箱裡沒什麼東西啊。」

「這很悽慘嗎？」

「很悽慘啊。橋田先生難道沒有女朋友嗎？」

「這個問題嘛，現在是沒有這樣的對象啦。」

聽我這麼回答，香折立刻放聲大笑。她一笑，眼睛瞇得小小的，看起來十分憨厚。

「那麼好笑嗎？」

「很好笑啊。」

「會嗎？」

「會啊。」

看香折笑個不停，我也跟著笑了。

手上的傷口，以及昨晚的男子，香折以為自己順利躲過這些追問，態度也因此明顯柔和許多。

於是我調整了問題的方向。「對了，面試怎麼樣？沒去嗎？」

「去了。我在十點多就起床了呢。」聽得出來，她的口氣有些得意。

「那你的衣服呢？總不會穿著剛才那件衣服去面試吧？」

「我先回家換了衣服才去面試。」

「是喔。」

香折鬆開盤在胸前的手，拿起咖啡喝了一口。她只願意簡短回答，而且似乎不想主動開口。

「面試還順利嗎？」

「好像沒過。」

「你沒接到第二次面試的電話啊？」

「要來這裡之前我聽了答錄機，但是沒人留話。」

「是喔。」

「是的。」

「什麼公司？」

「味之素。」

「味之素啊。」

烘衣機的運轉聲停了。我起身到浴室取出白色洋裝，拿給香折，然後拉開陽台的窗簾，打開落地窗。雨勢比剛才小多了。香折也站到我身旁凝視著陽台外的景色。我窺視她的臉龐，她的雙眸閃爍著光芒，清澈而寧靜。我心想，她的眼睛好美。

「雨勢應該變小了吧。」

「是啊。」

我偷瞄了牆上的時鐘，正好過了十一點。

「要換衣服可以到隔壁的寢室去換。」

「好。」

香折拿著摺好的運動服走出寢室。

「謝謝，今天真是打擾你了。」

「不客氣。祝你找工作順利。明天還有面試吧？」

「明天沒有，不過後天還有一個。」

「是嗎？哪家公司？」

「三得利。」

我送她到玄關，再次拿了傘給她。

「這把傘真的不必還給我了。」

「好的。」

這時候走到車站，離末班車的時間綽綽有餘。不過，外頭還下著雨，我心想該不該開車送她？但開了車就不能只送到車站。想起昨晚的事，我決定不要繼續跟這個女孩有所牽扯，過度體貼反而會造成她的困擾吧。

「橋田先生，真的非常感謝你。」

「路上小心。」

「好的。」

「希望你能夠找到好工作。」

「我會努力的。」

「嗯。」

這時，香折稍微提了口氣。「或許……」她欲言又止。我望著她，要她繼續說下去。

「或許，哪天我們又會在某個地方見面也不一定。」

「會嗎？」

香折偏著頭。「對嘛，不會有這種事嘛。不好意思，我太無聊了。」

「不……」

我回想起今天那張紙條。回想起自己看了那張紙條後想到的一些事情，也想起今天一整天滿腦子都是她。

「或許會有那麼一天吧。到時候，我一定跟你打聲招呼。」

香折的臉紅了起來，溫厚的笑容也回來了。

「那麼，我告辭了。」

「再見。」

「再見，晚安。」

香折打開門正要離開，我對著她的背影再次叫住她。「香折。」這也是我第一次開口叫出她的名字。看見她回頭的臉龐，這一瞬間，我心中某處似乎震了一下。剛才她手腕上的傷口看得我怵目驚心，就這樣讓她回去好嗎？這個疑問雖然微弱，但確實迴盪在我腦海裡。

「你手上的傷口……」

我想問的問題就要脫口而出了，但我硬是把它吞了回去。

「化膿得很厲害，明天最好到好一點的醫院做一次完整的治療吧。」

結果，我只說了這句話。

香折露出淡淡微笑，一語不發，然後消失在門的另一邊。

6

香折離去後，我坐在沙發上發愣了片刻。雖然感覺鬆了一口氣，但過沒多久卻感到忐忑不安。

我首先想到的是香折右手的傷痕。那絕不是狗咬傷的。不論就齒痕或是範圍來看，那肯定是人咬的。就傷勢而言，對方咬人的力道顯然不小。她雖然說去醫院看過醫生也吃了消炎藥，但我認為這是騙人的，因為包紮的手法非常不專業，繃帶的兩端看得出是徒手撕下再綁成一個結。現在哪個外科醫生會這麼做？她說是昨天早上被咬，從傷口的狀態研判這應該是事實。她說不是在駒澤的租屋處，而是在老家受了傷。如果咬她的不是狗而是人，那疑點可就不少了。她在履歷表上寫著老家在橫濱，那裡應該只住著她的雙親，而父母親不大可能咬自己的女兒。這麼說來，她受傷的地點或許是駒澤的公寓。是不是在那裡與人激烈扭打，最後慘遭咬傷？就算她和某人扭打成一團，但男人怎麼會咬女人呢？如果是女人之間的糾紛還比較有可能。總之，咬她的人應該是情緒失控了。能把人咬傷得那麼嚴重，絕不是正常人的行為。

接著，我回想昨晚她和她老闆的爭執。當時她那極度惶恐的模樣最讓我感覺詭異。如果她是在黑暗中突然遭陌生男子襲擊，那又另當別論，不過對方可是她店裡的老闆。男子對她說話的語氣相當輕浮，而且還先行到她家門口堵她。由這幾點推斷，不難想像這整件事並不是偶發的意外。香折說「反正不過是打工，這半年來盡是不愉快的經驗」，這句話也能嗅出他們兩人的關係並不尋常。

香折一聽到男子的汽車引擎聲，立刻腿軟蹲在地上。還有，只因為那輛車停在自家前，便驚慌失措地跑回計程車。我把這幾件事串聯在一起，推測兩人之間的事應該非同小可，所以香折才會對那個男子如此恐懼。

這麼說來，她手上的傷口應該跟那個男人脫不了關係。他可能是直接的加害者，也可能有另外一個女子介入。

那麼，香折今天的行為又該如何解釋？我照著紙條上的承諾，在十一點打電話回來，當時沒人應答。我趁面試的空檔，每隔半小時打了三次電話，但從未接通。或許就如她所說的，她在十點多就起床出門了。下午她得參加味之素的面試。她說她曾回家換了衣服才去面試，如果這是事實，那麼她得在面試後再回家一趟，再換一次衣服才出了門。通常，應試的公司會在傍晚以電話通知二次面試。「要來這裡之前我聽了答錄機，但是沒人留話」，香折是這麼說的。所以她應該是在傍晚前又再度出門。不過我無法理解，為何她穿著和昨天同樣的一套衣服？她到底有沒有回家，有沒有去面試呢？

另外一件事更是讓我疑惑。昨晚她說：「其實，我根本不想在那種賣酒的店工作。只是因為薪水好才勉強打工。」但是，照她履歷表上的記載，她父親任職於業界最大的證券公司，年紀也已經有五十了，母親則經營補習班。她家的經濟環境要供一個女兒上短大並不困難，更何況她又是獨生女。然而為何她會說「只是因為薪水好才勉強打工」？更令我不解的是，就算她飽受驚嚇，又怎麼能夠睡在素未謀面的男人家呢？如果害怕那名男子闖入家中，那麼即使再遙遠，她也會想辦法躲回老家啊。我雖然是知名企業的人事課長，但在計程車中已告知我是個單身漢，如果是一般女孩，應該會想辦法向我借計程車錢回橫濱老家吧。想到這兒，我心中浮現出某種年輕女孩的類型，或許她也是那種自甘墮落又有點隨便的女孩。

但如此草率的歸類卻又違反了她給我的印象。想到她剛才胡亂猛道歉的樣子，加上無意間流露出敏感的戒心，我的思緒益發矛盾。總之，中平香折這個女孩散發著某種莫名的神祕感，否則我也不會對她產生這麼大的興趣。好比現在，我就是無法停止對她的臆測。

昨晚雖然純屬意外，但這也是我第一次讓女性住到我家。老實說，我有時會驚訝自己這幾年來怎麼這麼沒有女人緣？我工作忙碌的程度確實迥異於一般上班族，經營企畫室的時候，每天加班到半夜，直到兩三點才回到家。即使這麼晚回家，我還是在每天早上七點出門到扇谷家，在前往公司的車上與扇谷商討公事。晚上也得經常陪扇谷出席宴會，也頻頻和一些報社記者或任職於政府單位的大學友人碰面——我們假借讀書會之名，其實只是飲酒狂歡罷了。這是以拓展業務為名的玩樂，我在這當中也曾跟幾個風塵女子發生肉體關係。

「玩女人就當逢場作戲，放鬆心情好好玩就夠了。這也能深造一個人的氣度。但絕不可以陷入其中忘了工作，變成一個廢物。能為工作廢寢忘食的男人，通常也容易栽在女人手中，最後落得慘不忍睹的下場。為了防止這種情況，我要教你如何聰明玩樂。」

扇谷就是這麼告訴我，他經常邀我到赤坂或向島一帶。在我們公司，一旦內定是幹部培育人選，都得接受歡場的洗禮，這是本公司的傳統文化。我的幾位進入官場的同學也有同樣的經驗，通常他們會早早娶個名門千金，再由岳父親自開導如何玩樂。然而，我卻無法沉迷在紅塵之中。

那已經是六年前的事了，我曾有一段慘痛的經驗。當時我和某位女性論及婚嫁，最後她卻突然離我而去。我深信我和她之間已經有了深厚的情誼，也正因為如此，她的離別造成我莫大的創傷，一直到現在，我依舊無法相信女人。然而，扇谷教我如何玩女人，我也只能勉強配合。他們喜歡把男女關係視為某種遊戲，但是在我心底深處仍然無法認同這樣的玩法，也因此總是無法稱心享受。

扇谷或許早已看穿我的精神潔癖，才願意把我和藤山瑠衣送做堆吧。

我看了桌上的時鐘。香折離開只過了十分鐘。總覺得時間過得特別緩慢。不曉得香折走到哪兒了？從這裡走到最近的池尻車站大約十五分鐘的路程。以女人的走路速度再加上這個雨勢，應該要花更多時間。她大概正好通過世田谷公園的入口吧。

背後傳來巨大的聲響，我不禁起身，拉開窗簾、打開凸窗。原本逐漸緩和的雨勢又猛然下起傾盆大雨。天空冷不防地亮了一下，接著一陣轟隆雷響。雨勢再度變大了。

我探出窗外，凝視著大雨打在街燈下的路肩，接著仰望天空。我咂嘴，心想不妙，她又要淋成落湯雞了，得找個屋簷躲雨才行。我腦海裡浮現滂沱大雨打在香折白色衣服上的模樣，視線再度移向時鐘，時針幾乎沒有移動。我移回視線，突然看到對面沙發下還有一個白色塑膠袋。我往袋子裡窺探，原來是香折忘了帶走的東西。

我掏出袋子裡的東西擺在桌上，不禁嘆了一口氣。紅色容器上有個透明蓋子，那是個便當，大概是她在附近便利商店買來的。鮮豔刺眼的配菜顏色、沾滿濕氣的白飯、夾在橡皮圈下的免洗筷。我望著廉價的便當，回想起今晚和瑠衣一同享用的懷石大餐。

那女孩連飯都還沒吃啊。

下午從面試到現在，她不吃飯到底在做些什麼？雨水灑進屋內，我關了窗走進廚房打開冰箱。飲料櫃上擺滿了大罐飲料，而且每一罐都是不同廠牌。扛這麼多瓶飲料，應該不輕吧。況且她還受了傷，怎麼有辦法搬到這裡呢？

「真拿她沒辦法。」我自言自語，接著拿起香菸、打火機還有車鑰匙，關上燈立刻出了門。開車去找她，請她吃個飯，再送她回到駒澤的公寓吧，雨勢這麼強，這麼做也是應該的。已經快要十一點二十分了。

7

雨勢果然不小，我撐著雨傘走到大廈旁的停車場，光是這段路，腳邊已經濕透了。這附近是大廈與平房密集的寧靜住宅區，雨霧中連夜景都失去了輪廓。

驅車到大馬路，沿著世田谷公園旁在街燈綿延的寬長道路走了一段。直行八百公尺左右就是玉川通，再右轉，走一段路就是池尻大橋車站。平時為了節省時間，我多半抄公園內的近路到車站。香折現在應該在中途的大樓或大廈底下躲雨吧。

在這樣的雨勢下鐵定是寸步難行。我把雨刷轉到了最高速，但雨滴又立刻覆蓋了擋風玻璃。我邊開車邊留意道路兩旁，但路上沒半輛車也沒半個人影。我想應該能夠在這條路上找到她。最後我開到玉川通，卻依舊沒看見香折。

我迴轉走回原路，一見到大樓便立刻停車找尋她的蹤影。我再度迴轉，開到玉川通，然後右轉。難道她完全不顧雨勢，一路快步走到車站了嗎？

我把車停在新玉川線出入口的對街，越過斑馬線，站在出入口旁等她。雨勢減弱了，然而從玉川通走向車站的人卻寥寥無幾。但我還是張大眼睛望著前方，一一確認撐著傘走向我的每一個人。或許香折早已進了車站，或許她已經搭上了計程車。

剛才她向我說「再見」，但我沒問她接下來要去哪裡。她也不一定回去駒澤的住處。

想到這兒，才發覺自己的所作所為真是無可理喻。我竟然為了一個不相干的女孩，夜晚淋著雨白忙一場。我究竟在想什麼呀？

一看手表，將近十二點了。雖然是七月，但突如其來的雨讓夜晚的空氣變得又濕又冷，只穿短袖的我，手臂起了一陣雞皮疙瘩。加上昨晚的疲憊，我感覺背部升起一股寒意。要是感冒，那就太好笑了。就在我決定返回車上的那一刻，五十公尺遠處，有個撐著黑色雨傘的白色身影映入眼簾。

我急忙收起傘回到對面車上，驅車迴轉之後停在車站出入口旁。香折已經近在咫尺。她雙手握著傘柄，經過我的眼前。隔著擋風玻璃，她蒼白沒有血色的臉龐依然清晰可見，頭髮和衣服淋濕了。她盯著腳邊，咬著嘴唇，從無袖連身洋裝露出的兩隻手臂又細又單薄，更突顯出一股孤寂的氛圍。當然，她並沒有發現我在車內。我轉頭目送她，她直直走下車站的階梯，從我的視線中消失。

我從襯衫口袋掏出菸和打火機，點了一根菸，深深吸了一口，把煙吐向擋風玻璃上，然後自言自語說：「她已經回去了」。當時我是可以叫住她，不過現在已經來不及了。都已經這個時間了，她應該趕得上最後一班車吧。

我在菸灰缸上捻熄了菸，發呆了一陣子才啟動引擎。剛才的大雨也在不知不覺中停了。

我想，人與人的牽連終究是建構在偶然的世界裡，但我卻隸屬在一個必然性的世界。在那裡我必須開闢自我的道路，建設國家與社會。最近的我，似乎陷入了茫然的迷惘，也因此思緒混亂，引發某種奇妙的混沌。昨晚在因緣巧合下認識了一個女孩，說得誇張一點，我似乎期望在這女孩身上尋找某些命運的牽連。這種幼稚可笑的、帶有感傷且愚昧的妄想，差點凌駕我的理性。我深深地吸了一口氣，慢慢踩下油門發動車子。後照鏡上，車站的出入口逐漸遠去。

但是，開不到二十公尺，我立刻踩了煞車。

我的視線離開鏡子，回頭看了後方。香折剛才明明下了階梯，現在又再度現身了。她左手掛著雨傘，右手掛著橘色大包包，毫不猶豫地往我的方向走來。我以低速移動車子，不斷窺視照後鏡，捕捉她的身影。香折以包著繃帶的右手撩撥頭髮，低著頭往前走。街燈恢復了明亮，每當她撥動一次，濕淋淋的頭髮在街燈照射下透出綠色光澤。

我完全無法理解她的行為。現在還有電車，怎麼會走出車站呢？那個大包包到底是什麼？她到我家時，手上只有兩個塑膠袋，沒帶其他東西。我的車和香折並排走在道路上。她該不會打算沿著玉川通徒步一直走到駒澤吧？她已經淋得那副模樣，再走下去肯定感冒的。我這才想到，原來她把大包包寄放在車站的寄物櫃裡，她走進車站是為了拿回包包。那麼，現在她到底要走去哪兒呢？

我決定跟蹤她。

每隔一陣子，我便停下車讓香折先走一段，緩緩尾隨在她身後約二十公尺左右的距離。所幸路上的車子不多，我低速行駛在路肩也不至於妨礙交通。走了將近一百公尺，香折在便利商店前停下腳步走進店內。過了兩分鐘，她從店裡出來了。右手上除了雨傘之外還多了一個白色塑膠袋。

香折依舊未注意到我。雨也停了，她幾度仰望天空，步伐比剛才輕盈多了。車流不斷的高速公路壓迫到天際，在東京混濁的灰色天空裡，即使抬起頭也找不著星星吧。

來到通往世田谷公園的三宿十字路口，香折又再度停下腳步。左轉就是公園，再走下去就是我家了。她駐足了一會兒，似乎思索些什麼，最後選擇了左邊的路。我有預感她又要到我家。我有些意外。假設她真的打算到我家，表示她今晚無家可歸。

香折慢慢地走在通往我家的道路上。

但是，抵達世田谷公園入口時，她又停了下來。我也在十公尺後方踩了煞車。香折就像被那入口吸了進去似的，消失在公園內。

我看了時鐘，已過十二點。她這個時候走進公園到底想幹什麼？公園裡已經沒半個人了。我下了車。

在入口處駐足片刻後，小心翼翼地跨步走進公園。我穿過茂密的樹叢，走在濕滑的地上，鞋子沾滿了泥濘。為了尋找香折的白色身影，我走遍了整個公園。最後在公園右側的角落、離廣場有一段距離的地方看見了她。她的背後是坐落許多住宅和公寓的小巷子，家家戶戶早已熄了燈，微弱的街燈矇矓照著香折的身影。雨後的夜空下，公園裡的寧靜瀰漫著一股詭異的寂寥。香折可以為了一點小事而花容失色，但現在又怎麼能夠忍受這種寂靜呢？我躲藏在與她相隔二十公尺的稀疏樹林中觀察她的一舉一動。

香折坐在鞦韆上，悠悠地擺盪著鞦韆。如樹枝般纖細的手臂勾在一邊的鐵鍊上，手臂的膚色顯然比她的白色衣服蒼白許多。

我隱身大黃櫟樹下。從這裡勉強能夠靠街燈觀察她的神情。雨滴從黃櫟樹枝上滑落，滴濕了我的身體。空氣清澈，但吹來的風冰冷且刺痛，穿過襯衫刺進我的肌膚。香折一定也凍僵了。她低著頭酌著啤酒，腳尖踢著鬆軟的泥土，搖晃著上半身，分好幾次把啤酒一小口一小口送進嘴裡。那罐啤酒就是剛才她在便利商店買來的，那個大包包就擺在隔壁的鞦韆上。她就這樣一直坐在鞦韆上。

我忽然發現她似乎在哼歌。一開始還聽不清楚，但隨著周圍愈來愈寧靜，遠處的歌聲也慢慢傳進我的耳裡。

「就算多麼悲傷，痛苦得想消失不見……不過好像還撐得過去……不論任何時候，不論任何時候……」＊她反覆哼著同樣的歌詞。

大約過了三十分鐘，香折猛然起身。一罐啤酒似乎就把她灌醉了，她步伐蹣跚靠近隔壁的鞦韆，蹲下身搜著包包。過一會兒，不知她取出了什麼東西，然後離開鞦韆走向我。我驚嚇之餘，從黃櫟樹下移動到後方的杜鵑花叢旁。

她已經走到我伸手可及之處。我還以為她發現了我，於是低下頭憋住呼吸潛藏在花叢裡，結果只聽見喀喳的聲響，接著是逐漸遠去的腳步聲。我抬起頭，看見香折走回鞦韆的背影。我心想，到底發生了什麼事？環顧四周，卻沒有發現任何異樣。我蹲著身體，視線前方有個綠色的垃圾桶，剛才那一聲喀喳應該是她把包包裡的東西丟進垃圾桶的聲音。我把視線移回到香折身上，她已經背起了大包包正要離開。我起身打算繼續跟蹤她，也順便瞄了一下垃圾桶。雨水打濕了堆積如山的飲料罐和紙屑，垃圾堆上有一個白色盒子。我一邊留意香折的動向，順手撿起盒子。那是一個咖啡色紙盒。我誤以為盒子是白色，原來那只是紙盒上附的白色禮箋。我打開盒子，只見

譯注

＊日本歌手槇原敬之的成名曲〈無論何時〉的歌詞。

裡頭有一張信紙和一個厚厚的信封。信封裡有好幾張百貨公司的禮券。我在街燈下讀了那封信。

「香折，祝你找工作順利。母親留」——上頭只有這麼一行字。我確認禮券，裡頭全是五千圓券，至少有三、四十張吧，價值起碼有十五萬至二十萬，算是一筆巨款。

香折剛才丟的就是這份禮券，她怎麼把如此貴重的東西隨意丟棄呢？

我看著香折的白色身影即將走進樹叢裡，索性把信和禮券放進口袋，繼續跟蹤她。

香折走出了公園，繼續往我家的方向前進。路上沒半個人，沿路也沒有巷道，儘管我離她很遠，但只要她一回頭就會發現我。我認定她就是要到我家，於是返回車上，等她的白色背影快要消失才發動引擎。我加快車速，沒一會兒就追過她。

我搶先回到大廈旁的停車場，躲在車後等待香折。過了五分鐘，香折果然出現了。她走過我的眼前來到道路的盡頭，駐足在大廈玄關前。

香折一動也不動，望著我位於五樓住家的窗戶。

原本她沒有任何動靜，過沒多久似乎嘆了一口氣，因為她的背影縮了一下，然後重新背起包包離開了大廈。

我看了看手表，早已過了半夜一點。我下定決心，心想：到此為止吧。我悄悄地穿過車與車的空隙，急忙點起了一根菸，往香折的方向走去。

香折看到我，緊張得身體都僵住了。她停下腳步，張開嘴巴呆呆地看著我。我也姑且裝出意外的表情。

「怎麼了?不是回去了嗎？」

我的心已定，因此反倒露出責備的語氣。香折嚇得話都說不出來，尷尬地移開了視線。

「怎麼不回家呢？」

我不打算提及她橫濱的老家。我多少在意自己褲子的口袋裡還裝著香折母親的信和禮券。

「橋田先生。」香折一臉窘迫的神情，「如果不麻煩的話，可不可以再讓我住一晚？」

「為什麼？」我想該問的還是得問。

「我擔心那個男的又來找我。」

我盤起雙手，裝出難以理解的神態。

「那就更應該好好跟對方談一談啊。我在紙條上也告訴過你了。雖然我不知道你們之間有什麼過節，但畢竟曾是男女朋友嘛。總之你應該想辦法解決事情，光躲他是沒有用的。更何況，你躲在一個陌生男子的家裡不是很奇怪嗎？難道你不覺得嗎？」

香折一臉茫然地看著我說：「我才沒有和老闆在一起。」

「不會吧。從你們昨天互動的情況看來，應該是交往過才對啊。」

「我說的是真的。是他一直死纏著我，我不可能跟那種人在一起。」

「那他怎麼會跑到你家堵你呢？」

「我怎麼知道他在想什麼，所以才更害怕啊。」

「我還是不太相信。」

「就是因為我在那種地方打工，你也認為我很隨便，對不對？」

「我沒有這麼想啊。」

「才怪。你認為反正我跟那種男人在一起，所以我是個很隨便的人，對吧？」

「我沒這麼說呀。」

「你有！」

香折不知是醉了還是太冷，臉上有些潮紅，語氣也愈來愈激動。我偷偷瞄了手表。

「總之時間也這麼晚了，你淋了這身落湯雞會感冒的。今晚我還是讓你住，不過明天早上你得好好和我談一談。我並沒有興趣亂挖別人的隱私，但是你的情況實在太詭異了，我想了解一下。」

香折的表情總算輕鬆多了。「真抱歉，一再麻煩你。」

「唉，是沒關係啦。」

我取下香折肩上的大包包，拿在右手上。香折自動走到我身旁。

「不過這麼晚了，橋田先生出來做什麼呢？」

「菸剛好沒了。」

我拿起熄了火的菸蒂讓她看，但香折還是一臉疑惑。

「看你房間的燈熄了，我還以為你睡了呢。」

「我這個人滿注重一些小細節的，出門時一定記得關燈。」

我第一次感覺和她的距離拉近了。

「可是剛才雨下得很大，你怎麼沒帶傘呢？」

我這才想到我把雨傘忘在車上，頓時無話可答。

「我出門的時候雨已經停了。」

「可是，好奇怪喔……」香折小聲地自言自語。

「奇怪什麼？」

「我剛才沿路走來，只有在車站前才看到香菸販賣機啊。」

她說得沒錯。這一條住宅街上沒有半台香菸自動販賣機。就算走到玉川通，如果晚上十一點以後要找還有營業的販賣機，得到車站才有。

「我車上還有一些香菸，我是去車上拿的。」

「原來是這樣啊。不過你還真注意小細節呢。」

「怎麼說？」

「因為你連到停車場都要關燈呢。」

「是啊。」

我們通過大廈玄關，摁下電梯按鈕。

「到家趕快沖個澡，今晚就早點睡吧。」

電梯門一開，我加強語氣提醒香折，然後讓她先進了電梯。

8

香折一到我家又沖了一次澡，之後我和她各喝了一罐啤酒，她的臉立刻泛紅，起身打算回書房休息。我跟在她後面，但她阻止了我。

「我知道棉被放在哪裡，自己鋪就行了。起來後我會洗好床單，也會替你把棉被曬好。我昨天就想這麼做了，可是我想你回來一定很晚，就作罷了。」

換衣服時，我掏出了褲子口袋裡的東西，又看到香折母親的信和禮券，便收進衣櫃抽屜裡。我躺在床上想了一會兒。她為什麼扔掉母親好心寄來的信和禮券呢？而且禮券總共有四十張，面額高達二十萬圓。這麼大筆錢竟然任意丟棄，這不合常理吧。

我輾轉難眠。床頭邊的鬧鐘告訴我已過半夜三點，我起身到廁所。穿過客廳正要走進玄關旁的浴室，不禁在走廊斜對面的書房前停下了腳步。房裡傳來微微的聲音。我屏住呼吸，耳朵貼在門上傾聽房內的動靜。

那是人的聲音。

刻意壓低的啜泣聲。香折在哭泣。那尖銳的哭泣聲猶如刀刃在割鋸自己的身體，卻又鈍滯地拉長了尾音，哭聲持續且毫無間斷。我握住門把，但思索片刻後又放開了手，躡手躡腳回到寢室躺回床上。我望著天花板陷入沉思，入睡時，窗邊已經灑進微弱的陽光。

一到公司，我立刻取出香折的履歷表，再次仔細讀了一遍。

香折的父親中平隆一，昭和二十二年（一九四七）六月十九日生，五十歲。母親中平美沙子，昭和二十五（一九五〇）年九月二十八日生，四十六歲。監護人聯絡地址為神奈川縣橫濱市磯子區洋光台四之十二之十。執照、資格欄上寫著：平成八年（一九九六）十一月取得普通小型車駕照。特殊才藝除了打字之外還有小提琴。我喃喃自語：「還會小提琴……」

我從資料櫃裡找出鑽石出版社發行的《公司員工名冊上市上櫃公司版》，翻開中平隆一任職的證券公司那一頁。就他的年齡而言，名冊裡應該有才是。我從董事長一路往下看，立刻找到「中平隆一」，不禁「哇」了一聲。中平隆一竟是常務董事。昭和四十五年東京外國語大學畢業，隸屬金融市場本部，這可是掌管公司海外投資部門的要職。

年僅五十歲就能在日本最大規模的證券公司裡爬上這個地位，表示中平隆一具有相當實力，想必也是國際市場中的佼佼者吧。這家公司常務以上的幹部之中，只有一個人比中平年輕。

我闔上書，心中不禁疑惑。香折既然有這樣的父親，大可不必煩惱工作。只要父親向往來的商社或銀行打個招呼，進入任何一家公司都不成問題。中平的公司原隸屬於關西某財團的主力銀行，後來這家銀行的證券部門獨立，成立了現在的公司。如今這家公司規模已經超越母公司，成為業界最大的證券公司，稱霸兜町*。如果是這家公司的常務提出要求，關係企業下的任何一家大公司都願意通融。可是，香折為什麼不運用這些關係？而且中平為什麼也不願意替女兒想辦法呢？以她的家庭而言，財力算是十分雄厚，不需要讓女兒深夜打工才對。

想到這兒，我到隔壁的總務部拿來興信資訊發行的《人事工商名錄》下冊。翻開厚重的名人錄，查出「中平隆一」。有兩位同名同姓。描著細小的印刷字體搜尋，果然找到了。

生於鳥取縣，昭和四十五年（一九七〇）畢業於東京外大英語系並於同年入社。曾任資本市場第一部長、海外計畫室長、國際金融部長。三年前接任美洲本部長，並擔任子公司美國當地法人的共同社長，同時兼任該公司的董事。他大概在這前後曾派駐在美國吧。就經歷看來，他應該

譯注

*東京證券交易所之所在地，亦是日本證券市場的代名詞。

在國外待了不少年。

香折也待過國外嗎？我想著想著，剛好看到「中平隆一」的家族成員欄位。

妻　美沙子　昭和25・9・28生　東京女子大學畢業
長子　隆則　昭和47・12・13生
長女　香折　昭和52・10・5生

我重新對照香折的履歷表。香折在家族欄上只寫下父母親的名字，工商名錄上卻記載隆則這個長子。昭和四十七年生（一九七二），今年二十五歲。我以為她是獨生女，沒想到上面還有一個哥哥。

我另外又發現一件事，更加深了我的疑惑。履歷表上監護人的聯絡電話號碼欄竟是空白的，只填上父親中平隆一的名字和磯子區的地址，卻獨漏了電話號碼。像香折這樣的未成年人若要應徵工作，規定必須填妥監護人的聯絡方式。嚴格說來，這份履歷表等同於無效。只不過我早在第一次面試就刷下了她，因此忽略了這一點。

她老家總不可能沒裝電話吧。香折為什麼不肯寫上電話號碼？又為什麼要隱瞞隆則這位哥哥的存在？光是重新調閱這份履歷表就浮現出香折家人的謎團。昨晚香折在公園扔了母親的信和禮券，加上她隱瞞哥哥和電話號碼的履歷表，從這幾件事研判，不難想像香折可能成長於相當複雜的家庭環境。但是究竟是什麼狀況？我當然是毫無頭緒。

我花了下午半天的時間完成面試，當機立斷選出第二次面試的五位人選，一過了六點，我正準備離開公司，辻副課長看到，急忙攔住我說：

「待會兒還要開四年制大學應徵人員的審核會議呢。」

我早忘了這件事。四年制大學畢業生比短大生提早召募，今天上午完成了第一次面試，傍晚七點，內山人事部長要主持會議，仔細審核第二次面試的每一位學生。第一次面試者來自北海道到九州的各個區域，應試總人數為三千五百人，篩選為三百人。人事部必須在這兩天內審核這三百人、分類為幾個等級。等級分為A到D級，還設定了少數的特A名額。另外，每年都有一定的特殊關係名額，只分配給幾位後台特別硬的學生。人事課規定四年制大學的徵才不得使用特殊關係。由於我們公司在企業集團中屬於核心單位，一旦通融特殊關係，鐵定沒完沒了，但也因此往年都在短大專門職業類別上多開放特殊關係名額，以顧全關係企業或往來廠商的面子。

「我不出席審核會議也沒什麼大礙吧。待會我有要緊的事得處理，無法參加。麻煩你代我向部長報告吧。」

我內心想道：如果我不參加會議，部門內的人將認為我的舉動等同於對內山的抵制。不過，那也無所謂。在這種節骨眼或許多利用外界的猜測反倒比較有利。這兩天來，我滿腦子都是香折，完全無心工作。我竟然忘了還有審核會，這在過去是無法想像的疏失。

「反正我完全不碰四年制大學的徵才，只看履歷表和面試紀錄，哪能分出誰是A、誰是D啊。我不打算發表不負責任的意見。你身為副課長，代我露個臉就夠了。剩下的就留給內山大人決定就行了。總之我還有約，先告辭嘍。」

一看時鐘，正好是六點二十分。今天早上我和香折約好一起吃晚餐。我要她六點半到公司的地下通道口等我。二十幾年前，這間公司成了激進派恐怖集團的標的，總公司大樓慘遭大規模爆炸，當時多名人員傷亡，成了一樁流血慘案。從此只要一到六點下班時間，公司就會關閉正門，只能從警備森嚴的地下通道出入。香折雖然只是個年輕女孩，不過萬一讓她在通道口前徘徊，恐怕遭到警衛的攔阻，我得搶先一步提早到通道口等她。

我檢查了公事包，確認帶了香折的履歷表以及她母親的信和禮券，說一聲「先走嘍」，也不理會辻茫然的神情，快步離開人事課辦公室。

9

香折在六點半準時出現。她身穿直筒牛仔褲、白色T恤搭圓領短袖薄針織衫。鞋子也和昨天不同，今天穿的是球鞋。這些衣物想必裝在那個大包包裡。她空手出現，原本想問她行李怎麼了，但又作罷。搭上計程車前往赤坂，我帶香折到百貨公司「Belle Vie赤坂」最頂樓的餐廳「燦鳥」。由身穿和服的女性帶位，我們面對面坐在事先預約的靠窗位子。香折環顧廣大的店內。店裡客人不多，只有五、六組客人分散在各桌。

我先點了生啤酒，然後各自打開菜單。

「要吃什麼呢？」

我問香折，她卻一臉困惑。

「這裡的肉類料理最出名，所以鐵板燒或是涮涮鍋比懷石料理好吃。」香折放下菜單，語氣嚴肅地問我：「橋田先生，吃這麼貴的東西，好嗎？」

這裡一餐七千圓起跳，絕對稱不上是高級餐廳。我和瑠衣聚餐時，通常挑選兩人的花費在三、四萬圓的地方。像昨晚那種比較特別的日子，我就會帶瑠衣到更高檔的店，即使如此，每個月的花費也不超過二十萬圓。

工作應酬時，我可以當作交際費報帳，而且過往擔任社長祕書、經營企畫室，一向和高層保持密切關係，從不需要煩惱經費問題，會計也從不質疑我的收據或是請款明細。身為扇谷的愛將，公司裡包括董事在內，無人敢插手管我，所以在私人的交際花上二、三十萬，就一個單身男子而言，算不上多大的金額。況且，直到去年我和瑠衣開始交往之前，過去幾年來我幾乎等於沒有花什麼錢。

「這家店沒有你想像中那麼高級啦。」我笑著說：「那麼，預祝你明天的面試成功，我們來吃涮涮鍋吧。」我點了一萬兩千圓的套餐。香折喝著啤酒，表情顯得有些沮喪。

「怎麼了？怎麼板著一張臉？」

「像我這種超級窮光蛋，來這種地方會緊張呀。我平常在學校餐廳吃一碗兩百一十圓的拉麵，如果想吃五百圓的焗飯，真的會考慮半天不敢下決定呢。」

「是喔。不過你父母應該會寄錢給你，再加上打工賺的錢，應該不至於多窮吧。像我這種年紀就另當別論，不過現在的學生可比年輕上班族還要多金呢。」

我試圖探出她的家庭狀況，香折卻沉默不語。香折不可能是「超級窮光蛋」，她的父親可是收入優渥的大企業高層幹部呢。

「這家店啊，是你明天面試的三得利的直營店喔，所以店名也就叫『燦鳥』*。」我把餐巾往脖子上一圍，指著餐巾上的標誌。香折說：「真的耶！原來如此。」

「是啊。三得利的東京分公司就在隔壁，明天你就是來這裡面試。所以今天算是視察敵情嘍。」

香折也圍上餐巾，用筷子夾起桌上的小菜。

「很好吃。」她微笑道。

「今晚就多吃一點吧。補充體力才能通過面試喔。」我也動起筷子。

火鍋沸騰之後，我夾了菜跟肉放入鍋子。香折吃得相當痛快，一再稱道「很好吃」。她的表情真是惹人憐愛。我望著她的臉，想起昨晚她在公園搖著鞦韆的模樣、深夜她在書房啜泣的聲音。我追加一盤肉之後，決定切入正題。

「今天應該去了醫院吧？」我看著香折右手纏上的新繃帶，先從這個問題問起。

「是的。我去了大學附屬醫院。」

「昨天我也問過，你那個傷口應該不是狗咬傷的吧？應該是讓人咬傷的，而且咬得很嚴重。」

香折驟然放下筷子低頭不語。雙手收在大腿上，左手掩住右手。

「是誰幹了這種好事？是你那個老闆嗎？」

香折沒有回答。她一動也不動，只管低頭沉默。

「好吧，不想回答就不必回答。對了，你沒有兄弟姊妹嗎？你的履歷表上只有父母親的名字。」

香折輕輕點了頭。

「原來你是獨生女呀。」

她再度點頭。

「你父親在公司負責哪個單位？有沒有幫你找工作？」

香折搖頭。

「那你媽媽呢？不是在開補習班嗎？是哪一種補習班呢？」

這時香折終於抬起了頭。

「為什麼要問這些？」

她的聲調不變，語氣冷淡中帶有不屑，眼神也變得尖銳犀利，彷彿充滿了憎恨。

「我沒要問什麼奇怪的問題啊。今天重新看了你的履歷表，上面寫說母親經營補習班，我只是想知道你媽媽在教些什麼。」

「我覺得這不干你的事。」

「這不是干不干的問題吧。我只是順口問一問罷了。」

「聽起來不像是這樣，你好像在盤問我。面試已經結束了，我想我沒有必要回答你。」

「你有必要發這麼大的脾氣嗎？」

香折直直瞪著我，那是我從未見過的表情。原來這個女孩也有如此強悍的一面。

譯注

＊「燦鳥」的日文發音santori近似三得利之原名Suntory。

「我才沒有發脾氣。」

「才怪，你看起來就是在生氣。是不是因為你撒了謊？」

就在這個時候，香折隱約動了動嘴角，露出淡淡的笑意。那幾乎可說是一種嘲弄的笑。這個反應真是奇妙。她黯淡的雙眸透露出頹廢厭世的氣息。我好久沒見到這樣的眼神。這種冷笑和眼神絕不是年僅十九歲的女孩能夠輕易做出來的，她在威嚇對方，彷彿隨時就要攻擊，令人毛骨悚然。

「年紀輕輕，鄙視人的表情倒是一流嘛。」

我輕輕反擊。香折瞪人的眼神變得更加銳利，我心想：不得了喔。

「你好像連敵人和自己人都分不清楚，真是可悲呀。」

「你把自己說得好像是跟我同一國。」

「至少我不是你的敵人。這一點你也應該了解吧。」

香折全身散發出一股怒氣，同時混雜著輕蔑和猜疑。但在我這一句話之後，顯然有了些微的緩和。

「太自我膨脹了吧……這樣很遜耶。」香折喃喃自語：「反正你不會了解我的。」

我傾身向前，牢牢盯住她。

「一開始我多少也有些猶豫，老實說，探你的隱私對我也沒什麼好處，只是有點不放心。我有些猶豫，到底該不該就這樣放你回去，總覺得哪裡不對勁。」

我打開旁邊椅子上的公事包，取出昨晚撿來的東西——香折母親的信和禮券。我把兩樣東西疊在一起，放在香折面前。

香折凝視片刻，然後以異樣的眼神直視著我，接著閉上眼睛，先是頭部晃動，接著肩膀晃動，最後全身顫抖起來。看見這突如其來的變化，我也嚇壞了。我給她的刺激似乎過大，她又出現那晚在停車場極度恐慌的狀態，眼看就快要連人帶椅往後倒下去，我急忙起身繞過餐桌，坐在她身旁支撐她瘦弱的身軀。香折閉著眼睛倒在我的懷裡，身體顫抖得愈來愈厲害，我舉手招來店裡的女服務生，從錢包裡掏出信用卡要求結帳。「需不需要幫忙呢？」服務生問，我說：「可能是喝多了，麻煩給她一杯冰開水。」服務生答應後便匆匆離開。

我撫著香折的背部安慰道：「是我不對。我不是故意要嚇你，不用擔心，也不用再害怕了。」服務生送來冰開水，我讓她捧住杯子要她喝下，她仍不停顫抖，但還是乖乖喝了一小口。過了一會兒我問她：「站得起來嗎？」

香折點頭。我抱著她起身，把桌上的信和禮券放進口袋，請服務生替我拿公事包，離開了餐廳。

我撐著香折腋下，幾乎是半推半拖把她送到電梯下樓，抱著她走到二十公尺遠的計程車站牌前，大喊「有人需要急救」，推開大排長龍的人群坐上車。豪雨過後的天氣格外悶熱，才走一小段路就已汗流浹背。

香折躺在計程車後座呈現失神狀態，慢慢地放鬆全身，雖然睜著眼睛，眼神卻未能聚焦，額頭上冒著汗珠。我問她：「熱嗎？」沒有回應。我拿手帕替她擦汗，打算幫她脫下水藍色薄針織衫。脫下針織衫的同時，不小心掀起白色T恤，露出她左背的肌膚。她赤裸的背部令我目瞪口呆，只見發黑的瘀青猶如條紋般遍及整個背部。我趕緊把她的T恤掀到胸前，檢查她那骨瘦如柴的身軀。恍神的香折已無力抗拒我。

她的背部腹部有好幾處瘀青，腋下的內出血尤其嚴重，有十公分左右的帶狀瘀青，腫脹的程度不比右手的咬傷來得輕。我放下T恤緊握香折的左手，讓她的身體貼近我。原來，香折遭人凌虐了。

傷痕累累的她怎麼還能工作？想必晚上也痛得無法入睡吧。她身上的傷痕和手腕上的咬傷應該是發生在同一時間，這麼說來，她就是拖著這一身傷來接受我的面試，然後晚上又在店裡搖著雪克杯，隔天又再度前往面試，半夜則在冰冷的雨中淋得一身濕。

香折瘦小的身體一動也不動。我右手抱著她，咬住自己左手食指，試圖全力集中精神。

從她看到母親的信和禮券時的反應看來，我的推估是錯誤的。我以為她的恐懼和夜店那個老闆脫不了關係，但事實上最大的原因或許來自她的家庭——母親、父親，以及她不願意承認的哥哥。這麼一想，許多疑惑就有了解答。這些疑惑包括：她家裡住得不遠，為什麼獨自在外租房子？她為什麼不願意回老家？她為什麼說自己是「超級窮光蛋」？找工作時為什麼不願意求助於大企業幹部的父親……

我在中途停下車，順路到藥局買了點東西，然後在池尻下車。香折不知何時睡著了，我背著她走進房裡。

10

我從學生時代起就習於自己治療外傷。帆船運動比外界想像中還來得激烈，划槳會撞傷人，船體之間的碰撞也可能導致骨折，這些都是家常便飯。我讓香折躺在我的床上，隨即不加思索替她脫下T恤和牛仔褲。果然不出所料，除了在計程車上發現的傷以外，她的瘀青遍及全身，腰部和左大腿內側的腫脹尤其嚴重。這兩處應該是硬物撞擊造成的，其餘的傷可能是毆打所致。我把藥局買來的藥膏小心翼翼地貼在她的傷口上。

香折果然醒了。

每當我在患部貼上藥膏，她便皺起鼻頭發出「哼」的一聲。

「痛嗎？」

「沒事。」

「那就好。」

她的眼神總算恢復了意識。

「你昨天是不是一直跟蹤我？」

「是啊。」

「為什麼？」

「我也不知道，就是想這麼做。」

「是喔。」

「是啊。」

「不好意思，總是給你添麻煩。」

「我才不對，剛才真是對不起。」

「你不必放在心上，我只是有點嚇到了。」

治療完畢後，我拿了自己的T恤和運動服給她，她說：「麻煩你幫我拿包包過來好嗎？」昨晚的橘色大包包就放在書房裡。

香折試圖起身，但被我制止了。

「打開拉鍊右邊有化妝包。另外一邊疊了幾件衣服，上面數來第三件就是睡衣，麻煩幫我抽出那套睡衣。」上面數來第三件確實是一套淺綠色睡衣，我遞給她，她又打算起身，我還是制止她，從下半身依序替她慢慢穿上。

「橋田先生。」

「嗯？」

「為什麼要對我這麼好？」

「我沒做什麼特別的事啊。」

「才不是呢。第一次有人對我這麼好。」香折的眼淚奪眶而出，「我簡直不敢置信。」

她的淚珠涔涔猶如流水般滑下，沿著面頰滴落在床單上。我用毛巾擦拭她的淚水。

「沒什麼好哭的。算是一種贖罪吧。」

「贖罪？」

「是啊。你拖著這一身傷來應徵，我竟然輕易就把你刷下。我早該發現才對。」

香折眼裡含著淚微笑了。

「就算是橋田先生也不可能發現的。而且……」才說到一半又把話吞了回去。

「而且怎樣？」

「橋田先生在面試的時候，看起來很不討人喜歡。」

「是嗎？」

「是啊。你看起來聰明絕頂但是心腸很壞的樣子，所以那天你替我解決掉老闆的時候，我真的覺得很意外。」

我笑了。

「今晚就早點睡吧。你這一身傷，昨天和前天應該都沒睡好吧。明天就在這裡好好休息吧。」

「不好意思。不過明天過後我就不再打擾你了。我想老闆也不會來找我，而且下午一點還有面試，我本來就打算今晚要走。」

「你這種狀況去面試也不會順利的。明天的三得利就別去了，治好身體最要緊。要找工作我可以替你想辦法。」

「我不能再繼續依賴橋田先生了。我和你非親非故，我也不懂自己為什麼老是給你添麻煩。我一定是有什麼地方不對勁。」

「好啦，別說得那麼見外。人沒辦法孤零零一個人過活，有時候還是得求助於他人，有困難就應該欣然接受對方的好意，這也是為對方好唷。」

「可是，我沒有什麼能報答橋田先生的。」

「別擔心，我不會叫一個只有我一半年紀的人回報我什麼。」

香折的眼淚再度奪眶而出。

「別說了，趕快睡吧。我會陪在你身邊，直到你睡著為止。」

「好。」

關上燈，房裡一片漆黑，香折轉身背對我，不停地嗚咽著。我抱膝坐在床頭旁，默默傾聽她的啜泣聲。

我聽見有人叫自己的名字，便睜開了眼。炫目的陽光灑落四周，光線中出現了一張臉。一張年輕女孩的臉龐，我倏然甦醒。

「橋田先生，已經七點嘍。」

我緩緩起身，見到身上蓋了一條毛巾被。腦海中浮現昨晚的記憶。昨晚我聽著香折沉睡的呼吸聲，不知不覺也躺在地毯上睡著了。我原本打算守候著她醒來，卻反倒讓她叫醒了我。如果是兩三年前，三兩天不睡覺根本不算什麼，而當時的體力如今正逐漸衰退。我起身想道：自己真的不再年輕了。香折早已穿好昨天的衣服看著我。

她對我微笑說：「早安。」

一臉容光煥發。

我也對她說：「早安。」

「我先沖好澡了。」

她的頭髮還是半濕的。

「睡得好不好？」

「我睡好久呢。」

「身體還痛吧？」

「已經好多了。其實我是個不怕痛的人唷！」

「是嗎……」

我點點頭，瞄了嵌在櫃子上的時鐘。七點五分。我想起昨晚想的事。

「今天一天就好好休息吧，你這種身體不可能去面試。」

我拉起香折的手讓她坐在床上，自己也跟著坐到她身旁。

「如果要找工作，我可以幫你介紹。要安插你到我們關係企業絕對不是問題。」

我提到關係企業的一家汽車製造商。那是業界第四大公司，三年前從我們公司獨立並公開發行股票。獨立當時，我經營企畫室，督導負責獨立程序的前線部隊，因此這家公司的社長和幹部都是我的熟人。這公司作風嚴謹，但業績相當亮眼，頗為知名，對謀事者而言稱得上是不錯的選擇，與味之素或三得利相比也毫不遜色，若再加上香折父親的頭銜就更加順當了。記得發行股票當時，就是由香折父親的公司擔任主要承銷商。我打算今天就聯絡對方的人事部門，立刻傳真香折的履歷表，只要說她是我大學恩師的遠親就行了。以我目前的地位，隨便一通傳真就能搞定這些事，對方絕不敢違背母公司人事課長的要求，剩下就等下個星期讓香折去接受形式上的面試，一切就解決了。

我簡短說明程序，最後說：「如果你願意的話，我在今天之內就能拿到錄取通知書。」說明途中，香折露出難以置信的表情。她似乎被我強硬的態度給嚇著了。

「你還是比較喜歡三得利嗎？如果是這樣的話，那也是……」

「橋田先生。」她打斷了我的話，語氣顯得特別嚴厲。

「啊？」

「這是不對的，你知道嗎？」

「為什麼？」

「因為那是作弊行為，跟考大學走後門沒兩樣啊！」

香折抿緊嘴角，像是在訓誡我。「橋田先生，你聽我說，我們學校也有人靠著父親或是親戚的關係，比別人提早找到工作，但是多半的學生卻不是這樣，每天得到就業輔導室看徵人告示板，不厭其煩地拜訪學長姊。大家都拚命想辦法擠進理想的公司，我也是如此。當然，現在需要短大生的公司不多，所以找工作也不那麼順利，這都是事實，但是重點在於有沒有努力付出。我認為作弊進好公司，一點意義也沒有。」

聽香折如此認真反駁，我不禁苦笑，心想真是不解世事的年輕人的想法，企業這種地方本來就有它骯髒的一面啊。

就拿我自己來說，我能夠擁有現在的地位，也只因為扇谷看上我罷了。當然能力多少也有些關係，但是上層願不願分配好的工作機會給你，也會決定一個上班族的一生。

不論是政府機關也好，像我們這種大企業也好，誰是少數的幹部人選，早在進公司之時就已經拍板論定。我就是那其中一人，也才有機會在進入公司第三年陪同副社長到歐美考察。不管是大藏省[1]也好，通產省[2]也罷，幾位當官的同學都說，入省當時高層就已選好五位次官[3]人選，但是他們會巧妙安排人事，因此直到升官之前當事人都蒙在鼓裡。有時候高層還會把人選暫時調派到外局[4]，然後嚴密監視每個人的動向，假裝讓大家去爭奪次官地位，但事實上卻只有那五個人擁有競爭權。他們異口同聲說最近政府部門紀律大亂，原因就出在於人事安排拙劣，讓每個人都曉得誰是那五位人選之一。排除在外的人於是自甘墮落，而五位人選則組成派系，時而合作、時而對立。

「以前大家在乎課不在乎局，在乎局不在乎省[5]，因此那個時代沒什麼大問題。不要以為政府部門的人都不重視國家利益，其實那時候的人沒有外界想像的那麼齷齪。但是現在我們這些作公務員的，心中只在乎自己，連『課』都不在乎了，這也無可奈何呀。」

某位在通產省擔任課長的同學前幾天才跟我抱怨了這些。他歷經長達三年的激烈人事鬥爭，從此失去了往年的氣勢。

現在我在談的問題，就層次上而言遠比這些故事要低很多。不過是替一個短大女孩安排一份

譯注

1 掌管財政的日本政府機構，等同於財政部。二〇〇一年劃分為財務省與金融廳。
2 通商產業省之簡稱，等同於經濟部。二〇〇一年改名為經濟產業省。
3 僅次於大臣（部長）的政府高級官員。
4 日本政府機構由上分為省、局、課。
5 直屬內閣，掌管特殊事務的中央直轄局。

工作罷了。事情就這麼簡單，無須論及社會道義或是倫理吧。

正當我想著這些事情，香折突然開口問話了。

「橋田先生，你是哪一所大學畢業的？」

「東大啊。」

「什麼系？」

「法律系。」

我的回答似乎在香折的預料中。

「橋田先生，你當慣了菁英，不懂民間疾苦。你已經離一般人很遠了。」

「你說我當慣了菁英？」

「是啊。」

既然她要這麼說我，我也有話反駁。

「你父親也是菁英啊，才五十歲就當上那家公司的常務，這可是不得了的傑出人物呢。」

我察覺香折的身體變得僵硬起來。

「橋田先生，你怎麼知道？」

「沒什麼，只是稍微查了一下。」

「是嗎？」

香折前一刻還是柔和的表情，現在頓時緊繃起來。

「我好像又讓你不舒服了。」

她似乎刻意維持情緒，不再有昨晚那般固執的態度，但還是語帶諷刺。「橋田先生，你查了不少事情嘛。」

「沒那麼嚴重啦。」

「挖我這種人的隱私，好玩嗎？跟蹤我，還查了我的家庭背景！」

「為什麼一說到家人，你就變得這麼刺人呢？」

香折一動也不動，似乎思索些什麼。

「我告訴自己不要相信那些擁有高學歷順利進入大公司的人。我父親就是這一種人。」

於是香折起身向我鞠躬。

「謝謝您幫了我這麼多忙。昨晚我真的很開心。」

「你接下來要去哪？」

「我會先回家一趟，然後去三得利面試。」

時鐘指著七點十五分。

「不必急著現在回去吧。我也要去沖個澡，待會兒吃個早餐再一起出門吧。你全身那麼多傷，提著那個大包包走路很辛苦的。」

寢室的門沒關上，我從門縫看見客廳角落還放著那個大包包。

「還有，我替你買了很多藥膏，你可以帶回去用。你腰部和左大腿的傷特別嚴重，照理來說應該去醫院看一下，不過，如果不想去，記得每晚要貼上藥膏。好！那我們就在車上預演今天的面試吧。」

「好。」

出乎我的預料，香折答應得十分爽快。

上午九點，我進了公司處理手邊的文件之後，從十點到下午四點半解決了滿檔的面試行程。短大生的第一次面試將在今天告一段落。然而我滿腦子都在想香折，不論是面試途中或是午休時間，總是心不在焉。下午一點，到了香折的面試時間，我的眼前也坐了一位應試者。我一心祈求香折不要有任何閃失，因此從頭到尾只有沉默，無心問話，甚至讓隔壁的辻副課長咬我耳朵：「課長，您怎麼了？怎麼在發呆呀？」

下午五點，選出最後一天的五名第二次面試者，並以電話通知，隨後和課員在會議室舉辦了小型慶功宴，一同喝啤酒吃壽司。該是香折打電話來的時候了。今天早上在送她回家的車上我要求她，不論結果如何一定要打電話通知我一聲。

電話在六點多響了。當時大多數課員已經下班，我在座位上焦急等著電話。當我接起話筒，聽見香折格外開朗的聲音。

「橋田先生，剛才三得利打來說我通過第一次面試了。多虧你今天早上給我許多建議。真的非常謝謝你。」

我所謂建議其實也沒什麼大不了，我只是建議她坦誠說出自己在酒吧打工的事情。起初香折還面有難色說：「這樣好嗎？我覺得一說自己曾在夜店工作就完蛋了。這樣會讓人誤以為我是愛玩的女孩，感覺很輕浮，很沒有家教吧。」

「才不會呢。在玩的人並不是你，喝了酒酩酊大醉的是客人。你要應徵的公司就是在賣這些酒。直接把你在吧枱上觀察到的形形色色說出來就行了，並且附帶說明酒對於生活發揮了多少功用，強調喝酒的好處。反正面試官都是比我年長的老男人，而且盡是天天飲酒的傢伙，你就想辦法捧他們，說男人在喝酒時是多麼輕鬆自在，多麼可愛之類的，隨便糊弄過去就好了，保證你輕鬆過關。依你的程度來說，筆試的分數絕對超過及格標準。到了口試階段，反正其他人的應答大同小異，你要試著說一些有別於其他人的內容，不要裝模作樣，最好的辦法就是把自己的個性秀出來。」

「作調酒師並不是我的個性啊。」

香折遲遲無法認同我的意見。不過，看來她還是照我的話去做了。

「那真是太好了。總算過了第一關，下一次面試是什麼時候？」

「下次是後天星期六。」

「過了這一關就確定錄用了嗎？」

「好像不是耶。負責人事的人說星期一還有最終面試，到時候才會確定。」

「那一場應該是形式上的董事面試，絕對不會被刷下去的，重點在於星期六的第二次面試。」

「是。」

「那今晚就一起吃頓飯，商討下一場面試的策略吧。你應該有空吧？」

不管結果如何，我本來就打算今晚要和香折一起吃晚餐。

「今天可能不行耶。」香折說道。

「為什麼？有什麼事嗎？」

「是啊，我剛才跟我男朋友說我通過第一次面試，他就說要請我吃飯。所以很抱歉。」

「是喔。」

我十分訝異。既然有男友，她又為何如此依賴我？除了這個疑問之外，我也發覺自己有種莫名的失落。我告訴自己，香折有男朋友並不是什麼奇怪的事情。

「了解。那明天呢？」

「明天就有空啊。」

「那就明天來一場面試前的特訓吧。我可以把時間空出來給你。」

「這樣好嗎？」

「沒問題的。橋田人事課長要親自傳授面試的必勝祕技喔。」

「哇！謝謝你！」

我聽著香折欣喜的聲音，納悶自己為什麼要替她做這麼多事？

「你可以到我公司嗎？」

「可以。」

「那就和昨天一樣約六點半好了。我會請你吃一頓好料的。」

「好啊。」

「對了，今天可別喝太多酒，這樣對你的傷口不好。還有，記得睡前一定要貼藥膏喔。」

「是的。」香折笑著說：「橋田先生好像我哥哥呢。」

掛上話筒，我在心中反覆香折最後一句「好像哥哥」。我喃喃自語：「哥哥是吧……」腦中浮現香折的親哥哥，那個叫作隆則的二十五歲男子。

總之，今晚的行程落空了。我再次拿起話筒，摁下牢記在腦海裡的一組號碼。

「喂？」

在一陣雜音下響起一個女人的聲音。

「喂，是我。」

「啊，橋田先生。」

「你在哪？」

「現在啊，我剛剛到客戶那邊開會，正在回公司的計程車上。」

「待會兒要不要一起吃飯？有事嗎？」

「沒事啊。不過可能要到八點喔。」

「沒問題啊。那我八點到公司接你。」

「好的。」

「還好嗎？」

「嗯。你呢？」

「很好啊。」

「那我在公司等你。」

她先掛了電話。

11

瑠衣醉得不輕。我們在青山共進晚餐，而後又到另外兩家店喝酒，此刻則在澀谷的酒吧。道玄坂的盡頭左轉，走一段路，右手邊有一棟細長大樓，這家店就在這棟大樓的七樓。這是不掛任何招牌、只做熟客生意的小酒吧，算是我的避風港，我從來不曾帶人來過。我到這家酒吧喝酒已有六年，當年遭未婚妻拋棄之後，每晚總是在此飲酒解悶，將近一年裡，我常常在這家店喝到早上，徹夜未眠，之後又直接到松濤的扇谷家報到。這裡離松濤很近，這也我是常來的原因。

我聽說香折要和男友吃飯，於是約了瑠衣，先到她日比谷的辦公室接她。見到她的那一剎那，心中有股莫名的衝動想灌醉她，因此我帶她來到這家酒吧。我有自信，絕不會醉倒。我們倆已經喝完一瓶酒，此時則在暢飲純伏特加。瑠衣果然跟上了我的速度，我猜想這個女人應該不曾酒後亂性吧，也確實如此。

我把酒杯擺在吧枱上沉默不語，於是瑠衣問道：「怎麼了？橋田先生不喝了嗎？」

從三十分鐘前瑠衣就不斷重複問這一句話。每當她問起，我便拿起酒杯，「那麼就來乾杯吧」，敲了瑠衣的酒杯後一口喝盡。她也跟著乾杯，就這樣愈喝愈醉。偶爾還會發出「呼」的喘息聲。

然而我卻始終想著香折。她既然有男友，為何還要睡在我家？難道她和那個老闆真的沒有任何關係嗎？她全身的傷痕到底是誰幹的？在哪弄傷的？我的腦中不斷湧現各種疑問。我拿出那封信和禮券時，從她那不尋常的反應看得出她想要撇清與母親的關係。「我告訴自己，不要相信那些擁有高學歷、順利進入大公司的人。我的父親就是這一種人」，她這一句話顯示她也不相信自己的父親；至於隆則這位哥哥，她更是徹底否定他的存在。到底是什麼原因讓她如此逃避雙親和哥哥？其中的癥結肯定不單純，我卻找不出答案。

香折說「挖我這種人的隱私，好玩嗎」。然而，我只是替她做了簡單的包紮，她就哭著說「第一次有人對我這麼好」。

我愈想愈摸不著頭緒。

「橋田先生，為什麼都不說話？」

瑠衣推了推我的肩膀。

「沒什麼，只是在想一些事情。」

「想什麼？」

「嗯，想工作。」

瑠衣凝視我的臉。她雙頰泛紅，這是我頭一次看到她如此大醉的模樣。

「才怪。」

瑠衣的語氣不悅。我心想，難道她酒後喜歡與人鬥嘴嗎？接著她叫了我名字。

「橋田先生，橋田先生。」

然後她頭一歪，往我肩膀靠。

「幹麼？」

「我讓你很困擾對不對？」

這個出人預料的問題讓我鬆散的心情頓時緊繃起來。

「什麼意思？」

瑠衣移開了身體，直視著我。

「我也不是個遲鈍的人，不可能不了解啊。我們認識半年多了，就算再笨也不至於笨到沒發現吧。」

「到底是什麼嘛？」

「我讓橋田先生很傷腦筋，這絕對錯不了。」

這一瞬間，瑠衣露出認真的眼神。

「不只是橋田先生，我自己也很傷腦筋啊。」

她左手拿起酒杯，右手食指指著我的酒杯對調酒師說：「再來一杯一樣的，這位先生也要。」

「難道不是嗎？你是因為姑丈介紹，不得已才和我交往對吧？」

瑠衣輕撫杯緣說：「而、且……」她把兩個字分開來刻意強調語氣。「他是特地在聖誕夜約我出來和你見面的。」

酒一送來，瑠衣便一口乾了。

「喂，看我這邊嘛……」

瑠衣嬌嗔著，看來已經醉了。當我正視瑠衣，不禁打從心底讚歎她真的好美，香折根本比不上她。「美貌」一詞就是為這樣的臉蛋而存在的。

瑠衣以雙手包住我的臉，我有些不知所措問她：「怎麼了？」

「真的好帥唷。」

「你在說什麼啊？」

「你是社長身邊的紅人，工作能力一流，長得一表人才，又非常冷靜，處事圓融，不希望傷害到任何人……」

這時瑠衣突然放開了手。

「不過，就只有這樣。」

瑠衣撥了撥頭髮，飄逸的長髮散發著光芒。

「這件事我會親自向姑丈說明清楚。我會跟他說我們年紀差太多了，彼此又沒什麼感覺，麻煩他出面跟你要求結束交往關係。是我提出分手的，不會連累到橋田先生。這麼一來，我想姑丈只會覺得對不起你，絕不會因此為難你，這樣一切就可以圓滿結束了。對吧！」瑠衣對我微笑。她的微笑讓我有種奇妙的感覺。

「半年來的大計畫總算大功告成了，對吧？橋田先生？」

我無話可答。

「其實我覺得你滿狡猾的，心機很重喔。不過我建議你，不管你是喜歡對方還是完全沒感覺，待人最好認真一點，否則總有一天要一敗塗地。我很擔心你呢。」

「擔心我？」

我緊盯著瑠衣，感覺愈來愈莫名其妙。她幹麼擔心我？這句話太讓我意外了。

「是啊。打從第一次見到你，我就覺得『這個人真叫人擔心』。我猜想你應該從來沒想過要依賴任何人，也不要人保護，一個人孤零零地活到現在。而且你也真的做到了，但這更是你悲慘之處。反正，當時我覺得這個人好奇怪喔。」

「我那麼奇怪嗎？」

「是的。非常奇怪。通常每個人或多或少都有窩囊的一面。」

「窩囊？」

「對啊，齷齪、無恥且無能又窩囊的一面。」

「這就是你擔心我的原因嗎？」

「沒錯。因為你這樣太奇怪了，絕對是逞強的結果。」

「是麼。」

「如果是一般的女生，只會覺得你很不討喜。不過我不一樣，我覺得你跟我有點像。」

「哪裡像？」

「個性。」

「你說你的個性像我？」

「嗯，有點。」

瑠衣瞪著我，她的眼神似乎在責怪我：怎麼連這種事都不知道？讓我想起今天早上香折說我「當慣了菁英」。

「那麼你姑丈呢？他又是什麼樣的人？」

瑠衣忽然嘆了一口氣。

「就是因為他，小浩才會死掉。因為姑丈也很像你。」

我猜小浩就是扇谷自殺身亡的獨生子吧。

「小浩是個非常細膩的人，他真的是個好人，非常善解人意。」

瑠衣的眼眶有些濕潤。

「我……」

我不知道該說些什麼。

「我和扇谷誠一郎不一樣。絕對不同！」

於是我想重新確認一件事。「你真的擔心我嗎？」

瑠衣伸手過來輕輕覆上我的手背，她的掌心是溫暖的。

「我真的真的很擔心你。」

一滴眼淚沿著瑠衣的臉頰滑落。我的醉意加速，腦中一片混亂。

「為什麼哭？」

瑠衣似乎在咀嚼我的問題，然後緩緩開口。「因為我喜歡你啊……傻瓜。」

12

這是我兩年半來第一次碰女人。上一次與人上床的那一天，是我陪扇谷和客戶到赤坂的高級餐廳吃飯，飯後獨自到常去的酒家。那是一個年輕政治家和高官聚集的場所。媽媽桑年過六十，過去曾是赤坂那邊的藝伎，她善於關照年輕人，總喜歡把政治家、官員或是像我這種人培育成為「一流人才」。從她口中經常聽到一些大人物的名字，例如執政黨的主導人物或是各部會的次長、局長級人物或是大企業的幹部等等，她總是笑著說：「小〇〇或是小ＸＸ還有小△△，都是在我這兒成長茁壯的！」而事實上也如此，我有時巧遇她口中的官僚、黨政要員、次長或是社長級人物，不論媽媽桑如何責罵或是怒斥這些大人物，他們就像是媽媽桑的兒子一般，對她百般順從。

當初是擔任官員的大學同學帶我來這家店，當年我只有二十出頭，從此我也成了這裡的常客。這裡有所謂的「學生價」，特別划算，媽媽桑總是大方請我們喝軒尼詩或是皇家禮砲，喝再多也不超過一萬圓。

兩年半前的那一晚，正好遇上一群年輕藝伎和包養她們的男子，店內儼然成了鬧烘烘的派對。其中一個女孩是我常去的高級餐廳的藝伎，我正好一個人，於是坐到那個女孩旁一起痛快暢飲。我很快就和她打成一片，兩個人一起離開了酒家到她的住處，最後順水推舟，和她上了床。

那一夜之後，我再也沒碰過女人。

瑠衣的身體比想像中更加婀娜、豐滿，細緻、充滿欲望，且非常敏感。她很容易取悅，因此沒多久我就完全放鬆，沉溺在久違的肉欲當中。她的陰蒂陰道反應十分敏感，不斷達到高潮，在騎乘姿勢時更是達到絕佳的興奮度。她私處的形狀比一般人漂亮，分泌物的味道也不壞，濕潤度也恰到好處。她已經融化到最深處，糾纏在我身上，她做愛的方式絕不讓人厭膩。途中我幾度想起恭子。我與恭子也擁有類似的歡愉。唯一不同之處在於，恭子和我是在兩年的交往當中才建立起這樣的做愛模式。

我們纏綿到清晨，我看著睡在身旁的瑠衣，心想：真有意思，昨晚是香折睡在這張床上，今天卻換成了瑠衣。這五年來毫無女人緣的房間裡，竟然接連兩天出現了兩個女人，雖然我並未與香折上床，但也實在太有意思了。

過了三十五歲之後，我漸漸發現旺盛的性欲悄然退化。我在三十歲時認識了恭子，直到分手前的兩年期間幾乎天天擁她入睡，成天窩在她的租處。認識恭子之前，我的女性關係比起一般人要來得複雜。打從年輕時，我的女人緣就非常好，要說這是理所當然也的確如此，因為我不論學業成績或是運動都表現優異，而且瑠衣也說過，我的長相確實相當「英俊」。我母親是個美女，老照片裡的父親也有一張端正的臉。女人總會自動黏上我，我從不曾主動追求對方，頂多只做選擇，通常對方喜歡我，我才會喜歡對方。但我總是納悶，她們為何對我用情如此深？一開始我總搞不懂其中原因。我的條件確實不壞，而最吸引人之處就在於外貌，但只憑這些條件，她們就真能愛上我嗎？難道戀愛不過是如此無聊且單純的東西嗎？不論與誰交往，過沒多久我必然感到失望，失望的念頭一出現，對方的缺點也一覽無遺，很輕易便找出討厭對方的理由。而通常只要用心整理出這些理由再將它攤出來，便能夠一刀兩斷結束關係。

從小我就是個出類拔萃的高材生，出生在山口縣一個名為萩的古老小鎮。早年失怙，由母親一手帶大。聽說父親是優秀的外科醫生，和母親同樣是山口縣人，畢業於大阪大學醫學系，後來到萩市的綜合醫院擔任住院醫師，在此認識了擔任護士的母親因而結婚。我在父親二十六歲時出生，三年後他因直腸癌去世，因此我只認識照片上的父親。雖然是單親家庭，但由於財力雄厚的祖父資助，我的成長過程中未曾有過經濟上的顧慮。

自幼，周遭的人就常對我說我很特別。

「寅次郎的化身」——我懂事之後，周遭的人就這麼稱呼我。寅次郎乃是萩市的偉人吉田松陰寅次郎。在學校，我年年第一，因此輕鬆考上東大法律系。

大學四年期間，我整天混在帆船隊裡揮汗玩樂，不記得認真念過書，但成績總是全優。指導教授曾對我說：「要是在戰前，你就會得到金懷表嘍。」多數大學同學都考上高級公務員進入政府機構，但看到他們為了無聊考試勞心勞力的模樣，我只覺得滑稽。畢業時，我曾猶豫該進入日本銀行還是現在的公司。兩家公司都積極向我招手，日本銀行更帶我到地下的大金庫參觀。據說每年只有二三名應徵者有機會參觀這座大金庫。我去拜訪日本銀行的學長時，他們口口聲聲惋惜我的選擇。

年輕時我跟幾個女人交往之後，自以為大致了解了女人——至少掌握了她們共通的習性和身體上的特質，所謂生態學上的特質。一開始接觸女人，我還有一些驚喜和感動，但次數一多，這些過程就成了一再重複的把戲。

我第一次認知到自己愛上的對象，就是足立恭子。現在回想起來，其實她是個極為平凡的女人，沒什麼特別之處，長相甜美但稱不上是美女，況且她還是同公司的員工。當時我任職於祕書室，她不過是常碰面的總務課員工。當時扇谷政權正邁入第二階段，我也躍升到備受矚目的地位。我是女性員工的話題焦點，卻不曾和公司內部的女性交往，也不曾有過這樣的念頭。

當然，一開始我也沒把恭子視為交往對象。

有一天我和她兩人留在公司加班，那是最高經營層會議的前一天，依照往例必須忙著製作資料，我必須整理出各部門的盈餘變化及競爭廠商的動向。那是十一月的寒冬，我有些感冒，白天陪扇谷到工廠視察，傍晚七點才從木更津回到公司。視察工廠時一直吹著海風，使得病情更加惡化，全身無力且有些發燒。我把從經營企畫室轉來的資料整理了一遍，首先得畫出表格和圖表做成底稿，接著必須把底稿輸入電腦。偌大的祕書室內只剩我一個人，辦公室內冷到極點。當時，我的工作量已經比上司或是同事多了一倍，鮮少能夠在十二點前離開公司，假日也多半毀在加班中。

那已經是八年前的事了，我看著瑠衣的睡臉想道。每當想起恭子，我依舊能夠清楚憶起她的表情、聲音、動作、樣子。而那是二十六歲到二十八歲時的恭子，跟現在的瑠衣差不多年紀。我在心中喃喃自語：她今年已經三十四歲了。

那天晚上，稿子寫著寫著，我開始咳起來了。我邊咳邊運筆，忽然發覺背後有人，回頭一看，原來是足立恭子。她手上捧了一大束鮮花。

「橋田先生，感冒了嗎？」

「嗯，有點。」

過去我不曾和她交談。

「你怎麼這種時候來這裡呢？」

當時已過八點，我納悶她為什麼這麼晚出現在十二樓的幹部辦公室？總務課是在八樓啊。

「我也是工作到剛剛才結束，正要回去呢。」

「是喔，辛苦了。不過，怎麼會來這？」

恭子露出淡淡的微笑，搖了搖手上的花束。

「為了這個啊。」

我不懂她的意思。

「明天開會不是得換新的花嗎？我拜託谷川小姐把換下來的花讓給我。」

谷川是個中年女性，也是女祕書中的老鳥，宛如是幹部辦公室中的老大。

「待會兒我要去聽朋友的男友的演唱會，所以……」

「是喔。」

這時我又咳了起來。

「橋田先生，你還好嗎？你的臉有點泛紅呢。」

「一點小咳嗽，沒事的。」

恭子一臉憂心忡忡。

「你也真會算啊。不過這包裝紙是怎麼來的？」

她大概是跟谷川要了櫃枱花瓶上的花，但乍看之下跟新買的花束沒兩樣，包著一層透明包裝紙，上頭還繫了一條粉紅色緞帶。谷川是屬於囉唆型的上司，女職員多半對她敬而遠之，不過她其實是個心地善良且非常講道理的女性。我長期任職於祕書室，和谷川的關係還不錯。

「包裝紙和緞帶是我中午去買回來的。」

「這是你自己包的嘍？」

「對啊。我念短大的時候，曾經在花店打工。」

「難怪包得這麼漂亮。」

這時我又開始咳個不停。恭子把手上的花束和肩上的皮包放到桌子上然後靠近我，突然她手一伸貼上我的額頭。

「哇！橋田先生，你發燒了！」

她的突襲讓我有些吃驚，我自己也摸了摸額頭，的確很燙。

「吃藥了沒？」

「沒有。」

聽我這麼一說，恭子立刻跑出辦公室，過了一會兒，她提著大急救箱和水杯回來，打開急救箱取出幾種感冒藥，仔細比較之後選了其中一盒，接著開封從鋁箔紙中取出三顆膠囊遞給我。

「先把這些吃下去吧。」

她遞了水杯給我。恭子一連串的動作似乎有些多管閒事，但我還是說了聲「謝謝」，乖乖吃下藥。

「待會兒我幫你收好杯子和急救箱。」

我打算繼續未完的工作，卻發覺恭子仍舊站在我身旁。她急忙脫下米色大衣坐到我隔壁的位子，注視著我桌上的文件。

「你在做明天的會議資料嗎？」

「嗯。」

「那我來幫你。」

我趕緊遮住寫到一半的文件說：「不用、不用。我自己來就行了。」

「可是你燒成這樣，不趕快做完回家休息，感冒會愈來愈嚴重啊。」

「我沒問題。而且你不是要去聽演唱會嗎？趕快去吧，應該已經開始了吧？」

「那邊不一定要去呢。我陪她去過好幾次了，而且她是我最要好的朋友，不會在意的。」

「真的不用了，反正得弄到很晚。」

「不行。你生病了，不要逞強吧。只是輸入那份資料和原稿嘛，這我也會啊。」

「不，真的不用啦！」

我開始厭煩恭子的好意，但不經意提高嗓門的結果，讓我咳得更嚴重。恭子跑到我身後輕拍我的背。「還是不能勉強啊。就算沒生病，你不也是每天加班嗎？美穗常說橋田先生是工作狂呢。」

渡邊美穗負責處裡祕書室的雜務。

我咳嗽總算停了，問道：「你認識渡邊小姐啊？」

「我和她是同期進公司的。」

「是喔。」

這表示足立恭子已經二十六歲了，她給人感覺比較稚氣，我還以為她的年紀很小。

「來，開始吧！寫好稿子就交給我！」

我在她半逼半勸下，把整理好的原稿遞給她。恭子坐在我背後的位子啟動電腦。

「要用哪一種格式？」

我把上個月的資料磁碟交給她。

「你只要照這裡面的格式填上去就行了。還有，我要提醒你，這份文件可是重要機密喔。」

恭子迅速把磁碟插入電腦開啟文件。她看著上個月的資料，邊滑動滑鼠發出驚嘆聲。我隔著她的背望著電腦螢幕。

「怎麼這麼多啊！橋田先生，你每次都一個人花一個晚上做這些資料嗎？」

「算是吧。」

「沒有人幫你嗎？」

「其他人都很忙啊。」

恭子回頭說：「可是聽美穗說，日野小姐還有佐藤小姐都……」恭子欲言又止。

「她們怎麼了？」

「沒有，沒事。」

她露出尷尬的表情。我看著她的態度，心想這個女孩心地還不壞。我其實猜得到她接下來要說的話。日野和佐藤是資深祕書，但所有工作都跳過她們，集中在我一個人身上。不論大小事，扇谷都直接下命令給我，這也引來祕書室內的嫉妒，她們把其他工作也推到我身上，偶爾還冷嘲熱諷一番。我知道她們在我背後戲稱我為「小童子」。難道渡邊美穗也把這些事告訴恭子了嗎？

「不好意思，讓你來幫我。」

「不用客氣。我們加油，趕緊做完吧。」

「可是，你是不是還沒吃晚餐啊？」

「我剛才吃過了。橋田先生呢？」

我中午和扇谷在工地吃過便當之後就再也沒進食了，但我還是回答：「嗯，我也在回公司前吃過了。」

結果我們直到將近十二點才完成工作。不過也因為恭子電腦輸入作業迅速，老實說工作時間已經縮短一半了。將近尾聲時，我的感冒症狀已嚴重惡化，視線模糊，思考速度變慢，根本無法繼續。我全身發熱，每個關節隱隱作痛。恭子幾度泡了茶或咖啡給我喝。我平時總是獨自工作，像今天這樣有人陪在身邊，心情上也快活多了。我邊喝咖啡邊問道：「足立小姐，你和谷川女士很要好嗎？」

那束花原本就要丟掉的，但沒想到谷川肯把花讓給別人，平時的她絕不允許員工公私混淆，占用公司物品。

「是啊。我很喜歡谷川女士。」

「年輕女職員平常不是很排斥她嗎？」

「我偶爾聽她們抱怨，不過谷川女士說的話都非常有道理，而且她是個善解人意的好人呢。」

恭子的語氣堅定。我看著恭子的臉龐，不由得心生好感。她不說別人的壞話，但勇於表達自己的意見。

「不過……」

恭子笑了。

「怎麼啦？」

「我有點小氣。」

她在說那束花吧。我也跟著笑了。

我說：「說的也是。」

「可是買花真的很貴耶。而且就算送了花，一到演唱會後台就知道有一大堆花堆積如山，幾乎都直接丟進垃圾桶。」

「是喔。」

「不過，我還是很小氣。」

恭子又笑了。

我們在公司通道口搭上計程車，當時已經過了十二點。我原本打算叫兩部車，但恭子堅持「還有電車」，我只好叫了一部車，說服她讓我送她一程。恭子住在墨田區，當時我住在代官山，方向正好相反。儘管如此，我想至少得回報她一下。

車子開沒多久，我的症狀驟然惡化，車體的震動搖晃著我的意識，我知道體溫正在加速上升，胸口愈來愈難受。起初我還能忍受，但最後終於發出喘息聲。恭子顯得很擔心，她再次撫摸我的額頭說：「橋田先生，好燙呢！」恭子柔嫩冰涼的掌心讓我感覺很舒服。

我們倆在車上沉默片刻，恭子不知在沉思些什麼。就在這時候，車內傳出一聲咕嚕的聲音。我看了恭子，聲音再度響起。恭子摸摸肚子咕噥說：「不好意思。」

「你該不會還沒吃晚餐吧？」

「對不起。」恭子尷尬地低下頭。看著恭子害羞的側臉，有一股暖意從心底滲出。或許是因為發燒，神智也不太清楚的關係吧。

「其實我也是呢，中午以後就沒吃東西了。」

「啊？」

恭子大吃一驚。

「不行！身體這麼虛弱，不吃點東西，感冒會更嚴重啊！」

我心想：「不行」這句話難道是她的口頭禪嗎？

計程車進入墨田區時，恭子一度吞吞吐吐，最後終於開口。

「橋田先生。」

「嗯？」

「我想，你今天晚上最好到我家休息。」

「啊？」

沒想到她會說出這種話。原來她從剛才就在想這件事。

「我家雖然是窄小的社區住宅，不過家裡有好一點的藥，而且你也該吃點東西，我母親也剛值完晚班，正好在家。」

突如其來的邀請讓我不知所措。老實說，我也不放心獨自回家。我已經出現意識模糊的現象，恭子的聲音就像從遠處傳來，在我耳裡迴盪。

「我媽媽是護士，她可以好好照顧你，家裡也有很多藥呢。」

我盯著她的臉，仔仔細細觀察了一會兒。她是幾小時前才頭一次說上話的同事，一個我壓根兒沒想過會有什麼來往的女人。

「橋田先生，還是到我家休息吧。」

恭子也凝視了我，她那眼神好慈祥。我不自覺地握住了她冰涼的手。

當晚我便睡在恭子家。她家是小型社區住宅中的二房一廳，雖然簡樸但整齊乾淨，是個充滿溫暖的家。女兒突然扛了一個陌生年輕男子回來，恭子的母親卻毫不慌張，立刻鋪好棉被讓我躺下，替我注射抗生素。恭子煮了一鍋稀飯，我和恭子還有她母親一起吃稀飯。稀飯太好吃了，我頓時感覺身體舒服許多。恭子拿了父親的睡衣和新的襯衫，要我穿上睡衣。她喜孜孜地說：「還好尺寸剛剛好。襯衫應該也沒問題吧。」她父親是客運巴士司機，今晚出車到關西並留在大阪過夜。恭子的母親說：「正好可以讓他睡在爸爸的房間，剛剛好嘛。」她們身上有一股熟悉的味道。淡淡的消毒藥水味，那是我母親的味道，一直聞到我高中畢業那一年。

我凝視著眼前瑠衣熟睡的臉龐，試圖把她的面容想像成恭子，但瑠衣的美麗不允許我這麼做。

我仰躺望著天花板，不禁嘆了一口氣。一回想起恭子，那兩年的回憶便一一浮現在我腦中。認識恭子之前，我是孤獨的。我不記得父親的模樣，慈祥的母親也忙於工作而經常不在家。祖父原本就反對父母親的婚事，他雖然願意資助我們的生活，卻不肯踏進我們家。在我成長過程中，除了母親之外，我幾乎沒有感受過親情。我沒有兄弟姊妹，所以從小就是孤零零度過每一天，我以為別人也是如此。我也沒有朋友，原因就出在我的成績太優異，不過我想還有其他理由吧。

我曾向恭子聊起孤獨的童年往事，當時恭子提起某位詩人說過的話：

哀愁猶如雪花悄然飄落，白雪厚積，終究成了孤獨的小結晶。

「我要融化你冰凍已久的孤獨。」恭子是這麼說的。我由衷相信她的話。

眼底微微滲出淚水。為了甩開突來的悲傷，我翻了個身。瑠衣發出平穩的呼吸聲，我把她美麗的容顏拉到胸口，滑嫩的肌膚傳來溫暖的體溫，意識驟然遠去。任由睡意侵襲我吧。今天就將自己完全托付給這婀娜柔軟的身體吧。

13

隔週的星期一，我比平常早到公司，處理之前沒做完的工作。人事部辦公室裡除了我之外空無一人，桌上堆了一疊厚厚的待批公文，每一份我都仔細看過，然後一一蓋章。上個星期因為香折的事，再加上和瑠衣之間出人預料的進展，讓我無法將心思放在工作上。

然而，今天早上的心情卻格外舒暢，原因就在於瑠衣。上個週末我們一直在一起，我難得享受了男女間的親密接觸，那是一種多麼不可思議的變化。如果把我們這半年來的交往比喻為一，那麼我們在這三天中等於從一突然跳到十。這之間的變化實在太有趣了。

香折在星期六順利通過第二次面試。面試前一天，我們依約一起晚餐。我詳細詢問香折第一次面試的情形，提供一些建議。我擔心她的傷勢，她卻一臉不在乎地說：「完全沒問題。」看著她若無其事的表情，幾天來的擔心抑或關於她的疑問等等心中的疙瘩頓時消了許多。

星期六我一整天都和瑠衣在外面，面試的結果是香折打手機來通知我的。電話那頭的香折簡直是樂翻了，她好像也在外面，聽起來很像是跟男朋友在一起。掛斷電話之後，瑠衣問我是誰打來的？我回答是朋友的姪女向我請教面試的事情，瑠衣只簡短地回了一句「是喔」，就沒再問下去了。

香折和我的關係，大概就這樣慢慢淡掉了吧。我把視線從公文移開，望著窗外晴朗的七月天想起她。她身上有一股莫名的吸引力，我曾經害怕自己可能陷入她那奇妙的魅力中。不過，結果似乎並非如此。認識香折的那一星期，我和瑠衣發生了關係，這彷彿是某種煞車作用。一個無形的力量把我從懸崖邊拉了回來，讓我抽離了詭譎的心境，心中有種踏實的感覺。就這點來說，我非常感激瑠衣。

香折也順利找到了工作。今天下午還有最後一次董事面試，不過不可能在這個階段刷下香折。既然她已經找到工作，又有一個為她高興的男朋友，雖然我不曾為她做過什麼了不起的事，不過以後應該也不會和她有什麼牽扯了。

突然間，香折布滿瘀青的身體閃過我的腦海，還有右手腕腫脹的傷痕。我的胸口感覺到一陣疼痛。過了一會兒，部下陸續進入辦公室向我打招呼，我邊回應邊揮去心中香折的身影，再次集中精神回到手邊的公文上。

過了八點半，內山也進了公司。他走到我的旁邊說「我有話跟你說」，要我到他的辦公室。他的神情凝重，我也只好默默跟著他走進辦公室。我關上部長室乳白色的門，他把公事包放到桌上，我望著他寬大的肩膀，他轉過身來要我到左邊的沙發坐下。

我們面對面坐在沙發上。我知道他既頑固又神經質，但是性格單純，他雖然刻意保持冷靜，卻似乎無法完全壓抑內心湧上的怒氣。我早已料到他發怒的原因，因此心情相當鎮定，泰然地坐在沙發上。

「草野的事情你早就知道了，是不是？」內山開口問了這一句話。

果然是要說草野次長的事情。內山應該是在週末接到人事專責專務的通知吧。當時他一定非常震驚。

「怎麼了嗎？」

我慢慢地坐起身來，裝出疑惑的表情。

「少裝傻了。」

內山的臉上頓時湧上一股血氣。

「草野次長他怎麼了嗎？」

內山露出不耐煩的表情，盯著我的臉，然後嘆了一小口氣。

「算了。反正一定是你在背後搞的鬼。」

「我不太了解部長的意思。」

人事部次長草野是內山的親信。拿這次的錄用事宜來說，內山剝奪我的權限之後，原本應該由他負責的業務大多由草野代為執行。正因為有草野這樣一個心腹，內山更可以肆無忌憚地排擠我。草野比我早十年進公司，和內山一樣都是宇佐見副社長派。

「話說回來，這麼唐突的人事命令實在令人難以接受，而且還是調派廣島，你叫草野怎麼接受啊。他來這裡才一年耶，這也未免太魯莽了吧。」

「草野次長要調派到廣島啊？」

我稍稍抬高了語尾的聲調問道。內山皺了皺眉，顯然非常不悅。看著內山的表情，我這才發覺今天早上還沒有看見草野。新人錄用工作都還沒有結束，卻突然接到外調廣島的命令，任誰也會嚇得屁滾尿流。職稱是廣島工廠的總務部長，表面上雖不是降職，然而擔任總公司的人事次長不到一年就外放到地方縣市，對當事人而言等同於流放外島的重大打擊。他大概是昨天從內山那裡知道消息，現在可能躲在棉被裡一蹶不振。

但是，不論內山如何猜測，這件人事案確實與我無關。我不否認，草野夾在我和內山中間的確非常礙事，但我也不至於恨他恨到想特地除掉他。不過我倒是曾經向駿河經營企畫室長吐過幾次苦水。駿河室長和酒井副社長的地位相當，都是最親近社長的人，他大概是為我好才有這次的人事案。其實這件事情的內幕就是這麼單純。

當然駿河這麼做也有他的盤算。草野和駿河是同期進公司的。駿河榮登公司有史以來最年輕的經營企畫室長，就任至今已經四年，明年他即將升任董事，同時必須替自己尋找新的職位。他會在這個時候把同期的草野趕出人事課，就是企圖暗示扇谷自己希望繼任內山的職務。就職位而言，董事兼人事部長是最妥當的位置，果真能實現的話，駿河又將成為史上最年輕的人事部長。對駿河來說，我對草野的不滿正是一個好藉口，正好用來煽動扇谷順利執行這次的人事案。我是上星期四從駿河那裡得知草野調職的訊息，我和內山一樣，都是單純被告知的一方。

「草野他呀……」內山欲言又止地說。

「你或許不知道，他太太因為癌症末期住院，現在家裡一團亂。他的小女兒才剛上國中，在毫無預警下突然外調到別縣市，叫他怎麼能丟下老婆和小孩不管？也不找我這個做部長的商討，竟然擅自下這種命令，你們以為自己是誰？」

「原來是這樣啊……」

我不禁自言自語。我是第一次聽到草野太太的事，草野在公司裡絲毫未曾透露家裡的狀況。

「你們的手段一向如此。也不想想每個員工都有他自己的狀況，每個人都是有血有肉的啊！他們不是棋盤上的棋子，像你們這樣只顧自己方便不管別人死活，簡直就是目中無人！」

內山完全掩飾不住內心的憤怒，狠狠地瞪著我。

「部長，請等一等。」我正眼回看內山的雙眼，「看來部長從剛才就有些誤會了。關於草野次長這件事，一直到剛剛部長告知之前，我一無所知。所以就算你這樣質問我，我也無話可答。」

「既然這樣，這件事就算了！」內山的眉頭皺得更緊了，「我本來打算和大月專務討論這件事，不過你也盡可能出面處理一下吧。這不是你的專長嗎？」

大月是人事專責專務。

「我來處理？請教部長，這是什麼意思？」

內山嘆了一口氣，稍稍緩和語氣說：「我是說，希望這件事能夠想辦法撤回。說實在的，草野的太太只剩下幾個月的日子了，就算你們再怎麼過分，也不至於連這點人情都不通融吧。」

內山再一次大大地嘆了口氣，我也跟著他嘆了一口氣。

「我雖然同情草野次長的處境，不過，這個人事命令如果連部長都無法撤銷的話，我這個課長也無能為力啊。」

內山神情憤然，不發一語。我也跟著沉默，我們兩個就這樣面對面坐了一會兒。這場對話似乎沒有任何進展了，於是我站了起來說：「那我先出去了。」

這一瞬間，內山的臉似乎脹紅了，他緊閉嘴唇狠狠地瞪著我。我也低頭直視他的雙眼。我強忍已久的話梗在喉頭，就要爆發開來。

要不是你對我使出卑鄙手段，你的愛將也不會遭到這種待遇！連一個部下都保護不了，還想要玩火，才會遭到這種報應。這次人事案完全是你一人造成的！卻還敢搬出個人私事、裝作一副善解人意的樣子，這是何等卑劣的手段！想嚇唬人啊！我最痛恨你這種人，只為了個人私欲，一心壟斷職務內容及組織內的人際關係。充其量你只是為了滿足自己的欲望和無謂的自尊心，只會玩弄「溫情」、「人性」這種灑狗血的字眼罷了。像你這種人，才是真正的放肆、目中無人！

當然我什麼都沒有說出口。我只說「失陪了」，恭敬地鞠躬離開。內山坐著不動，刻意地搖了兩三下頭，嘴邊露出苦笑。

「看來，像你這種男人，不管說什麼都說不通。」

接著他又立刻說出令我意外的話。

「聽說你和社長的姪女正在交往，不過正所謂驕兵必敗，我看你還是小心一點的好。」

我不理會這句充滿威脅的話語，轉身緩緩離開部長室。然而，內山的這句話卻讓我今天早上清爽的心情頓時煙消雲散。

於是我不直接回辦公室，決定到電梯間去抽根菸，整理浮躁的心情。我向來低調處理和瑠衣之間的關係，內山從何得知這件事？不過，更令我不舒服的是，這感覺彷彿有人偷窺自己的寢室一般。這種不自在到底是為什麼？我和瑠衣的關係愈加穩定，隨之而來的卻是瑠衣帶來的沉重負擔。

我把只抽了兩三口的菸丟進菸灰缸裡，走回辦公室。

我的表情在不自覺中變得凝重，一回到座位，辻副課長就用試探的眼神看著我，並且向我走來。

「課長，你現在方便嗎？」

我點了點頭。

「剛剛你不在的時候，有兩通電話找你。」

「打到這裡嗎？」我看了桌上兩部電話。

「是的。應該是專線那一支。而且呀……」辻吞吞吐吐地說：「我沒有問對方的名字，不過是個年輕女性，聲音有一點不太對勁呢。」

我腦中立刻浮現香折的身影。

「什麼時候打來的？」我看了一下手表，已經九點多了。

「大約十五分鐘前。」

「你說有一點不太對勁，是什麼意思？」

「好像非常驚慌。我問她需不需要留話，她也只是一直重複課長你的名字。」

我聽到這裡，急忙拿起放在座位旁的公事包，從裡面拿出手機，果然顯示著未接來電的訊息。八點四十三分、四十四分、四十五分，連續三通未接來電。上面並沒有顯示號碼，不過一定是香折打來的。我顧不了辻還沒回座，立即搜尋香折家裡的電話，摁下通話鍵。大約三聲之後，電話接通了。

「喂，我是橋田。」

電話裡隱約聽得見一點氣息聲，但是對方始終不肯開口。

「喂，是香折嗎？」

這時候終於聽見了很小聲的回答說：「對。」

「香折，你剛剛打電話給我嗎？」

「對。」

「不好意思，我剛剛開會不在座位上。你怎麼了，發生什麼事了嗎？」

「沒事。」

不知道是不是收訊不好，電話偶爾夾雜著沙沙的聲音，聽不太清楚香折的聲音。

「剛剛接電話的人說你好像有麻煩是嗎？」

辻站在我面前向我點了點頭。

「我……我沒事。對不起。」

她的語氣堅定，卻非常低沉。

「不過，你是因為有事才打給我的吧？」

香折似乎屏住了呼吸，雜音也愈來愈嚴重。

我重複叫她的名字。香折似乎說了些什麼，我卻聽不清楚。

「香折！香折！」

「我再重打一次。我先掛斷，馬上重打，你等我一下。」

「不用了。」我勉強聽見香折這麼說：「我已經沒事了。」

「真的嗎？」

「真的。」

雜音愈來愈嚴重了。我只知道電話那頭的香折是沉默的。「香折……」我稍微提高嗓音叫了她。「那我要掛電話了。」

「好。」

這個時候已經完全收不到訊號了。我掛斷手機，拿起專線電話的話筒，摁下香折的電話號碼。摁到第四個號碼時，我停止撥號。辻鞠了個躬離開我的座位。

我把話筒放下，開始整理思緒。

應該沒必要再打電話給她了吧。雖然辻說她聽起來很慌張，不過剛才的聲音卻顯得非常平靜。電話那頭並沒聽見異常的聲響，當事人也說沒事了。她待會兒還得參加三得利的最後面試，或許只是緊張才打電話給我。她原本就是個情緒不穩的女孩，我把我的專線告訴了她，她打來時卻是別人接的，才會一時驚慌吧。而接電話的辻又把事情說得很嚴重。應該就是這麼一回事吧。

大概就是這樣沒錯，我自己下了結論，於是再度回到桌上的公文。約略看過第一頁，我心想，一個鐘頭前我不是才在想今後再也不會和她有任何牽連了嗎？

接著我回想起一同度過週末的瑠衣。雖然內山的那一席話讓我不再有剛剛的安心感，不過心情緩和了許多。

草野還沒進公司，但不知為何，我腦中閃過他的模樣。他現在是不是在照顧性命垂危的太太呢？他會不會向太太說明這突如其來的人事異動呢？草野的太太應該還不到五十吧，如果她知道自己的日子所剩不多，又要如何面對先生即將調派到廣島的事實呢？

內山剛剛說「每個員工都有他自己的狀況，每個人都是有血有肉的」。這句話變換成另一種聲調在我心中迴響。駿河一定也不知道草野太太的事，如果他知道，他又會作何決定呢？我了解駿河的個性，如果事先知道狀況，他不至於下達如此倉促的人事異動。

想到這兒，我決定不管內山，先告知駿河這件事。再怎麼說，他和草野也是同期進公司的老同事，如果草野的太太真的如內山所說，我也不希望駿河對老同事做出落井下石的決定，因為這將關係到他今後的評價。

於是我拿起內線電話的話筒。

14

走出十一樓的經營企畫室，我直接搭電梯下了一樓。幸好早上沒有會議，還有些餘裕。我看了一下手表，還不到十點，今天是個萬里無雲的好天氣，乾脆出去散散步，消磨一點時間好了。

剛才駿河說會立刻取得社長的諒解，並偕同大月向內山以及草野本人問個清楚。如果駿河去找了內山，那麼我最好暫時不要回到人事室。如果我在辦公室，內山一定會故意挖苦，要我陪他一起去見駿河。

駿河聽到草野的狀況時，似乎有些不知所措，但隨後又立刻露出笑容說：「看樣子這個人事令是不太可行嘍。」

這麼一來，草野的外放一事可算是撤銷了。我雖然不滿事情轉而有利於內山，心裡卻也大大鬆了一口氣。

走出公司大門，我沐浴在明亮的日光中，往護城河畔走去。看著皇居茂密的森林綠意盎然，我突然停下了腳步。這裡的風景似乎讓我想起了什麼。我集中精神，記憶深處慢慢浮現出似曾相識的景象：那是星期四早上開車送香折時，從車窗外看見的景象——駒澤公園的樹林。

再次看了看手表，正好十點。不知道香折現在怎麼樣了？三得利的面試下午才開始，她現在應該還在家吧。我想，再打一次電話給她吧，於是從西裝外套口袋拿出手機，赫然瞥見手機螢幕左上角閃爍著語音留言的顯示燈。剛剛掛斷電話之後，我不該把手機直接放進口袋，不然也不會沒注意到這通留言。我急忙撥電話聽語音留言。

電話裡制式呆滯的聲音告訴我「您有一通新留言」。這一定是香折的留言。

「第一通留言：時間，今天早上八點四十三分。」

果然是香折，我的心跳愈來愈急促。

首先傳到我耳裡的是一陣劇烈的喘息聲，過了很久終於聽見微弱的說話聲。

「橋田先生，我是香折。」

香折似乎是這麼說的，但聲音抖得厲害，聽不太清楚。

「我好怕，我好怕喔。」

這句話聽得非常清楚。這時候，我注意到她背後響起鈍重的聲響，聽起來像是在猛烈敲擊金屬板，那是一種堅硬又粗暴的聲響。

「我好怕！救救我！」

我的思緒開始混亂起來。我把手機緊貼著耳朵告訴自己，這則留言已經是一個多鐘頭之前了，在那之後我確實聽見香折平安無事的聲音。但是透過電話傳出來的緊張氣氛加重了我的不安與罪惡感。

留言中有幾秒鐘的空白。接著突然傳出玻璃破裂的巨大聲響以及尖叫聲。

留言就到此結束。

我掛上電話，腦筋一片空白。一股強烈的後悔湧上心頭，心悸讓我喘不過氣來。剛剛和香折講電話時，我為什麼沒發現她的異樣？只能說我太粗心了。她真的平安無事嗎？

我決定返回公司。我加快腳步，一邊打電話到香折家裡。電話一直響，但是香折始終沒接。我走進公司大門，立刻往櫃枱的方向走去，向櫃枱小姐借了電話打到社長室。我找到副室長，他是我以前的部下，我要他立刻叫一部有空的董事用車到大門口。

掛斷電話不到三分鐘，我已經坐上日產PRESIDENT黑頭車，往駒澤的方向前進。司機澤崎和我算是老朋友，我告訴他香折的地址，請他用導航系統顯示詳細的地圖。我曾兩度送她到住家附近，但小巷子的路我也記不太清楚。董事專用車的汽車導航系統裡特別灌有ZENRIN＊住宅地圖，我立刻從地圖上找到白庭公寓的所在位置，要求澤崎選擇最快的路徑前往目的地。在車子裡我不斷撥電話給香折，卻還是接不上線。香折為什麼不肯接電話？還是她根本無法接電話？還是她害怕接到我以外的某個可怕人物打來的電話呢？心中的不安幾乎令我動彈不得，並在我紛亂的想像之後，逐漸變成一種無處可逃的黑暗恐懼。

看見駒澤公園樹林時，內心的忐忑成一種痛楚。最後一次和香折通話之後已經過了一個半鐘頭，雖然一個半鐘頭前才聽見她正常的聲音卻安撫不了我。我幾度差點對著司機大吼「開快一點！」。我坐立難安，雙腿開始痙攣，全身直冒冷汗。

車子開進狹小的巷子，我在公寓前下了車。我要司機在樓下等我，然後走進公寓鐵製的拱型

譯注

＊日本知名的地圖出版社，出版的住宅地圖中記載了每一戶住家的門牌。

入口。公寓內有一層矮階，再往前走就分為左右兩邊，各有一整排房門延續到最末端。公寓入口的兩側設有半地下停車場，因此每個樓層的高度應該都比一般高了半層樓。整排房門的前端是類似逃生梯的鐵製樓梯，抬頭一看，二樓也跟一樓一樣，左右兩邊各有一整排房門。

香折家是一〇三號房，我往左側走廊看去，第一間房門上寫著一〇一。我快步走到第三間房門前。

儘管沒有門牌，但是我一眼就看出這是香折家，因為深紅色烤漆的門上有無數磨損的痕跡，我猜想這是被人用某種堅硬的東西不斷敲打造成的，多處烤漆剝落，露出灰色的刮痕，可能有人用力踹過，門上還有一些凹痕。我調整呼吸，祈禱不要有任何意外，摁下門鈴。我只希望香折平安無事。房內傳出門鈴聲，卻無人應門。

我喊了香折的名字，也不斷大聲喊出自己的名字。我想即使香折在家，如果只聽見門鈴響，可能還是嚇得不敢開門。叫了很久，總算聽見開鎖的聲音，門悄悄打開來了。

「你還好嗎？」

香折看到我，愣愣地點了頭。我走進狹窄的玄關，關上門，鎖上背後的門鎖。就在這個時候，香折突然向前緊緊抱住我。事情來得太突然，我一時失去平衡，整個背撞在門上。我站穩腳步重新站好，香折更用力地緊緊抓著我，接著全身開始不停地顫抖。

「沒事了。」

我從她冰冷的身體清楚感覺到，深藏在香折體內的龐大恐懼在此時疾速獲得解放。

「看到你沒事就好了。」

聽我這麼一說，香折全身重重地顫抖了一下，並且發出了唔唔的呻吟聲，呻吟聲立刻變成哭聲，逐漸地又轉為號啕大哭。我抱著香折纖細的身軀，檢視了她瘦弱的背和小小的臀部。表面上看來，她似乎沒有受到什麼大傷。就在這一瞬間，我感覺全身虛脫，差點站不住腳。我勉強撐起雙腳和腰部，脫了鞋走進房間。香折依然緊抱著我哭個不停。我越過她的肩膀環顧房間，一條狹窄的走廊，左邊有一扇通往浴室的門，右邊是流理台，旁邊擺了一台洗衣機。流理台的另一邊是冰箱和一個矮小的餐具櫃。走廊的最末端是一扇拉門，拉門半開，裡面有一間鋪著木頭地板、約三坪大的房間。

香折不停抽噎，身體還是顫抖不停。她全身痙攣，我甚至害怕她因此停止呼吸。這樣的狀況大約維持了十五分鐘之久，她身體每一處關節都僵硬起來，於是我抱起香折，她也在無意識中雙手纏在我脖子上。我把她抱進木頭地板的臥房。香折真的好輕。我的西裝外套和襯衫因為她的眼淚變得又濕又皺，我為她潰堤般的淚水感到訝異。

臥房裡的霧面玻璃窗也敲破了，靠窗的床上撒落大大小小的玻璃碎片。我抱著香折走近床邊，發現灰色床單上除了閃亮的玻璃碎片外，還摻雜著奇怪的紅色物體。一共有三個。我仔細一瞧，那詭異的物體讓我懷疑自己是否眼花了。

那是三具小動物的屍體。

白色的毛夾雜著咖啡色的花紋，我猜應該是黃金鼠吧。三隻黃金鼠都肚破腸流，露出了血跡斑斑的內臟，腸子散開，像一條細繩從腹部垂了下來。床單因為沾到黏稠血液，到處是一點一點的暗紅色汙漬。

15

香折停止了哭泣。我讓她坐在地上，自己則靠在乳黃色牆壁上站了起來。香折靠在牆上雙腿伸直，神情恍惚，哭紅了雙眼，整張臉浮腫且臉色蒼白。

我環顧整個房間，從衣櫃裡拿出幾個紙袋，先收拾散落在床上的玻璃碎片。黃金鼠的屍體已經開始乾燥，一靠近便聞到一股淡淡的腐臭，腹部流出來的血也凝固了。我猜想這應該是有人從外面打破玻璃窗，然後把黃金鼠丟進屋裡。從血液凝固的情況研判，對方可能是當場劃破一隻隻黃金鼠的肚皮再丟進來。窗戶僅存的玻璃上頭也沾有血跡。仔細一看，發現三隻中的其中一隻缺了頭部，而牠的頭就掉在床腳。我提起床單四個角，讓屍體滾到正中央，再用床單層層裹住。

房門口放著熟悉的橘色包包。我把包包拿進房間，將衣櫃裡的衣服、還有衣櫥裡的襯衫內衣統統丟進包包裡，連小梳妝台上的化妝品也裝進化妝包裡，然後塞進包包。衣櫃裡還掛著香折面試時穿的套裝，外面套著洗衣店的塑膠袋，我把它也一起裝了進去。香折只是怔怔地看著我打包，眼淚早已流乾了。

接著我走進走廊右邊的浴室，這是一間浴缸和廁所合一的浴室。我拿了毛巾用熱水打濕，輕輕擰乾後走回房間。香折仍舊呆坐在地板上，我替香折擦了臉，然後拿面紙讓她輕輕擤了幾次鼻涕。

我打開流理台下方的門，找出垃圾袋並且拿了兩個，把包成一團的床單和濕毛巾裝進其中一個袋裡，再把碎玻璃包在包裝紙內裝進另一個垃圾袋綁緊封口。我花了十五分鐘把房間收拾乾淨，然後蹲在香折的面前問道：「你還好嗎？」

香折點了點頭。她的神情逐漸恢復，於是我開口問了非問不可的問題。

「是誰？那家店的老闆嗎？」

香折搖了搖頭。

「那會是誰呢？」

香折再度落淚了。她張開嘴似乎要說些什麼，但又緊閉雙唇沉默著。

「香折，我不是你的敵人，對吧？」

為了不刺激她，我儘量以安撫的語氣對她說話。香折再度點頭，她的模樣簡直就像幼兒一般呆滯。

「我是站在你這邊的。我想讓你遠離你現在所經歷的恐懼，所以我必須了解到底是誰來過這裡，不然怎麼保護你呢？」

香折的眼神有了變化。

「到底是誰幹的好事？」

我一說完，香折便舉起原本垂在兩旁的雙手，握緊拳頭突然狂打自己的身體。她發了瘋似的不斷捶打自己的腿和胸部，嘴裡發出呻吟聲，咬緊嘴唇，眼淚再一次奪眶而出。我急忙壓制她的雙手，沒想到香折猛力推開了我，開始揮拳打我。我用雙手擋住她的拳頭，任由她揮拳了一陣子。我無法掌握香折的心理狀況，不過我猜想有人對她如此惡劣，而她卻不敢說出對方的名字，想必心中有一股強大的壓力。從與她的對話和現在的反應看來，我大致察覺到是誰了。等香折的情緒趨於平緩之後，我叫了她的名字。

「香折。」

我雙手捧起她低垂著的臉龐，她的臉上依舊滿布淚痕。

「元凶是你的家人，對吧？」

香折直視我的雙眼，她那詭異的表情實在難以形容，就像望著陌生人一般，愣愣地看著我。

「是你哥哥做的吧，那個叫作隆則的人。」

一滴滴斗大的淚珠慢慢滑下她的臉頰。

我拿著匆忙整理好的行李、套裝和兩雙鞋，帶著香折離開公寓。香折自己鎖上了門，我把行李放進停在公寓前的汽車後車廂，催促香折上車，然後叫司機把車開到我池尻的公寓。

「面試是幾點？」

車子出發後我問香折。

「兩點。」

香折只有在這個時候反射性地回答我的問題。

已經十一點多了。就算讓香折到我家休息片刻再出門，也沒有太多時間了。香折依舊呈現恍神狀態。雖然今天的董事面試只是形式，不過依她目前的狀況根本沒有辦法正常作答。如何在兩個鐘頭不到的時間內讓她恢復平常呢？我不禁焦急起來。

我用車上的電話聯絡公司，請總機幫我轉接給辻副課長。我告訴他今天有急事不能回公司了，辻為難地說：「但是課長，今天有綜合職缺的最終錄用會議，你上次已經缺席審核會議了耶。而且今天的會議，所有的董事都要來，如果你再缺席，恐怕不太好吧。」

「我真的有急事無法脫身。不好意思，今天也請你代替我出席吧。明天我會去向董事們和內山道歉，所以拜託你嘍。就這樣。」

話一說完，我立刻掛上電話。等會兒我要開自己的車送香折去三得利東京分公司，等她面試結束後再接她回家，今天一整天一刻也不能讓她離開我的視線，根本不可能回公司。香折坐上車沒多久就癱軟在座位上。她幾乎失去了意識，靠坐在座位上，始終閉著眼睛。

我們在家門口下車，我告訴司機「今天的事，麻煩你保密」，隨後讓他離開，接著抱著香折走進屋內。

我讓香折坐在沙發上，泡了一杯加了很多牛奶的咖啡給她。她緊握著杯子，將咖啡慢慢含進嘴裡。我也在她對面的沙發上坐下，把自己的咖啡喝完。窗外灑進明亮的日照，溫暖的陽光照著香折，終於稍微撫平了她的情緒。

「香折。」我把空杯子放在桌上。

「發生這樣的事你一定嚇壞了，不過今天是一個很重要的日子。再過一個鐘頭你得離開這裡，接受面試。我會開車送你過去，你要想辦法打起精神，待會兒我們一起出門吧。」

我不知道香折有沒有聽進我的話，她忽然露出困惑的表情開口說：「為什麼……」

「什麼為什麼？」

香折把杯子拿到嘴邊。

「他為什麼知道我住的地方？」

我不太了解她想說什麼。

「該不會是那些人告訴他的……」

香折的雙眼盯著我們兩人之間的某一個點，她的表情就好比被誰附身似的，令我感到有些毛骨悚然。

「香折。」我拉高嗓門再度叫她，香折這才回過神來看我。

「對不起。」香折向我道歉，臉上驟然恢復生氣，也恢復了平時客氣的口吻。這突如其來的變化反倒令我不知所措。

「照理說，我哥應該不知道我住在哪裡，我也要父母絕對不能告訴他。」

我心想，原來是這麼一回事。這也是香折第一次承認哥哥的存在。

「可是我哥怎麼會知道呢？」

「這麼說，你哥今天早上是第一次到你家嘍？」

「嗯。」

「把窗戶敲破、把黃金鼠的屍體丟進房裡的，也是你哥哥？」

「對。」

「你身上的瘀傷和手上的咬傷，也是你哥哥做的？」

香折點了頭。

「儘管我很不想回家，但因為我一定得向父母說明找工作的情況，所以上星期日回了一趟橫濱的老家，這是我三年來第一次回家。星期一早上，我父母不知道什麼時候出門去了，當時我正在廚房做菜，平常我哥總是關在房間裡不出門的，誰知道那天他突然從二樓衝到樓下來，對著我大吼『你是不是要用那把菜刀殺我』，說完就突襲我。我們扭打成一團，接著我哥就咬了我的手……

「橋田先生應該不會想知道這些事情吧。」說到這裡，香折停了一下。她露出淺淺的笑容。

「一點也不，我想知道每一個細節。」

香折皺了皺眉頭，表情有些苦澀。

「忍耐一下，說給我聽好嗎？」我催著她繼續說下去。

「結果我就流血了，真的好痛。雖然以前就經常遭到我媽和哥哥的暴力相向，不過那一天我卻報了警，那是我有生以來第一次報警。我想，只要報了警，警察一定會把我哥帶去醫院。不過還是不行。警察只對我說『你要不要到親戚家躲一陣子呢』，根本沒打算帶我哥去醫院。我立刻哭著跑出家門，所以也不知道之後到底發生了什麼事……然後我就到藥房買了繃帶和藥，趕緊回到公寓，隨便包紮了一下就到你們公司參加面試了。」

我的思緒一直停留在香折剛剛說的「以前就經常遭到我媽和哥哥的暴力相向」。看我一直不說話，香折接著說：「早知道就不說這些了。又不是什麼令人愉快的故事，不管是誰聽了，都不知道該作何反應。」說完，香折以一種冷靜的眼神觀察著我。

「你哥哥一直都這樣對待你嗎？」

這個問題卻讓香折發愣。

「你是指什麼？」

「就是像今天那樣打破你的窗戶、踹你家的門、把動物的屍體丟進房裡……」

香折這才了解我的意思。

「我哥他怪怪的。我媽也有類似的問題，小時候只有媽媽揍我。不過我哥自從進了國中之後，因為在學校遭到同學霸凌，從此就天天痛打我。我經常放學一回到家就發現房間被他搞得亂七八糟的。由於他每天不停地打我踢我，我從高二就搬出去住了。今天你看到的是黃金鼠，之前他還殺過貓和鳥。我哥哥對邪術非常著迷，我念高中的時候，他常常一個人關在房間裡擺魔法陣，拿動物的屍體詛咒我。他的房間就在我隔壁，吵得不得了。有一天早上，我看見房間的門把上有好多個小貓的頭，用繩子串著掛在上面，還貼著一張紙寫著『路西法的詛咒』之類的咒語。我嚇得差點暈了過去，這也是我離開家裡的原因。」

聽香折說完這些不可思議的事，我頓時啞口無言，一時之間實在難以相信。她父母應該知道兒子對女兒的惡行，怎麼能夠置之不理呢？

「你爸爸和媽媽呢？他們沒有帶你哥哥去醫院嗎？」

「因為我媽也會對我做同樣的事，所以就算我跟她說『哥哥一定有問題，要送他去醫院才行』，她也完全不理我，反而說『哪有人這樣說自己的哥哥，你才有問題』。高中的時候，她甚至硬帶我去看精神科。有時候早上我在客廳被哥哥打得很慘，媽媽還面不改色繼續看她的報紙，完全視若無睹。甚至哥哥發狂的時候，媽媽的情緒也會跟著變糟，更是加倍痛罵我。」

「你爸爸呢？」

「我爸不是出國，就是搞外遇不在家裡。若不是到高中發生了一件事，導致我非離家不可，否則他完全不知道我哥對我施暴。即使是現在，我想他也不知道我小時候媽媽是怎麼對待我的。」

我呆呆地看著手邊咖啡杯裡剩下的一點點咖啡，抬起頭來說：「這麼久以來真是難為你了。」

「對不起，讓你聽我說這麼多不愉快的事。我從來沒有跟人說起這些事，就連朋友或男朋友都沒有。因為只要我稍微提起類似的話題，大家總露出不知所措的表情，我也不想為難人家。而且我媽從小就叮嚀我不能把這些事說出去。」

說完，我又補充了一句。「不過我很高興你能告訴我。至少我又更了解你一點了。」

香折一臉莫名其妙的樣子。

「我……」

「嗯？」

這時候她的眼睛突然變得異常清澈，散發出奇妙的光芒。

「一直以來，我都有輕生的念頭。被我哥咬的那天早上，我站在月台上，真想乾脆跳下去讓火車撞死算了，但還是辦不到。不過，像我這樣的人還是死了比較好，還得麻煩到橋田先生，我活著也是一點價值也沒有啊。」

我起身跨過茶几坐到香折旁邊，雙手包住她的手掌。

「你不必再擔心害怕了。從現在開始，我永遠站在你這一邊。只要是我做得到的事情，我都幫你。我保證。」

我只能說這些。我想，如果我今天沒有趕到香折家，她現在或許已經死了吧。這是我第一次深刻感受到死亡與我如此靠近。

一瞬之光

第二部

她的人生只活了我的一半，
卻背負比我多上好幾倍的痛苦。
儘管如此，這個女孩仍然拚命想要維持那種體諒
他人的溫暖。我忽然體會到她的溫暖，
長久以來封存在我內心深處的情感慢慢地從心的
縫隙滲透出來。

1

那天，瑠衣帶我到九段某家她常去的餐廳，我們吃了一頓不算早的晚餐，飯後，兩人沿著靖國通漫步到田安門。「今天下過雨，櫻花都散了吧。」瑠衣說著，經過護城河上的橋走進田安門。我靜靜跟在她後面。眺望著左手邊一團烏黑龐大的建築物——日本武道館，我們走進了北之丸公園。賞花民眾不如預期，不過綻放的櫻花樹下仍有不少遊客來回穿梭。一條寬敞步道貫穿公園，不論是步道兩旁的櫻花或是面向護城河千鳥淵的茂盛樹叢，根部都有一盞盞投射燈照亮植物的全貌，宛如一朵朵飄蕩在黑夜中的雲。

「這是我今年第一次賞櫻花喔！」

瑠衣興匆匆地拉起我的手，她這麼一拉我不禁絆了一下，跌入她的懷裡。

「怎麼啦？」瑠衣一邊扶著我，驚訝地瞪大了眼。

「我有點暈。」

我急忙站穩，大大地喘了一口氣。可能是眼前耀眼盛開的櫻花和人群的熱氣突然間湧了上來，讓我一時間失去了意識。

「還好嗎？」

「嗯。」

「你一定是累壞了吧。」

「有點。」

「對不起，我竟然沒察覺到，還帶你來賞花。」

「沒那麼嚴重。沒事了，已經好了。」

瑠衣再次牽起我的手，遠離眼前的人海，帶我到右手邊暗處的木製長椅上。她坐到我身旁說「我的肩膀借你靠，休息一下吧」，然後讓我的頭靠在她身上，我也依她的話將整個身子靠過去。眼前的景象仍有些晃動，人群的喧鬧聲猶如海浪般逐漸退去。柔軟的肩膀溫暖且令我放鬆。夜晚的風鑽進領口，上午的一場雨讓空氣又濕又冷。

「現在幾點？」我閉著眼睛問道。

「十點半。」

我心想，才十點半啊。前陣子到印尼出差去了，大概是因為旅途的勞累還沒完全消除吧。我在三天前回國，兩個鐘頭的時差並不會造成多大負擔，反而是從雅加達的悶熱環境回到四月中旬卻突然異常寒冷的東京，導致身體一時無法適應。最大的影響莫過於工作上的不順遂，這五天的調查我幾乎沒有任何斬獲。昨天在報告時，扇谷毫不掩飾他的失望。想到這兒，我的心情再度低落。

「待會又要回公司嗎？」瑠衣問道。她把臉頰貼在我的頭髮上，一陣淡淡的香水味撲鼻而來。

「不，今晚我打算回家了。」

我睜開眼睛端正姿勢，看著瑠衣說：「謝謝你，好多了。」她憂心忡忡地凝視我，眼珠子依舊微微向上，透出一絲朦朧。周圍的白燈照亮她的長髮，反射出火紅的光澤。

「你太操勞了。」瑠衣說道：「我覺得姑丈把你操得太過分了，實在很不應該！」

「可是現在這個案子真的非常緊急，我沒有時間抱怨什麼。」

「或許是這樣沒有錯，可是我們已經有半個月沒見面了，他也該替我們想想啊。」

二月初公司發生了一些棘手的狀況，自從我接手負責這個案子之後，只好將約會次數降到最低，瑠衣就是不滿這件事。而事實上我也在刻意迴避她，但是我沒辦法告訴瑠衣箇中原因。這次公司爆發了弊案，前往雅加達了解之後，我發覺這次問題十分嚴重複雜，遠超過扇谷或是我們的想像。我感覺這件事不只是一樁單純的弊案，背後應該有龐大的政治力在運作。

我起身，瑠衣也跟著站起來。

「來，我們好好地賞個櫻花吧。」

瑠衣握住我的手。「算啦。我們回去吧，我送你到池尻。」

「不用啦。你不也要回公司加班嗎？」

「沒關係。今天要製作資料，反正都得通宵到早上。」

「我怎麼好意思呢？」

「別在意。你可以在計程車裡好好睡一覺。到家我會叫你起來。」

瑠衣說完，開始往田安門的方向走去。我們手牽手走在路上時，擦身而過的男人有半數都把視線投向瑠衣。

坐上車後，我一直望著窗外的景色，瑠衣則勾著我的左手沉默不語。路過靖國神社旁，我忽然想起香折。好一陣子沒和她碰面了，前天難得到這一帶來接她。去年十二月，香折開始固定到診所看診，診所就在靖國神社後方、白百合學院正對面一棟全新大樓的二樓。香折每週就診一次。二月之前，只要她去看診，當天我一定詢問她看診的情形。我總是在六點多到診所門口等她，然後一起拿著處方箋到附近的藥局，拿了藥之後便到飯田橋一帶邊吃飯邊聽她的報告。

自從公司爆發弊案之後，這兩個月來我一直無法和香折見面。

三年前的二月，印尼政府與其轄下的石油開發公司合作，在賽浦勒斯投資一家船舶運輸公司。眾所皆知，印尼是東南亞首屈一指的石油輸出國，對日本而言，印尼石油更是日本進口的大宗。賽浦勒斯的公司擁有運送原油到日本的大型油輪，除了航運業務，同時也和母公司的石油開發公司合作，在泗水附近海域開鑿海底油田。

過去美、歐、日各國都曾勘查泗水海域的海底，並證實該處蘊含龐大的油田。由於中國以及韓國等ASEAN＊各國的經濟快速成長，使得石油需求量暴增。而未來，穩定石油價格將是日本政府的最大課題，所以也特別關注泗水海域的油田開發。然而歐美企業也表現出同樣的企圖心，因此如何分配各國的油田開採權將由國際競標的結果來決定。但印尼政府自獨立以來，長期由蘇卡諾、蘇哈托等獨裁政權掌管國事，目前為蘇哈托總統家族獨攬印尼經濟大權，在此情況下，國際競標只會流於形式。這也是開發中國家一貫的作風。

為此，五年前日本政府與印尼締結了新的經濟援助協定，決定往後十年將進行五十億美金的政府開發援助，並在協定書中達成祕密同意事項：要求其中部分款項獲准投資在泗水海域的油田開發。

不過印尼政府早已表明開採權必須由國際競標決定。若是印尼政府允許日本的巨額援助資金直接流入轄下成立逾二十年的石油開發公司，競標是否公平將為人詬病，因此資金的流入成為一項艱鉅的任務。為了讓政府開發援助資金也能安全且大範圍地流向總統家族，兩國政府有必要思索新的機制。

賽浦勒斯的船舶運輸公司就是為了達成以上諸多目的而成立的。該公司由印尼政府以及石油開發公司加上日本企業共同出資，日本企業的資本額比例高達百分之五十一，這無非是想要以民間企業的姿態沖淡政府介入的色彩，然後再依照出資比例發行股票。我們公司體系下的石油企業為了參與油田開採權的爭奪戰，當然列名在船舶運輸公司的出資者當中，而且瑠衣父親經營的石油公司也是出資者。這兩家日本石油公司締結了合作關係，並且一同參與競標。

然而問題就是由此而生的。賽浦勒斯的公司原本是以船舶運輸業務為主體的運輸公司，但事實上公司內部確立了巧妙的機制，讓政府開發援助資金回饋給印尼政府官員或是日本相關的國會議員。

首先，賽浦勒斯的公司為了擁有自家的大型油輪，從印尼政府接受巨額融資，並向我們公司訂了四艘船。這純粹是一般企業之間的交易，無須招標即可發包給特定廠商。我們公司在接單之後，針對每艘油輪浮報一千萬美金以上的製造費，這只要在估價單上多加幾個數字即可。賽浦勒斯的公司也心知肚明，這份昂貴的估價單並不會受到估價審查會的阻攔。這次的估價金額總共

譯注

* 為Association of Southeast Asian Nations的縮寫，即東南亞國協。

多出四千萬美金，換算成日幣約為四十五億圓，全數祕密分配給總統家族和日本的國會議員。當然，這些資金的源頭就是日本政府的援助資金。

這四十五億圓果然奏效，去年在泗水海域的國際競標中，由我們公司體系下的企業以及瑠衣父親的公司ＪＶ獲得油礦埋藏量最多的Ｂ區開採權。

四十五億圓中的二十五億流向印尼，日方則進帳二十億圓。二十億圓全部分配到與產業界相關的國會議員，負責分配的成員就是公認為扇谷繼任人選的酒井實雄副社長，以及今年六月股東大會後繼承內山職位成為董事兼人事部長的駿河經營企畫室長，最後就是我本人。

當初呼籲政界參與泗水海域油田開發援助案的，是五年前擔任通產大臣、目前則擔任幹事長要職的神坂良造。他手上握有實質政權，在執政黨產業界一族中具有首腦級地位，可說是與總理名列當今政壇最有權力的政治人物。

神坂收受了五億圓。這是日方二十億當中的百分之二十五。三年前的八月，由我負責將這筆款項帶進國會裡的神坂私人辦公室。我準備了觀光景點販賣的那種上有塑膠膜的大紙袋，這種紙袋剛好裝得下一億圓。我提了五個紙袋送給神坂。

今年二月初，我被叫到社長室。

自從轉調人事部之後，我就鮮少和扇谷直接見面。一個月頂多陪他一兩次出席私人聚會罷了。聚會大多是政客或是金融界人士的聯誼會，我從祕書時代就經常陪同參加，雖然我與他們的年紀懸殊，但很快就打成一片。由於我的年紀最輕，因此他們也特別關照我。通常聚會一開始大家先把酒言歡一番，各自聊一些政治或是經濟議題，接著請來藝伎搞一場熱熱鬧鬧的表演。酒井副社長和駿河也時常出席宴會，我們四個人則在散會後一起到扇谷常去的酒吧、酒店或是神樂坂的高級餐廳，商討公司內部的業務或人事。公司多數重要決策就是在四人祕密會談中決定。當然，賄賂政界的策略也是在這些會談中取得共識。

突然被叫到社長室，我內心忐忑不安，擔心是否發生什麼突發狀況。一進入辦公室，經營企畫室長駿河已經和扇谷面對面坐在沙發上，我察覺事態不妙。扇谷難得眉頭深鎖。駿河招手要我坐在他旁邊，遞了兩張紙給我。一張是報紙的影印，一張則是打字機製成的圖表。我大略過目之後，難掩驚訝的情緒。報紙的影印是一份英文報，那家報社是印尼反對派的知名報社。另一張則是依照報導內容製成的圖表，詳實記載了三年前的這樁政界賄賂事件，以圖解說明政府開發援助資金經由何種管道流向印尼及日本政客的手中。最令我驚訝的是，圖表下方列舉了二十位收受資金的日本政客開頭字母，幾乎正確無誤。那份英文報則並未記載詳細名單。

「這是？」

我問鄰座的駿河，卻是對面的扇谷先開口。

「兩份都是剛才菊田拿來的。今天早上突然傳真到TBR的辦公室，當然還不知道是誰傳的。」

菊田是神坂良造的祕書官，是他的第一祕書，也與我的關係密切。

「這份報紙還好，可是這份圖表上面的開頭字母跟實情太吻合了。」駿河說道。

「可是，這種東西怎麼會傳到神坂議員的手上？」

「不知道。不過神坂方面懷疑是我們洩密。」

扇谷嘆了一口氣。駿河的表情也變得嚴肅。

「但是當時的資金流向應該只有社長、酒井先生、我和橋田才知道啊。」

「總之，我們有必要徹底清查這份黑函的來源。萬一是內神通外鬼，事態就嚴重了。」

扇谷說著，轉向我繼續說道：「橋田，從今天起我要把你調回經營企畫室。明天上午前會公布人事令，頭銜是企畫室參事，你會在駿河之下。我命令你和駿河兩人早日徹底查出黑函的真相。」

這項人事異動來得太突然，但這是扇谷的命令，我只能遵命。我壓抑著內心的驚慌問道：「其他議員的辦公室是否也收到同樣的傳真？」

「沒有，菊田旁敲側擊問了其他辦公室，但今天早上為止，確定只流到神坂的辦公室。」

或許是我的錯覺，我發現扇谷的臉色發青。黑函的內容雖然驚人，但扇谷的表情更令我印象深刻。因為我所認識的扇谷不會為了這點事而臉色大變。

這兩個月來，我用盡所有管道清查黑函可能的幕後關係。雖然未能明確描繪出主謀者的輪廓，但心中已有大概的目標。然而我還不敢對駿河或扇谷報告。因為這內幕實在太驚人了，未取得足夠的確證之前絕不能說出口。

在環狀六號線右轉進入玉川通時，瑠衣醒了過來。就在我思索公事的時候，忽然聽見了清晰的呼吸聲，原來是身旁的瑠衣已經靠在我身上呼呼大睡了。看到她完全放鬆的睡臉，令我的心情更是複雜。

「對不起，竟然是我睡著了。」

瑠衣睜開眼睛打了個呵欠。

「你這幾天都是通宵吧，也該睡一下。」

「是啊，不過我比你年輕。」

「是啊，是啊。」

瑠衣俏皮地笑了。

「你一直在想事情對不對？我看著你，忽然發現你瘦了很多，結果就突然想睡了。」

「什麼跟什麼啊？」

「你又在想工作吧。別太鑽牛角尖唷，我快看不下去了。」

瑠衣喃喃自語，然後緊緊握住我的手臂。我有種莫名的不忍。如果她知道我現在做的事，肯定驚愕不已。一旦事跡敗露，瑠衣的父親藤山宏之的公司也難逃厄運。我眉頭深鎖沉默不語，瑠衣的神情也愈來愈凝重。

「你昨天睡了幾個鐘頭？」

「不知道耶，大概四個鐘頭有吧。」

「睡這麼少啊？」

「是啊。清晨還接到電話呢。」

「電話？」

「嗯，因為我在查一些事情。」

「怎麼會在那種時間打來呢？」

「這一點我不方便多做解釋。上次我也說過了，這次的狀況有點複雜。等所有的事情告一個段落之後，我會好好向你說明清楚。為了蒐集情報，我已經搞得昏天暗地了。」

「對不起，我不該問太多。」

瑠衣閉上眼睛。我看著她純真的模樣，心想或許哪天我也得和她分手不可。這麼一想才發覺她是多麼可貴。但一想到目前公司內部的權力鬥爭，一個競爭激烈的黑色風暴，我想我最好不要再與她深入交往。

還有……我繼續想到，還有香折的事。香折的狀況在二月以後明顯惡化，實在是我忙得不可開交，不能像以前那樣照顧她。我不曾向瑠衣提起香折。自從去年七月香折順利考進三得利之後，這九個月來我與香折的關係愈趨複雜，更加難解。

2

過了世田谷公園，我在通往自家大廈的三岔路口下了車。瑠衣說要送我到大廈門口前，但我搬出慣用的理由「道路狹窄，迴轉困難」，婉拒了她的好意。瑠衣住在瀨田，我們剛好順路，偶爾會讓她送我一程，但最近我總在三岔路口下車，絕不讓她靠近家門口。二月之前我還時常讓瑠衣睡在我家，瑠衣現在必定會猜忌我的改變。其實一旦讓她送到家門口，通常就不得不讓她進家裡坐坐。我得迴避這樣的狀況，因為自從二月以來，我和香折各自交換了家裡的鑰匙，不知香折何時會出現在我家。

走到大廈前，我抬頭看了自家的窗戶，燈果然是亮的。兩天前和香折見面時，我告訴她今天會早點回家。想必她又出現極度不安的情緒才會跑到家裡來。

明天上午八點，我又得到八重洲的飯店與提供線報者會面。手表上的指針顯示已經十一點半了。原本希望至少今天好好休息一晚，但香折一來，這樣的希望也泡湯了。我深深吸了一口氣後跨步走入大廈玄關。

香折在沙發上抱著大腿看電視。沙發前的玻璃桌上擺著三個空啤酒罐。她的臉頰潮紅，眼神迷濛沒有焦距。看來她大概是用啤酒吞下了大量鎮定劑。

我邊脫上衣說：「你來啦。」她瞄了我一眼又立刻將視線轉回電視說：「怎麼這麼晚啊。」

「你要來也該打個電話到公司跟我說一聲啊。」

香折不理會我的話。

「又去跟瑠衣小姐約會啦？」

她總算願意正眼看我。我不能夠對香折撒謊，萬一哪天被她拆穿，後果不堪設想。香折自己時常若無其事地隱瞞實情，對於他人的謊言卻十分敏感。

「是啊，我跟她吃過晚餐，再到千鳥淵賞花呢。」

「是喔。」

香折回答得意興闌珊，再度回到電視螢幕前，發出咯咯笑聲。好像是諧星「隧道二人組」的節目，電視傳來石橋貴明帶有鼻音的大嗓門。

我到寢室換了衣服回到客廳。香折依舊死盯著藝人的無聊鬧劇，發出咯咯的大笑聲。我看著她的臉，發現她比兩天前又瘦了一些。大概又沒有正常吃飯吧。香折狀況一不對就不肯吃飯。過去我會強拉她去吃飯，但這兩個月來卻沒辦法這麼做。香折的身高是一百五十六公分，平時的體重為四十二、三公斤，現在應該已經掉到只有四十公斤。我曾多次看著她逐漸消瘦，因此只要一看到她的樣子就能大致掌握她的身體狀況。

香折穿著簡單大方的深灰色褲裝。領口開得非常低，露出白皙的肌膚和部分乳溝。看來她打算就穿著這件衣服睡在沙發上，明天早上就這樣直接去上班。她常嘀咕說因為常服用鎮定劑和安眠藥，早上總是爬不起來。為了準時上班，她想出了一個辦法：那就是直接穿上隔天要穿的衣服睡覺。半個月前，當時香折剛進公司沒多久，半夜突然接到她的求救電話，我到她家發現她穿著套裝睡在床上，當時我感到背脊發涼，至今仍餘悸猶存。我心想「終於出事了」。我奮力搖著香折的肩膀，她睜開眼睛後一臉茫然地看著我說：「你怎麼啦？」

我因為突然放鬆，差點無法呼吸。原來服藥過量導致她在意識模糊的情況下打了電話，因此她連打電話這件事情都不記得。

香折服用的藥品種類在這幾個月急遽增加。一開始只有抗憂鬱劑Tryptanol十毫克、抗焦慮劑Depas及Solanax各一毫克、安眠藥Eurodin二毫克，但兩天前發現處方箋上又新加入了抗焦慮劑Constan，鎮靜劑Dogmatyl則增加為五十毫克，Tryptanol也增加為二十五毫克，連Ludiomil都出來了。安眠藥也由Eurodin換成Amoban，Dalmate也併入處方。醫生還規定睡前服用兩錠十五毫克的Dalmate。

我曾幾次試過香折的藥。不論是Depas還是Eurodin，只要服用一錠，意識就開始迷濛。想到香折必須每天服用這些藥，實在難以想像她背負的問題多麼嚴重。

「今天怎麼啦？」

我問她，但她不回答。我只好走去冰箱拿了一罐啤酒坐到香折身旁。這種時候最好別煩她。

電視節目結束前的二十分鐘，我只能默默喝啤酒等她開口。有時香折搶我手上的啤酒喝上幾口，喝完了就把空罐丟在桌子上，然後去拿啤酒和兩個杯子回來。她先倒酒給我再倒滿自己的杯子，然後一口氣吞下整杯酒。她喝酒的樣子好比某種報復行為。

「發生什麼不愉快嗎？」我試著問她。

「沒什麼……」

香折態度冷淡。關了電視後她總算面向了我。

「公司有什麼不如意的事嗎？」

「公司哪會有什麼事……」

她臉上浮現諷刺的冷笑。

「那是怎麼啦？是不是和小卓吵架啦？」

小卓就是香折交往的對象，名叫大川卓次，目前就讀立教大學四年級。小卓和同學合組樂團負責打鼓。今年初澀谷的獨立唱片公司替他們發了一張ＣＤ，也藉此為邁向職業樂團鋪路。ＣＤ剛發行時，我曾在香折家裡聽過他們的作品，音樂屬於節奏感很強的ＲＡＰ，內容還不錯。除了爵士之外我對其他音樂一竅不通，但連我都佩服他們的創作能力。ＣＤ內頁說明中，「DRUMS: TAKU[1]」那一欄上面寫著「Special Thanks to KAORI NAKAHIRA[2]」，當時香折得意地秀出這

譯注

1 「卓」的日文發音。

2 「中平香折」的日文發音。

一行字給我看。

香折沉默片刻後突然開口。

「昨天小卓突然送一份結婚證書給我，上頭已經蓋上他自己的印章，證人欄上還有團員昭司和俊雄的名字和印章呢。」

「結婚證書？」

我懷疑是否聽錯了，卓次還只是個二十二歲的學生呢。

「什麼時候已經論及婚嫁啦？」

「誰知道。」香折偏著頭說。

「大概是因為上星期大吵一架的關係吧。不過這也未免太突然了，讓我很不舒服。況且我們也從來沒討論過結婚啊。」

她的語氣彷彿整件事與她無關。

「浩大哥，你覺得呢？」

在這九個月的相處中，香折開始稱我為浩大哥，我也直呼她為香折。她這麼一問，我也不知道該如何回答。不過我也慶幸原來事情沒有我想像中嚴重。因為從香折的樣子判斷，我原本以為她家裡又發生什麼緊急狀況。

「什麼我覺得，這是你要自己決定的吧？如果想結婚那也不壞。我想小卓一定是認真的。」

「可是，他擅自簽名蓋章，還叫昭司和太一當證人，你不覺得他太自私了嗎？」

「不是太一，是俊雄吧？」

「啊！沒錯、沒錯。」

香折的眼神愈來愈呆滯，說話也語無倫次。

「小卓他一點都不了解我！」她不屑地說。

這是她的習慣，她也時常這樣罵我。「反正沒有人了解我」是香折的口頭禪。但是她又常撒嬌地說「我只和浩大哥還有小卓透露我的過去喔」。

「你幹麼又跟小卓大吵一架啦？」我問道。

香折閉上眼睛彷彿在沉思，但又語氣堅定地說：「今年浩大哥不是一直很忙嗎？所以上次小卓來我家住的時候，我拜託他陪我去醫院。我還顧慮到他最近很忙，整天關在錄音室錄音，要他找個沒有錄音的日子再去就行了。結果你知道他說什麼嗎？」

「說什麼？」

我裝出疑惑的表情。

「他說『我不想寵壞你』。」

「寵壞？」

我不太了解他的意思。

「他的意思是說，希望往後能夠和我認真交往，所以不希望我太依賴他，所以不想陪我去醫院。他說太常照顧我反而會寵壞我。」

我當下覺得卓次不該說出這樣的話，這種態度會嚴重刺激香折的情緒。香折深信從來沒有人體諒她或關心她，她自認沒有資格被人愛或讓人珍惜。自從認識香折以來，我不斷說服她，試圖改變她的想法，卻讓我痛感自己的無力。更何況這段話竟來自她最親密的情人口中，香折的反彈及失望可想而知。

「可是現在是小卓最需要衝刺的時候啊，香折也該替他想想，稍微讓他嘛。過一陣子，我的工作也會告一個段落，到時候就可以陪你去醫院啦。」

「浩大哥都騙我。」香折脫口說出奇怪的話。

「怎麼會？」我反問她。

「難道不是嗎？是浩大哥說『應該向小卓說出自己的過去，讓他好好了解你』，所以我才不厭其煩地跟他詳述了一遍。你知道嗎？我光是回想都很痛苦呢！結果小卓的回答很莫名其妙，他一臉困惑地說『那些事情真的讓你很辛苦，不過都過去了，過去和現在的你一點關係也沒有』，什麼意思嘛！」

香折刻意翻白眼給我看。

「他跟我說不要一直在意過去。笑死人了！要是可以不在意，我也不需要每天面對這麼多痛苦啊。他終究不會了解我，反正他也沒吃過苦，人家可是大醫院的小開呢。」

卓次的父母在千葉縣經營大型綜合醫院，他排行老二，現在也是住在千葉市的老家。香折以她冰冷且頹廢的獨特口吻說完話，突然搶走我的酒杯再度一口喝乾。她嘆了一口氣又繼續說：「剛開始和小卓交往的時候，他對我說『大家都說你很怪，不過在一起才發現其實你很正常啊』，當時我聽了真的很開心。女孩子聽到別人說她有點怪，通常滿開心的。不過我非常討厭有人說我怪，所以聽他這麼說，我心想應該可以和這個人在一起。結果現在卻說為了我們的交往別太互相依賴。什麼跟什麼嘛！而且還送結婚證書給我，這傢伙腦袋裡大概只有自己吧！」

因為藥物和酒的作用，香折已經醉得不像話。該是讓她睡覺的時候了。

卓次還年輕。突然送結婚證書這種把戲也是因為年輕使然。但是他向香折求婚究竟抱持了什麼樣的心態呢，這一點我搞不清楚。

香折已經神智不清，我替她換了衣服讓她睡在沙發上。她立刻入睡，我邊喝啤酒靜靜地看著她的睡臉。香折好久沒來我這裡了，記得上次是寒風刺骨的夜晚，所以應該是三月初，已經是一個多月前的事。這段期間我曾兩度睡在她家。每一次都在她的床下打地鋪，等她睡著之後，我才小睡片刻。當然，我不曾碰過香折一根寒毛。我有時會想：卓次與她有肉體關係，那麼卓次是怎麼陪她的呢？我只聽香折提起卓次，但從沒見過他。而香折是否向卓次提起我，我也不清楚。我從香折的話裡略知卓次似乎知道我的存在，但他萬萬沒想到香折經常睡在我家，而我也時常到她家吧。

我總是不太能了解香折對卓次的感情，香折剛才的那番話也給我這樣的感覺。香折是剛進短大的時候開始與卓次交往，兩人的關係已經長達兩年了。儘管卓次還是個學生而且住在千葉的家，但女友已經陷入危急狀態，照理說應該是由他來照顧香折，而香折也應該去找卓次才對。她說她聽了我的忠告才向卓次說出自己的過去，但這並不是事實。香折在認識我之前早就把家裡的事告訴卓次了。

然而一旦發生事情，她不去找卓次，反而總是向我求救。這一點更讓我無法理解香折與卓次之間的關係。

大致說來，肉體關係會在男女之間發揮關鍵作用，卓次應該比我更了解香折，但他為何不願意將香折從恐懼的深淵中救出呢？是因為他還年輕所以能力不足？還是香折心中的恐懼根深柢固，已經化為心魔，任誰也無法挽救？我至今仍然無法找出答案。

我看著她的睡臉，大約過了半小時我開始聽到她清清楚楚的夢話。

「白痴！去死！去死啦！」

這是她常說的夢話。我輕輕撫摸她的秀髮，她卻以驚人的力道甩開我的手，這也是她慣有的反應。我把手收回來嘆了一口氣。不論是「白痴！」或是「去死！」，這些話並不是在怒斥誰，她是在罵她自己。

香折在睡夢中反芻她充滿恐懼的過去。只要她作噩夢，不論周遭的人如何安慰她或擁抱她都沒有用。身旁有人反倒增加她的恐懼。

若是在年幼時期遭親人虐待，由於自我認知尚未形成，往往無法抵抗對方的虐待而造成嚴重的精神創傷。每當孩童遭受虐待，他們總會試圖找出其中的原因並且導出一個結論：他們認為自己與生俱來的壞德行活該讓父母欺凌。於是他們開始憎恨自己、詛咒自己。外界很難察覺家庭內的暴力，因此即使在現今，社會還是沒有辦法拯救這些孩子。不曾受人疼愛的小孩將愈來愈痛恨自己，更在無法疼惜自己的情況下長大成人。他們沒有健全的自我，也嚴重影響他們的人際關係。他們對愛人或相信人感到極度恐懼。雙親原本應該給予他們最深的愛，然而他們卻不曾體驗被愛的感覺，也因此他們難以相信他人的愛。有時甚至畏懼對方示愛。他們會想：即使對方現在是愛我的，但這不過是暫時的，他總有一天會背叛我，因為我的父母也是如此。即使成功交往，他們仍舊無時無刻與恐懼相伴。萬一果真遭人背叛，他們的精神狀態將跌到谷底。他們不會憎恨對方，反倒一味譴責自己。人與人之間的交往不免有誤會或爭執，然而若是他們在人際關係上出現不順遂，他們會拿起鑷子從記憶的倉庫中夾出自己往日類似的過錯，擺在精神的桌上數起犯錯的次數或是反芻錯誤。最後甚至用悔悟與羞恥來苛責自己。

香折就是一個典型的例子。況且她還經歷了親哥哥異常的虐待。當香折慢慢透露她那不堪的回憶，我也開始翻閱幼兒虐待的相關書籍，卻沒看過比香折更慘的案例。尤其哥哥隆則對她的異常行為已經嚴重超出虐待的範疇。香折說：「你問他有沒有對我性侵害嗎，是沒有多嚴重啦，不過確實有過幾次。」

但從隆則對香折所做的異常行為看來，我懷疑隆則對香折的性侵害並不單純，然而我也不能夠向香折詢問性侵害的內容。

香折順利考進三得利的當晚，我仔細聽了她過去的一小個片段。當時她一邊數著手指說：「從十五歲開始，我尋死的念頭大概有一千五百次吧。」

她說她在高一的時候一度為了尋死跑到廚房拿了菜刀。

「當時剛好是晚餐時間，所以菜刀上還沾有蔥花。但是我不希望自殺用的菜刀上還黏著蔥花，就用力清洗菜刀。或許是因為手碰到了冰水讓我冷靜下來了吧，我忽然覺得尋死很無聊，就作罷了。」

即使找到工作，香折的精神狀態依舊沒有好轉。她進三得利上班的前九個月也發生了許多事，讓她的生活不得安寧。所以我拜託大學同學替我介紹精神科診所，讓香折接受治療。那已經是去年十二月的事了，截至目前她的精神狀態仍舊不穩。除了家人的問題之外，還有一些出乎我意料的狀況困擾著香折。例如隆則突擊香折家的那一天，我強行拉香折去面試，不料面試中的一段問答卻成了目前香折的憂鬱來源。

在最終面試上，其中一名董事注意到香折右手的繃帶，於是問她傷口是怎麼來的。香折的回答和我面試時一樣：「上星期被住家附近的狗咬傷了。」結果竟然引起所有董事的好奇，並且詳細詢問每個細節，諸如：在哪裡？在什麼樣的情況下？是什麼樣的狗咬的等等。

我常常佩服香折的縝密記憶力以及說話技巧，她能夠在對話中巧妙地吸引對方進入自己的話題中。在那次的面試中她一一詳述狗的種類、被咬的地點，還說當天下著毛毛細雨，那隻狗被雨淋得濕答答的，所以脾氣特別不好，也才會咬了香折。她輔以肢體動作將故事說得活靈活現，更引起董事的喜愛，也因此順利獲得錄用。然而這個過程卻在最近開始折磨香折。

「我撒了那麼大的謊才考上三得利的，其實我根本沒有資格進入那種一流企業！」

進公司三個月之後，她開始有事沒事就責怪自己。

「可是，你總不能老老實實說是你親哥哥咬傷的吧。」

每當我安慰香折，她總是沉默不語。

「白痴！去死！」

香折依然反覆著同樣的夢話。看著她那痛苦而嚴重扭曲的表情，我感到悲傷不已。我輕輕握住她垂在沙發下瘦弱的手，忽然看見她的手背，我的心情更加憂鬱了，因為她手背上出現好幾條紅色抓痕。香折在情緒低落時，習慣在睡夢中無意識地用右手指甲猛抓自己的左手腕，也因此她總是把指甲修剪得非常短。

她常說：「我也好希望像普通女孩一樣，把指甲留長到可以塗漂亮的指甲油。」

找到工作的七月和迎接聖誕節的十二月她都曾出現類似的低潮。接著最近兩個月由於我疏於關心，香折再次陷入嚴重的憂鬱狀態。目前的狀況僅止於抓傷，但一想到這個指甲萬一換成了刀片或小刀，我就不寒而慄。

香折的左手腕出現了好幾條內出血的傷痕。我從沒見過這麼嚴重的傷，那一道道傷痕令人頭皮發麻，然而她的睡臉卻十分安祥。香折瘦得臉頰都凹陷了，我卻也發現她愈來愈美麗。

我曾經一度在香折的房間看過她父母的照片。她長得不像父親也不像母親。於是我隨口說「長得不像嘛」，香折突然氣憤難平地說：「我為了生存，刻意改變了自己的長相，我怎麼可能像他們呢！」

她以那獨特、帶有殺氣的眼神瞪了我。

3

爬上神樂坂左轉善國寺，再走上一段彎曲的巷道，高級餐廳「鶴來」就在巷子底。巷道兩旁都是日本料理店和小酒館，店面的燈光忽然熄滅，街燈下昏暗的小空間向左右延伸，一家掛著布簾的店悄悄出現在路底。這家店如今已是一棟堅固的五層樓白色建築物。一樓和二樓是店面，上面是租用辦公室，五樓則是女老闆與小老闆的住處。我擔任扇谷的祕書後，扇谷就帶我來這家店，算起來我與鶴來已經有十四年的交情了。兩年前她們拆除日式老房子，經過半年的休業蓋了這棟樓房。一走進店內，不論是梁柱或是走廊、和室的裝潢都保留了鶴來的原始風貌，因為女老闆堅持盡可能在裝潢上使用舊木材。儘管如此，仍無法完全保留過去的古早味。由於我過於習慣以前的鶴來，因此新開張的店面讓我彷彿進到陌生的地方而有些掃興。

自從在扇谷底下工作之後，我常出入鶴來，自然與女老闆佐和姊成了好友。當年我只有二十來歲，常在宴會結束後直接睡在店裡，也時常從店裡直接去上班。隔天早上我就和佐和姊以及她的姪女、也就是小老闆百合小姐一起在房裡吃早餐，她們待我就像家人一般。

如今佐和姊已經年過五十，大我兩歲的百合小姐也已經四十了，讓我深感時光飛逝。第一次見到佐和姊，她的美麗令我驚豔。當時她還不到四十歲，正值人生最美好的年華，豔麗的美色叫人著迷。現在的她稍稍發福，濃妝豔抹也掩飾不了年華老去的事實，但白皙的肌膚和水靈的大眼睛依舊挑逗著客人的心，不失誘人的風采。

佐和姊是扇谷的情婦。

兩人的關係從佐和姊在赤坂當藝伎的時候起，已經維持了二十年以上。鶴來的第一代女老闆因為後繼無人，收佐和姊為養女；當她繼承店面成了第二代女老闆，扇谷也升上了董事，從此便經常光顧。隨著扇谷的飛黃騰達，也為佐和姊帶來了許多上等客人，終於有能力將店面擴建成獨棟大樓。因此鶴來幾乎可說是扇谷的第二個家，也因為有了這一層關係，鶴來的女老闆也非常愛招待酒井、駿河還有我。

我和小老闆百合小姐特別要好。她畢業於津田塾大學，說著一口流利的英語，失婚後才跟著阿姨走入這一行，背景際遇相當特殊。我們公司時常需要接待外國客人，也因此特別器重百合小姐的英語能力。她的英語能力也在各大企業間流傳開來，現在已有許多公司在接待外國人時指名鶴來當招待所。二十幾歲時，我曾抽空和百合小姐一起上英語補習班。她的魅力有別於佐和姊，個性直爽、不拖泥帶水。我沒有兄弟姊妹，有段時期我甚至把她當成了自已的親姊姊。與足立恭子分手後的那段日子裡，我會在難得的休假邀她一起去看看電影或兜兜風。

百合小姐和駿河也有一段長年的情愛關係。我認識她的時候，也是我和駿河開始深交的時候，每當他們之間出現波折，我就成了百合小姐傾訴的對象。我也曾答應駿河的懇求，當過他們的和事佬。

十年前，酒井、駿河以及其他扇谷身旁的愛將各自蒐集公司的內部情報，殫精竭慮共同擬定策略，把扇谷一路推上社長寶座，而鶴來就成了當時的前線基地。當時我還年輕，只能坐在他們身旁待命，數日夜宿鶴來為他們處裡雜務。

後來扇谷榮登社長寶座，並在鶴來舉行慶功宴。扇谷一一替每一個屬下斟酒，握住每一個人的手並且深深一鞠躬。當他回到座位，開口便道「你們都是我的寶啊！謝謝大家」，然後落下男人的眼淚。

我永遠無法忘記當時的景象。扇谷的舉動令在場的人都哽咽了，連我也無法抑制淚水。而靜坐在扇谷身旁的佐和姊也淚濕了臉頰。

我們四人總是固定坐在店內一樓最裡面的包廂，而我現在就在這個包廂裡替自己倒啤酒。駿河手拿著威士忌坐在我身旁。坐在對面的扇谷與酒井則是喝熱清酒，也是自斟自飲。這間包廂與隔壁包廂隔了一條走廊，就像是一間獨棟包廂。窗外的小庭院雖比不上老鶴來的大中庭，仍可從半開的紙門縫間看見矮櫻花樹，花朵已經所剩無幾，綠葉掩蓋了大半樹梢。狹小的庭院為一片白牆圍繞，照亮著牆壁的燈具將綠樹投射在黯淡的窗戶上，猶如一齣皮影戲。

窗戶的左側壁龕上有幅掛軸，扇谷瞄了一下掛軸，接著一口乾了酒，輕輕嘆了一口氣。掛軸上流暢的墨跡寫著「桃李不言 下自成蹊」。這幅掛軸是鶴來新開張時，扇谷請書法家榊巖道提上自己的座右銘，而只有扇谷使用這間包廂時才會掛上這幅掛軸。這是《史記》〈李將軍列傳〉

中的詞句，意指「桃樹或李樹並不會開口誇耀招攬人來，但是由於它們美麗的花朵及甜美的果實，人們爭相前來，樹下自然走出一條小徑。比喻人只要有真才實學或仁德威望，人們自然心生仰慕」。

「嗯，原來如此。」扇谷屏住了嘆氣，喃喃自語。

三人輪流看完一張紙後，我拿走那張紙，摺一摺收進西裝口袋。

「唉，實在搞不懂宇佐見先生到底在想什麼！」駿河放下杯子，以他慣有的誇張語氣說道。

「中野會長更不知道在想什麼。」酒井語帶諷刺。他剛才看那張紙看得比誰都認真。

扇谷笑著說：「中野是海軍會計學校畢業的，所以特別細心嘛。」

「不過，怎麼會把這種紙條珍藏到現在，還交接給下一任呢？真是可笑到了極點。」

「反正小公司嘛，那份工作對他們來說負擔太沉重了。」

「社長，應該是相反吧。他們自不量力接下大任務，自以為立下大功。留下這張紙多少也是為了炫燿。真是個無可救藥的大白痴。」

酒井今天說話特別尖酸刻薄。

「總歸一句就是不該讓他們做分外的事啦。」

駿河邊插嘴邊苦笑。我默默地聽他們三人的對話，也仔細觀察每個人的反應。酒井指的「這種紙條」，就是我剛才收進口袋裡的那張紙。

駿河又接著說：「可真是賺人熱淚的兄弟情誼呀！」

之前我已事先向駿河做了報告，當時我們立刻針對法律問題以及各項細節討論了一番，因此駿河的態度顯得較為鎮靜。而扇谷、酒井這兩個高層在聽了我的說明之後，則掩飾不住內心的慌亂。

「那麼橋田，這張紙已經流傳到各處嘍？」扇谷看著我。

「流傳的範圍應該不大。宇佐見副社長有個手下叫生方，他曾是讀賣新聞的記者。上次那份圖表和開頭字母的文件也是他做的。這個男子手上應該只有一份備份，這份影印也是透過某人直接跟生方要來的。不過說也奇怪，照理說宇佐見先生應該會要求生方謹慎保管這張紙，卻還是讓我輕易拿到了，我在想，之後流傳的範圍可能會擴大。」

駿河接著說：「不過就算這種東西流出去，對我們也毫無影響吧。上頭只寫了二十六個人名和數字，並不代表任何意義。更何況根本不知道是誰寫的。上面沒寫日期，也沒載明我們公司或對方公司的名稱，這種東西任何人都可以做啊。」

「可是應該能查出我的筆跡吧？」

扇谷面色凝重。

「關於這點我們稍微研究了一下。結論是，就算查出是社長的筆跡，這張紙條本身根本不具有任何法律效力。只要我們聲稱這是隨便塗鴉的紙條，他們還能說什麼呢？『神坂5　伊藤0.8　杉村0.6……』這張紙上只條列了幾個毫不相干的人名和數字，也沒寫金額的單位、更沒有什麼記號。就算媒體得到消息也沒辦法寫成一篇報導，頂多只有八卦雜誌報導吧，還不一定上得了呢。因為他們根本沒辦法證明筆跡啊。假使記者來採訪，您只要說不記得就行了。就算查出筆跡，您也可以說『我只是針對當時每個議員的政績打分數罷了』，對方也就沒轍了。」

我也在駿河身旁默默點頭。

「還有，我剛才也說過，沒有任何人敢宣揚這一件事，所以我實在是搞不懂宇佐見先生在想什麼？都什麼時候了，那麼久以前的政治獻金到了現在才來爆料，對他有什麼好處嗎？那家公司也莫名其妙，雙方是脣齒相依，這種事應該保密到家，況且那邊的宇佐見才剛當上社長呢。萬一事情曝光他也別想混了，就算多麼想幫兄長也不該如此愚昧啊！更何況他爆料了，難道我們的宇佐見就不會有事嗎？」

「可是……」扇谷以他慣有的銳利眼神看了駿河，「橋田調查的結果發現，確實是那邊的宇佐見爆料給印尼報紙，不是嗎？」

「那篇報導本身沒透露多少消息。況且那家報社可以為了批評政府胡言亂語，更利用媒體公權力敲詐蘇哈托家族，他們就是靠敲詐糊口的。而且橋田也到當地會見斯里賈亞貿易部長，鄭重要求不能再有這類的報導，以後也不會再有這種事了。」

我在印尼當地並沒有任何收穫，但斯里賈亞貿易部長嚴正否認洩密，而我奔走了半個月總算能證實消息來源並非出自印尼當局，也才讓我鬆了一口氣。

「宇佐見已經知道自己將在今年的股東大會上遭革職，此時胞弟不知從哪兒弄來一張紙條，他明知這張紙不具有多大殺傷力，卻還企圖施壓我方。這叫作臨死前的掙扎吧。」

駿河稱呼宇佐見時已經不加「先生」兩字了。

「是顆未爆彈，是吧。」酒井總算露出笑容。

「橋田，神坂那邊的反應如何？」扇谷問我。

「是。據菊田先生說已經事隔三個月了，目前尚未發現任何異樣，而那份文件也沒有傳到其他議員手上，所以神坂先生也已經不介意了。」

「嗯。」扇谷緩緩地點頭。

我看著他的臉，心想他也老了。曾經擁有烏黑髮絲，而如今六十七歲的他已是白髮蒼蒼。一向幹練的相貌，此刻額頭及臉頰上都顯現鬆弛的痕跡。話雖如此，他已經邁入第十年的社長生涯，日以繼夜帶領著日本最大也是全球知名的大企業，這讓他的面容多了一股難以言喻的氣勢。歲月在臉上刻下的皺紋、時而銳利的大眼睛、以及低沉厚實的嗓音，他的樣貌散發著領導大集團的氣魄。

扇谷聽了我的說明，大致掌握了整件事的脈絡。今年二月扇谷曾對我說「萬一是內神通外鬼，事態就嚴重了」，想不到竟一語成讖。在我長達兩個半月的調查中發現，洩密給印尼報紙並傳真黑函到神坂幹事長個人辦公室的，全是宇佐見副社長的人馬所為。

三年前，印尼政府以共同出資的方式在賽浦勒斯設立船舶運輸公司，我們公司體系下的石油公司也參與了投資。當時這家石油公司的社長是中野照彥，扇谷利用中野建立一套機制，讓政府的開發援助資金得以流向印尼與日本的政府官員。當初也是扇谷建議中野出資在賽浦勒斯設立公司的。中野依照扇谷的指示，拉攏新日本石油公司——也就是藤山瑠衣的父親，一起幫忙創設船舶運輸公司。

中野的公司雖然隸屬在我們公司體系下，但在石油業界的占有率只是第四名，只能算是一家小企業。通產省分配給這家公司的石油煉製比例非常少，因此石油銷量並沒有好成績，企業規模也微不足道。我們公司的資本額為三千億圓，員工人數五萬人，財力直逼國家預算，而中野的公司資本只有我們的四分之一、員工人數只有二十分之一，因此扇谷根本看不上眼。雖然同屬一家集團，但財界龍頭的扇谷和中野的地位天差地別。三年前神坂到處鼓吹泗水油田開發的重要性，扇谷聽信好友的建議依照國家政策執行祕密獻金的所有計畫，而中野不過是扇谷手上的一顆棋。

然而即使如此，對中野而言，泗水油田的一級油礦區可說是不可多得的大商機，因此他二話不說就欣然接受扇谷的提議。

去年四月的國際競標中，中野與藤山的公司一同標下最有希望的油田區，中野因此備受肯定，並且在去年六月的股東大會中繼續擁有股東代表權。

然而，問題就在於中野卸職後的繼任人選。宇佐見彰二——他正是扇谷底下現任首席副社長宇佐見幸一的胞弟。中野在交接之際，竟然將三年前的祕密獻金一事告訴了宇佐見。如同酒井所說的，中野把這件事當成功勞，只為了炫耀而說溜了嘴，殊不知宇佐見的哥哥幸一當年並未參與此一計畫。更笨的是中野竟讓成為新社長的宇佐見找到寫有獻金名單的紙條，那是當年扇谷交給中野的日本議員獻金名單。就我們這些執行獻金計畫的當事人看來，實在很難想像中野為什麼把名單保留到現在？或許是因為中野第一次窺探到企業與政治勾結的內幕，所以把扇谷的紙條當作貴重的紀念品，以證明自己也曾參與其中。不過這又是一個令人傻眼的行為。

宇佐見社長巧妙地向中野借了這張紙條，交給正在社長卡位戰中遠遠落後給酒井的胞兄幸一。三年前，宇佐見副社長對祕密獻金一事完全不知情，拿到這張紙條後，可想見他多錯愕。他想利用這個把柄保住自己的地位，更策畫乘機爭奪繼任社長寶座。他想出一個計謀，也就是找曾是記者的朋友製作黑函，並利用弟弟把內幕爆料給印尼的反政府派報社。但是這種手法未免太粗糙，也難怪駿河頻頻感嘆搞不懂宇佐見在想什麼。

一旦祕密獻金的事跡敗露，根本就不是討論接任社長人選的時機，這件事必定擴大為政權中心的貪汙舞弊案。到底宇佐見兄弟在盤算什麼呢？

宇佐見幸一是個相當自負的人。他曾和扇谷爭奪社長寶座，也算是菁英中的菁英。但如今扇谷持續掌握大權，他卻只能屈於有名無實的首席副社長，所有的重要決策都將他排除在外。況且這一期的股東大會已經內定逼退他的董事職位。照理說這件事宇佐見本人不應該知道，但這類風聲必定會傳到他的耳裡。扇谷計畫剷除宇佐見，由酒井繼任首席副社長，接著他自己再續任一期社長後把社長寶座讓給酒井，自己則升任空缺已久的會長一職。這已經是公司既定的策略，但宇佐見顯然無法接受。

宇佐見是名門世家宇佐見家族的長男，父親義一曾是都市銀行董事長，與我們公司共同掌管整個集團。祖父興一也大有來頭，在戰後復興時期任職經濟安定本部，全面整頓戰後經濟，而後擔任日商會頭＊，隨後躍升為大藏大臣。這樣一個名門世家的自負迫使宇佐見採取近乎瘋狂的舉動。一想到這兒，我對宇佐見的看法從鄙視轉為一種莫名的憐憫。

「地球的人口每年以一億的速度在增加。」

正當我還在沉思時，扇谷忽然開口說道，我急忙注意他的發言。

「如果現在是戰後不久的日本，我們也不需要擔心經濟成長率是百分之十或是百分之二十。但是現在這個國家已經成為經濟大國，擁有全世界百分之十五的GNP，如果還繼續維持過去百分之五、百分之七的成長率，恐怕整個世界經濟將會失衡；現今的日本只要有百分之三的實質成長，就得以超出印尼的政府預算。也就是說光是我們公司一年的成長就足以吞噬印尼的整體經濟。若要超越韓國經濟，也只需要花兩年就夠了。世界經濟在零和（Zero Sum）的狀態下，我國

譯注

＊「日商」為「日本商工會議所」的簡稱，隸屬中央機關，其負責人稱為「會頭」。

過度的經濟成長將破壞其他各國的國民經濟。

「地球的資源浪費也是同樣的問題。在地球人口不斷增加的情況下，我們不能只求自己國家的富裕。所以神坂提出泗水油田開發案時，我認為這一定得由日本爭取不可。不只是為了日本，也是為了印尼。只要海底油田事業上了軌道，我們不單能讓印尼擁有自己的油輪，更能替他們建立品牌。如果印尼只是賣原油，只會讓歐美和日本榨取有限的石油資源。他們必須自己提煉原油，以自家的油輪運輸，這樣印尼的石油事業才能真正獨立。神坂和我的想法一樣。所以我們絕不能把泗水油田讓給歐美企業。

「那些主流國家的人根本不關心亞洲經濟。他們只想榨乾油田，才不管印尼的經濟呢。他們的想法經過五百年還是未曾改變，這與當初荷蘭和英國利用東印度公司的聯合商行壟斷手法如出一轍。看看阿拉伯產油國家的沒落就很清楚了。不管是伊朗還是伊拉克，到底是誰硬要把武器賣給他們、接著捏造他們是軍事國家的事實？那些傢伙用這種方法再賺回向阿拉伯國家買石油的錢，然後等到這些國家愈來愈礙眼，他們就想盡辦法引發戰爭，以武力削弱這些國家的國力。波斯灣戰爭的時候，更以維持國際和平的名義將軍隊送進當地，占盡了沙烏地阿拉伯和科威特的便宜。我國聲援的戰爭資金高達一百三十億美元，結果還遭到主流國家的排擠。當日本試圖在利比亞建立煉油設施、和德國合作出資了一點錢時，他們立刻恐嚇說日本在援助恐怖組織。我實在是看不慣這些歐美國家的作法，我認為我們最起碼得保護日本和亞洲的權益免遭歐美的殖民地主義侵害，因而排除種種困難爭取泗水油田。那四艘船舶訂單到底能有多少利潤？微乎其微啊！這一切只為了確保我國的石化燃料以及印尼的經濟發展。這件事的初衷就是這麼單純。」

扇谷顯得有些亢奮，滔滔不絕地發表他一貫的論調。酒井和駿河也點著頭專心聽他演說。然而扇谷亢奮的神情有些異常，讓我有些納悶。黑函事件已經真相大白，扇谷只需要悄悄掃蕩宇佐見派系的人馬即可。當然宇佐見的胞弟及中野也要處理一下。這場會議其實只要討論這些就好，但是為什麼扇谷在此發表長篇大論呢？

我輕輕按住西裝口袋裡的紙條。駿河和酒井似乎都沒發現其實紙條上還有些可疑之處。我也是看了好幾回才發現其中的疑點，但還沒向任何人提起。萬一宇佐見他們利用什麼方法發現其中的問題，那麼這張紙條就有可能發揮莫大的殺傷力，而不只是「未爆彈」。

4

我們在晚間十點左右離開了鶴來。討論告一個段落之後，佐和姊也加入我們，五個人一起喝酒，扇谷這才恢復精神，一口接著一口喝下佐和姊倒的酒，他臉色泛紅心情大好。之後扇谷和酒井各自先行離開，我和駿河目送他們之後再度回到包廂。一回到包廂，店裡已非常貼心地準備了茶泡飯。我正打算送走兩位長官再來慢慢地喝點小酒，但駿河一吃下茶泡飯就匆匆起身說：「橋田，我們換個地方吧。」

我們從熱鬧的神樂坂往飯田橋的車站走去，途中駿河語氣格外消沉地說：「老大的酒量也變差了啊。」

扇谷擔任名古屋航太系統製造工廠廠長時，駿河還是個基層員工，那時候他已是扇谷的親信。他也是我東京大學帆船隊的學長。身高超過一八〇，個性如同他的體格大方開朗，濃密的鬍鬚配上一張娃娃臉，總是面帶微笑討人喜歡。他今年已經四十九歲了，但乍看之下只有四十出頭，外表看來精力充沛。如果要分析我們兩人的個性，我比較屬於精密思考型，駿河則是懂得掌握諸事要領的人。光看他的外表，很難想像他其實直覺相當敏銳。另外，他行動力旺盛，這也是我欠缺的。自從我當上扇谷的祕書，兩人在扇谷領導下一路走來互相幫忙。雖然我們的年紀相差十歲，但我認為我們是個完美的組合，我想駿河也有同感吧。這十多年來，不論發生任何事，我們總是互相商量，共同支持扇谷。

我們走到飯田橋車站搭上計程車，駿河要求司機開到新宿。

「最近老大總是像剛才那樣，一下就醉倒了。」

駿河稱扇谷為老大。他是扇谷擔任廠長時代的親信，所以才可以稱呼他為老大，每次聽到這個稱呼我就會羨慕駿河。

「是啊。前幾天我陪他出席一場宴會，在場有歌田先生和樫村先生，所以三個人就搭肩猛唱軍歌，最後也是醉得不省人事。」

「你看吧。」駿河點頭附和。歌田和樫村是扇谷陸軍幼年學校時代的同學，一個是大型商社的社長，另一個是精密機械廠商的社長。

「別看老大還很硬朗，他當了十年的社長也累壞了。我想他還是盡早把社長位置讓給酒井先生退休當會長比較好。他只要做個太上皇監督公司整體大方向就好啦。現在說還要再做兩年社長，我覺得有些多餘。」

駿河這一番話相當大膽，我沒有多說話。

「酒井先生今年也要六十了，老大在五十七歲時就當上社長，最初兩年上頭還有馳澤會長，不過現在他已經是一人獨大了。該是讓酒井先生接棒的時候了。最好別讓人家等太久，否則酒井先生也未免太可憐了。而且還得考慮老大的健康狀況啊。」

「健康狀況？」

我從祕書時代就知道扇谷身強體壯，連個感冒都沒得過，駿河這一句話令我有些訝異。

「對喔，你還不知道那件事，等會兒到了店裡我再告訴你。」駿河放低音量說。

我們在新宿三丁目的交岔口下了車，在BYGS大樓前右轉，走到五十公尺前方的小酒館，店名叫「凌」，是駿河常去的店。我們坐到店內最隱密的沙發上，駿河拿下眼鏡，用濕毛巾擦了擦臉。這時他忽然停下手，睜大了眼睛說：「大哥上個月在鶴來病倒了。」

「什麼！」

我不禁叫出了聲音，急忙環顧周圍看看有沒有人聽到。附近只有三個年輕上班族坐在稍遠的吧枱前，沒有別的客人。

「到底是怎麼一回事？」

我完全不知道這件事。駿河戴好眼鏡，身體前傾準備向我說明，但這時媽媽桑拿著酒瓶和製冰器走過來。

「橋田先生，好久不見！」

她坐下來開始替我們調酒。儘管駿河剛才的話一直在我腦中盤旋，暫時還是得和媽媽桑閒話家常。媽媽桑提起最近走紅的那個年輕男藝人，頻頻說我長得很像他。她看駿河一副搞不清楚狀況的樣子，於是特地從吧枱拿了一本週刊過來，翻開男藝人的照片給駿河看。駿河說「啊！就是他呀。最近拍髮膠廣告的傢伙嘛」，並且開始專心比較我和照片上的臉。

「橋田先生真是個大帥哥呀！」

媽媽桑說著把身體靠在我的肩膀上。她曾是新劇[1]的女演員，雖然年過三十好幾，不過五官端正，長相依然清秀。駿河只要帶我到這家店，她每次必會評論我的長相，所以我始終無法喜歡這裡的媽媽桑。

打從年輕時候，我就不喜歡別人評論我的外表，這也是我不太注重服裝的原因。我從高中到剛上大學期間，還曾刻意戴上沒有度數的黑框眼鏡，現在想起來實在有點蠢。總之自從我上了小學，總是有女同學倒追我。到了國中，這種狀況更是嚴重，每天不斷有別班女生特地跑到教室來看我，畢業典禮當天更有不認識的學妹抱住我，還有人搶我制服上的釦子或是口袋裡的手帕。最誇張的就是每學年都有一個莫名其妙的女生聲稱自己是「橋田同學的太太」，這是由女同學每年合議改選，獲選的女生可以理所當然地替我做便當，如果我不小心在社團活動受了傷，還會特地跑來照顧我。這樣的狀況嚴重妨害了我的學生生活，更招來其他男同學的嫉妒，這種困擾除非親身體驗否則很難了解。直到現在我偶爾還會想起當時的情況而感到不舒服。再加上我的成績又特別好，導致我國中、高中時代不曾交過朋友，直到進了大學，身邊才出現稱得上朋友的人。

我在大三時有了生平第一次的性經驗。在這之前，女人對我而言只是一種詭異的生物。第一次擁抱女人後，我才感嘆原來她們也有如此棒的優點，那真是個啟蒙的時刻。然而，這一切不過是對於女人的身體感到驚訝罷了。

第一次的交往對象是帆船隊女隊友的朋友。我只記得她長相平庸，呆呆的學生頭，從不化妝，總是穿著破舊的牛仔褲。有一次她在聊天時說「眼睛、鼻子這種東西，只要有就夠了」，這一句話在我聽來格外有意義，從此只有她能夠讓我敞開心胸正常交談。她連自己的長相都不在意了，對我的外表更是沒有任何興趣。

在我交過的女朋友當中，除了足立恭子之外，就只有這個第一任女友讓我印象深刻。我們交往一年左右就分手了，當時分手的理由讓我重新體認到女人是多麼奇妙的生物。初戀女友有個大她四歲的哥哥，而她深愛著哥哥。有一次她介紹我給她哥哥認識，由於他們兄妹如膠似漆的關係實在太詭異了，後來在我的逼問之下她終於坦承自己愛著哥哥，於是我決定結束這段感情。

香折苦惱於親哥哥虐待她，而初戀女友則苦惱自己愛上了親哥哥。這世界真的是莫名其妙。但我仍忘不了初戀女友那一句話：「眼睛、鼻子這種東西，只要有就夠了。」她說的沒錯，眼睛鼻子只要能用就好了，但有人總喜歡討論我的長相，我已經厭倦了別人的指指點點。

媽媽桑和駿河聊了一陣子總算離開了。

我問駿河：「你說社長病倒是怎麼一回事？」

「那是上個月二十號的事情。公司裡只有我知道這件事，連酒井先生都還不知道。」

駿河的神情突然嚴肅起來。

「是。」我說道。

「那天我們和朝木先生一起到鶴來吃飯。」

譯注

1 始於明治時代末期的現代劇。

朝木指的是統合幕僚會議2議長的朝木光晴。

「老大還是一樣喝了不少酒。後來他說他要睡在五樓，於是我們把朝木先生送走之後，我也叫車離開了鶴來。十五分鐘後，百合突然打手機給我，說老大因為胸口疼痛病倒了。我急忙折回鶴來，發現大哥在五樓佐和姊的寢室裡，臉色發白不斷呻吟。」

「然後呢？」

「我還以為是心肌梗塞，嚇得心都涼了半截。剛好我有個大學同學在榊原的醫院當循環內科主任，我立刻聯絡他把老大送進醫院。幸好不是心肌梗塞，只是輕微的狹心症。那天是星期五，我麻煩我同學星期六日讓老大住進特別病房休養，還做了心電圖檢查。心臟本身並沒有太大的問題，不過醫生說往後不能讓他太過操勞。我問老大最近的身體狀況，他說這兩三個月來偶爾有幾次輕微的發作。目前只需要服用Amlodipine，其餘沒什麼大礙。不過老大也真的老了，那天真是把我嚇壞了。他以後不能再亂來了。現在酒還是喝太多，再不制止他，後果可能不堪設想。幸好他是在佐和姊家病倒，可說是不幸中的大幸啊。」

「榊原的醫院那邊沒問題吧？」

「那邊沒問題，只有我同學知道。住院也是用別人的名字，絕不會洩漏出去。」

「原來是這樣啊……」

我總算了解駿河為什麼說扇谷再做二年有些多餘。如果撞見扇谷狹心症發作，不要說是駿河，任誰也會感到不安吧。我非常能夠體會駿河心中的感受。這股不安在我聽到這個消息的剎那也深深地烙印在我心中。而那也是一種恐懼。望著扇谷泛紅的臉，我雖然感嘆他的衰老，卻不曾想像過他有離開人世的一天。駿河當時看著扇谷痛苦掙扎的模樣，心中無非充滿了恐懼。

「這一季業績超乎預期的好，我想應該是讓他退居幕後最好的時機。現在景氣這麼差，老大又喜歡擴展業務，再多連任一次反倒對他不利。我想這樣的景氣比較適合由酒井先生接管吧。」

駿河雙手輕晃著酒杯說道。冰塊因搖晃撞擊而發出清脆的聲響。酒井一進公司就在財務部門，如果公司要走持盈守成的經營路線，正如駿河所言，比較適合酒井來掌管。

「不過扇谷社長一定會堅持再多做兩年吧？」

「說得也對……」

駿河把剩下的威士忌一口氣喝完。

「而且社長很在意中条先生的事啊。」

「對啊，他還是老樣子，完全不在乎財經界的活動。」

我們兩人相視而笑。

扇谷結束四期八年的任期、在即將邁入第五期的時候，曾對我和駿河透露了一個祕密。我們公司從明治時代創業以來，除了創始者的大崎家族之外，就屬中条勘平社長在任期間最長。他在昭和初期掌管公司，總共在位十年。兩年前扇谷說：「我想要在任十二年，打破中条的紀錄！」這句話讓我感受到掌權者的內心世界，也在這個時候第一次發覺扇谷的衰老，駿河似乎也有同感。

譯注

2 本防衛廳（相當於國防部）轄下的聯合幕僚機關。主要由議長（專任）以及陸海空三自衛隊的幕僚長組成。主要協助防衛廳長官執行、調整聯合防衛計畫。

「總之往後這兩年，我們得想盡辦法避免老大太過操勞。就算讓他嫌我們煩也無所謂，我們倆要努力勸他自重，避免過度喝酒或玩樂。」

「是的。」

後來我們開始聊起人事異動。駿河即將在六月上任董事兼人事部長，他有必要了解我今後的動向。扇谷當初的構想是：往後一、二年由駿河部長、我橋田課長掌管人事部，然後再讓我轉任到原動機事業本部負責核能產品，或是負責對應防衛廳的「航空機．特種車本部」。然而如今局勢有所轉變，等宇佐見的問題告一個段落，我就得直接負責對應防衛廳。我現在的頭銜是企畫室參事，雖然是部門內第二大職位，但仍屬臨時安插的職務，我也不可能立刻接任駿河的位置升格為經營企畫室室長。因此我對駿河表示，我對轉調特種車本部沒有任何意見。

「明年的『美日安保防衛指針』會出現一些變更，也會重新審視中期防[3]，而且ＦＳＸ[4]的協議也尚未談攏。我認為最好把你轉到那一邊。再怎麼說，我們公司還是得靠政府吃飯，跟國家做生意絕不會沒飯吃的。」

駿河附帶說：「你的同學大概都已經當上主計的企畫官等級了吧。」一旦負責防衛部門，我又得面對官員、軍人、政治家、業者，天天應酬，想到這不免令我有些沮喪。

我和駿河繼續聊公事，但是內心正在猶豫該不該向他坦承那張紙條上的疑點。我不是不信任他，只覺得說出來也於事無補。假設今天是駿河發現其中的真相，他也不一定會告訴我。而我雖然相信他，但就問題的性質而言，說出口可能會是一場風險。這是個不知流向的黑金事件，無故插手恐將打草驚蛇。至少對於當初分配政治獻金的我們而言，這個真相只會對我們不利。駿河繼續大口大口喝威士忌，我正猶豫該不該開口時，他的表情忽然嚴肅起來。

「橋田……」

他皺起泛著油光的眉間，欲言又止。

我滿腦子都是紙條的事，誤以為駿河也發現其中的疑點。

「怎麼了嗎？」

「其實啊，我和百合又鬧翻了。」

原來是百合小姐的事情，我緊繃的情緒頓時鬆懈。

我心想：又來了。駿河和她哪天不鬧翻啊。眼前的駿河還是老樣子垂頭喪氣，龐大的身軀好比洩了氣的氣球皺成一團，實在好笑。

「鬧翻了？這次到底又怎麼了？」

「啊，這個嘛……」

駿河把身體縮得更小、表情哀怨到極點。雖然已經是老問題了，但我還是會為他擔心。這就是駿河這個男人可愛的地方，也是我絕對無法擁有的魅力。

「到底是怎麼了？真是的，又發生什麼事了？」

「我也受夠了，真想跟她分手。」

我這才想起今晚並未看到百合小姐出現在我們的包廂。

譯注

3 中期防衛力整備計畫之簡稱。

4 次期支援戰鬥機之簡稱。美日雙方協議共同研發之武器計畫。

「所以說到底怎麼了嘛，你不說要我怎麼幫你呢？」

駿河被我點醒了，一雙軟弱的眼神帶些諂媚，好比一顆即將融化的方糖。

「我又把她肚子搞大了。」

「啊？」

「她這次堅持說要生下來，我已經拿她沒轍了。」

我愣到連手上酒杯都定格了，並且不自覺地露出不悅的神情。

駿河說：「別用那種眼神看我嘛！」

兩年前也因為百合小姐懷孕鬧得沸沸揚揚。那次也是由我出面，苦勸她好久之後，好不容易才讓她點頭墮胎的。當時百合小姐強烈抵抗說：「我不想再拿掉孩子了！」我才知道原來她已經拿過駿河的孩子。因此加上頭一次，這已經是第三次了。我真想問問駿河到底在搞什麼啊？

「為什麼不做好避孕措施呢？上次我已經一再叮嚀要小心啊！」

駿河有個結髮二十年的妻子，還有一個念大學的女兒和念高中的兒子。面對我的責難，他只能縮著脖子低頭不語。

「這次絕對沒辦法了。因為兩年前百合小姐就堅持要生下孩子，這次已經無計可施了。」

「應該是吧。」

「當然是啊！」

駿河垂頭喪氣喃喃自語說：「真傷腦筋。」

「沒差啊，就讓她生吧。」

「那可不行。」

「我想，她如果要生下這個孩子，她絕不會麻煩到你的。上次她也這麼說啊。」

「可是會有認養之類的問題啊。總不能讓孩子沒爹吧。」

「那為什麼要讓她懷孕呢？為什麼不做好避孕呢？」

駿河突然露出嚴肅的神情。

「像你這樣的男人是不會懂的。我們在一起這麼久了，不能什麼事都劃分得一清二楚啊。」

「你拿我出氣也沒有用啊。」

氣氛變得尷尬，兩人都沉默不語。我回想起兩年前懇求百合小姐墮胎的往事。有些事我沒向駿河透露，當時百合小姐堅持不肯墮胎，我還跪下來拜託她呢。我談到自己沒有父親的童年，一再強調沒有父親的孩子有多可憐。當然這其中多少有些誇大，所以當百合小姐決定放棄，我看著她落寞的神情，心中滿是自責。我再也不想面對那種場面了。

「橋田，可不可以麻煩你再去和百合談一談？」

「又要我去啊？」

駿河雙手合十擺出低姿態。我沒有回答，繼續喝我的酒。

「拜託啦，橋田。只有你能幫我啊。」

我看著駿河想了一會兒。駿河用哀求的眼神看著我。

我立即整理好思緒對他說：「要我去談，可以。不過有交換條件，你可以答應嗎？」

如果我插手管事，萬一結果不順利，恐怕影響我和駿河的關係，更會招來百合小姐的怨恨，最後兩邊都不討好。

「什麼條件？」駿河一臉茫然。

「趁此機會，請你和她一刀兩斷。其實要不要生小孩，那是百合小姐的自由，基本上沒有人可以阻止她。不要說是駿河先生，我更是沒有資格這麼做。如果我要勸阻她，那麼我會跟她說：『即使百合小姐生下小孩，駿河先生也不會認養，就算百合小姐為了認養的事情鬧到駿河先生家也無所謂。』我會徹底讓她斷念，說你對她已經沒有感情了。我想現在也只有這個辦法。這麼一來她也會死心，想法也會改變吧。不過駿河先生你也要下定決心，否則也沒辦法說出口。如果你能答應這個條件，我才答應你去找百合小姐談一談。」

駿河聽得目瞪口呆。

「總之現在就剩這個辦法了。要人家拿掉小孩又要繼續維持關係，也未免太自私了吧。該放棄的時候就該徹底放棄。你只為自己著想，一再向對方提出無理的要求，是行不通的。駿河先生，你就趁此機會好好理清和她之間的關係吧。都要升任董事了，也該清除身邊的花花草草了。否則到時候說不定遭人陷害呢。我想對你或對她來說，現在也該是結束的時候了。」

「嗯……」駿河發出苦惱的聲音，然後砰的一聲躺在沙發上。

5

和駿河分手後，我往新宿車站方向走去。早已過了末班車時間，但我想吹吹風消除不舒服的醉意。唉，結果我還是在駿河的懇求下答應他去說服百合小姐。我實在無法拒絕，因為我從駿河眼中看到死纏不放的光芒。

反正就算我去找百合小姐，結果早已成定局。儘管如此，答應了就得做到。我得找個時間和百合小姐見個面。駿河似乎並沒有答應我的條件。他沒答應，我也沒有辦法要求百合小姐，只能盡量幫忙然後盡快抽身。

走著走著忽然覺得口有點渴，我走進便利商店買了罐啤酒，邊喝邊向車站走去。或許是明天四月二十九日適逢假日，走到ALTA大樓前見到車站外頭擠滿了人，穿西裝的上班族還有年輕情侶熙熙攘攘。大樓的霓虹燈以及街燈把這一帶妝點得如白晝般明亮。此時遠處傳來歌聲，我朝著歌聲的方向看去，對面人行道上是稀稀落落的圍觀民眾，好像有人在街道上彈吉他唱歌。綠燈一亮，我穿過十字路口走進圍觀人群。

一個金髮年輕外國人抱著吉他，對著圍觀的十四、五個年輕人唱著〈風中之燭〉，歌聲格外清澈優美。去年英國王妃死於車禍，戴著假髮的老牌歌星在葬禮上唱了這首歌，這張唱片銷量還打破了世界紀錄。當時我深刻體會到英國國民多沒水準：王妃背叛了王室，更與惡名昭彰的阿拉伯武器商人的姪子私通，然而大英帝國的子民竟為了這個女人舉國悼念，全國民眾簡直是陷入一種歇斯底里狀態。看著成千上萬的英國群眾目送長相窮酸的王子與他的兒子們送葬，我再次體會到英國的階級制度仍是根深柢固的。剛才扇谷提到東印度公司，我想起十六世紀英國人的識字率僅有百分之十，而日本在同一時代已有半數男性能夠讀寫文字。儘管如此，四百年來，這一群盎格魯薩克遜人卻不曾打過敗戰，五十年前的日本更被他們打得體無完膚。

「日本沒有必要擁有超越美國的武器。我們必須擁有比俄羅斯或中國更先進的武器，但這並不表示日本要對抗美國。日本已經失去了大和精神。國防產業也無法創造大和精神，而財經界也不曾關心憲法修正案，更沒有任何一家公司的章程上看得出大和精神，我們公司也是如此。所以說『財經界熱中於武器產業』是錯誤的、會沒完沒了的。要搞武器就到美國設廠，再從當地輸出武器到日本就夠了。」

這是扇谷一貫的想法。也可看出扇谷對美國的態度。他的少年時代在陸軍幼年學校度過，並且經歷了慘痛的戰敗，因此對歐美總是存有無法抹滅的自卑感。不僅是扇谷，這種自卑束縛日本人長達半世紀，是對於盎格魯薩克遜民族的一種恐懼。然而去年前英國王妃那樁緋聞死亡事件引發了英國民眾的愚昧感傷，由此可知盎格魯薩克遜民族在歷史上的優越感已不復存在。

近來政府決定把次期支援戰鬥機FSX的研發轉為國內生產，身為扇谷親信的我極力建議現在正是拓展完全國產化的時候。我們公司早已將「可變翼可變座」的革命性技術提升到實用階段，結果卻又決定與美國共同研發技術，這也導致日美之間的嚴重摩擦。如果當時政府及扇谷能夠堅持立場，現在也不會投入如此龐大的研發資金、甚至大幅延遲成品的出廠，我認為這是嚴重的過失。

扇谷認為確保泗水油田乃是國家政策上的重要課題。但是既然無法擁有足以對抗美國的軍事力量，即使在經濟領域如何拓展，成果還是有限的。日本的國力有多麼單薄，只要從軍事領域便可一窺究竟。像扇谷這樣屬於戰中派*的人無視於這個問題，還高談闊論如何增強國力，說什麼確保國際情勢的安定，自我陶醉在一堆空洞的口號之中。我無法理解他們這種毫無根據的樂觀主義。

我坐在人群旁的花器上，當我喝完罐中的啤酒，歌也唱完了。圍觀的年輕人拍手叫好，把銅板丟進外國人腳下的帽子裡。

「謝謝大家。我叫凱文．布朗。非常感謝各位今晚的聆聽。最後，我要唱一首來到這個國家最先喜歡上的歌曲作為道別。請大家慢慢欣賞。」

外國人說完便開始唱起河島英五的〈酒與淚、男與女〉。人人聽得如痴如醉。我無法忍受他們愚蠢的表情，立刻起身離開人群。

「喝了又醉，醉了又喝，喝到不省人事，直到醉倒為止，男人終究靜靜地睡了。」

他以流暢的日文賣力演唱，在我聽來卻非常刺耳。

我在車站東口攔了計程車。手表的日期已跳了一格，指針指著早上兩點。我坐上車才想起今天要和久違的香折見面。半個月前，香折來我家住了一晚，從此斷了音訊，直到昨天中午才突然打電話到公司找我。她的聲音聽起來十分開朗，我想她應該已經跟卓次和好了。她說明天非得見我一面，於是我和她約好傍晚六點在澀谷車站東口的剪票口見面。

香折目前住在高圓寺的公寓。她哥哥隆則偷襲她那天，我立刻讓她住到我家，兩天後我幫她找好了新房子。那是我大學同學父親經營的出租公寓，是一棟全自動上鎖的新大樓。內部有兩個寬敞舒適的房間，大樓堅固的構造可防止任何外力入侵。雖然搬家過程匆忙，但香折一看到房間就非常滿意。搬家費用全由我負擔。我對香折說因為是朋友自家的大樓，特別通融每個月租金只要六萬五，事實上每個月我得替她補貼四萬，當然我並未讓她知道。

譯注

＊意指歷經第二次世界大戰的人。

同一週的星期六，香折就搬進了新住處，我也幫她搬了一整天家。我租了一台小卡車把東西搬到高圓寺，也請玻璃行把原來住處破損的窗戶全部換新。香折的行李很少，不需要花太多時間整理，晚上十一點左右就大致整理完畢，香折送我到高圓寺的車站，她在剪票口對我說：「真的謝謝你的幫忙。」

她鞠躬之後隨即掉頭爬上階梯消失在車站中。我望著她的背影，真的感覺這樣細微的感情落差會決定人與人之間的關係。我在電車裡感嘆：對香折而言，我終究只是個好心又好用的中年男子。她也得顧及男朋友吧。工作也找到了，總是不方便一直住在我家。當時我納悶她這個男朋友到底在做什麼？她應該找男朋友而不是我吧。我到後來才認識她的男友卓次，而卓次與香折的關係也相當複雜，至今仍有許多我難以理解的地方。

此後關於香折的一切，經常虛虛實實的，令人大感意外。

首先是香折離開我家之後隔週的星期五，竹井告訴我一件事。當時新人錄用考試已經圓滿結束，我難得和竹井出來喝酒，竹井忽然聊起南青山那間酒吧的老闆。

「橋田先生，聽說你那天晚上大打出手喔。」

沒想到竹井會談起那件事，我難掩驚訝。

「什麼大打出手，什麼事啊？」

我裝作不知道，竹井嘻皮笑臉地說：「老闆跟我說了。那天晚上你為了店裡的女孩痛打了他。橋田先生要是來真的，要解決他簡直是易如反掌啊。他說你的蠻力他只能甘拜下風。是為了那個叫香折的女孩吧？」

竹井連香折的名字都知道，我不禁瞪了他一眼。

「那個女的才十九歲，不過據說是個狠角色，老闆要你最好小心一點。」

「你怎麼知道那麼多？」

香折搬家之後，我還是每天打電話給她，了解她的狀況。

「上星期一你不是沒來參加審核會議嗎？當時內山先生大為光火，辻拚命解釋你真的有急事無法出席，後來我問辻到底發生了什麼事？橋田先生不參加這麼重要的會議一定有原因吧。老實說我還有點納悶橋田先生怎麼敢不出席會議呢。」

辻和竹井是同期進公司的員工，兩人交情頗深。

「結果他說上午有個女人打電話給你，之後你就突然離開公司，後來只打了一通電話到公司就沒再回來了，當時我就明白了。」

「明白什麼？」

「我問辻那個女的叫什麼名字，他說橋田先生不斷喊著『香折』，我想到原來就是那個女的。」

竹井一再說「那個女的、狠角色」，我不了解竹井想說什麼。竹井喝完威士忌，拿起杯子對吧枱的調酒師說「再給我一杯一樣的」，然後在高腳椅上坐正，神情嚴肅地說：「橋田先生，你聽完我的話可別生氣喔。

「我自從進公司後就常去那家店，那個留落腮鬍的老闆姓池上，我跟他也算認識很久了。我常和他一起去釣魚或打小白球，算是聊得來的朋友吧。他看起來雖然一副色胚樣，不過其實他是個善良的nice guy呢。上星期我又去那家店，池上一看到我就立刻跑過來說那天被橋田課長痛打一頓。我聽他說了那個叫香折的事。結果沒想到不久後也從辻那裡聽到香折這個名字，於是我就確定你們說的應該是同一個女孩。」

之後竹井的話更是讓我意外。

據池上說他和香折已經有半年以上的關係。香折原本只是客人，有天晚上和男朋友在店裡大吵一架，他上前制止後，香折與他才開始往來。

「據說她男友是個玩樂團的學生，背著香折交了其他女朋友。之前被香折抓到一次，後來男友騙她說已經分手了，可是那一天那個女的剛好也到池上的店裡，三人在店裡碰個正著，謊言也拆穿了。其實這是常有的事情啦。對了，有個小我三期、之前在同一個課待過的員工叫大迫，你認識嗎？你應該看過他啦。他上次更誇張，上個星期日女友B在他家裡做飯，後來以為去旅行的女友A突然跑來找他，結果鬧得菜刀滿天飛呢！大迫的反應超爆笑，女友A逼問他說：『什麼嘛！這個女人到底是誰！』大迫情急之下竟然說：『這是我家傭人。』他忘了女友B手上還拿著菜刀呢！當時真不是開玩笑，鬧得亂七八糟呀。我們這一群人稱這件事為『小迫的傭人事件』，是本星期最熱門的話題喔。話說回來，半年前那個香折和樂團男友也發生了類似的事件。後來的發展你也想像得到，池上上前解圍讓男友先回家，然後一邊安撫香折、調了幾杯酒給她喝後，兩人就在當晚上床了。」

那時我只知道香折的男友叫卓次，透過竹井我才曉得原來這個男友是玩樂團的。另外，這個叫作池上的老闆所說的話似乎也不是為了洩憤而捏造出來的。最讓我意外的是接下來的部分。

「據池上說，這個叫香折的女孩成長背景相當複雜，她和父母的關係惡劣，好像還有個精神分裂症的哥哥，小時候常遭到哥哥欺負，所以從高中起她就一個人到外頭租房子。和池上發生關係之後就搬進池上的家裡了。」

隆則偷襲香折那一天，她也說過類似的話。當時我記得香折對我說「我從沒向任何人提起家裡的事」。

竹井又繼續說：「後來香折說身上沒有錢，池上才讓她在店裡打工順便照顧她，可是這女孩情緒起伏實在太大了，不知什麼時候鬧出什麼事來。聽說上個月又和樂團男友復合了，所以這半個月來池上和她吵得不可開交。那一晚也是為了要不要回池上家而吵了起來，而你就在這個時候突然出現了。」

大概是我的表情呆滯，竹井顯得有些憂心。

「橋田先生和那個叫香折的女孩有什麼關係，老實說不干我的事啦，只是為了池上的名譽，我有必要把真相告訴你。上星期聽了辻的話之後，我一直在想這件事。這兩個星期來你真的有點奇怪，如果繼續反抗內山先生，我想就算是橋田先生恐怕也難保不會有事。我和辻都很擔心你，因為這不像平常冷酷如刀的橋田先生啊。你提拔辻當副課長，我也是一樣受你照顧，在我們的心目中你可說是英雄呀。我們可不希望我們的超人橋田先生捲入奇怪的事件啊！」

竹井的話讓我有些啞口無言。我當然不會完全相信他說的話，但也無法視為無稽之談。

「不過老實說，池上內心是鬆了一口氣。他說那個女人實在太神經太可怕了。」

竹井的語氣是認真的，並沒有諷刺的意味。

從竹井的話可知，這九個月以來他完全相信池上的片面之詞，但這也並不能代表他說的都是捏造的。

事實上，香折的確與池上發生過關係。卓次搞上別的女人，而香折與他暫時分手也是事實，再者香折也確實曾把自己的過去告訴了池上。

起初香折一再否認她與池上的關係。直到去年底她說想接受心理治療，才終於承認。當時我也才從她那裡聽到關於池上以及卓次的細節。

不管什麼事，香折絕不在一開始就說真話，總是先撒謊或者先做些對自己有利的修飾。我費了不少工夫看穿她的謊言，一一還原事實。最近香折總算能夠稍微敞開心胸，但距離完全對我坦白恐怕還需要一段很長的時間。

儘管如此，關於池上的部分我還是深信她沒有說謊。從當時香折的住處狀況就可判斷她並沒有與池上同居。另外，池上說他為了卓次的事情與香折爭吵，這點我無法相信，因為我在青山停車場看到的池上就是這個男人的真面目。

今年開春沒多久，我就以臨時異動的名義把竹井調到馬尼拉分店去。我實在無法再相信一個把池上說成nice guy的人。直到現在我偶爾還會想起人事異動發布當天竹井驚恐的表情。他一定搞不懂自己為什麼遭受這種待遇。

6

還有五分鐘就六點了，我來到澀谷車站東口的剪票口，難得香折比我早到。香折的身影在擁擠的人群中格外醒目。亮綠色格子襯衫配上巧克力色褲子，搭配同樣巧克力色的外套。我第一眼就察覺她的髮色和半個月前不同了，淡茶色與服裝非常搭配。她戴了辣椒紅的耳環和手環，肩上還背了米白色相間的皮包。才工作一個月，顯得成熟多了，我心想香折已經是個不折不扣的OL啦。

「不好意思，讓你久等了。」

香折笑咪咪地走了過來，親和的表情讓我鬆了一口氣，看來她今天並不是要跟我報告壞事。不過，認識她之後總是頻頻出事，我不能掉以輕心。

「對不起喔，今天突然找你出來。」

「不會啊，沒關係。不過我有點害怕是不是又發生什麼事了。」

香折搖頭，並且再度露出笑容。她的氣色也比之前好，體重也恢復了一些。

「我今天非得要看到你。」

她的聲調拉高了幾分貝。

「到底怎麼了？」

「嗯，有點事嘍。」

「什麼事啊？」

她一再吊我胃口，令我有些困惑。突然，香折抓起我的手快步走出車站。我一邊被她拉著一邊說：「喂！喂！你今天很怪喔！」

香折停下腳步，鬆開手看著我說：「今晚就讓我陪你去吃飯吧！」

我們並肩走著，我嘀咕著說：「好怪喔。」香折不加理會並且往金王坂的方向走去。

「剛才在剪票口看到你，我還以為看錯了呢！沒看你穿過牛仔褲以外的褲裝……」

「你在說什麼啊？」

「沒有啦，只是覺得滿好看的。」

「少來了。我的屁股這麼扁，其實不適合穿這種褲子啦。」

香折張開雙手，然後又跑來勾著我的手。她始終笑容不斷。

「對了，今天原本該不會要和瑠衣小姐約會吧？我是不是壞了你的好事？」

「沒有啦。最近我們很少見面。」

「怎麼了？你們吵架啦？」

「不是啦，是我太忙了。」

「是喔。不過浩大哥年紀也一大把了，那麼漂亮的人不能再錯過嘍！」

我笑了。

「說的跟真的一樣！你根本不知道她長什麼樣子啊。」

「浩大哥你太小看我了。」

香折走到我面前嘟起了嘴，右手食指在鼻尖前搖了搖。奇怪，香折不可能認識瑠衣啊。不過她調皮的動作頓時溫暖了我的心。

「你該不會在哪見過她吧？」

我問她，結果她倏地停下腳步看著坐落在坡道上的一棟略矮的大樓說：「啊！就是這裡！」

香折爬上由內延伸而出的大樓階梯，我也隨後跟上。二樓是間餐廳，我們推開老舊的橡木大門走進店裡。低矮的天花板上垂吊著一綑綑義大利麵，狹窄昏暗的通道盡頭擺了好幾道冷盤。店內充滿橄欖油的香味，顯然是義大利餐廳。一個穿著黑色西裝的外國人出來迎接，香折對他說「我叫中平，預約六點半的位子」，他看了看預約表後以流暢的日文說「歡迎，請進」，並且引領我們到座位上。我們穿過通道，店內比我想像的更寬敞，桌上鋪了紅色桌布，每張桌子的間隔甚寬，卻也擺了不少桌子。店內還有幾對情侶，我們坐在面向坡道的窗邊座位。照明只有牆上的燈籠，其餘就靠桌上罩著玻璃燈罩的紅色燭光，氣氛真的相當不錯。

服務生打開桌上的礦泉水為我們倒水。香折搶先拿起桌上的葡萄酒單，翻開來慢慢研究。她看得有模有樣，我則是一直注視著她。

「浩大哥，你要紅的還是白的？」

「什麼？」

「葡萄酒啊！」

「你懂葡萄酒嗎？」

香折一臉沮喪地說：「浩大哥，你還不知道我在哪家公司上班嗎？」

「喲，說話滿大牌的嘛，明明還只是個菜鳥。」

「要紅的還是白的？快選！」

「那就來紅的吧。」

「ＯＫ！」

香折叫來服務生，點了頗為高級的BAROLO葡萄酒。

我拿起菸盒，掏出一根點起菸。

「喂，今晚到底是怎麼了？真的很怪喔。」

我又擔心起來了。認識香折到現在從沒看過她今天這種態度。

「今天是來慶祝的。」

葡萄酒上桌了。香折以熟練的姿勢品酒，並且向服務生點頭表示同意。紅色液體倒在兩人的酒杯中，香折拿起酒杯表示乾杯。我也跟著拿起酒杯。

「慶祝？到底要慶祝什麼？」

香折壓抑著按捺不住的笑容，微微繃著嘴角。

「浩大哥，猜猜看。」

我想了片刻：香折的生日是十月五日，所以與生日無關；我的生日是八月所以還太早；另外，我們早在三月已經慶祝過順利就職。最後我想到兩種可能，一是香折家人出現狀況，例如哥哥隆則猝死之類的……不過再怎麼說香折也不可能因此而慶祝。另一個可能則是我從卓次寄給她的結婚證書研判或許她已經決定與卓次共結連理。

「我想想看……」我欲言又止，然後說：「是不是你和小卓的好事近了？你已經在結婚證書上蓋章了？」

「答錯！從那天之後我就沒和小卓見面了。」

香折繼續等我的新答案。我毫無頭緒但又真希望能夠回答她，因為這是九個月來第一次看到她如此開朗、敞開心胸的模樣，可見得這個「慶祝」多麼令她興奮。

「給個提示吧。」

我拜託她，香折思索著：「這個嘛……四月就快結束了，對不對？」

四月要結束了……到底是什麼意思？不知怎麼著，腦海裡浮現和瑠衣去賞千鳥淵的櫻花，還有昨晚鶴來小中庭裡的矮櫻花樹。我集中精神，腦袋裡類似紡織機的東西正加速旋轉——從小，每當我要集中精神思考，腦中必定出現這個景象。只要這個景象出現，我的答案絕對不會錯。

「恭喜你啊！」

「你猜到啦？」

我用杯子敲了香折的酒杯。

「所以總共是多少呢？我想三得利應該給不少吧。」

香折突然露出欣慰的神情，將酒杯移到小小的唇上啜了一小口。

「謝謝你，浩大哥。」

香折把杯子放回桌上微低下頭，然後抬起頭來說：「不愧是浩大哥。或許你是這世界上唯一能夠了解我的人。」

「你也總算熬過來了，從此你就是不折不扣的社會人嘍。」

「嗯。」

記得第一次見到她，我還寫過一張無聊的紙條說什麼「大人世界的規則」之類的。我也想起在停車場踹了池上的肚子，當時香折說「希望趕快找一家正常的公司上班。其實，我根本不想在那種賣酒的店工作」。這一切都好像是久遠以前的回憶，令人懷念。

「所以到底是多少呢？」

香折喜孜孜地說：「我跟你說喔，因為我還有加班，看到明細時我都傻眼了！扣了稅還有二十五萬耶！」

「那不壞嘛。」

「很不錯吧。」

「嗯。」

「我覺得稍微對自己有點信心了。這樣的話，我以後就能靠自己的力量生活了。」

我注意到「信心」這個字眼。這個女孩已經會談信心了，我心中自是無限感慨。

香折從隔壁椅子拿起皮包，掏出一個小盒子擺在我面前。

「浩大哥，真的謝謝你。這一切都要歸功於浩大哥。第一次有人對我這麼好。雖然這不是什麼好東西，不過算是我拿到第一份薪水的紀念。你就收下吧。」

我以雙手接下盒子。解開灰色緞帶，拆開同樣顏色的包裝紙，出現印有白色「GUCCI」字樣的灰色小盒子。我打開盒蓋，裡頭放著一個套著茶褐色皮革的金鑰匙圈，皮革部分刻著「K・H」，這是我名字的英文字首。我從麻質外套口袋裡掏出車鑰匙、家裡鑰匙還有香折房間的鑰匙，把三支鑰匙串在新的鑰匙圈上。

「我沒能幫你太多，拿這禮物真的很不好意思。」說完，我把剩下的紅酒一口喝完。

「浩大哥，萬一瑠衣小姐發現，你就說是高爾夫球賽贏來的。」香折直視著我說。

我並未答腔，隨即把鑰匙收進口袋裡。

兩人各自喝完一杯紅酒，菜也剛好上桌。香折預約餐廳的同時也點好了餐點。我品嘗著前菜總匯，想起香折剛才的話。

「香折，你見過瑠衣小姐啊？」

說出這句話的同時，我察覺自己直呼香折的名字、卻稱瑠衣為「小姐」，不禁覺得自己有些好笑。香折露出調皮的神情說：「我沒見過她，不過她確實是個美女啊！跟浩大哥在一起有點可惜呢。」

「你又沒見過，怎麼知道她長什麼樣子？」

「浩大哥以前不是說過嗎？瑠衣小姐學生時代上過雜誌封面啊。」

是的，瑠衣曾說過她念一橋大學二年級時上了《週刊朝日》封面，我好像告訴過香折。瑠衣說篠山紀信要她站在一橋大學的鐘台前拍照，好多學生跑來圍觀，令她非常尷尬。

「我上週日到圖書館查資料，順便找了《週刊朝日》的過刊來看。你說瑠衣小姐二十八歲，我推算一下馬上就找到啦。實在太驚為天人了！我上次問你，你還說『長得還可以』，根本就是個大美女嘛！」

「呃……」

「浩大哥，瑠衣小姐沒給你看過那本雜誌嗎？」

「沒有啊。」

「為什麼？」

「沒為什麼啊，幹麼要看那個？平常看本人就夠啦。」

香折偏著頭說：「可是，如果是你喜歡的人，你不想看她年輕時候的照片嗎？」

「還好啦。照片上只有臉，長相也跟現在沒差多少吧。基本上，我對女人的長相沒太大興趣。」

「我不是這個意思啦。如果你愛上一個人，難道你不想了解她過去的一切或回憶嗎？」

香折這番話似乎切中我的要害，把我問倒了。

「怎麼說呢……我不太想這種事情哩。她是藤山家的千金，生活不虞匱乏，寒暑假在別墅度過，只要她想去任何地方隨時都能去。再者她的腦筋也不壞，在工作上能夠發揮她擅長的英文能力，工作也還算滿意。她的一切我大致能想像。如果有其他超乎我想像的事，那也是她的隱私。就算戳破那些隱私也不會有什麼驚人的發現呀。至少對我來說是如此。」

香折發出「哦」的一聲，調整呼吸之後又問：「可是浩大哥不是滿喜歡挖人隱私的嗎？你看你追根究柢探聽我的隱私，認識沒多久就跟蹤我，還調查我的家人。其實我是很高興的，因為你是第一個這麼關心我的人，我才肯把不為人知的過去告訴你。而且現在還可以常找你商量，這種關係簡直像作夢一樣。所以說，你對我的興趣跟對瑠衣小姐的興趣是不同性質的嘍？」

「應該是吧。關於你……該怎麼說呢，因為你太特殊啦。我覺得要了解你就不能忽視你的過去，所以才令我好奇。而瑠衣小姐只要了解她現在的樣子就夠了。也就是說，我無法只從你的言行判斷你的個性，而瑠衣小姐則是在我的預測範圍。通常只要仔細觀察對方的言談舉止，大致上就能了解這個人。容易了解不代表這個人膚淺或沒有內涵。每個人生來都要歷經艱難，只是艱辛程度輕重不同罷了。香折的包袱不論是量或質都比平常人重太多了。」

「聽浩大哥這麼說，令人好奇你為什麼要和瑠衣小姐交往呢？」

「即使能夠預測對方的個性，但每個人的天性都有獨特之處，個性當然也有好壞，情感的交流也會出現差異。哎呀，我想說的只是你和瑠衣小姐是無法比較的。原本我和你根本就沒有戀愛關係啊。」

「那好吧，那話題回到瑠衣小姐的長相上。你和瑠衣小姐在一起，難道都不覺得她很美，或是覺得很開心嗎？」

「當然會啊。不過我喜歡她應該不是因為她美。」

「浩大哥好奇怪喔。」

「會嗎？」

「會啊！像小卓就常說他喜歡我是因為我長得可愛而且胸部又大。」

「那是因為小卓還年輕啊。」

「浩大哥年輕時候也這樣嗎？」

「我不是，我真的對別人的長相完全不感興趣。我沒跟你提過嗎？從小到大，別人總喜歡談論我的長相，所以我特別討厭以貌取人。不過像做愛合不合之類的我倒是覺得滿重要的。」

「你說大家喜歡談論你的長相，為什麼？」

香折一臉疑惑。

「嗯……這不是重點啦。」

香折將叉子放回餐盤，仔細打量我，突然發出驚訝聲。

「這麼一說，我才發現原來浩大哥長得好漂亮喔。我現在才發現呢！」

「還好啦。」

「哇！仔細一看原來浩大哥是個大帥哥呢！莫非你是萬人迷？」

她咯咯大笑。

「傻瓜！別鬧了。」

我也跟著笑了。

「你現在還會對著鏡子罵『去死！』、『白痴！』嗎？」

我把話題拉回到之前常問她的問題。

「嗯，偶爾吧。之前住在浩大哥家的那段時期特別嚴重。」

「還會哭嗎？」

「大概是兩天哭一次，不過已經不會哭得那麼慘了。」

自從國中之後，香折每天從晚哭到早。認識我之前，每個晚上都得用完一盒面紙。

「是嗎……」

現在還會兩天哭一次，她還沒脫離不穩定的狀態。

「最近睡覺的時候，還會抓手腕或是抓傷身體嗎？」

我偷偷瞄了她又細又白的手腕。因為燈光昏暗看不清楚，不過已經看不到嚴重的紅色抓痕。

「這半個月來已經很少了。不過偶爾會在不知不覺中抓床單，被嘎嘎的聲音嚇醒。」

「作夢呢？還常夢到家人或是老家嗎？」

家人的噩夢是香折失眠的原因之一。

「也比較少了。不過昨天因為隔天是休假，沒吃藥就睡覺，結果又夢到被人殺死。」

被人殺死，這也是香折夢中經常出現的劇情。如果看不清楚夢中凶手，表示狀況還好，要是心情嚴重低落，就會清楚看見母親或是哥哥的身影。

「藥呢？」

「藥量已經沒那麼多了。這一個星期，睡前只吃Depas和Amoban各兩錠。」

「只需要這些啊，那應該沒問題嘍。」

「嗯。」

今天的香折非常坦率，和那一晚簡直判若兩人。她第一次找到正常的工作，我想酬勞不錯也是強大的支撐力。但是，今天的她也未免太亢奮了，有些躁症的傾向。我又開始擔心她了。

7

要離開時我打算結帳，結果黑西裝的外國人說：「剛才那位小姐付過了。」香折藉口上洗手間時偷偷結了帳。我往櫃枱走去，她卻逕自走出店外，我急忙追了出去。香折站在階梯下面對熱鬧街道，望著熙熙攘攘的人群。

「喂！怎麼能讓你出錢呢！」

我扶住她的肩，並且準備掏出紙鈔給她。

「不行！說好今天我作東啊！」

「怎麼可以！我可沒落魄到讓第一次領薪水的人請客喔。」

我硬是把紙鈔塞給她，香折又把錢塞回我的口袋。

「唉喲，拜託你啦，很傷腦筋耶，我已經拿了你的禮物，飯就讓我請吧。」

「不行！」香折嘟起嘴巴，「以前都讓浩大哥請客，今天就讓我請你一次嘛。」

「話可不能這麼說啊。」

我又試圖把紙鈔塞進她的皮包。她把皮包藏到背後，並且往後退了幾步。我靠近她，忍不住放大音量：「等等！不行，這餐一定得讓我付！」

「浩大哥，別在這種地方大吼大叫嘛。你看，大家都在看你呢。」

我看了看四周，香折便乘機快步離開。

「真傷腦筋。」我邊說邊走到她身旁。

「浩大哥，你總是照顧別人，再這樣下去你會錯失自己的幸福喔。你不是常勸我有時候也該盡情依賴對方或訴訴苦嗎？可是浩大哥自己卻絕對、絕對不依靠任何人。這不是很矛盾嗎？你應該不會向瑠衣姊撒嬌吧？」

香折環住我的左手。

「像這樣，撒撒嬌啊。」

「我是說有時候女生也需要男生撒撒嬌啊。像浩大哥這樣總是板著一張臉，瑠衣姊一定覺得很累、很寂寞吧。」

瑠衣也對我說過類似的話。

「我已經不是小男生了，這把年紀哪能做出這種事啊。」

我忽然想起足立恭子。只有她能夠讓我發發牢騷、商量煩惱的事，還可以毫無來由地發脾氣，身體不舒服就讓她照顧。我曾把自己最赤裸的一面攤開在她面前，但最後卻慘遭背叛。

「你看你看！浩大哥你看啊！」

我看向香折指的方向，我們倆勾著手的身影映照在精品大樓櫥窗的大鏡子上。香折停下腳步看著鏡中的我。她拉住我的手，貼近我的身體。

「你看，我們好像滿相配的唷！」

我也端詳鏡中的兩人。香折體型嬌小，我比她高出一個頭。聽她這麼一說才發覺我們的確看不出年紀相差了將近二十歲。昨晚「凌」的媽媽桑說我長得像一個年輕藝人，好像還真的有點像。我鮮少像這樣仔細觀察自己的臉。香折在店裡喝了不少紅酒，臉頰已經泛紅了。

「浩大哥是娃娃臉，應該是愛撒嬌的男生才對啊。」香折喃喃自語。

她請我吃飯又送我禮物，我總覺得我們今晚的互動與往常不同，感覺不太對勁。

「我像愛撒嬌的男生哦？」

「我們萬一在這個地方被瑠衣姊撞見，你就完蛋嘍。」鏡子裡的香折呵呵大笑。

我們走到澀谷車站前的十字路口，看了看手表正好九點。綠燈一亮，一大群人湧向車站。不知為何，我和香折卻駐足不動。

「香折，我們再找一家店坐坐吧。」

香折點頭。

「不過明天上班沒關係嗎？」

「那不是問題啦！」

「是麼，那這次換我請客嘍。我們再去慶祝一下就回家吧。」

「嗯。」

我帶香折到道玄坂的酒吧。我曾帶瑠衣來過這家店，她喝得酩酊大醉，結果當晚我們就發生了關係。不過從此我再也沒和她來過這裡。一坐在這家店裡，我就忍不住想起恭子，怎麼也無法喝醉。唉，實在不應該把女朋友帶到這種充滿回憶的地方。

我們坐在吧枱前，香折點了調酒，我則點了純Tanqueray。

「對了，你以前當過調酒師嘛。」

香折把酒杯舉到眼睛的高度，透過燈光看著杯裡的酒。
「沒錯。」
「那，再次恭喜你嘍。」
「謝謝浩大哥。」
兩人敲了酒杯，喝了一口，香折忽然轉過頭看我。
「改天啊，我想替浩大哥調一杯我最喜歡的調酒。」
「你還有最喜歡的調酒哦？」
「有啊。」
香折一臉得意地轉過頭去，望著酒櫃上的酒瓶慢慢地撩起染色的頭髮。
「改天是什麼時候啊？」
香折想了一會兒。
「當我最開心的時候。」
「最開心的時候是什麼時候？」
「我也不知道。」
我一邊品嘗令舌頭發麻的琴酒香味，一邊說：「應該是你結婚的時候吧。」
「是嗎？」
「我還以為你差不多要結婚了呢。」
「也不盡然啊。」
「你好像藏了什麼祕密哦。你終究會和小卓在一起吧？」

香折將酒杯擺在吧枱上。

「我打算和小卓分手。」她一臉毫不在乎的表情。

「為什麼？」

「因為我不是真的喜歡他啊。」

「又來了。」我的話中帶著不耐煩。

她以慣有的冷淡語氣說：「那傢伙以為自己多了不起。上次打電話來竟然嗆聲『你給我聽好，我可是不缺女人的』，然後又說『可是我還是放不下你』，最後還說『任憑我怎麼靠近你，你卻一點也不肯靠近我』。最讓我火大的是，他一口咬定說『我不知道你有什麼創傷，不過你總是關在自己的籠子裡，根本無意要讓自己回復正常』。他說他受不了我吃藥，還會放聲罵我『你每次都在我面前吃那種藥』。」

我沒有作聲繼續喝琴酒。我多少能夠了解卓次的心情，只是要香折迅速恢復也太殘酷了。她的心被傷了二十年，不可能花一兩年就能治癒的。

只是我對卓次的了解不多，而且香折在我面前只會說他的壞話。這段期間香折只誇過卓次三次。第一次是卓次的樂團出CD的時候，她說：「小卓打鼓很厲害喔！」第二次是「小卓以前在洛杉磯留學，英文很溜唷」。第三次則說：「小卓的床上功夫很厲害呢！」儘管如此，這兩年來一直給予香折精神支持的人就是卓次。不論是春假或是暑假、她的生日、聖誕節、寒冷的過年，香折總是無家可歸，而唯有卓次始終陪在她身旁。比起卓次，我對香折的付出簡直是小巫見大巫。她只說卓次的壞話，那是因為對她而言我是個安全、新鮮的援助者。也就是說：她為了引起我的關心，只選對自己有利的話跟我說。香折不曾打從心底相信任何人，對卓次如此，對我當然也是如此。就是因為不信任，為了保護自己，她在不知不覺中諂媚對方、誘惑對方，然後撒一些零星的謊言。

我想起香折房間裡的棒球手套和軟式棒球。據說他們兩人剛開始交往沒多久，一個晴朗的星期天早上，卓次突然帶著新手套和兩顆球出現在香折家。香折嚇了一跳，卓次硬是將她帶到駒澤公園，從握球方式到投球的方法一一細心教導，然後和她玩起投接球。香折說「當時覺得這傢伙好奇怪喔」。我聽完這段故事，覺得卓次其實是個滿有意思的孩子。

香折至今仍然珍藏著那副手套和棒球。有次她打電話向我求救，我急忙趕到她家，發現她抱著棒球躺在床上哽咽。

「小卓大概是希望你能多愛他一些吧。」我說道。

「結果都是這樣啊。大家終究只想著自己，不願意真正關心我，一旦交往沒多久就開始耍任性。」

「小卓用他的方式關心你啊。」

「用他自私的方式吧。」

「每個人都是這樣。」

「浩大哥就不太一樣。」

「我沒有不一樣。」

「不一樣。我很清楚，浩大哥是個很特別的人。我完全不了解什麼是家人，不過如果有所謂的家人，我想浩大哥就是有家人的感覺。」

「家人，是吧？」我看了看香折，「你真的打算和小卓分手嗎？」

「我是打算這麼做。」

她的表情是認真的。我心中有股莫名的感覺。沒多久以前她還那麼消沉，今天卻顯得特別爽朗，全身散發出透澈淨白的光芒。我感覺今晚香折的一舉一動格外詭異。

8

五月二日、三日，我花了兩天的時間整理家裡。我搬出寢室衣櫃裡的紙箱，整理與足立恭子有關的物品。我和瑠衣約好連假的後兩天，也就是四、五日邀她到我家住。香折趁著連假和同事去了新加坡。我難得能享受與瑠衣的兩人世界，想到這心情自然也就高興起來。因此我必須在她到訪之前處理有關恭子的所有回憶。自從黑金一案浮出枱面之後，我不確定能否繼續維持和瑠衣的關係，如果能維持，我更應該為她徹底抹去恭子的痕跡。

自從和恭子分手以來，我已經七年沒開過這個箱子。裡頭有她送我的各式各樣禮物，例如手表就有三支，領帶就超過十五條，其他還有她親手打的毛衣、手套，她替我買的西裝、外套、襯衫、圍巾以及一起逛街買來的各種東西；無數張餐廳的名片和旅遊的紀念品，都是我們一起去過的地方；還有好幾十封寫信給恭子時打的草稿，好幾十封恭子寄給我的卡片和信件，以及一大疊兩人的合照：我拍恭子半裸的睡姿，恭子拍我剛睡醒的呆樣，每張照片裡的我們都露出燦爛的笑容。恭子的東西多到數不清。

五月二日那天我到秋葉原買了一台家用簡易碎紙機，打算卡片和照片就用這台碎紙機一張一張碎掉。碎紙機的價格出乎意料地便宜，折扣下來不到一萬圓就買到了。

把卡片、信紙、照片一張張送進碎紙機時，忍不住拿在手中端詳。平常我只在酒酣之際想起與恭子之間的兩年回憶，而現在看著這些信件再度反芻回憶，那些影像顯得更加鮮明強烈。

我感冒那一晚，恭子幫我完成工作，還讓我到她家照顧我。我打算好好答謝她，隔週決定請恭子吃頓飯。五天後，我請她到麻布的小餐館。我們天南地北聊了許多；聊公司、工作、喜歡的電影和音樂、兩人的童年以及學生時代等等一些剛認識的男女會聊的話題。人家說約會至少吃個二、三次飯才有下一步進展。就我來說，大致上只要吃個兩次飯就能上床。第一次吃飯接吻，第二次就相約到飯店。從沒有人拒絕我，只有恭子。離開餐廳後，我帶恭子到六本木的酒吧，卻出了個狀況——恭子竟然完全不能喝酒。

我問她：「不能喝嗎？」

她說：「我完全不能碰酒精。」

偶爾我會遇到為了防我而假裝不會喝酒的人。不過只要對方有意思，拉她繞個兩三家店，總會沾上幾口甜味的雞尾酒。接下來只要想辦法灌醉對方，之後要接個吻什麼的絕對不是問題。

但是恭子在酒吧卻只點烏龍茶或是薑汁汽水，不論我如何勸酒她就是滴酒不沾。我們聊天的氣氛很輕鬆，但我也同時感覺到她的某種堅持。酒精使人醉，然而喝了點酒反倒使我更加清醒。她從傍晚開始陪我，接近十一點左右她明顯表露出想回家的神情。這樣的女孩我也是第一次遇到。

我心想：這個女人雖然對我好，但對我毫無興趣，想必是有心上人吧。想到這兒，我突然發現心中出現一種奇妙的失落感，也感到莫名的憤怒，總覺得自己被她耍了。

「你從剛才就不停看手表，這樣感覺很差耶。」

我看著自己的表對她說。我大概是喝多了吧。

「對不起，我只是喜歡看時間。」

「為什麼？」

「我也不知道，大概是我喜歡時間吧。」

「你說你喜歡時間？」

「是啊。時間總是最精準、而且是一點一滴累積的。自己就在時間的流逝中慢慢變化，我覺得這樣的感覺很有趣，我很喜歡。」

「不懂。」

「怎麼說呢，時間好像在守護我，總是陪在我身邊。時間和人不一樣，絕不會背叛我。即使有任何討厭的事，時間一定會幫我解決。」

「你的意思是說，雖然現在和我在一起並不快樂，但終究會結束，所以熬過就算了，是嗎？」

「不是這樣的。和橋田先生聊天是很愉快的時光。」

「噢，所以有所謂的愉快的時光和不愉快的時光嘍，那你生活中哪種時光比較多呢？」

「我想想看。其實還有所謂的空白時光，不過我想愉快的時間還是比較多吧。橋田先生你呢？」

「我嘛，老實說我不大了解你的想法。勉強要我說的話，應該是痛苦的時間最多吧。痛苦的時間慢慢累積，在這過程中突然在某一瞬間我彷彿感覺有一扇門開啟。我比較喜歡每一瞬間的累積。一瞬間的感覺似乎直接連結在快樂或痛苦上。」

「喔，一瞬間啊。」

「是啊，任何事都是在瞬間發生的。時間不過是瞬間的數學性累積罷了。」

「我可不這麼認為。」

「為什麼？我覺得我們的想法差不多啊。」

恭子看著我說：「橋田先生，你不常發呆吧？你為了工作，整天被時間追著跑，不是嗎？」

「沒那麼嚴重吧。我偶爾也發呆啊。」

「是嗎？看不出來。」

「你是不是覺得我像隻動個不停的小白鼠，完全無法放鬆？」

「應該是吧，你工作真的很忙啊。」

「我偶爾還是會像今天這樣找你出來約會啊。」

「這是約會嗎？」恭子露出詫異的表情。

「我認為是約會，你不認為嗎？」

「我想想看，應該不太像是約會吧。」

「什麼意思啊？那你認為是什麼？」

恭子思索了一會說：「只是一起出來吃飯而已啊。」

「哦。也對，我是想答謝你，才請你吃飯的。」

「是啊。」

不知為何，我的心情頓時變得沮喪起來。沒多久我們離開了酒吧。恭子說還有電車，於是我送她到地下鐵入口就離開了。那天雖然下雨，但是晚上雨也停了，十一月的夜空有幾顆星星閃爍著白色光芒。別說接吻了，我想以後也沒機會和她單獨見面了吧。

兩天後我在公司桌上發現一把傘。那是那天吃飯放在麻布那家餐廳忘記帶走的傘，我後來在往六本木的計程車上才想起來，不過因為嫌麻煩懶得去拿，之後也沒再想起了。我打內線到總務課找恭子。

「昨天回家的時候，我順道去店裡拿回來的。」

我向她道謝然後掛上電話。到了下午我再度打內線給恭子，問她晚上要不要一起吃飯。她猶豫了片刻，然後說「好啊」。

這次我帶她到離公司不遠的牛排館。這家餐廳位於帝劇*的地下室。店裡每個桌台都有隔板，很適合帶女性一起去，也不容易撞見公司同事。首先我謝謝她替我拿回雨傘。

「你實在不必特地跑一趟的。」

服務生端出了紅酒，恭子啜了一口後露出淡淡的微笑。

「原來你會喝酒嘛。」

「我真的不會喝啊。喝完這杯我一定醉倒。」

譯注

* 帝國劇場之簡稱，為東寶電影公司直營的電影院。

「噢。」

廚師站在桌台的另一邊替我們煎扇貝和蝦子。恭子不再提起雨傘，緊盯著廚師的手藝。

她遲遲不開口，於是我問她：「請問，現在是愉快的時光還是不愉快的時光？」

「嗯，搞不太清楚的時光。」

「什麼搞不太清楚？」

「我和橋田先生兩個人一起吃飯，好奇怪喔。而且我們兩天前才見過面啊。」

「約你出來是不是不方便？難道你今天原本有約會？」

我發現自己總是居於劣勢。平常我和女孩子在一起絕對不會露出這種態度。但面對足立恭子，我卻很在意她心情上的變化。恭子慢慢吃起用奶油煎好放在盤上的食物。

「足立小姐的男朋友是什麼樣的人？」

「我沒有男朋友。」

「少來了。」

「是真的。」

「分手了哦？」

「你為什麼要問這些？」

「嗯，該怎麼說呢……」

我也吃起東西，然後一口氣喝完紅酒。

「因為我想知道吧。我想知道你現在有沒有對象。」

「為什麼？」

「就是想知道嘛。」

恭子顯得難為情。

「因為你幫了我很多忙啊。」我急忙補充。

「我沒有幫你多少啊。」

「有啊。我感冒你照顧我，還特地去幫我拿雨傘。我很高興唷。」

「橋田先生的女朋友又是什麼樣的人？」

不知怎麼著，我竟然將實情一五一十告訴她。

「我不知道耶，太多了，不知道該怎麼說。有些是從學生時代開始交往的，有些則是在工作上認識的，還有女大學生呢。這個學生在銀座的酒店打工，最近才剛認識的。」

「哇，你和那麼多人交往啊。」

「嗯，也稱不上交往啦。就偶爾找出來一起吃吃飯、上個床罷了。而且也實在是太忙，只能在偶爾有空的時候吧。」

廚師問我們要吃什麼肉，我點了里脊肉，恭子點了菲力。

「有空也會像今天這樣帶她們出來吃飯嗎？」

「差不多。」

「所以上次你帶我去的餐廳、還有這裡，你都帶那些女朋友去過嘍？」

我感覺恭子語帶諷刺。

「嗯，應該是吧。啊，不過這家餐廳應該沒有。我和幾個人去過麻布那家餐廳，這裡我只來過三次吧，我記得第一次是我大學時代的朋友帶我來的。」

「你不記得啊？」

「雖然記不太清楚，不過應該沒帶女生來過。」

我邊說邊訝異自己為什麼要這麼老實。

「沒想到你神經還滿大條的。那些女朋友有點可憐。」

我啞口無言。恭子則一副若無其事狀，一口接著一口把鐵板上的肉送進嘴裡。她的紅酒不知不覺只剩半杯。我們不停吃肉，沉默了好一陣子。

「不過……」恭子邊吃邊說：「橋田先生很受歡迎哦。我們課的女生也常提起你，你在祕書室也是人氣天王吧。」

「沒那麼誇張啦。」

「少來了。你自己也這麼認為吧。」

「還好啦。」

「橋田先生，你是及時行樂的人，對不對？」

「啊？」

「你上次不是說過？任何事都發生在一瞬之間。」

「這不代表我喜歡及時行樂啊。」

「是嗎？我不懂為什麼公司的女生都說你好棒哩。因為他們要是找一個像你這樣的人交往一定很慘啊。或許大家只是因為你的外表或是你待人親切就隨口說說罷了。不過我覺得橋田先生很聰明，你一定有辦法和任何人處得很好，而且你又懂得取悅人家。」

恭子的這番話令我心中萌生了一絲怒氣。我從小訓練自己不對任何人輕易動怒，就算生氣也不表現出來。憤怒就是憤怒，它只是一種愚蠢的反應。當你把憤怒化為實體才會產生真正的作用。憤怒是一種崇高的情緒，同時可以激勵人心；唯有對憤怒的對象實行具體的報復，憤怒才有憤怒的價值，也不會再有任何事能夠威脅你；這是一直以來我對憤怒的想法。然而恭子的話卻讓我產生一股衝動，想把自己真正的情緒攤在她面前。

「為什麼跟我交往就會很慘？」

或許是我語氣強硬，恭子突然間身子縮了一下。

「因為我在你身上感覺不到誠實啊。」

「誠實？」

「是啊，我是這麼認為啊。我覺得你太會算計了。你就好比點描畫家，精密又細膩地刻畫你的人生，遠看非常美麗，也能感受到你過人的努力，不過近看令人毛骨悚然……」

恭子再加上一句：「如果我說錯話，請你見諒。」

她的表情顯得格外平靜，和她數落人的言詞恰好形成一種反差。

「你錯了。」我的語氣強硬，「的確，我認為任何事都需要算計。但是，就是在算盡一切之後，才得以擁有原本無法得到的東西，也就是你所謂的誠實這種東西吧。」

「誠實絕對不會來自算計。」恭子說得斬釘截鐵，「不只是誠實，我相信人的任何感情都不會來自算計。而且你把誠實說成『這種東西』，基本上就有問題。」

「那我問你，你是很誠實的人嗎？」

「我想是的。所以我反倒容易遭人誤會。」

「誤會？」

「例如被人嘲笑之類的。」

「怎麼說？」

「說我是爛好人或是輕浮的女人。」

我嘆了一口氣。

「你這是在諷刺我嗎？」

「我沒有諷刺你，不過我想你一定也是這麼認為吧。」

「我不太懂你的意思。」

恭子把剩下的紅酒喝光。

「橋田先生，你應該也知道我的事吧。」

恭子呼的嘆了口氣。我完全不懂恭子想說些什麼。

「你說我知道什麼？」

恭子愣愣地瞪著我，臉頰泛紅。我發現她的確不能喝酒。

「難道你真的不知道嗎？」

我點頭。

「不可能吧！」

「我真的不懂你在說什麼。」

「不會吧？」

「真的。就算我多會算計或是多麼不誠實，我也不會撒這種謊。」

「你確定？」

「嗯。」

「那你明天可以去問問美穗。告訴她，是我要她說的。你問了就知道。反正已經傳遍整個公司了。」

「哦……」

我滿臉困惑，完全狀況外。

「沒想到橋田先生對八卦消息這麼不靈通。我相信你不知道這件事。哇，看不出來橋田先生也會這麼大意，我放心多了。」

我吃完牛排又吃了蒜蓉白飯。恭子滿臉通紅，點了好幾杯烏龍茶。

出了餐廳，恭子踩著不穩的步伐，身子搖來晃去。我扶她上計程車送她回家，隨後我就回到代官山的公寓。

時間已經過了午夜十二點。恭子的話一直梗在我心中，我猶豫了很久，最後拿起話筒打電話給渡邊美穗，美穗接到我的電話非常驚訝。我向她說明恭子要我詢問她關於恭子的事，美穗開口的第一個反應是「原來橋田先生和恭子在一起啊」，我猶豫了一會兒，回答「是啊」。接下來美穗的話令我相當吃驚，原來恭子與電子技術部的根本次長一直有婚外情關係——聽到這姓氏，一時間還想不起他的長相。他們的關係在今年春天陷入膠著，五月的某一天，兩人在總公司地下一樓的員工餐廳發生爭執，恭子賞了根本次長一巴掌。當時餐廳內一陣譁然，恭子大哭大鬧，根本次長則狼狽不堪地逃離現場。

「根本先生因為這件事遭到處分，七月發布臨時異動把他調到長崎的研究單位去了呢！橋田先生真的不知道嗎？這個八卦在公司傳了好一陣子呢。根本先生承諾離婚後就要和恭子在一起，所以這兩年來，恭子全心全意地為他付出一切，連我看了都不忍心。不料對方卻突然提出分手，恭子的精神狀況也變得不太穩定。平常我會盡可能地注意她的情況，不過那天她看到根本先生在餐廳裡拿出女兒的照片，向人炫耀說女兒上了私立名校雙葉學園時，恭子當場抓狂。這件事也讓恭子在總務課飽受歧視，她現在還是很痛苦。」

掛上電話後，我的心情低落。我走到玄關拿出恭子替我取回的雨傘，在狹小的房間內反覆將雨傘開了又收、收了又開。

隔天我再度找恭子去吃飯。原本這天我必須陪扇谷出席宴會，但藉口身體不適，請其他祕書代班。下班後我到地下通道口等恭子，一看見她出現硬是把她帶走了。恭子滿臉困惑又顯得不悅，在計程車裡也不肯說話。我透過人事部大致了解了根本次長的經歷：三十八歲，有一對兒女，畢業於東京工業大學研究所，在機械製造部門任職；人事考核為B^-，就技職員工而言算是中等；目前隻身調任到長崎。

我把恭子帶到曙橋附近的小居酒屋。店內只有吧枱和五張桌子，不到十五坪。店老闆叫遠山，是我學生時代最要好的死黨。遠山原本就讀數學系，我和他是在現代爵士樂社團認識的，後來他考上研究所，專攻特異點的解析。有一天他突然休學決定到補習班當講師，兩年前，二十八歲的他開了這家居酒屋，娶了大他四歲、有拖油瓶的老婆，現在是個不折不扣的居酒屋老闆。

我第一次帶女人到這家店。遠山看到我帶著女人不禁露出驚訝的表情。

我向遠山介紹恭子。

「你總算要定下來啦。」

遠山這句話讓恭子聽了一頭霧水。

「恭子小姐，以後橋田就拜託你了。這傢伙很優秀但容易遭嫉，想必在公司也樹敵不少吧。」

遠山誇獎我，然而他卻是我見過唯一令我自嘆不如的人。

「橋田，錢存夠了沒？」

遠山逗我，我回答「還差一點吧」。遠山說：「這種生意要花不少錢喔。我總是被錢逼得喘不過氣來。數字我雖然在行，可是說到數錢就比不上我老婆啦。」

我點了許多招牌的燒烤雞肉串，吃得過癮極了。我還點了平時不常喝的日本酒，就這樣一杯接著一杯。恭子坐在我身旁幾乎沒有開口。

走出居酒屋時，我已經醉到語無倫次。恭子始終露出不屑的表情。

「我也不是整天處在痛苦的時光啊！有時候我也會沉浸在悠閒的時光當中啊！」

我靠在店外的大柳樹上對著恭子大吼大叫。

「我的夢想是到了中年也要像他那樣開一家店，過著悠閒的日子。不過我不要那種俗氣的店，最好是小小的爵士酒吧，大家可以在那裡喝到最好的酒。」

恭子站在我面前。我因為酒醉視線模糊，只隱約看見白色大衣。

「這就是我最極致的算計。至少我是這麼認為。」

恭子試著替我穿上大衣。強勁的冷風吹得柳枝颯颯作響。

「不過啊，每一瞬間還是很重要。任何瞬間都不容許失敗，一切都得全力以赴。儘管如此人還是有失敗的時候。足立小姐，我並不像你說的那樣是個及時行樂的人。我只是希望珍惜每一瞬間，就算下一瞬間是死亡，我也不希望這一生有任何遺憾。如果像我這種人可以活得久一點，我希望能像遠山那樣，稍微容許自己做想做的事。那傢伙早已看透自己了。因為他學的是數學，所以了解自己異常的能力，也了解自己的極限。我好羨慕他啊，因為我還看不到自己的極限。不過不只是我，大家都是如此啊。扇谷也好，酒井、倉田，還有駿河，大家都一樣。昨天你說你活得很誠實，我也活得很誠實啊。你簡直是有眼無珠啊！你和其他白痴女沒兩樣！我從渡邊美穗那裡聽說你的事情了。告訴你！要搞婚外情是你的自由，不過只有瘋子才會當眾打心愛的男人！你說誠實不需要算計，可是你所謂的誠實竟是這種下場，叫誠實去吃屎啦！」

恭子替我穿上大衣，我靠在她的肩膀往前走去。恭子聽了這些話並未做任何反駁，而只是用弱小的身軀拚命地支撐著我。

「抱歉，足立小姐，你可不可以離開你家。」我說。

恭子停下腳步，我也停下原本不聽使喚的雙腳。恭子一臉疑惑地看著我。

「我自從懂事之後，父親就不在了，而母親每三天就要值一次夜班，因此我總是孤零零地一個人。雖然母親很照顧我，可是我從沒看過像你家那麼溫暖的家庭。後來，我母親又在我大學畢業那一年過世。說實在的，你擁有那麼溫暖的家庭，根本沒資格教訓我，再者是你自己搞了婚外情，也沒資格自怨自艾。」

「為什麼我非得離開我家不可？」

恭子捧起我的頭，她的鼻尖貼近我的鼻尖。

「很簡單，因為我希望你永遠陪在我身邊。」

我們沒有接吻，我只是緊緊地擁抱她。

「你說過就算遭人背叛，時間會替人解決一切。」

恭子靠著我的肩膀點頭。

「但是啊，人類並不是毫無可取之處喔。」

我推開恭子凝視她的雙眼。

「這就是我算計出來的答案。這算是最終的答案吧。」

我的唇靠過去吻了恭子的唇。兩人的呼吸化為白煙，好比一層柔軟的薄膜，包覆著我們的臉龐。

清空箱子的時候，夕陽已經照進了房間。窗外的天空懸浮著一顆斗大的太陽。我把毛衣和西裝捲成一團丟進垃圾袋，再把寄給恭子最後一張明信片的影印紙丟進碎紙機。三年前恭子寄了最後一封信，我從裡面取出奠儀袋後，先裁掉信封。郵票上的郵戳印有淡淡的「長崎」字樣，我呆呆地望著那兩個字慢慢捲進碎紙機。奠儀袋上用淡墨寫著「根本」，裡頭放著三萬圓。我拆開奠儀袋、放入機器，猶豫了一會兒，再把紙鈔一張張送進碎紙機。

「遠山。」我喃喃自語。「你為什麼會死！」

我依稀記得罹患胰臟癌的遠山在臨終前消瘦了許多，也記得他當時呼的嘆了一口氣。「時間會解決一切」——恭子是否依然秉持著這個信念，與根本共同度過未來的人生呢？

9

我望著眼前這一片小沙灘，思索著這個國家的一切。

江戶時代的幕府因美國人培里駕著黑船闖入而被迫開港，同時驚覺江戶灣鬆散的防備，立刻在現今沿灣一帶蓋設了台場，擺上數門大砲。如今眼前的這座台場闢為公園遍植松樹、橡樹，對面就是彩虹大橋。無數條電纜線連接著橋墩頂端的燈泡，在五月午後的陽光下每隔幾秒就閃爍一次。

這片海灘實在太狹窄了。一大群人湧進來，讓這裡顯得更侷促。背後高樓大廈林立，陸橋連接了幾間簡陋的海邊餐廳。搭上餐廳的電梯來到海邊，見到幾個孩子在柏油地面的小中庭裡踢足球。

在這種環境下長大的孩子到底能有什麼未來？一切按照規矩生活在蜂窩般的房子裡，並且深信這片無法給人任何心靈慰藉的人工海就是真正的大海。如此長大的都市小孩到底能夠擁有多少創造力或獨創性以維繫這個國家的繁榮？一想到這，心情不免黯淡起來。

我和百合小姐約好四點見面，看來還有一點時間。我在「台場海濱公園站」下了車，前往海邊之前先到臨海副都心，看看慘遭凍結的開發預定地。果真慘不忍睹，一大片土地被業者劃分好幾塊。百合小姐說傍晚她要到富士電視台參加試映會，而這棟新建的富士電視大樓隔鄰仍是空蕩蕩的。當年為了世界都市博覽會蓋的Telecom Center，拱門造型的建築物可說是這一帶的地標；通產省投注無數心力在此建設了TIME24大樓作為新科技的研發基地；如今這些雄偉大樓卻瑟縮在這片荒涼的空地上。

一想到當年政府投入了龐大資金執行這個半吊子的開發案。我不禁對這個國家在攸關民生的都市計畫以及國家計畫上的態度如此草率冒然感到不敢恭維。

我曾陪同扇谷與出身政務官的前東京都知事[1]餐敘過幾次。每次見面他總提起臨海地區的開發構想，而其理念條理分明令人佩服。東京的都市計畫從西邊多摩新城開始，此後三十年來維持一貫的計畫概念進行，然而如今卻讓一個不懂都市行政的一介藝人[2]徹底擊潰。想想日本長達十年的不景氣，當年若是這項臨海開發案能夠確實執行，也就可發揮刺激景氣的作用，不料最後卻遭到市民抵制，前功盡棄，無非是人民心中對父母官存在著膚淺至極的偏見與不信任所致。

前都知事是個做事乾淨俐落的人。就一個在官場上受過徹底訓練的領導者而言，自然不會拘泥於斂財或是私利這種小事。就這一點而言，他無疑是個可敬的領導者。他本身也有著像扇谷或是神坂良造那般以國家興亡為己任的情操，而他的繼承者也是一位出身前內閣官房副長官的優秀人才，但我不懂市民為何不支持他，卻選擇了那樣愚蠢的人？實在太令人難以置信了。

譯注

1 知事等同於台灣的市長、縣長。

2 指第十三任東京都知事青島幸男。

其實我不認為人民愚昧。每當我到國外出差，總還是能夠體認到日本人是個優秀的民族。然而，就好比一棟建築物，基礎愈扎實，才會轉而在意建築的裝潢；人民此刻在意的是表象的東西。只是現在這個國家的基盤開始鬆動了，當今的處境就像戰敗後的日本一樣，需要的是強而有力的領導者而不是聖人君子。曾有一位政治家宣示「決斷與實行」，年僅五十多歲就當上了總理[3]，然而只因為他在池子裡養了價值五百萬的鯉魚，只因為他利用關係企業運輸龐大的政治資金，只因為祕書是他情婦，他就被迫下台。這些其實都是些微的瑕疵，也只能說明他本來就不適合擔任最高領導者，然而這一樁樁過往的醜聞讓民意完全扭曲了。

人民當然有權力以高道德標準來嚴格要求領導者的品德，符合條件者如今也大有人在。但是，當年在總理醜聞上得到莫大商業利益的媒體，如今卻一再阻礙真正的領導者出現。他們不負責任地煽動輿論，幾年前更是利用惡質藝伎的八卦迫使一國元首下台。

以消費為主的經濟體容易犯下一種錯誤：抹殺優秀人才的感受性，大量生產符合俗氣且平凡的群體的產物。然而這種大量消費的生產模式已歷經兩個世代，如今面臨了瓶頸。這座寒酸的人工海灘、聚集在這裡的人群、以及承載著這一切的遼闊荒廢的土地……在在都讓我不禁要感慨這個國家的傳統、文化、文明恐怕在尚未成熟或開花結果前，即已慢慢地走向悲慘的衰退。

距離四點還有五分鐘，我站在百合小姐指定的地點——帆船專賣店面海的入口。百合小姐還沒出現，我持續眺望四周景象：甲板上人滿為患，沙灘上則只有小孩，亮藍色的海面平靜無浪彷彿是一座池塘，綠色、紅色、黃色的浮標浮在水面上，幾個風浪板就在浮標附近，以非常緩慢的速度滑向台場公園。海灘上立著一塊斗大的看板，上頭以潦草的字跡寫著「禁止在此施放煙火、划船、釣魚、烤肉。台場海濱公園 敬一」。這麼大批人潮加上這麼小的海灘，要人家放煙火、烤肉也難吧？

不過今天是平常日，人潮應該比不上假日多。鴿子頻頻飛下來啄食，似乎是鎖定甲板上的家庭或是情侶吃剩的食物。這裡就好比某個住宅區的小公園，鴿子的數量遠超過盤旋在海上的海鷗。

我原本打算在黃金假期約百合小姐，但因為瑠衣來訪，我們白天到世田谷公園散散步，或是到公園附近的餐廳吃飯；據說這家餐廳是木村拓哉常去的店，除此之外整整兩天我們都在床上嬉戲，完全忘了跟百合小姐聯繫。

我和瑠衣不斷交歡，次數多到彼此的體液混合成微酸的氣味瀰漫整個房間。

「我好不容易才和你在一起，這半年來我真的好痛苦喔。」瑠衣繼續說：「我無意炫耀，不過你是第一個讓我等這麼久的人，你讓我愈來愈沒自信。儘管過去有許多人追求我，但其實我擔心自己根本沒什麼魅力，我想你的眼光一定比我還高許多。不過在一起之後我才知道我多心了，我好開心呢。」

我們發生關係之後，我才第一次聽她這麼說。

「你是想說自己很痴情嘍？」我逗她。

「大概是吧。不知道為什麼，我覺得你最近特別冷淡，也不肯見我，這麼說或許有些奇怪，不過我很害怕你拋棄我。愈害怕就愈忍不住想你，連我自己都發現自己愈來愈鑽牛角尖，簡直快

譯注

3 指日本首相田中角榮。

變成小心眼的女人了。像這樣兩個人又能在一起，說實在的，一開始我還有些戰戰兢兢的呢。」

那天瑠衣載了許多在玉川高島屋買的食品來給我。她身穿黑色褲子配上絲質襯衫，外面披了一件薄皮衣，腳上穿著麂皮涼鞋。換洗衣服就放在和服專用的縐綢布大束口袋裡。看她拿著束口袋，一身打扮活脫像從時裝雜誌裡跳出來的模特兒。車子是酒紅色的標緻306。幫她卸下行李時，看見她彎腰鑽進後座取出大紙袋，那渾圓的臀部頓時讓我欲火中燒。進門後，我立刻將她抱進寢室，花兩個鐘頭以上的時間好好地享受了她的身體一番。我們好久沒上床了，但是女人的身體一旦熟悉對方後立刻變得濕滑，肉欲的享受只會更加深沉，絕不會變得淡泊或遲緩。瑠衣的呻吟比平常激烈，又正好是大白天，我甚至擔心吵到鄰居。

第二天中午，我們交歡幾回之後，瑠衣的月經突然來了。我們在浴室以騎馬姿勢做愛，又在床上鋪了舊浴巾繼續做。大概是經期第一天的關係，瑠衣變得更加敏感。她一度為了起身上廁所，竟然閃到腰摔下床去，臀部重重著地發出了慘叫聲。我只好打開她的雙腿，替她擦拭下體後再插入衛生棉條。瑠衣害羞地說：「好像嬰兒在換尿布呢！」然後又笑著說：「我每次都會想，女生蹲在廁所裡插這個東西，萬一被人看見實在很糗耶！」

「以後都讓我來幫你吧。」

瑠衣點頭說：「嗯。」然後又說：「我好像被你看光光了。」

她的樣子雖然靦腆，但那雙眼睛卻痴痴地望著我。做愛的次數果然會使女人變得更加開放。每個女人都有這一面，平時她們必須隱藏太多東西，因此一旦在特定男子面前袒裼裸裎，她們將完全失控，這是女人的習性，也是她們可愛之處，同時也證明女人是好騙又靠不住的動物。

五月六日那天，我拖著與瑠衣歡愉過的疲憊身軀進了公司。一進辦公室，駿河立刻跑來找我，並且催促說：「你忘了上次拜託你的那件事嗎？已經過了一星期耶！」我只好在那天傍晚聯絡百合小姐。她說熟客給了她一張試映會入場券，時間是八號六點在富士電視台，只能約當天六點之前。當時她的語氣顯得格外冷淡。

百合小姐在四點整出現了，她似乎是從帆船店的另一個入口進來的。有人突然打了我的背，我嚇一跳回頭一看，百合小姐正露出她那招牌的帥氣笑容。

海邊餐廳前有個寬敞的甲板擺了幾張白色餐桌，我坐在桌子旁喝著生啤酒，百合小姐則點了冰咖啡。

「約這種時間會不會麻煩到你啊？」百合小姐啜了一小口咖啡之後說道。

「沒關係。我現在的工作算是有名無實啊。我已經有兩年沒來這裡了，倒是收穫頗多呢。」

「是麼。」

百合小姐一身洋裝打扮。最近我在她們店裡只看過她穿和服的模樣，因而她今天的穿著格外讓我眼睛一亮。白襯衫外披上一件大V領毛衣外套，再搭配一件伸縮褲，實在看不出來她今年快四十一歲了。我偷偷窺探她的肚子，還看不出懷孕的徵兆。

附近有一家人躺在草皮上把便當攤開，另一邊則有個身穿藍襯衫短褲的男子抱著穿米色嬰兒服的小嬰兒，而身穿灰色T恤牛仔褲看似嬰兒母親的女子正拿起單眼相機不斷拍著男子與嬰兒。百合小姐靜靜地凝視著他們。

我也沉默了一會兒，循著她的視線看著眼前的光景。啤酒杯不知不覺空了。

「是那個人要你來的吧。」百合小姐說道，眼睛始終沒離開那對年輕夫婦。我低頭不語。

「橋田，我們都老了。」

她幾乎沒沾幾口咖啡就把杯子擺回桌上，轉頭看著我說：「我已經四十，你也三十八啦。」

「是啊。」

「那時候每天都好快樂喔，就是我們一起到四谷上英語補習班那段日子。」

「是啊。」

「那時候我們幾歲啊？」

「我二十七，百合小姐是二十九歲。」

「是啊，已經是很久以前的事了。」

「那時候沒上幾堂課嘛。」

「對啊。」

百合小姐看著海說：「對了，有幾次我還跟你一起去兜風呢。」

「嗯，去過鎌倉還有房總。」

「我想起來了，我們還去過館山，你請我吃很棒的壽司嘛。那時候你為了恭子沮喪到不行，我才發現原來你也會低潮啊，讓我重新認識了你這個人呢。」

「那個地方可以看到布良的港口，我們吃了烤頂級鮪魚壽司。很貴可是很好吃。」

「你還是一樣記憶力驚人啊。我都忘了。聽你這麼一說，好像真有這麼一段。」

「當時百合小姐安慰我，幫了我很多。」

「我才沒有呢。」

那次到房總兜風，在回程的車上我們接了唯一一次的吻。

「橋田。」

「是。」

「我們是朋友吧？我們算是同年代的，你不覺得嗎？」

「我也這麼覺得。」

「我希望我們一直都是朋友。」

我完全了解百合小姐的意思。

「不過，我想駿河先生他是真的喜歡百合小姐。這點你至少要相信他。」

百合小姐拿起杯子喝了一口咖啡。「你是說真的嗎？」

我猶豫了。我必須扮演好我的角色，但百合小姐說我們是「朋友」，動搖了我的決心。或許她確實是我的朋友，但是駿河對我更重要。

「當然是真的。」

百合小姐深深地嘆了一口氣。

「橋田，你在撒謊。你看著我們在一起這麼多年了，不會不知道吧。」

我沒開口。

「那個人，他現在只是害怕。」

「害怕？」

「嗯。他害怕自己遠離扇谷家族。如果他讓我生下小孩，之後又拋棄我，就會破壞他在扇谷心中的印象，他就是恐懼這樣的結果。以前他就常說『十年前扇谷社長升上社長，當時社長身邊還有很多人比我受寵，例如倉田先生或是前島先生。如今我能夠生存下來全都是靠你』。你懂他的意思吧？」

駿河也曾跟我說過類似的話。他說「老大會信賴我，是因為我和百合在一起的關係」。

「駿河也不是笨蛋，社長的個性他清楚得很。位居高位的人真是可悲呀，他們愈來愈無法相信人。社長也是，現在他真正相信的人就只有酒井先生和你吧。倉田先生和前島先生都莫名其妙遭到淘汰了。倉田先生曾經為社長盡心盡力，連我和阿姨都很佩服他呢。不過社長年紀大了，現在只敢相信自家人。阿姨也常說社長已經逐漸失去他往日的銳氣了，變得容易掉眼淚流露情緒。即使如此，阿姨還是深愛著社長的一切。」

我沉默不語，百合小姐突然問道：「你覺得呢？」

「我不知道耶，我並不是他的自家人，酒井先生也不是啊。」

百合小姐露出微笑。「酒井先生一直在看守社長的財庫，怎能糟蹋他呢？而你不也和社長的姪女交往嗎？」

「你怎麼知道？」

「社長常跟我阿姨說『一定要把橋田變成真正的自家人』。」

「是麼。」

這番話並沒有讓我感到欣慰，反倒覺得自己有點卑微，彷彿我是一枚棋子，只能任由扇谷隨意操弄。

「確實只有自家人最可靠呀。我在失去雙親之後，也曾想跟一個男人定下來，兩人白頭偕老，然而他卻毫不留戀地拋棄了我，最後還是阿姨伸出援手救了我。總之，那個人只是想成為社長的『自己人』才跟我在一起的，然後苟延殘喘到現在。我們之間早就沒有感情，現在只剩下各自的盤算罷了。」

「百合小姐，你言重了。」

我並不認為駿河是那種很會算計的人。我知道他有自己的苦惱，但依舊努力維持與百合小姐之間的感情。

「我說的一點都不過分啊，你看結果不就是這樣嗎？我跟你說，當他知道你和藤山家的千金交往時，他可嫉妒得很呢。他總是說『橋田是個不容小覷的可怕對手』。」

「男人多少會在心愛的女人面前說這種話啦。這並不代表他真正的想法，駿河先生心胸寬大，在我們公司算是稀有人種吧，我常常感到自嘆不如呢。」

「唉。」百合小姐嘆了一口氣，「以前的他或許真的有這些特質吧，這也是我愛上他的原因。可是現在完全不同了。他已經消磨殆盡了，就像一枝剩下筆芯的鉛筆。他現在只是一個貪生怕死的厚臉皮傢伙。」

百合小姐的眼神愈來愈空洞。

「話說回來，剛開始他那膽小的個性還算單純。他害怕他太太發現我和他的事，每天如臨深淵，但同時也展現出他對感情的執著。雖然他有老婆和家庭，但是我們已壓抑不住對彼此的感情。儘管總是提心弔膽，他還是想盡辦法抽出時間來看我。然而這樣的情形一直持續，時間一久，我逐漸覺得他只是一個厚顏無恥、自私、只想到自己的人。我慢慢地看清他的真面目，之後我得到一個結論：起碼我得生下他的孩子。我看著阿姨，常常百思不解為什麼她不打算懷社長的孩子呢？或許那個年代的女人比較保守吧。不過我們這一代就不同了。孩子是我的，他會是我一個人的孩子，我才不會麻煩駿河呢！」

兩年前我曾勸過她，說沒有父親的孩子有多可憐，此刻我忽然又想用同樣的話勸她，卻遲遲說不出口。我們認識這麼多年了，我很清楚她這番話並非一時衝動或只為了賭氣。

「人一旦上了年紀，不管男女都變得愈來愈簡單，也可以說無趣又呆板。像我啊，活了四十年什麼也沒留下來。駿河也是如此，他的人生只剩下升官之路。本來他就沒什麼了不起的才幹嘛。或許你也是如此，你們不過是腦筋不壞又肯拚，然後又剛好順利搭上成功列車，如此罷了。但是這條路也不知道終點在哪，就算到了終點，你們也不過是贏得幾場平凡無奇的比賽罷了。」

說完，百合小姐緊盯著我的臉。

「橋田我問你，男人為什麼那麼渴望成功？成功之後到底會得到什麼？看著社長我總是想，如果社長沒有我阿姨，他早就發瘋了。他甚至把二十七歲的獨生子逼上了絕路，難道他不覺得這在他的人生中已留下難以彌補的遺憾嗎？然而他還是緊抓著權力不放，我實在無法理解。」

百合小姐看了手表後站了起來。我也看了一下手表，不知不覺已經過了一個鐘頭。海濱餘暉滿天，海面吹起涼風。

「我今天好像沒幫你達成任務喔。」百合小姐笑道。

我也起身了。正如我的預期，果然勸不了她。就算駿河宣示與她分手，或是對她惡言相向，她也不可能改變心意。因為心意已決的人並不是駿河，而是她。

「我該去試映會了。」

「好。」

百合小姐忽然露出哀傷的神情。

「橋田，你也會變成他們那樣嗎？像駿河或是社長那樣。」

我淡淡地笑了。

「這樣說或許有些冒昧，不過我以同一世代的朋友立場，希望你不要變成那種男人。」

「唉，以後的事我也不知道。」

「我總覺得你跟他們不同。這或許是我一廂情願的想法，不過我想你應該能夠處理好工作以外的事。」

「沒這回事啦。我是一個比駿河先生還要平凡而且無趣的男人。」

「男人真沒意思。」

「是啊。」

「嗯，不過女人也沒什麼意思。」

百合小姐頓時露出嚴肅的表情。

「橋田，我已經走不下去了，我非把孩子生下來不可。」

我只是沉默。

「你不要用那種『這女人只顧著自己』的眼神看我嘛。我已經心力交瘁了啊。恭子甩掉你的時候，我不也安慰過你嗎？」

百合小姐的眼眶有些濕潤。她再度看了手表。「橋田，麻煩你送我到富士電視台吧。」

她勾起我的手。

「是的。」

我們開車越過高架橋來到富士電視台前，分手時一陣強風吹來，百合小姐緊壓著頭髮，似乎忽然想起來似的開口說道：「對了，宇佐見先生下星期會來我們店裡呢。」

「什麼？」我不禁提高嗓門，「你有沒有把這件事告訴駿河先生？」

「我怎麼可能說，我已經不打算和他見面了。」

「社長知道嗎？」

「我不清楚耶。或許阿姨已經告訴他了吧。不曉得是什麼風把宇佐見先生吹來的，他已經三年沒來我們店裡了呢。」

「你知道他會帶誰來嗎？」

「這個我也不知道。不過據說是他本人親自打電話來預約三個座位。」

「約什麼時間？」

「下星期三，也就是十三號那一天。」

「那天我可以去鶴來嗎？我會算準他離開的時候再去的。麻煩你確認他是跟誰在一起，到時候再告訴我好嗎？」

她看我神情有些慌張，不由得面露疑惑。

「這點小事，沒問題啊。」

「那我會在十點之前到，星期三喔。」

「好啊。」

「今天真是抱歉。」

「別在意。」

百合小姐對我揮手，我也對她揮揮手，我想我們以後再也不會像這樣單獨見面了吧。我忽然想起忘了問她懷孕幾個月了，不過她應該會在今年生下孩子，就要為人母親了。我想起剛才在公寓中庭踢足球的男孩。百合小姐的孩子將在不知道父親是誰的情況下在神樂坂的鶴來五樓長大。

儘管如此，我相信這個孩子會是個懂規矩的好孩子，因為他的母親可是百合小姐呢。

回程我坐在「百合海鷗」線電車裡，思索百合小姐最後提到的那件事。為什麼宇佐見要特地跑到扇谷的陣地鶴來呢？雖說他在三年前去過，但那是為了參加宴會，從此他再也沒踏進鶴來半步。況且以現在他和扇谷的關係看來，實在令人想不透他此舉背後的動機。或許只是一場飯局，但我認為這其中必定暗藏玄機。宇佐見到底有什麼企圖？另外兩個人又是誰？我對那張紙條中的疑問一直很在意，無法置之不理。總之，只要撐過六月中旬的股東大會，就能把宇佐見的人馬全部剷除。而四月底那場四人會談之後，對方的狀況並沒有任何異狀。然而，我心中逐漸湧上一股不祥的預感，似乎在暗潮洶湧下一股力量正在蠢蠢欲動。

10

有個微弱的聲音。我感覺水中的自己正緩慢地向水面游去，浮出水面的那一刻，我也睜開了眼睛。一陣陣高亢的聲音在黑暗中迴盪，彷彿催促著什麼。矇矓的意識中只覺周遭情況有異，接著發現旁邊有個東西在動，我輕叫一聲醒了。一陣陣電子鈴聲響個不停。我起身藉著窗外微弱的光線打開衣櫥，從深藍色外套口袋中取出手機，摁下通話鍵。

我想起剛才瑠衣在淋浴時，我曾一度想關掉手機，不過後來覺得應該不會有問題，也就沒關機了。今晚原本沒打算留瑠衣過夜，但她還是留下來了。看來凡事還是小心為妙。

我從寢室走到客廳，把手機拿近耳邊。客廳的時鐘已經過了半夜一點。

「喂？我是橋田。」

「喂？」

電話那頭傳來香折的聲音。自從上個月二十九日見面以來，她已經十天沒與我聯絡。那天香折第一次領薪水，異常興奮。我雖然有點擔心她那不尋常的反應，不過之後並沒有聽到任何消息，因此我告訴自己她應該過得很好。然而我的猜測果然還是太過天真了，香折的生活不可能有平靜的一天。

「怎麼了？」我邊注意背後寢室的門邊問道。

「浩大哥，他們好像又寄東西來了！怎麼辦？我好害怕喔！我不知道該怎麼辦。我好怕喔，浩大哥怎麼辦？」

香折語氣顯得非常緊張。

「你先冷靜一下。」

我壓低音量，走到客廳坐在沙發上，也繃緊了身體坐著。

「你是收到包裹？還是掛號通知？」

「不是包裹，我剛剛到家，見到一樓的信箱裡夾著一張掛號通知。」

「寄件人的名字是誰？」

「上面寫著中平，一定是我家人！」

「是嗎……」

我不禁擔心難道又是香折的母親寄東西來了嗎？之前我曾透過診所的心理醫師要求香折的父母不要接近香折。今年一月，醫師直接和香折的父母面談，說服他們暫時不得靠近女兒，萬一有急事也得透過醫師來聯絡，而他們也同意了。當然醫師也嚴禁他們打電話或是寄送郵件。

我再次看了時鐘，午夜一點二十分。瑠衣在房裡，我後悔沒讓她回去，而我現在又不能不去看看香折的情況。「只好去一趟了。」我在心裡如此說道。

「我知道了。我馬上過去，你要乖乖待在家裡，別亂跑。」

聽到我這麼說，香折的情緒稍稍緩和下來。

「嗯，拜託你了。快點來喔。」

「好。」

我答應她之後掛上電話，從沙發起身打開寢室的門。我站在床邊看著瑠衣，她睡得好熟。我輕輕搖醒她，客廳的燈光照射在枕頭上，刺眼的光線讓瑠衣不禁瞇起眼睛。

「剛才來了通電話，是提供線報的人打來的，要我現在立刻去見他。他人在新宿，我得出去一趟。我應該會在早上之前回來，不好意思。」

瑠衣睡眼惺忪地說：「嗯。要小心喔。」

「我會的。你放心，我不是要去見什麼奇怪的傢伙。」

我從衣櫥拿出西裝外套，瑠衣輕喝一聲從床上起身，打開寢室的燈，幫我換衣服，還替我選了領帶。其實我根本不需要穿西裝出門。我望著瑠衣剛睡醒的亂髮以及還帶著睡意的表情，內疚之情油然而生。

「要不要替你泡咖啡？」

「不用了，我趕時間。」

「是喔……」

「對不起。」

「沒關係啦，工作嘛。我只是擔心你的身體。」

「沒問題的。我很快就回來，回來再睡一覺就行了。」我親了瑠衣的額頭。瑠衣抱住我，但又立刻放手說：「我們一起吃早餐吧。我煮豐盛的早餐等你回來喔。」

「好啊。」

她穿著白色滾邊的米色絲絨睡衣，樣子好可愛。她送我到玄關後我立刻出門，一看手表，正好一點半。到停車場坐上車啟動引擎，再次看了儀表板上的時間：午夜一點三十二分。我不禁嘆氣，開始厭煩自己與香折這樣的互動，心中第一次浮現這種感覺。我總是被她耍得團團轉。但還是希望能夠在兩點之前抵達高圓寺，從這裡出發大約需要半小時的車程，我用力踩下油門發動汽車。

此時正好是星期日深夜，路上空空蕩蕩。我一邊加速，一邊想著瑠衣和香折。昨天早上瑠衣突然來電說她這個星期六原本要加班，但星期日的行程取消了，問可不可以來我家。雖然我有點擔心香折，但還是答應了她。之前我把家裡的鑰匙給了香折，一旦瑠衣來家裡，我擔心兩人碰個正著。然而電話中一聽到瑠衣的聲音，我忽然有一股衝動很想見她。她在中午之前到，做了肉醬派和沙拉，再佐以葡萄酒。瑠衣的廚藝相當不錯，上次連假她來家裡煮的每一頓飯都美味無比。用完餐後我們做愛。隨著做愛次數增加，瑠衣的反應愈加敏感。

「我覺得，我已經離不開你了。」瑠衣在床上呢喃，然後突然又說：「我想搬出家裡，到外面租房子。」

「為什麼?」

瑠衣依偎在我的胸膛。

「搬出來之後就可以像現在這樣隨時和你在一起啊。我想在你公司附近找個小公寓。這樣你也方便,而且離我公司也很近嘛。」

瑠衣的家在瀨田,她是家中的老么,上面兩個哥哥都已成家。

「可是你搬出來住的話,你爸媽會很寂寞吧?」

「沒關係。我都長這麼大了,而且我想我也夠孝順了。我倒希望能有多一點時間和你在一起。」

我想起足立恭子。當我要求她搬離家裡,她也是二話不說離開了父母。

「其實我已經開始找房子。有一間我覺得還不錯,在御茶水附近,離你公司只要一站。環境還算安靜,房子也很新。仲介公司說隨時都可以住進去,我想就決定這一間。」

「房租多少?」

「加上管理費,大概十七萬。」

「會不會太貴了點。」

「可是房間很大,而且在十二樓,風景也不錯喔。」

傷腦筋,其實我不知道自己和瑠衣的關係能夠維持多久。此時腦中浮現百合小姐三天前對我說過的話,她說扇谷希望我變成他「真正的自己人」。當時直覺這話聽來有些莫名所以,此刻這種感覺又回來了。瑠衣畢竟是扇谷的姪女啊。我沉思不語,瑠衣又開口說:「下次可不可以陪我一起去看房子啊。如果你看了不喜歡，我們再找其他的。」

我忽然想起不知誰說過「戀愛是女人專屬的特殊熱情」，同時也想到自己現在每個月為香折支付四萬圓的房租。

「如果你是為了我，我會過意不去。」

「不是為了你，是為了我。」

瑠衣哀求似的趴在我身上。

結果，我既沒要她租房子也沒要她不要租。只是聽她說了這些話，晚餐後我也不好意思要她回家了。

直走環七道路越過方南町的十字路口，此時才一點四十五分。照這個速度絕對能夠在兩點之前抵達香折家。我又開始想香折的事，真傷腦筋……她的父母怎麼會這麼愚蠢？為何無法理解只要他們稍微接近香折就會導致她嚴重的恐懼和退縮。唉，也就是因為有這樣的父母才會虐待女兒，也才會無視於兒子對女兒長達十年的異常施暴。

據我所知，這十個月來香折的母親寄信或包裹的次數，包括上次的禮券，這已經是第四次了。

去年，大約是香折搬進高圓寺公寓的第二個星期，香折也和今天一樣在深夜打電話給我，說她母親又寄東西給她了。

當時香折在電話那端號啕大哭，根本無法好好把話說完。我到她家時，一開門就看到她哭腫的雙眼，她撲向我緊抱著我不放。郵件是從之前的住處轉送過來的。白色信封上蓋著限時郵件，裡頭裝了她母親的兩張信還有現金五萬圓。信上並沒有特別的內容，只是大致提到：因為補習班的招生不順，可能打算歇業；自己已經更年期了，一整天頭痛很傷腦筋；奶奶前幾天因為心臟病發作住院，不過總算出院了等等。其中有一段寫道：

「我真的虧欠你太多。上次隆則換了一家醫院接受診斷，醫院說他不是精神分裂而是憂鬱症。現在持續服用鋰鹽，情緒也穩定多了。如果當時早一點知道他真正的病狀就好了。他帶給你的莫大傷害，實在是無法彌補，我真的覺得對不起你。不過不論是好是壞，這都是祖先遺傳下來的，我們也只好接受了。」

看到這段，香折更是無法壓抑情緒。我從香折口中得知她的過去，她母親美沙子在她小時候虐待過她，而她父親隆一長期派駐國外，再加上外遇，幾乎沒有餘力關心家庭。

「他一直到我上了高中才發現我母親和哥哥帶給我多大的傷害。在這之前的十五年他完全不聞不問，更不曾與母親討論過我的事。」

香折一再喃喃重複相同的話。最後我決定先把那封信收起來。當時她的情緒異常激動。她當著我的面撕碎那五張一萬圓紙鈔，並且說那些錢連丟進垃圾桶都嫌骯髒。她將那堆紙鈔屑丟在廚房的水槽中，滴上沙拉油點火，燒成灰燼。

「啊啊！我好想消失啊！」香折不斷狂叫，「橋田先生，請你殺了我吧。我不應該活在這世界上的。」紙鈔燒成灰燼後，她這麼說道。

她的表情稍稍恢復了平靜，然而說出的話卻極端反常。她的房間除了一張床之外，就只有一張很多抽屜的矮桌，我們兩人隔著桌子坐在地上。

我掏出香菸，香折起身拿了一個黃色玻璃菸灰缸擺在桌上。她細心的態度一如往常，嘴裡卻念念有詞：「殺了我！」她的樣子令我感到不安。她邊說邊用右手猛抓左手腕，或者不停掐著緊身短褲下嫩白的大腿。我開始抽菸，她要我給她一根。她點起菸，吐了兩口說：「你看！」她突然拿香菸燙左手手背。我急忙推開她的手。

「一點都不燙唷。」香折呵呵笑著。然後捲起長袖襯衫，伸出手臂擺在我的面前。「仔細看看吧。」

我靠近一看，發現她手肘上有幾個凹陷的傷痕。傷痕很淡，遠看還看不太清楚。

「小時候，只要我媽心情不好，就常拿菸燙我的手或腳底。我不記得當時會不會燙，只記得每次她拿香菸燙我後，就變得好溫柔，拿冰水替我敷傷口或擦藥。我也記得那時候我好高興喔。不過沒多久她又做同樣的事。上了國中之後，換我哥也來這一招，而且他玩得更過分。」

香折秀出右側腹股溝。仔細一看，那裡也有好幾個撕裂般的小圓點。

「你看。在國中高中的時候，我哥三不五時就會玩這一招。」

我捻熄香菸。

「所以說啊，燙個菸疤根本沒什麼大不了。」

香折對我微笑，我只能啞口無言。

「不過，其實也不能說沒什麼啦。」

「什麼意思？」我因為口渴，聲音有些沙啞。

香折露出更燦爛的笑容。「橋田先生，你知道嗎？人是無法習慣暴力的。就算被揍了好幾次，但每次被揍還是痛。真的是這樣，所以每次我媽或我哥痛打我，我就下跪哭著求他們原諒。因為如果他們打臉或頭，我就沒辦法上學了，所以我會主動拜託他們說『求求你，要打就打手或打我的背』。可是我媽和我哥只會冷笑，他們故意痛打我要他們不要打的地方。」

說到這兒，香折的表情一變，眼睛猛盯著某一點，又忽然開口罵個不停。

「事到如今才在那裡說什麼對不起我，笑死人了！我可是一再提醒過她啊！我跟我媽說『哥哥絕對有問題，最好帶他去看醫生』，她到底知不知道我說了幾次啊！他們完全不理我，還說我怎麼可以說自己的哥哥有問題，說我才有問題，硬把我拖去看精神科。什麼叫不是分裂症應該是憂鬱症？她是白痴啊！放任那麼久不管，本來醫得好的病也醫不成啦！而且還是到了最近才把那傢伙帶去看病。媽的！每個人都有毛病！」

香折猛然抓起桌上的菸灰缸用力摔在地上。菸灰缸發出鈍重的聲響，兩根菸蒂和菸灰飛散在地上。我默默拿起面紙盒，抽出幾張擦乾淨。

香折凝視我的動作，深深嘆了一口氣。

「對不起。」她小聲地說：「我會離家出走，是因為我哥緊掐我的脖子，害我昏了過去。」

她娓娓道出更多的遭遇。

那晚香折的描述中有許多部分令我驚訝，而最讓我感到震驚的就是以下這一段。

高中二年級某個秋天的深夜，隆則在院子裡燒東西。香折走到院子一看，發現隆則竟然在燒她的制服。香折再也難忍怒氣，她撲向哥哥，而隆則把她推倒，跨在她身上掐住她的脖子。他們父親當天正好在家，聽到香折的尖叫急忙上前制止，眼前香折已經失禁，也失去了意識。說起來實在令人無法相信，父親隆一直到這一刻才發現兒子對女兒的暴行。

「隔天我穿便服去上學，放學後父親到學校接我，叫我不要回家，還替我找好房子，當天我就從家裡搬出來了。」

香折說，自從懂事之後就不記得母親抱過她，也不曾一起洗澡。哥哥因為在學校遭同學霸凌，從此不再上學，卻開始對妹妹施暴。每當香折放學回家，總是要面對自己的房間被哥哥弄得亂七八糟的慘狀。「就像每天被小偷闖空門。」香折如此形容。

「可是啊……」說到這兒，香折忽然莫名地竊笑起來。

「我哥膽子真的很小耶。那天他又亂翻我的房間，當時我正在玩兩千片的大拼圖，那是一幅蒙娜麗莎的拼圖，我已經拼好一千片了。我哥竟然沒碰我的拼圖。房間裡的抽屜、衣櫃都翻得亂七八糟，就只有那個拼圖沒事，好好地擺在地上。看到這一幕我心想：這個人膽子真小啊。」

香折又說：「因為我哥每天偷跑進我的房間，所以不管是包包或是抽屜，只要位置不對，我馬上知道他來過了。只要位置有一點點不對我就知道。我一直沒有自己房間的鑰匙，什麼都讓我媽和我哥看光了。不管是男生寫給我的信或是自己寫的作文，他們全部偷看。我們不是經常把抽屜拉出來，把重要的東西藏在抽屜後面嗎？他們連這種地方都看喔。所以我又找到一個地方藏東西：天花板上面。打開天花板，屋頂和天花板之間的縫隙，那個又窄又悶的地方就是我唯一能藏東西的地方。每次放學回來，我的書桌已經有人翻過的痕跡了。有天我提早放學，回到家剛好撞見我哥在我房間，他惱羞成怒，發了狂似的痛打我一頓。天花板上的祕密也在一個星期後被他發現，從此那裡就成了我哥偷藏香菸的地方。我很不甘心，很想報復。我絞盡腦汁想出最能夠羞辱他的話，便寫在紙上放在他藏香菸的地方。

「『死處男！』

「我哥看見那張紙後，又發瘋似的狂揍我一頓。雖然他打我，但是我心裡卻竊喜『成功了』。」

越過和田堀橋，路上開始塞車，離香折家不到一公里了。汽車緩慢前進，我隔著車窗望著道路兩旁的商店或大樓，回想起去年十二月香折的母親又寄來了包裹。我之前建議香折不要讓家裡知道她搬家，她也聽了我的話。但是香折的母親不知道透過什麼管道竟然找到香折的新住處，可能是向三得利打聽的吧。總不能向公司隱瞞自宅的地址，所以搬家的同時香折也向公司報備了新地址。新住處被家人發現這件事，對香折的打擊比七月份那一次還要嚴重。也是從那時候起她開始接受心理諮詢。

她母親在十二月寄了小包裹。香折下班回家發現郵筒裡有一張掛號通知單。她打電話到公司找我，我提早下班到南阿佐谷車站出口旁的甜甜圈店與她會合。通知單上的寄件人確實是「中平」。我們一起到阿佐谷郵局領取包裹。

香折因為過度不安與緊張，臉色早已發白。我們拿了包裹後立即當場拆開，只見裡頭有一個大紙袋，以膠帶封了口。我們打開一看，裡面還有一個鼓脹的黑色塑膠袋和一個看似裝著巧克力的小盒子。塑膠袋裡是一件雪白的毛衣，標籤上寫著「MADE IN NEWZEALAND」，是一件安哥拉羊毛衣。還有一封信寫道：「這是最近我和朋友去紐西蘭買的，就當作我送你的聖誕禮物吧。」我問香折要不要看信，她說我念給她聽就夠了，她連母親的筆跡都不想看。其實信中還寫著其他重要內容，但我沒告訴她。這封信還留在我這兒。信中有一段是這麼寫的：

> 香折，我想向你說明我們家的病史。我父親在四十歲的時候得了嚴重的憂鬱症，並且一直臥病在床。據說心如果生病了會連帶拖垮身體。幸好他在大學暑假的兩個月期間治好了憂鬱症。不過我依稀記得當時還在念幼稚園的我常常看到父親突然大聲咆哮或

是情緒失控，甚至有時還在半夜跑出去，我真的好害怕。後來他在虎之門醫院接受治療而且痊癒了。從此他只要察覺自己一有不對勁，就會立刻服用鎮定劑。最近我才知道，父親的叔父在年輕時留下妻兒臥軌自殺。據說這種病會隔代遺傳，只要回溯三代便可以發現每個家族都有類似的病史，或許這一代就出現在隆則身上吧。

看了這封信我才知道香折的外公是大學教授，也知道香折母親的家族遺傳病出現在隆則身上。

離開郵局後，我們一起走到阿佐谷車站，進了一家鍋燒餐廳。吃完串燒和鍋燒飯後，香折趁我上廁所時打開包裹，把毛衣攤在大腿上。

「要不要穿穿看？」

香折搖搖頭。

「感覺有點可惜哩。」

走出餐廳在回南阿佐谷車站的途中，香折把母親的禮物連同紙袋一起丟進垃圾桶。

聽我這麼說，香折露出不悅的表情。

「而且山羊先生好可憐喔。」我說。

「啊？」

「人家好不容易剃了身上的毛做成毛衣，可是馬上就被丟進垃圾桶了。」

「安哥拉是山羊啊？我一直以為是綿羊呢。」

「安哥拉是山羊啦。兔子也有安哥拉兔，不過那件毛衣是長毛的山羊毛做成的，叫作安哥拉毛海，很珍貴唷。」

「喔，原來如此。」

十二月的晚風冰涼如水，香折邊走邊摟著我的手並且緊貼著我。

「浩大哥真是博學，什麼都懂，還陪我去郵局，小卓絕對比不上你。」

「我啊，小學測智商的時候有一百九十，是山口縣第一名喔。導師還誇獎我的ＩＱ和約翰．彌爾一樣。」

「約翰什麼？」

「約翰．彌爾，英國的經濟學家，他提出反馬克思主義的改良式主義哲學。不過智商高也沒什麼大不了，智商再怎麼高，時間久了，記憶還不是一樣衰退。」

「噢。浩大哥真是博學多聞啊。」香折又說了一遍：「今天你陪我，我真的好開心。如果只有我一個人，可能已經崩潰了。」

我們從南阿佐谷走進地鐵站，我決定和香折一起搭往新宿方向的電車。雖然南阿佐谷到東高圓寺只有兩站，不過我希望能多陪陪她。

「你和小卓處得怎樣？」

「嗯，還可以吧。最近我們兩個整天窩在我家打電動。上次我終於狠下心買了ＰＳ呢。」

「是麼。」

東高圓寺到了。香折一如往常地裝作一副客氣樣，說聲：「今天非常謝謝您。」她下車後沒再回頭。我目送她的背影，心想今晚卓次會去找她吧。

11

我摁了兩次門鈴但沒人應門，心想香折該不會睡著了吧。進門一看，果然見到她癱在床上。她察覺到我進門，一雙渙散的眼神瞪著我。她大概又吞了一大堆藥吧。我曾私底下拜託過精神科醫師降低藥量，千萬不能給足以致死的藥量，所以香折應該不會有事。不過她也不是省油的燈，應該會想辦法矇騙醫生囤積藥物吧。

但是比起藥物，我更擔心她用利器自殺。香折曾說：「割腕不會死，所以最好割脖子。泡個澡暖暖身子，讓血液循環順暢一點再割下頸動脈，絕對穩死無疑。」

她拉著我的手往她脖子上擺，說「你摸摸看」，我摸到跳動的頸動脈。她滑嫩又纖細的脖子以及血液流動的觸感依舊清晰地留在我的指尖上。

我們剛認識的時候她也曾說：「總之，我希望自己最好就此消失。橋田先生，你有沒有過這樣的念頭呢？我絕不會想要找個沒人認識我的地方重新再來過。我是真的很討厭自己才會想死。當我想死的時候，死亡就像是要去一個美好的天堂。很久以前，大概是我國中的時候吧，我整天都在思考用什麼方法尋死。聽說鈴蘭帶有微量的毒性，所以我想在房間裡擺滿鈴蘭花，然後將門窗緊閉死在花海中……你不覺得很美嗎？這是聽我高中朋友說的，我一直嚮往這樣的死法。不過上次在大學的圖書館裡翻閱植物圖鑑，才發現鈴蘭的毒原來在根部，害我好失望喔。」

藥物讓香折處於恍神狀態，但我還是要求她拿出掛號通知單。香折無奈地站起來，走到隔壁房間拿了通知單。她連妝都沒卸，衣服也沒換，套頭上衣外搭了一件大領子的麻料白外套，上衣已經皺了。我看了通知單，發貨處是高島屋百貨公司，寄件人確實是「中平」，通知單上並沒有記載包裹內容。香折又躺回床上。

「這份通知單就先讓我保管。另外你的駕照明天借我，我替你領包裹，讓中村醫師確認包裹內容後我再跟你聯絡。如果寄件人真的是你父母，那就違反約定了。到時候我會請醫師聯絡你父母，嚴格要求他們不要再做這種事。」

中村是香折的主治醫師。

「總之這件事由我來處理，你就別再亂想了。明天我一定跟你報告結果。」

香折躺在床上不發一語。我站著凝視她，那是一張沒有任何情緒、空洞虛無的臉孔。

「懂了嗎？」

我加強語氣問她，香折緩緩點頭。

「藥吃了多少？」

「三顆安眠藥和四顆鎮定劑。」

「吃太多了吧？」

香折不回答，懶洋洋地打了呵欠。

「真拿你沒辦法。」

我替她脫下上衣，取下項鍊和耳環，替她蓋上涼被。

「對不起，浩大哥。」

香折的聲音有些沙啞。我環顧寢室四周，發現香折設定了五個鬧鐘。她害怕因為吃藥而遲到，自從進公司後就準備了五個鬧鐘，擺在房間的各個角落。紅色的指針全指著七點半。現在已經過了半夜兩點，這樣下去她只能睡五個鐘頭。失眠最容易傷害一個人的精神。香折目前診斷出有輕度憂鬱症與睡眠障礙，其中睡眠障礙較為嚴重。

香折安靜地閉上眼睛，但又突然開口：「我和小卓分手了。」

「是嗎……」

「我這麼做沒有錯吧……」

「我不知道。」

「我本來就不喜歡他，能怎麼辦呢。」

上次見面時她也這麼說，但沒想到他們真的分手。即使香折不愛小卓，但香折還是需要有人撫慰她的孤獨，維持她精神上的平衡。既然如此，我以為除非有新的對象出現，否則香折絕不會捨棄小卓的。

「我有浩大哥啊。」

香折睜開了眼睛，眼角流出小小的淚珠。我從上衣口袋掏出手帕為她拭淚，心想這個女孩仍無法由衷愛上一個人。

我曾經問過香折最想要做什麼？我想如果她能夠抱持一份夢想，就能讓她花一輩子去追求，也能藉此重新改造自我。但是香折思索了一會兒，說了一個出乎我意料的答案。

「我最想要的是『被愛』吧。如此而已。我要的被愛，並不一定是要某個人深深愛著我。我只要大家都喜歡我就夠了。很多人愛慕我的那種感覺……如果沒結婚就會有很多人跟我示愛，很不錯耶。一旦結了婚就沒有人對我示好了。」

香折這段話讓我無力。

「可是，『被愛』不是你能夠主動要求的吧。那是別人給你的，要得到它，你得先認真愛對方。如果你渴望被愛，那就必須期望自己能夠『深深愛一個人』。」

香折笑著說：「可是我沒有這種對象，況且怎麼可能有人願意愛我這種人呢。」

香折又闔上眼睛。過了一會兒，她發出沉重的鼻息聲，胸口痛苦地上下起伏。大概是吃藥的關係吧。我坐在床邊看著她的睡臉，心裡又出現一貫的不安，我擔心這女孩今後到底能不能堅強地活下去？

「如果我現在死了，還是得葬在中平家的墳墓嗎？」

有一天，香折這樣問我。我回答：「大概是吧。因為你還沒結婚啊」。香折咬牙切齒地說：「我絕不能夠忍受這種事！」埋葬問題成了阻礙香折自殺的重大理由之一。

「我要在遺書上寫：『千萬不能把我葬在中平家的墓裡。』為此我才這麼努力打工存錢的啊。」

她一再重複這句話。每當她這麼說，我總是回答：「如果你現在死了，你鐵定得葬在中平家的墳墓。如果你想避免葬在你家，你得趕快找個你愛的人嫁到對方家裡去啊。」

香折只能因為這樣的理由繼續活下去，讓我有種難以言喻的無力感。去年十二月她母親寄來了那份包裹，其中附上的信裡寫道：

如果你能早日找到一個能夠托付終生的對象我就放心了。希望你能找到一個讓你自在、安心的男人與他共度一生，對方就像父母愛孩子一樣地包容你的一切優點與缺點，全心全意愛你。

看到「就像父母愛孩子一樣地包容你的一切優點與缺點」這段話，連我都傻眼了。這個女人一天到晚歇斯底里地虐待香折，還有臉說這種話。她難道不知道自己對香折造成的傷害有多大嗎？香折受盡她的折磨，以致於無法相信任何人。

香折說她在國小國中時幾乎沒參加過遠足或畢業旅行。因為她母親不允許。不允許的藉口千奇百怪，例如小學時有一次的理由是「你的房間太亂」。

基本上房間亂只要收拾乾淨就好了。因此香折在遠足前一晚熬夜打掃房間。她徹夜未眠，早上請母親去看自己乾淨的房間，問母親：「這樣我總可以去遠足了吧？」但母親卻雞蛋裡挑骨頭檢視房間的每個角落，挑剔她書櫃裡的書擺得不正、窗戶沒擦乾淨等等，怒斥她：「為什麼你連自己的房間都沒辦法收拾乾淨呢！」

香折說那是國小三年級的事，不過那天她還是去了遠足。

「結果她在便當裡放了很多我最討厭的鵪鶉蛋。我實在沒辦法全部吃光，所以剩了幾顆，回家後母親把便當盒擺在我眼前，罵我：『我特地替你做便當，你為什麼沒吃完！』然後硬是撐開我的嘴巴，逼我吞下去。我哭著到處逃，她面目猙獰追著我跑，又把我痛打了一頓，我真的以為我要被她打死了。」

從小母親就時常辱罵香折「你很臭！」、「你很髒！」。香折還那麼小，念幼稚園時又經常把她泡在冷水裡一整天。曾有一段時間，每當她吃飽飯，母親嫌她牙齒太髒，便把鬧鐘放在洗手台旁要她每天晚上刷牙一個鐘頭。

香折一直想不透母親為什麼要這樣對待她，不懂母親揍她踢她的理由，但她想一定是自己懶惰，連母親都無法忍受她。那次遠足之後，母親還是繼續找許多奇怪的藉口禁止她外出，從此她再也沒參加過任何遠足以及畢業旅行。

「母親什麼藉口都想得出來。她常趁我不在家的時候闖進我的房間，翻遍所有的抽屜和衣櫃，比方說找到少女雜誌，她就痛打我說『這是什麼！真是下流無恥！你的眼神太猥褻了！跟你爸一模一樣！』。後來我才知道，那時候父親有了第一個情婦，或許是因為父親時常不回家，造成母親情緒不穩吧。只要她想罵我，什麼理由都編得出來。有次我半夜肚子餓，吃完泡麵把垃圾擱在房間的桌上，隔天早上她發現後狠狠揍了我的臉。上學途中我不停流鼻血，那天只好在保健室躺一整天。導師問我『傷口是怎麼來的』，我也不知道該怎麼回答。那年我小學五年級，導師是個女老師。她很溫柔，我還記得那位老師姓卷田，她覺得我的傷痕太異常了，於是請我母親到學校懇談。由於當時我母親是知名私立女中的英文老師，卷田老師就被她的說詞給矇混過去了。當天深夜母親回來後，一把抓起我大罵『你這叛徒！女兒竟敢出賣父母！』，然後又痛打我的肚子和背部。她專挑衣服遮住的部位猛打，把我打得全身都是瘀青。不過母親非常在意外界的眼光，自從這件事之後她不再那麼常痛打我了。母親是東京女子大學第一名畢業的，一向以此自豪。她一直在學校教書，不過自從父親外遇之後，她決定在家開補習班，以便隨時看著我父親。多虧卷田老師遏止了我母親的暴行。現在回想起來，小學五年級到六年級應該是我最幸福的時光吧。上了國中之後，哥哥也上了高中，這回換他性情大變，開始對我做出一些難以啟齒的舉動。

「我也是直到今天才有辦法說出這一段過去或是再去回想，當時我只能不斷地思索為什麼自己要遭遇這種事？自己到底做了什麼壞事？每當母親說我是『壞孩子』，我真的好難過，好難過。每天躲在被窩裡偷哭，我是真的認為像我這種人最好死了算了。」

香折睡得很熟，鼻息聲平穩了許多，胸口也不再劇烈起伏。她吞下不少藥，應該不會在七點半就起床吧。看看時鐘，已經半夜三點多了。我掏出口袋裡的掛號通知再看過一遍後，便起身關上寢室的燈走出房間。瑠衣一定會醒著等我回家，該是回去的時候了。

正當我在狹窄的玄關穿鞋，眼前的門鎖發出喀嚓喀嚓的聲音，我穿好鞋子起身時，門開了。一名穿西裝的年輕男子出現在我面前，我不自覺地握緊拳頭，擺出打鬥姿勢。我心想這個男的會不會是隆則？男子大吃一驚愣愣地看著我，緊張得全身僵硬。他白胖的雙頰上戴著一副黑框眼鏡，藍色休閒襯衫搭了一件深藍色西裝外套，黃色領帶上是長頸鹿的圖案，右手提著白色塑膠袋，年紀大約是二十七、八歲吧。但是，我從他身上嗅不出任何危險的氣味。

「請問……」男子先開口，站在原地動也不動地問道：「請問你是橋田先生……嗎？」

我點頭，男子忽然放鬆神情，發白的臉頰也恢復紅潤。

接著他放下袋子站在原地，從上衣口袋裡掏出名片夾，抽出一張名片遞給我。

「我是香折的同事，敝姓柳原。常聽香折提起你。」

名片上寫著「三得利股份有限公司　首都圈營業本部　企畫業務課　柳原慎太郎」。

我也掏出名片遞給他。遞名片的同時我偷瞄到他腳邊的塑膠袋。裡頭有麵包、臘腸、牛奶等食物。

「我可以進去嗎？」柳原問道。我下了玄關和他對調位置後，他匆忙走進房間。這人身高大約一百六十五，比我矮上許多，不過仔細一瞧，體格還挺壯碩的。

「我沒聽香折提過你啊。」

由於我下到玄關，兩人視線總算落到同一高度，我也清楚看見柳原的長相。他的臉上還留有未刮乾淨的鬍碴。看看他的西裝打扮和香折的服裝就不難發現他們昨天八成在一起。柳原有香折家的鑰匙，因此大約能猜到他們兩人的關係。原來如此，我大致了解狀況了。香折和卓次分手，就是因為她交了新男友。

「我和香折在不同課，不過新人訓練的時候是我帶她的。剛才見面時，她說還沒向你報告我的事，我突然出現，你一定嚇一跳吧。」

從他的語氣和說話方式看來，他應該是個處事圓融的人。

「一個鐘頭前她打電話給我，包裹的事情使她的情緒大受刺激，所以我過來看看她的情況。早知道有你在，我也不用特地跑這一趟了。她什麼也沒跟我說。」

柳原低頭道歉：「很抱歉。讓你操心了。我就是因為包裹的事情惹她生氣，只好先離開。我回家後還是很擔心她，電話又打不通，所以又跑來了。」

香折應該是怕父母聯絡她，把電話線拔掉了。不過她進公司前買的手機應該沒關，她也一定是用手機打電話給我的。柳原大概是在香折和我通電話時打來，以致沒聯絡上才急急忙忙地趕回到這裡。柳原看到我並沒有太大的反應，想來他早就料到我會過來吧。

「香折剛剛才睡著呢，不好意思，我還是得向她本人確認一下你的身分。因為光看一張名片我不太放心。而且香折的一些狀況你可能不太了解。」

「沒關係，我也覺得這樣比較好。」

柳原回答得很乾脆。我再次脫鞋走進房間，經過柳原的身旁走向寢室。他應該不會是隆則，不過我還是感到一絲不安。再怎麼說我沒看過隆則本人，而且名片和鑰匙這種東西，只要想點辦法，誰都能弄到手。

香折睡得很沉，我試圖搖醒她，但怎麼也叫不醒。我察覺自己有些不耐。

「香折，有個叫柳原的人來嘍。可以讓他進來嗎？」

這句話使得香折睜開眼睛馬上起身，原本恍神地看著我，然後突然驚醒。

「現在嗎？」

「嗯，他在玄關。他好像買了些早餐的材料。這傢伙沒問題吧。我可沒聽你說過這個人的任何事哦。」

我的口氣愈來愈差。什麼叫「幸好我有浩大哥」啊？她會和卓次分手，還不是因為找到了下一個男人。

「那沒有我的事，我可以走嘍。」

香折仍舊一副不知所措的模樣。

「這種事情你應該事先跟我說一聲啊！雖然你跟他提過我，但是他突然叫出我的名字，我還是覺得莫名其妙啊。唉，算了算了，我明天替你處理包裹。今晚就由那個戴眼鏡的傢伙來照顧你，沒問題吧？」

寢室外寂靜無聲，柳原應該還待在玄關沒進到客廳來。這個男的倒是滿鎮定的。我受不了香折這種無謂的隱瞞。我從口袋掏出鑰匙圈，抽出這裡的鑰匙還給香折。

「這還給你。你不是已經拿鑰匙給那傢伙了？」

香折曾說她沒把家裡鑰匙給卓次。我想那也是騙人的吧。我硬是把鑰匙塞回給她。

「有了新男人就該說一聲啊！」

香折不發一語，這種態度讓我更加不耐煩。

「你也把我的鑰匙還給我吧。」

香折坐在床上不動。

「總之你先還給我吧。我們還是可以用手機聯絡啊。下次再有什麼問題，我還是會來看你的。」

香折緩緩起身走到隔壁的房間，拿了我家的鑰匙，我收下放進口袋後說：「就這樣嘍。」

我走出房間，柳原果然還留在玄關。

「抱歉，給你添麻煩了。」他恭敬地向我道歉。

「你多少了解我和她的關係吧。」

「是的。剛才吵架的時候她也提到你。聽說你一直照顧她，真是不好意思。」

「這不重要啦。」

這個叫作柳原的男子表現出根本不是他這個年紀應該有的客氣，令人看了實在反感。

「那麼剩下就交給你了。我這邊會處理好包裹。知道吧。」

「是的。」

「她跟你提過她家的事嗎？」

「有的。她說這半年來，橋田先生一直為了這件事幫了不少忙，她很感謝你。」

「是麼，所以你應該了解這些問題並不單純。」

「我想我應該了解。」

「從什麼時候開始的？」

「啊？」

「我問你，你們什麼時候開始交往？」

「在三月新進員工訓練的時候認識，真正交往是在四月以後。」

「是麼。不好意思，我一直不知道有你這號人物。不過，她不說我也沒辦法。」

「請你千萬別在意。我也代她向你道歉。我本來就一直在想哪天一定要和你見個面，好好聊一聊。」

「是啊，不過今天已經這麼晚了，我就先回去了。改天我們兩個再見面聊聊吧，可以嗎？」

「好的，沒問題。」

「她吃了不少藥，所以早上一定要叫她起床。」

「我會的。」

「麻煩你了。」

我重新穿上鞋子，打開門。香折完全沒打算從寢室出來送我，這也讓我心情鬱悶。

「先走了。」

當我要關上門，柳原忽然叫住我。「橋田先生，謝謝你過去照顧她那麼多。從今以後，我會努力不再讓你操心。」

謝謝你過去照顧她那麼多——我在腦中反芻他的話。我心想：你這傢伙有沒有搞錯啊。

我無法抑制心中的怒氣。「你，現在幾歲？」

「二十八。」

「是麼。」

「為什麼要問這個？」柳原第一次顯露出些微的情緒。

「沒事，只覺得你特別鎮定，有點佩服你。」

「謝謝你的誇獎。」

我看了手表，快要三點半了。「那麼告辭了。」

走出公寓後，我發現我的車旁邊多了一輛藍色路華，想必是柳原的車。我開的是賓士C Class 220。兩年前我趁中古車價格飆到最高點的時候賣掉我的上一輛車E Class 190，換了現在的這一輛。第二輛賓士只多貼了一點錢就得手，而且我還滿喜歡這輛C Class的，天空藍的顏色和那部路華一樣，但現在就連他的車色都讓我看了不舒服。坐上車後我連安全帶也沒繫，便猛踩油門衝了出去。

12

包裹的寄件人確實是「中平」，然而我去取件時才發現這個中平其實是香折公司的上司寄來的奠儀回禮。她的上司姓小暮，這位上司去世的丈人正好姓「中平」。香折並未參加葬禮，只託同事送了奠儀，因此不知道對方的姓氏。我去看完香折的當天，立刻到大森的高島屋配送中心取件，確認包裹內容後隨即聯絡她。我說奠儀的回禮是茶組禮盒，她立刻鬆了一口氣，連在話筒這頭都聽得見她的嘆氣聲。

兩天後的五月十三日星期三，我陪瑠衣一起去看房子。房子位於從新御茶水車站走路不到五分鐘的高層公寓十二樓，窗外遠眺淡路公園的小綠地。四周大飯店和企業總部大樓林立，雖地處市中心精華地段，屋內卻格外安靜。這間屋子有一個七坪大的客廳、五坪大的寢室，以及一點五坪的置衣間，裝潢也非常新。瑠衣說兩年前業者原本是以辦公大樓的用途蓋了這棟大樓，但由於不景氣招租困難，便急忙將高樓層部分改為住宅。附近屬於駿河台學區，並有神田舊書街，從大樓與大樓之間的縫隙可窺見尼古拉教堂＊的尖聳屋頂。

「這樣租金才十七萬，算是挖到寶嘍。」瑠衣說。

午後明亮的陽光照進房間，屋裡光線充足。

「你也覺得吧。」

「對啊。」

瑠衣打開所有的窗戶，全身放鬆地坐在日陽烤暖的地板上。她招手要我坐在她身旁。

「就決定這裡嘍？」瑠衣把頭靠在我的肩上。

「我該送你搬家賀禮喔。」

我往後得常到這兒來嗎？這裡的夜景相當不錯，離公司也近，我會在這裡過夜然後直接上班嗎？

「你打算什麼時候搬進來？」

「快的話，下星期就搬。手上的工作這星期會告一個段落，我想請一天假來搬家。」

「這麼趕啊。你向父母報備過了嗎？」

「上星期跟我媽說過了，還沒跟我爸說。」

「你父親應該會反對吧。你可是他最寶貝的小女兒，他會擔心你一個人住喔。」

「不會的，我爸終究還是會聽我的。一開始他也很反對我出國留學啊，我還不是去了。這次也是一樣的。姑丈已經把你的事情告訴他了，說不定他還很高興呢。而且從這裡到我爸的公司走路只要十五分鐘，他偶爾也可以順路過來看看我呀。」

起風了。瑠衣起身關上窗戶，長髮背著陽光透出光澤，上半身罩著一層紅色柔和的光暈。

「你喜歡嗎？」

我抬頭看瑠衣，點點頭。瑠衣回到我身旁，我摟住她的肩吻了她。

當雙唇分離，瑠衣倚著我的胸膛說：「我要永遠、永遠在你身邊，直到老去停止呼吸為止。這種感覺還是第一次呢。」

我撫摸她的髮絲，再次吻了她。

「但願如此。」

我和瑠衣分手後回到了公司。今晚宇佐見一行人將在鶴來密會。為了調查他與什麼人見面，

譯注

＊東正教教堂。俄羅斯人於一八八四年建造於東京。

我打算在十點左右去找百合小姐。只要查出宇佐見跟誰在一起，我想大致就能明白他為什麼要特地跑到扇谷的大本營來。有關黑函的調查已經告一段落，我手邊也沒什麼任務了。駿河告知六月的股東大會結束後，我會立刻轉調特殊車種部門。經營企畫室保存了近二十年特殊車種的相關文件，我一方面消磨時間，一方面調閱這些文件並重新歸檔，晚上則找一些負責防衛預算的大藏省主計官員或防衛廳內局的同學到銀座一帶吃吃喝喝，以備六月以後的業務。駿河一再問起百合小姐，我只能敷衍他還沒碰面。

傍晚當我在電腦前工作時，忽然來了一通內線電話。我拿起話筒。「橋田先生，久違了。」

「噢！怎麼啦？」

是好久不見的竹井，我提高戒心問候。他從馬尼拉回來了嗎？我怎麼不知道？

「什麼時候回來的？」

「今天。正好有個大交易，待會要在總公司開會。」

「是嗎，要待多久？」

「不能待很久啦，後天就回馬尼拉了。」

「是麼。」

竹井的語氣格外開朗。「橋田先生，今晚有空嗎？」

「不好意思，今晚有事，明天再一起喝一杯吧。」

「這樣啊，其實我有件重要的事情想跟你商量，不會花你太多時間的。不管是今天或明天都好，只要一小時就夠了。」

「什麼事情？」

「我不方便在電話裡透露。」

「是麼。」

「拜託啦，我好不容易回來，而且這件事情一定得讓你知道才行。」

竹井的語氣有種莫名的糾纏。姑且不管他要談的內容為何，我決定見見他。

「那就六點半約在通道口如何？之後我還得回公司，所以只能到九點左右。」

「謝謝，那我們就一起吃個飯，這樣就夠了。」

「好，那待會見。」

掛上話筒我看了時間，正好五點整。

我和竹井到八重洲的一家小餐廳。我偶爾到這裡吃晚餐，女老闆是山口縣人，和我是同鄉。她為我們預留吧枱裡面唯一一間包廂，我和竹井就在狹小的和室面對而坐。我們首先以啤酒乾杯。

「怎麼樣？那邊很熱吧？」

我看著竹井曬得黝黑的臉問道。竹井心滿意足地喝完啤酒說：「現在正是最熱的季節。而且雨季快到了，到時候再加上下雨，我想會悶熱得要命吧。」

我邊替他倒啤酒邊問：「不過那邊用英語交談沒問題，所以語言上應該沒有太大的障礙，吃的東西也不難吃吧？」

「是沒錯啦。」

接下來竹井聊起馬尼拉的情況。我們公司正參與艾奎諾國際機場的擴建工程，當初我即是以這個工程的補充人員為理由，把他調到菲律賓。我們喝完兩瓶啤酒，忽然竹井跪坐了起來。他雙手擺在雙腿上，整個身體傾在桌前。

「橋田先生，今天找你出來是有一件事務必要請你幫忙。」

我把酒杯放回餐桌。

「到底怎麼了？幹麼突然這麼正經八百的？」

竹井神情凝重。「請在這次六月的人事異動上，把我調回總公司吧！據說駿河室長升任董事後要接管人事部，也有人說橋田先生會再調回去人事課長的職位。不管如何，就橋田先生和駿河先生的關係而言，要調動我一個人應該不成問題。求求你，讓我回到總公司吧！」

竹井跪坐著，頭壓得非常低。

「可是我已經不負責人事了。你求我，我也沒辦法給你承諾呀。基本上公司是因為看重你，認為你是這次工程不可或缺的人才，才派你到馬尼拉的。怎麼能沒派任多久就讓你回來呢？」

竹井仍舊低著頭。他連頭頂的頭皮都曬黑了。

「真的不行嗎？」

「這不是行不行的問題。不過我認為應該很困難吧。」

「是麼。」竹井緩緩抬起頭，一雙銳利的眼神盯著我，「其實我早就知道了。是你把我弄走的吧。」

「沒那回事。」

「你不必騙我！否則怎麼會在開春沒多久，只有我一個人異動呢？這種把戲只有你做得出來！」

「你想太多了。」我苦笑。

「是內山先生跟我說的，他說你硬要調動，他沒辦法阻止你。」

不可能有這種事。竹井的異動是我親自向扇谷建議，速戰速決完成的，和草野當時的情況不同，大月專務與內山部長完全沒有介入的餘地。

「那完全是空穴來風。」

「是嗎？」竹井自己倒了啤酒，一口飲下。「橋田先生。」他全身僵硬地瞪著我。「據說你現在和社長的姪女交往，對方是藤山集團的獨生女藤山瑠衣吧？」

竹井口中突然出現瑠衣的名字令我有些意外。我不懂他想說什麼。

「你聽誰說的？」

「這不重要吧。公司裡很多人都知道。」

「是嗎？不過這和你有什麼關係？」

「當然和我沒關係啊。不過和你就大有關係了。」竹井語氣中帶有挑釁意味，似乎想利用我和瑠衣的關係威脅我。

「什麼意思？」

「自從我調到馬尼拉後，這五個月來我拚命思索為什麼你突然把我調到工地吃苦？我不懂到底為什麼，怎麼想都想不通自己做出了什麼不利於你的事？我到底惹到你什麼了？一想再想，還是想不透。不過啊，兩個月前聽到你和藤山家的千金交往，甚至論及婚嫁，我總算想通了。橋田先生，你記得嗎？一年多前，我要你小心香折這個女孩。我這才恍然大悟，會不會是因為我知道這個女孩的事而礙到你了。」

竹井臉上浮現出一絲冷笑。原本意氣昂揚的表情逐漸變得猙獰，終於露出他狡猾的一面。

「我不太懂你想說什麼。」

「你又在裝傻了。那一陣子你的情況並不尋常啊，你好像被那個香折迷住了。你揍了我的朋友，又不參加錄用決策會議，很明顯地不對勁嘛。」

「你到底想說什麼？」

「你和藤山瑠衣交往，擔心我會礙事。因為你跟香折有一腿。為了保住這樁婚事，你非得隱瞞這女孩的事。只要成為扇谷家族的成員，你將來就一帆風順啦！這可是千載難逢的好機會呢。社長利用派系政治稱霸了十年，只要能夠娶到藤山瑠衣，你就是扇谷政權下最親近扇谷的人了。但你發現了一個阻礙，就是中平香折這個女孩。」

竹井說出香折的全名，我總算明白他的意圖了。

「所以你已經把我的狀況摸得一清二楚嘍。」

「我記得我那時候就說過了，橋田先生要和那個女孩怎樣，跟我沒關係。不管你跟藤山家的千金交往，或跟香折這個女孩有一腿，都不干我的事。只要在結婚之前做個了斷就行了。不過你怎麼也不能讓社長知道你與他的姪女交往的同時又和香折有染，於是把知道內情的我調離總公司，以防範未然。之前我怎麼想都想不透的事，現在終於有了答案。」

「所以，你查到了什麼？」

「不好意思，就如你想像，這兩個月來我拜託池上調查你的一舉一動。結果也還好嘛，你還是一邊和千金大小姐交往，一邊仍然和香折藕斷絲連。你經常進出她家，也偶爾讓她住在你家。我已經掌握所有的證據了。」

「你還當那個廢物是你的好朋友啊？」

「你說廢物是什麼意思？」

「我說池上那傢伙是廢物。就是跟你一起釣魚、打小白球的那個落腮鬍傢伙是個敗類！」

竹井瞬時瞪了我一眼。

「竹井，老實告訴你吧，的確是我把你調走的。不過你可別小看我，我根本不需要和內山商量，而且公司高層決議調派你，是他們認為這公司已經不需要你了。你知道我為什麼把你調走嗎？因為你看人沒眼光，把那種廢物當好友，可見你也是個智障，我就是受不了你這點。告訴你，我管你知不知道香折的事，對我來說那根本動不了我一根寒毛啊。你以為這件事威脅得了我？就算你把我和香折的關係告訴扇谷或瑠衣，我也不在乎。」

我將剩餘的啤酒喝盡，繼續說道：「我今天總算確定你果然和那個廢物沒兩樣。反正你手上應該有什麼照片之類的，你高興寄給誰就寄給誰吧。不過我要給你一個忠告，你應該向池上好好問個清楚，那晚香折和她男友吵架後，你那好朋友在打烊之後到底做了什麼？如果你知道真相，你們的假友情也就沒戲唱了。」

竹井一臉茫然地盯著我。我看了時鐘，正好過了八點半。現在去神樂坂還嫌太早，不過我可不想和這個廢物在一起。我起身看了竹井。

「你高興怎麼做就怎麼做吧。」

竹井以怨恨的眼神瞪我。我匆匆穿上鞋子，回頭看了竹井。

「竹井。」我再度叫了他。

竹井抬頭看著我。

「你最好離開這家公司吧。」

他一臉錯愕。

「因為今天的事，你以後別想出頭了。你只要在公司一天，我會讓你永遠有跑不完的工地。明天我會決定馬尼拉工程完了之後要把你調到哪個國家。這次讓你到冷一點的地方吧，最好還是英語不通的國家。不過你要記住，今天不是我把你逼上絕路，是你自掘墳墓。好了，那就祝你一路順風嘍。我大概再也不會見到你了吧。」

我走出餐廳點了一根菸，邊抽邊往東京車站的方向走去，心情一陣空虛。我回想起上次和百合小姐見面時，她說扇谷只敢相信自家人，也說過駿河的人生只剩下升官之路。

百合小姐表情嚴肅地問「橋田我問你，男人為什麼那麼渴望成功？成功之後到底會得到什麼」。當時我只是以笑容含糊帶過，我不是不懂百合小姐想說什麼。只是若是有人問出人頭地又怎樣，這是個難解的問題。女人絕對無法體會，就算只是小小的競爭，男人都得全力以赴、獲取勝利；即使是微不足道的小事也必須奮不顧身地做到最好。男人就在累積一點一滴的勝利之間，贏得唯我獨尊的寶座。我也將這張寶座作為我人生不斷努力的目標。我無法確定當我真正成功時，等著我的到底是幸還是不幸？但是，我唯一可以肯定的是，敗北使人卑賤，落敗將扭曲一個人的品格。剛才竹井的態度讓我深感這個道理。為了維持自我，男人必須保有僅存的自尊和夢想，而為了自尊與夢想，只有不斷地戰勝他人。

那一晚，香折和卓次在南青山的酒吧大吵一架，卓次衝出店外後，老闆池上讓香折喝了好幾杯甜味的調酒。等到香折醉得不省人事，池上把香折帶回家，並且把她的雙手綑綁起來。香折不停慘叫，池上一個晚上連續強姦她好幾次，不過之後池上態度變得溫和，也促使香折決定在池上店裡工作。這些是香折告訴我的。香折念高中時也曾遭人強暴。當時她在父親替她安排的公寓開始獨自生活，被一個熟識的大學生性侵害，但竟然也和那個大學生交往了一陣子。我難掩驚訝之情。「為什麼你能夠跟強暴你的人在一起或是一起工作呢？」

香折答：「反正男人都是這樣啊。而且以前我媽和我哥把我打得那麼慘，所以發生這種事我也不會太難過。我曾經向他們兩個稍微透露我家的狀況。我想既然他們做得出這麼過分的事，讓他們聽一下我不愉快的過往也無妨。結果他們都說：『我確實對你做出過分的事，不過你父母和老哥根本就不正常嘛！』之後也都真心傾聽我的痛苦。第一次有人這樣對我，所以我還滿高興的。老實說，我會被人強暴是我自己不對，我不該讓人有機可乘的嘛。」

這樣的回答真是令人難以置信。

13

週末，瑠衣叫我陪她去逛街買東西。於是星期六我們到澀谷、銀座的百貨公司添購了沙發、餐桌、床、窗簾、廚房用具還有衛浴用品。瑠衣帶了房間的尺寸平面圖，上面標示各個家具的位置。她淨挑高級用品，光是一天就花了一百萬左右，卻毫不手軟。我決定送她一張二十五萬圓的餐桌。

我問她：「什麼都買新的，不會超出預算嗎？」

「沒關係。我爸已經答應我，還給了我一點零用錢呢。」

「多少？」

瑠衣微笑著比出食指和中指。

「兩百萬？」

她點頭。

「家裡有錢果然不同！」

女兒要租房子，父親就隨意掏出兩百萬。我開始思考藤山這個家庭，深感自己和她的成長背景實在相差懸殊。逛了一整天百貨公司，我實在是累壞了，不過瑠衣卻開心得不得了。

結束了第一天的購物，我們來到青山用餐。瑠衣開口說道：「店員都說你是我先生呢。」

「他們也叫你太太啊。」

「我們看起來像夫婦嗎？」

「或許吧。」

「好好玩喔。」

「嗯。」

我回答得有些敷衍，彷彿看到自己一腳踩進一條不歸路的背影。我忽然想起上個月香折請我吃飯時，她看到映在櫥窗上的兩人倒影說：「你看，我們好像滿相配的唷！」而香折自從上次包裹事件後就失去了聯絡。她現在到底在做什麼？她能夠和柳原好好相處嗎？

「喂。」

瑠衣稍微提高嗓門，我抬起頭來。

「怎麼了？你好像有點恍神。」

「沒事，只是在想事情。」

「是麼。」

「怎麼了？」

「沒事。」

這次換瑠衣露出凝重的表情。

「怎麼了嘛？」

「嗯，沒事，只是……」

「什麼嘛。」

瑠衣放下叉子，啜了一口紅酒後說：「我以後可不可以叫你浩介？」

我忍不住笑著點頭。

「那、那，我希望你以後直接叫我瑠衣。」

「好啊，瑠衣小姐。不，瑠衣。」

「浩介，謝謝你。」

「剛才看你突然嚴肅起來，我還以為你要提分手呢。」

說著說著，我不由得思索起「浩介」與「浩大哥」的差別。

我們在八點左右離開了餐廳。我以為瑠衣會到我家，不過她卻說她今晚要回家。我喝了點酒，原本興致勃勃卻頓時落空了。

「到我家睡吧，反正明天不也要一起去買東西嗎？」

我們計畫明天要到秋葉原買電器用品。

「今天還是回去好了。下星期就要搬出來了，多少得孝順一下父母吧。」

最後我們約好明天早上十點在車站見面。瑠衣走下階梯去搭地鐵，她的臉上看似有些愁容。

我沿著青山通走了一段。星期六的晚上，大批年輕人擠滿了整條街道。五月已經過了一半，行道樹綠葉繁盛，風是暖的，天空也是清澈的。我通過表參道的十字路口走到三和銀行前，無意間瞄了電子鐘一眼：八點二十三分。就是這個時鐘。那天正好是凌晨四點五分。整整過了十個月了。十個月前我在這個地方認識了香折，一起搭計程車送她回到駒澤。

我左轉走進小巷。當時香折渾身不斷顫抖，我摟著她走過這條巷子，總覺得路顯得特別長，今天卻走沒多久就到了停車場。停車場內停滿車輛，當時的桐樹依舊佇立在路口，大大的樹葉隨著微風搖晃。我走到桐樹下，輕輕撫摸粗糙的樹皮。那時我因為踹了池上而情緒亢奮，香折就是躲在這棵樹後叫住我的。

她穿著一件白色無袖連身洋裝，露在外面的手臂顯得特別細長，還起了一層雞皮疙瘩。

我坐在停車場的欄杆上仰望夜空，點起一根菸，白色煙霧被吸入點點繁星的幽暗中。

那一晚竹井喝醉了，我把他送進計程車後，和現在一樣仰望著夜空。我望著天空思考自己這麼賣命工作是為了什麼？將近一年了，是否有任何改變呢？我不再是人事課長；竹井淪落為沒品的恐嚇者；我與藤井瑠衣感情升溫；百合小姐懷了駿河的孩子；與中平香折邂逅，這段奇妙的緣分也持續到現在。

說起來好像沒有多大改變，不過換個角度看似乎又有關鍵的變化。十三日那一天，宇佐見帶了兩個人到鶴來，其中一個是內山，而另外一人是我從沒料想到的人物。當我從百合小姐口中問出那個人的身分，才發現那不祥的預感幾乎已經成真。這些日子以來，為了壓抑心中的疑惑，我不斷告訴自己扇谷應該不會這麼做。然而，宇佐見手中肯定握有某種證物，他是為了讓扇谷看這份證物才出現在鶴來的。

十個月前，我一直認為自己工作是為了扇谷。但是，如果我的預感成真，這代表扇谷背叛了我，而且在不久的將來，他會加倍背叛我。

「幹麼想這些有的沒的。」我喃喃自語。

一切都得全力以赴。儘管如此人還是有失敗的時候——我想起我對恭子說過的話。

如果注定失敗，那就失敗吧，但我要輸得漂亮，就這麼簡單。

話雖如此，整件事還是令人感到一種無可奈何的心酸。

我把菸蒂往地上一扔，轉頭往回走。

限時郵件的信封上，印有瑠衣公司的住址和部門名稱，當然還有她的名字。信封背面並未署名寄件人。房間裡拉上了窗簾顯得昏暗，但是此時還不到傍晚。秋葉原的購物在中午之前結束，我和瑠衣簡單用餐後一起回到我家。我們沖了澡又立刻躲進被窩，花了兩個鐘頭纏綿，瑠衣再去沖澡，她回到寢室時遞出這封信。

我披上浴袍起身拉開窗簾，回到床上取出信封內的東西。瑠衣坐在身旁和我一起看著。

那是一張B５的白色紙張，內容相當簡短。

致藤山瑠衣小姐

你的男友橋田浩介先生，除了你之外，還有一位紅粉知己。他與扇谷社長的姪女（也就是你）論及婚嫁，卻又同時有個情婦。對橋田浩介先生而言，你只不過是他用來升官的工具。情婦的名字叫中平香折，目前任職於三得利的首都圈營業本部，年僅二十歲。中平小姐與橋田先生於去年七月認識後，兩人持續來往密切。橋田先生更擁有中平小姐家（杉並區某處）的鑰匙。請你務必確認此事。

請別怪我多管閒事，為了不讓你落入橋田的狡猾陷阱，謹在此告知事實。

我把信紙摺好放回信封，看著瑠衣問道：「什麼時候收到的？」

「上星期五。」瑠衣神情嚴肅注視著我。

「突然收到這種信，你一定嚇壞了吧。」

瑠衣輕輕點了頭。

「我現在跟你說明清楚，不過事情有點複雜。我早就料想到有這樣的事。」

瑠衣的雙眼微微閃爍，淚水嘩啦啦地滑過臉頰，咬緊嘴唇卻不肯移開視線。我擁抱她，輕輕撫摸她柔順的秀髮。

「你應該早點讓我看呀，真難為你了。」

瑠衣把臉貼在我的胸膛上搖搖頭，接著開始哽咽。

我讓她哭了一會兒，然後拉著她走進客廳，讓她坐在沙發上，她用身上的浴袍擦乾眼淚。

「來喝杯咖啡吧。」

我走進廚房煮水準備泡咖啡。

我們面對面坐下，瑠衣大口大口喝下熱騰騰的咖啡。我將咖啡杯拿到嘴邊，隔著霧氣看著她。她那高䠷的身軀彷彿縮了水，一副惹人憐惜的模樣，讓人忍不住緊緊想再擁抱她。我喝了一口咖啡，望著玻璃桌上的信封放下杯子。

「這封信的寄件人叫竹井，是我公司的同事，目前在馬尼拉，今年一月之前他是我的部屬。信中的內容有一半是真的，但另外一半是胡說八道。」

我慢慢談起我和香折的過去。

14

傍晚回到公司，只見桌上放了一張留言：人事部長內山要求回電。我的座位靠窗邊，落地窗外可見日比谷通旁的外苑草皮，以及坂下門內那一片廣大的皇居森林。立夏已過，日照時間拉長，此時已是日落時分，夕陽將翠綠的草皮染成了深紅色。時鐘的指針正好過了下午六點。眼前的太陽，比正午時分還大了一圈。作為襯景的天空染成一片紫，隱藏多時的夜幕在彼方蠢蠢欲動，隨時準備張開雙翼包覆天空。

落日的景色令人著迷，我呆看了好一陣子，總算撥了電話給內山。

當我走進人事部的第一會議室，內山背對著即將落下的夕陽，泰然自若。

「讓你跑一趟，真不好意思呀。」

他揮揮手，要我坐在斜對面的椅子。我點頭坐下，說聲：「好久不見。」

「是啊。因為你走得太突然，害我們一陣手忙腳亂呢。高井的能力還算不錯，不過再怎麼說還是你比較突出。」

高井接任我的工作，今年二月升任為人事課長。他比我早七年進到這家公司。

「您今天要跟我談什麼事呢？」

夕陽照亮了內山的白髮。

「沒什麼大事啦，只是想要不要找一天吃個飯？」

內山黝黑的臉露出了笑容。看著他的臉，我想起他大學時代是個網球選手，還得過學生組冠軍，現在應該還會在假日揮幾球吧。內山和宇佐見同是慶應大學出身，他們那一派系都是慶應人，而以扇谷為首的我們算是東大派的。

「發生什麼事了嗎？怎麼突然要吃飯。」

我也笑著問他。內山頓時收起笑臉。

「沒什麼啦，只是人事異動的季節快到了嘛，上次是應社長要求，讓你以那種方式調到了經營企畫室。這次我想和你談談你往後的位置，而且我也想聽聽年輕人的想法。」

他的語氣露出他一貫的迂迴且高壓的態勢。

「我的位置？」

我刻意發愣了一下。他說得簡單，但其中一定別有意涵。他已經確定調往子公司，根本無權處理六月的人事異動，更無法決定我的位置。我很驚訝他竟然把扇谷的人事決策形容為「那種方式」。然而眼前的他卻顯得自信滿滿，自以為占上風。

「要不要就下個星期找一天吃飯？如果可以的話，就訂在二十六號星期二那天，你覺得呢？」

「內山先生，請等一下嘛。」

我苦笑，舉起右手制止他。內山一臉無辜地看著我，看來一副老神在在的樣子。一陣沉默之後，我緩緩開口。

「請您聽好，內山先生。我已經不是人事課長，因此也不再是你的屬下，今天咱們就打開天窗說亮話吧。這幾個月來我們早就察覺到你們的一些小動作。扇谷社長也說你們這次闖大禍了。事情總有它的道理，有好壞之分，而你們的所作所為，任誰都覺得無法無天，老實說我也看不下去了。我想我們兩邊人馬已經沒有商量的餘地。反正說什麼你們也不會了解，我只能說你們高興怎麼做就怎麼做吧。不過我可以確定你們已經斷送自己的將來了，這就是唯一的結論。我不曉得你找我吃飯有什麼用意，不過我絕不會跟你透露任何消息。你要帶誰來我不管，不過請務必把我們的意思傳達給你們老大。告訴他：大勢已定。我要說的就是這些。」

當我說完，內山已面色鐵青，但嘴角依然保持微笑。

「你還是沒變，說話真直接啊。」

「我只不過是陳述事實罷了。」

「不過，這世界上不會只有一個真理，像你這種受過特殊教育的人應該不會了解其中的奧妙吧。」

「我想，會散播黑函的人應該不懂什麼叫真理吧。」

內山露出冷笑說：「我們也不希望把事情搞大啊。」他鬆開盤起的雙手，用左手指揉起右手掌。

「已經鬧大了。」我說。

「你真認為是這樣嗎？」

內山定定地凝視我，而我也瞪了回去。這時，我終於明白了，腦中頓時浮現扇谷的臉，那是一張衰老且失去銳氣的臉。我起身，內山忽然開口：「鶴來的女老闆還是一樣年輕啊，完全不會老，真羨慕唷。」

他瞪著我說：「我是向上面建議早點解決你啦，不過宇佐見先生這次特別固執，他執意要給你一次機會。星期二我和他約在向島的花田喝酒。你這個週末就好好休息，想想自己的出路吧。難得宇佐見先生要撥空見你呢。」

我不回答，轉身離開會議室。走出房間時，窗外的太陽即將落入皇居的森林。

因為和內山的那番談話，以致我遲到了半小時才到達瑠衣的新家。星期三搬家當天，我也曾帶著香檳去找她，但房間到處都是箱子，她忙著整理，手忙腳亂，兩人草草乾杯之後我就離開了。

此時瑠衣的住處已經整理就緒，我送的餐桌就擺在客廳的正中央，桌上擺滿了菜肴。瑠衣把我送她的花插在花瓶擺在餐桌中間。

我脫下上衣掛在椅背上，瑠衣拿起上衣走進寢室，拿了浴巾、浴袍以及黑色內衣褲。

「今天很熱，吃飯前先去沖個澡吧。」

「有這必要嗎？」

「去沖一下吧。我趁你洗澡的空檔把菜熱一熱嘍。」

我點頭走向浴室。她的浴室比我家的還大而且非常新。洗臉台的架子上除了瑠衣的東西之外，還放了新買的刮鬍用具和男用髮膠，和我在家裡用的牌子完全一樣，也有我的專用牙刷。我們宛如一對夫妻。我看著鏡中的自己，回想剛才內山的態度，看來情勢已經傾向宇佐見，我和駿河已然陷入窘境，未來的局勢也大致料想得到。但是我不懂宇佐見為什麼要見我，就如內山所說，他們大可以把我貶職，要制裁我簡直是易如反掌。

我發現劉海上有白色的東西。我用雙手撥開頭髮，小心翼翼地拔掉捲曲的白髮。這一年來白髮遽增，或許是心理作用，我覺得髮線有些後退，鏡中的我也缺乏生氣。

「我發現原來浩大哥長得好漂亮喔。」

腦中突然浮現香折說過的話。是嗎？我自言自語。香折在做什麼呢？如果我被貶職，瑠衣會怎麼做？藤山家不會把女兒嫁給一個沒有前途的男人吧。何況我已經三十八歲，沒有機會重來了。過去靠著扇谷在職場上平步青雲，如今扇谷若是捨棄我，我在公司裡將不會有任何發展。

沖完澡回到客廳，餐桌上已經準備就緒。今晚應該會睡在這裡吧，當我這麼想，內心就舒坦多了。我們坐下來，打開葡萄酒乾杯。

「恭喜你搬家了。」

「謝謝你，浩介。」

我再次環顧房間，發現窗簾和壁紙都使用穩重的灰色調，瑞典製皮沙發也是淡灰色的。牆角擺了一台桌上型蘋果電腦，音響則收在黑色的音響櫃。牆上掛著洛克威爾的畫作，五個照明照亮了整面牆，天花板上只掛著一盞小燈，但光線充足。燈罩也是灰色的，只有餐桌是白色的。

瑠衣煮的菜非常美味。喝完葡萄酒我改喝波本蘇打，瑠衣則喝了Tio Pepe雪利酒，又開了我帶來的百齡罈十五年純麥威士忌。我們倆坐在沙發上，邊喝酒邊看電視。瑠衣忽然起身拿了錄影帶過來。

「要不要一起看這一部電影？」

片名是《新天堂樂園》。

「你看過嗎？」

我搖搖頭。

「很好看呢！」

「聽說啦，電影院跟少年的故事嘛。不太感興趣耶，感覺很教條。」

「我覺得其實還好哩。」

「很長吧。」

「嗯。」

我嫌麻煩。已經過了十點，微醺的感覺正舒服，想趕緊躲進被窩擁抱瑠衣。

「明天要上班嗎？」瑠衣問我。

「沒有。」

「那就陪我嘍，我希望你能看一看。」

我只好答應。瑠衣興匆匆地放入錄影帶，回到沙發上挽著我的手臂。她身上飄來淡淡古龍水香味，可能在我來之前已經洗過澡了吧。

「我真的好開心。可以在家裡和最愛的人一起看我最愛的電影，好像作夢喔！」

說著她又立刻起身，拉下百葉窗關了房間的燈，連腳步聲都顯得輕快起來了。我在黑暗中露出一絲苦笑。

如果跟她在一起，每天過這樣的生活，也還滿不錯的。

電影演到中間，我已經把瑠衣擁入懷裡。漫長的電影落幕，我說我要再看一次最後的接吻片段，瑠衣一臉疑惑。

「為什麼？」

「先別問嘛。」

我倒了帶，畫面中接連出現好幾幕老電影中的吻戲，我邊偷瞄畫面邊跟著吻戲的次數吻了瑠衣。我的吻來得突然，她一時不知所措，不過到了最後她也伸出舌頭回應我的吻。我移開嘴唇問她：「吻了幾次？」

「啊？我怎麼知道。」

「四十三次。」

「好厲害！你剛剛在數啊？」

「是啊，要不要再數一次？」

「不用，你不可能數錯的。」

「那就換我們來真的。」

我靠近瑠衣的臉，這次是認真吻她。我們吻了又吻，吻了又吻。

我們直接在沙發上做愛。瑠衣的身體脂滑玉潤，隨著不斷高潮，她也發出惹人憐愛的呻吟。

我們一起沖完澡後，到餐桌上開了啤酒。瑠衣喝了一口就將啤酒罐放回桌上，她那因熱氣泛紅的臉靜靜地注視我。

「我問你。」

啤酒入喉那種冰涼的感覺真是爽快。

「什麼事？」我問。

「關於香折小姐的事情……」

「怎麼了？」

她欲言又止，低頭沉默一陣子，又抬頭望著我。「浩介，你打算怎麼辦？」

「我也正在想。」我回答：「她讓你不舒服，其實我應該早點告訴你，跟你商量才對。有幾度我想告訴你，但因為事情來龍去脈有點亂，我怕你誤會而沒有說出口，結果卻傷你更重。」

瑠衣一臉莫名其妙的表情。

「你說我會誤會什麼？」

「沒什麼啦，我是怕你懷疑我和香折的關係。」

「怎麼可能。你只要好好跟我說明，我是絕對不會懷疑你的！」

「是麼。」

「嗯。我相信你，因為相信你才會愛上你嘛。」

「抱歉，我不該瞞著你。」

瑠衣的雙眼頓時滲出淚水。

「對嘛！你為什麼不告訴我呢？我想知道你的一切！就算收到那封信，我也沒懷疑過你，因為我知道你不是那種人。但是聽完香折小姐的事，我反而更難過，你為什麼要瞞我呢？這讓我想起好多事，譬如有一次有人打手機給你，我問你是誰打來的？你說是朋友的姪女，要找你商量找工作。還有今年二月，你突然疏遠我。上個星期天你說要加班，其實是去找香折小姐。這一切我都不知道。這段期間你為了香折小姐遇到許多麻煩，我卻沒能幫上你的忙！」

「你不必這麼在意。這女孩不相信任何人，就連我，她也不是打從心底信任。但我還是不能不管她。她最近又交了男朋友，我希望這次可以維持久一點。因為她還年輕，要當她的男朋友必須更用心了解她，更努力去經營這段感情。不過上次我見過她的男友，我感覺他們可能不會維持太久。香折的精神狀態還沒完全穩定，我猜過沒多久她又會和對方起衝突。萬一有事我還是得幫幫她。」

我喝乾啤酒，瑠衣立刻遞上新的啤酒給我，接著走到廚房端來了一個大盤子擺在桌上。盤子上擺滿餅乾，餅乾上還塗有各種起司。我拿起其中一片來吃，瑠衣也拿一片。喀滋喀滋聲迴盪在安靜的屋內。

「感覺很安靜。」

「安靜很好啊。」瑠衣點頭說。

兩人沉默了好一陣子。瑠衣又走進廚房拿了杯湯過來。是義大利蔬菜湯。「我本來打算讓你在早餐喝的，不過已經這麼晚了，明天起床應該過中午了吧。」

掛鐘的指針已經過了午夜兩點。

「吃好吃的食物，心情也會變好。」

瑠衣微笑。

「對啊。」

「浩介吃過香折小姐煮的菜嗎？」

「完全沒有啊。倒是我煮過咖哩給她吃。」

「是喔。」

「嗯。」

「浩介。」

「怎樣？」

「我說真的，你打算怎麼辦呢？」

「嗯，她還沒辦法獨立，以後還是得在能力範圍內幫她一把吧。」

瑠衣稍稍傾身向前問道：「可是，為什麼你要為她做那麼多呢？」

我忍不住放下杯子看著瑠衣。

「我不懂你的意思？」

「你想想看，你既不是她的男朋友也不是親人，你說你要在能力範圍內幫她，可是這一年來，你比她的親人還要用心照顧她，幫她找房子，當她情緒不穩就去照顧她，還介紹她去醫院，常常跑去她家看她，還把家裡鑰匙交給她。」

「她已經把鑰匙還我了。」

「可是就我這樣聽來，你的所作所為連一般男女朋友或親人都做不到吧。你說以後會盡量幫她，但是我想你終究會像以前一樣照顧她吧，這樣的關係我總覺得哪裡不對勁。香折小姐太依賴你了，畢竟你們既不是男女朋友也不是兄妹，你還為她付出那麼多，實在有點怪。」

瑠衣的眼神充滿殺氣，我心裡感到詫異。沒有人像香折那麼笨拙的，她根本學不會如何依賴，何來太依賴之說呢？

「你可不可以不要說得那麼難聽，畢竟你對她一無所知。」我忍不住說了重話。

瑠衣傻住了。「浩介，你到底想怎麼樣？」

「什麼叫我想怎麼樣？」

「我是說，你打算繼續維持這種關係嗎？」

「關係？你別說得那麼嚴重嘛。」我笑著說，但是瑠衣的表情變得更加嚴肅。

「拜託你，別敷衍我。」

「我沒有敷衍啊。」

「她不是也有男朋友嗎？應該是她男朋友來照顧她呀！不需要你這個非親非故的人花那麼多心思吧。你照顧她一年了，這不就夠了嗎？你再繼續照顧下去，反倒造成她或她男友的困擾吧。對她而言你畢竟是外人，她再繼續依賴下去，就永遠沒辦法真正愛她的男朋友。你知道我在說什麼吧？」

「你是說我愛管閒事造成她的困擾？」

「我不是這個意思。」

「瑠衣小姐，那是因為你完全不認識她，才會說這種話。老實說她每天都過著身心煎熬的生活。你說她男友照顧她就夠了，可事情沒那麼單純。況且現在這個男友在上次香折收到包裹時還跟她大吵一架，香折還把他趕出門呢。這個男生還只是個二十八歲的年輕小夥子，我不認為這傢伙幫得了香折多少忙。我要說的是，香折是個孤苦無依的女孩，她遭到雙親和哥哥的虐待，也沒有可以抒發內心鬱悶的朋友。她每天活在孤單中，沒有地方可去，也沒有家可回。你看到這種人，就算是非親非故也不會坐視不管吧。只要稍微不注意，她隨時可能自殺。你說得我好像很愛管閒事，不過香折真的沒有任何人可以照顧她。萬一我離開她，香折會失去一切依靠。這就好比有人在你眼前溺水，你卻要我收手不管嗎？我怎麼可能做得到呢？至少現在的香折只能依靠我，所以暫時只好像之前一樣照顧她，不過，我想不會持續太久了。」

我停頓一會兒又說：「而且，過去我也沒為她做什麼大不了的事。我只是稍微幫忙一下而已。」

瑠衣低頭不語，輕輕嘆了一口氣。「那麼……」她的肩膀微微顫抖，抬起頭再次看我。「那麼，我有誰？香折小姐只能依靠你，那我呢？」

瑠衣的雙眸不停閃爍，她說：「我也只有你啊。」

「你不要把事情混為一談嘛。你有我陪你啊。」

「才沒有，我沒有混為一談。任何事只有一個真理。」

「真理有好幾個。」

說到這兒，忽然想起內山傍晚時說過的話：「這個世界上的真理不會只有一個」。看了一下時鐘，快要三點了。我感覺好疲憊。工作上面臨了關鍵的分歧點，我恐怕已經配不上瑠衣了。然而就算遭到貶職，我也絕不會死巴著公司不放。其實我了解瑠衣的心情，她無法不在意香折，對她而言這是很正常的反應。

瑠衣眼眶泛著淚水，低頭緊咬著嘴唇。看到她這種反應，我突然又無法理解了。這個人為什麼如此鑽牛角尖呢？我著急自己的心情無法跟上她起伏的情緒。

「瑠衣小姐，別哭呀。告訴我，我該怎麼做？我會照你的意思去做。」

瑠衣拭去臉上的淚，忽然露出沉靜的神情。

「為什麼你只能說這種話呢？」

「什麼意思？」

「我怎麼敢要求你做什麼呢？你說要照我的意思做，這種話未免太不負責任了！」

「什麼叫不負責任？」我無法壓抑自己不耐的口氣，「你自己才自私呢！我知道你在意香折，可是我應該跟你說得很清楚了吧，是你要把兩件事混為一談的，好像在逼我選擇你或香折嘛！你才有問題！」

「我不是這個意思！」

「那是什麼意思？」

「我只是希望你能想想。」

「想什麼？」

「想想我們的未來。」

「這不用你說我也在想啊。我不但要想你或香折，工作也有很多事情要傷神。我自認為我以自己的方式認真思考每件事情。我實在不想這樣說，但是我希望你默默相信我、跟著我。我絕不會不負責任，也絕不會背叛你。對我來說你比誰都重要。如果你連這點都沒辦法了解，那我也無話可說了。」

瑠衣靜靜看著我。濕潤的雙眼中，瞬間浮現畏懼的神色。

「對不起，我不該說你不負責。」

「沒關係，我說話也太重了。我能了解瑠衣小姐因為香折……」

「不要再叫我瑠衣小姐了！」

我嘆了一口氣。

「對不起。我能了解你因為香折的事一直無法釋懷。這一個星期來，我一直在思考該怎麼做才好，於是我想到一個辦法。如果你願意的話，要不要和香折見個面？見到她之後，你便能了解我和她之間是怎麼回事，今後也可以請你幫忙照料她。或者找她男朋友一起來也無妨。好嗎？」

瑠衣的神情變得溫和許多。

「老實說我也在想同一件事。我根本沒有責怪你的意思。我只是擔心，才這麼任性鬧脾氣。不過我應該好好面對香折小姐，對吧？這樣也能減輕你的負擔，今後我也該幫助她。我真的很想見她，可以拜託你引見嗎？」

每次我和瑠衣見面、聊天，她在我腦中的形象總是變得益發鮮明，每個部分也拼湊得更為完整。她的溫柔、賢淑、聰慧是多麼平易近人，而且溫暖。這是很難能可貴的。然而即使我的思緒、身體都能感受她的優點，但不知為何，我感覺不到像對足立恭子那時的心動。或許這是因為我不再年輕了吧。

「香折小姐長什麼樣子？很漂亮嗎？」

瑠衣的表情豁然開朗，與剛才判若兩人。

「並沒有很漂亮。」

「好期待喔。」

「就約這個星期天如何？如果可以的話，我明天就打電話給她。」
「這麼突然沒關係嗎？對方不一定有時間，也不一定想見我啊，說不定人家不願意呢。」
「才不會。她也知道你，也常教訓我說『絕不可以虧待瑠衣小姐喔』。」
「是嗎……」瑠衣笑得很曖昧。

15

我在三軒茶屋車站前的酒行買了香檳和葡萄酒，回到車上隔著擋風玻璃望著人來人往的十字路口，呆坐了好一陣子。這時已經是五月的最後一個星期，陽光愈來愈強，然而景氣卻如同陰影般一天不如一天。日圓、股市不斷下滑，企業相繼倒閉。今年政府大幅降低法人稅及所得稅，試圖刺激景氣，然而都未見成效。每月的定期經濟報告顯示，上個月的經濟成長率比前年同期下滑了一點三個百分點。昨天的報紙也報導如果情況繼續惡化，日本將面臨戰後以來最嚴重的負成長。

但是看著路上的行人，我懷疑面臨經濟危機的到底是哪一國？不管是全家福還是年輕情侶，每個人都在風和日麗的天氣下悠然自得。神坂良造曾說過這麼一段話：

「當國民平均所得達到一千五百美元時，是一個國家最有活力的時期。這個時候國家和國民不算富有，但也不算貧窮，整體達到一個均衡。過去已經遠去，未來則充滿夢想與希望。大眾對自己努力的成果難以忘懷並且感到光榮，力求更好的明天，心中充滿創造一切的豪氣。對一個國家、國民而言，這正是黃金時代。就我國而言，七〇年代初期正是最有活力的時代。橋田，你記得吧？大阪舉辦萬國博覽會，三C[1]快速普及，真是朝氣蓬勃啊！當時我剛好在萬博的前一年十二月當選議員，進軍國會殿堂。佐藤先生[2]成立第三次內閣，不論是世界或是日本都充滿活力。美國阿波羅號太空船首度登陸月球；政府為了沖繩回歸問題拚命周旋。那真是個到處充滿了創意與自信的美好時代啊！」

大阪萬國博覽會那年，我小學五年級。我和母親住在租來的房子裡，每天放學就跑到市民醫院找母親，等到傍晚一起回家。我們家四周盡是田地或是雜草叢生的空地，初春時節蛙鳴四起，秋天成群蜻蜓飛舞。咖哩飯和豬排就是最豐盛的菜肴，成天和鄰居的孩子玩踢罐頭、捉鬼遊戲直到天黑。因為是鄉下地方，大家都不曾享受過奢侈的生活。每個孩子不論是男生女生都穿著補丁褲上學；幾乎沒有人擁有自用車。然而就如神坂所說，那個時候的日本洋溢著一種爽朗的氣息。現在穿過我眼前的人，乍看下似乎無憂無慮卻缺少了點什麼，我想應該就是往日的爽朗吧。

在現今這個時代，很多事都難以重頭再來。十年前遠山放棄數學，在曙橋開了居酒屋，現在任何人如果要放棄一切重新來過，要比當年困難二、三倍吧。

我啟動引擎發動汽車，助手席上的塑膠袋搖晃，傳出瓶罐相撞的聲音。我踩下煞車把塑膠袋放到後座，忽然從後照鏡看見自己的面容，呆滯的表情令人錯愕。我到底在幹什麼？多年來為公司鞠躬盡瘁，如今我即將失去這份工作。因為過於投入，一旦失去反而無路可去。昨天從瑠衣的住處回到家，打電話給香折約好今天見面，通完電話後我一陣茫然。雖然我沒親人也沒妻兒，也不在乎這輩子可能孤單一個人，但是一旦面臨失業，過去的所有心血將成一場空。想到這兒，一股異常沉重的壓迫感油然而生。

昨晚我幾乎無法入睡。腦海裡浮現內山以及宇佐見的嘴臉，只覺怒火中燒。然而讓我的心情更加浮躁的卻是與扇谷點點滴滴的回憶。對我而言，宇佐見那群人根本微不足道，但扇谷則不然，他可是我這十五年來的一切啊。

我敬重他為師、為父，這話說得一點都不誇張，自幼失怙的我視他為崇拜的對象，要我恨他並不容易。我的心裡有一種對親人又敬又怕的焦躁感，稱不上是怒氣、也不是憤慨或悔悟，那是一種前所未有的情緒，好比煤焦油黏稠又沉重，封住了心中反抗的力量。那令人極為不快的窒悶感一點一滴地侵襲了我。

「我最信任的人背叛我，而這已經是第二次了。」我邊踩油門邊喃喃自語。足立恭子那一次我完全無力挽回，這次也是同樣的結果吧。

當年，我和她的婚禮即將在兩個月後舉行，那一晚從恭子口中說出「根本」這個人的名字時，我還不知道她在說誰。恭子自從和我訂婚之後，就一直在根本和我之間搖擺不定，深陷苦惱，而我一點都沒察覺。恭子冷靜地談起她真正的心情，我只能傻傻地看著她。

「他只有我。」恭子說：「他也只剩下我了。」

譯注

1 指彩色電視（color TV）、自用車（car）、冷氣機（cooler）。

2 指日本七〇年代首相佐藤榮作。

如果當時我能稍稍懷疑恭子和根本之間的關係，應該不會全盤相信她的說詞。我想，你不是到長崎向根本提出正式分手了嗎？或許恭子在決定放棄我的同時，也期望我能挽留她，然而我卻無法做出任何反應，因為我從頭到尾對恭子的話深信不疑。

隔天恭子提出辭呈，一個星期後便隻身前往長崎。根本遭公司貶到長崎之後與太太離婚，最後離職獨立開設一家小公司。當他聽說我們訂婚的消息，立刻衝到東京找恭子。結果，恭子選擇的不是我而是根本。

「你沒有我也能過得很好。」

恭子這一句話點醒了我，原來這兩年來的交往，她和我走在完全不同的道路上。當我逐漸認清自己多麼需要恭子時，她也花同樣的時間認清她不需要我。

玉川通上的車子沒有想像中那麼多，我看著手表，心想應該會提早到瑠衣家吧。放在後座的瓶罐依舊哐哐作響。

我向香折簡短說明竹井的行徑，然後拜託她和瑠衣見一面，沒想到香折答應得爽快，還說「找我男朋友一起來，對你比較好吧」。因此我們四人約好今天六點在瑠衣家聚餐。

瑠衣說：「我會用心煮一桌好菜喔！」

我提議到外頭吃飯，但瑠衣堅持請香折到家裡作客。她說：「香折小姐沒有親密的家人，我們得充當她的家人啊！」

「充當家人」這句話令我有些憂心。萬一香折心情不好，聽到這句話她一定嗤之以鼻：「什麼叫充當家人啊！這人腦筋有問題啊！」

這次在無法預料和控制的局面下讓瑠衣和香折見面，老實說我是萬萬不願意。我不認為瑠衣能夠了解香折，而香折應該不會喜歡瑠衣這一型的人。

一開門，迎接我的竟然是香折。我嚇得頓時僵在門前。

「歡迎光臨！」

「怎麼了？這麼早就來啦？」

時間才剛過三點。香折穿著圍裙，白色襯衫的袖子捲了起來，下半身則是件緊身牛仔褲。

「好久不見，進來吧。」

香折說得好像把這裡當成自己的家。

「最近還好嗎？」我問。

「嗯。」

半個月沒見到她，她的氣色很好，精神也不錯。她替我拿了拖鞋，我穿上後走進屋內。

「她呢？」

「她在準備晚餐，我正在幫她呢。」

「是喔，你男朋友也來了嗎？」

「他呀，臨時被叫去加班，晚點才能到。我中午前打電話跟瑠衣小姐說這件事，她說我先來沒關係，反正我也沒事，就來啦。」

「噢。」

香折拿了我手上裝葡萄酒和香檳的紙袋，一看裡面大聲喊道：「哇！香檳王耶！好像慶祝酒會喔！」

細長的走廊兩旁是浴室和廁所，當我走過走廊正要打開客廳門之前，香折忽然拉住我的衣袖。「喂喂，浩大哥，瑠衣姊不得了喔。」

她滿臉笑容跟我咬耳朵。

「什麼東西不得了？」

「我真的嚇到了！她也太美了吧！比我想像中漂亮太多了，又煮得一手好菜，感覺很親切，我立刻愛上她嘍！」

「是麼。」

「當然是啊！她和浩大哥在一起太可惜了。」

「笨蛋。」

走進客廳，一陣香味撲鼻而來，瑠衣脫下圍裙從廚房走出來。

「這麼快就到啦。」

「嗯，今天沒塞車。」

「吃過午餐了嗎？」

「早上吃了一點。」

「那你肚子一定餓了吧？」

「還好。」

「要不要替你煮個義大利麵？我正在準備晚餐，不過柳原先生好像會晚點到。」

香折正在餐桌的另一頭拿出葡萄酒和香檳，細看兩瓶酒瓶上的標籤。

「喂，柳原幾點會到？」

「不知道耶，七點半吧。他說工作結束後打電話給我。」

「七點半啊。」

我看了手表，快要三點半了。

「你吃過午餐沒？」

香折搖搖頭。

「咦？香折，你不是吃過了嗎？」瑠衣問道。

「對不起，其實我沒吃，因為剛才還不餓。」香折說。

「原來你在對我客氣啊。」

「不好意思。」

「她每次都這樣，要是不管她，她就不吃。」

「那，我們三個先吃點東西吧。等到七點半就太晚了，而且我也有點餓呢。」

「那就這麼決定吧。」我說。

「嗯。」

「好吧，那香折你可以幫我嗎？」

「沒問題。」

香折跟著瑠衣走進廚房。我坐在椅子上望著流理台前的兩人。瑠衣身穿正藍色V領粗針織毛衣配上白色牛仔褲。看著她們的身影，矮個子的香折真像個小孩。瑠衣的身材圓潤，相較之下香折的體型有些骨感，也像發育不全的孩子。這樣看來瑠衣果真比較有成熟女人的韻味。

不知不覺我覺得有些睏了，昏沉之中聽見兩人的對話。

「瑠衣姊，這就是烏魚子嗎？」

「沒錯，那個就是。」

「烏魚子是什麼做的啊？」

「煙燻的烏魚卵吧。」

「烏魚又是什麼？」

「一種魚的名字。」

「噢，所以就像是明太子之類的東西嘍。」

「可以這麼說吧。」

「這要怎麼處理？」

「你用掛在那邊的網子，稍微烤一下。」

「遵命！」

我起身移動到電視前的沙發。脖子一碰到椅背，視線立刻變得模糊起來。

「橋田先生，橋田先生。」

循著叫聲我睜開了眼睛。刺眼的光線下出現一個年輕女孩的臉龐，原來是香折。她昨晚有沒有好好睡呢？瘀青那麼嚴重，應該還會痛吧。只貼那麼一點藥膏根本沒有用，總之得快點帶她去醫院。

「香折……」

我低喚著，望著香折全身。她的右手放在我的肩上。她什麼時候拆掉繃帶了？傷口已經好了嗎？

「浩大哥！」香折突然低聲叫道。我總算清醒了。

「晚餐好嘍。」

「是麼。」

我舉高雙手伸伸懶腰，並且打了一個很大的呵欠。

「討厭，真像個老頭子。」

「吵死了。」

「走吧，要吃大餐嘍。」

「嗯。」

我坐到餐桌旁，瑠衣端出盤子。

「浩介，你要啤酒嗎？」

「好啊。」

我剛睡醒，聲音有點沙啞。

「你好像很累喔，昨晚沒睡好啊？」

星期五晚上我在這裡和瑠衣纏綿到清晨，沒睡覺就直接回家，昨晚也沒什麼睡，確實是睡眠不足。

「嗯，剛剛是有點睏。」

「還好嗎？吃飽再到床上躺一會吧。」

「嗯。」我又打了一個呵欠。

香折拿啤酒回來，看到我就說：「唉唷，又在打呵欠了。」

瑠衣說：「他沒睡飽嘛。」

香折走到我旁邊擺好兩個杯子，笑著說：「橋田先生的興趣就是不睡覺，對吧？」

瑠衣似乎聽不懂她的意思。

「橋田先生的原則是，當別人在睡覺了，如果自己也睡，這人就成就不了大事。對吧？」她邊打開啤酒邊要我附和。

「應該是吧。」

「所以說嘍，橋田先生是選擇不睡覺，瑠衣姊就不用替他擔心了，這個歐吉桑其實很耐操的呢。」

「你自己還不是失眠，還敢說我。」

「我不是不睡，是睡不著。」

我要香折坐在我隔壁，她卻繞過桌子走到瑠衣身旁，倒了兩杯啤酒後，坐在我的對面。瑠衣看了一下香折，然後坐到我隔壁。

桌上有義大利麵、清湯還有鮪魚生魚片的冷盤、番茄沙拉。我拿起啤酒替香折倒了一杯酒。

「呃……雖然看來已經不需要介紹了，但形式上還是……這位是中平香折小姐。她是藤山瑠衣小姐。我們先來乾杯吧。」

香折舉杯一臉誠懇地說：「嗯，感謝兩位的招待。橋田先生一直很照顧我，以前總是聽他誇耀自己的女朋友，今天總算看到瑠衣小姐本人了，也難怪橋田先生想炫耀。瑠衣小姐，橋田先生雖然有點古怪，不過希望你多多包容，並且祝你們永浴愛河。」她說完後鞠了個躬。

「我也很期待和你見面呢。希望今後你也能把我當朋友嘍。」

「別這麼說，像我這種人能當瑠衣小姐的朋友，是我的榮幸呀。」

「你在說什麼啊。」

瑠衣忍不住笑了出來。香折則一臉嚴肅。「真的啊。我會想辦法不要打擾兩位。我會努力的！」

香折一口氣喝了半杯酒。

「不用這麼客氣啊。如果你有什麼困難，從今天起你不止可以找浩介，也可以隨時找我喔。」

香折只是含糊地點個頭。

「來吧，嚴肅的開場白就到此為止，開動吧。」我拿起叉子。

「好吧。」瑠衣也附和。

義大利麵配上海膽醬，原本佐餐的起司變成一片片的烏魚子。吃一口麵，海膽的香味在嘴裡四溢。番茄沙拉淋上含有厚切片圓蔥的奶油起司，這也是一道入口即化的絕佳美味。

「這義大利麵好好吃喔。」香折說。

「謝謝你。」

「瑠衣小姐真會煮菜。」

「會嗎？我只是喜歡做菜。有時候上班，比方與客戶開會的時候，我還會突然想起做菜的事呢。」

「啊？什麼意思？」

「就是說，例如有一個歐吉桑在你面前滔滔不絕地說著，我就會裝出一副認真聆聽的樣子，但其實心裡在想『啊！今天回去煮燉白菜和肉丸好了』。然後回想冰箱裡有什麼材料，想想還有沒有絞肉和冬粉，湯頭要用的干貝和香菇，並且思考怎麼煮等等。想著這些事就會感覺好幸福喔。」

「太厲害了！」

「香折平常吃什麼？都在外面吃嗎？」

「嗯。回到家只有我一個人就不會想煮飯。瑠衣小姐每天下廚嗎？」

「我也常工作到很晚，而且以前都住在家裡。不過我想以後要常做飯，反正一到週末，就算住家裡，也是我在做菜的啊。」

「也對，而且以後就有人跟你一起吃飯啦。真不錯。」

「還好啦。」

瑠衣將大盤子上的冷盤分在小盤子上，放到我面前來。我吃了一口後，香折立刻傾身對我說：「你別只顧著吃，應該跟人家說聲謝謝吧，你以後每天都吃得到這麼好吃的東西呢！」

「你才不要只顧著說話，多吃一點啊，反正平常三餐都沒好好吃吧。」

「我知道！」

瑠衣面帶微笑看著我們兩人。

「你們真像年紀差很多的兄妹呢。」

「年紀差很多這句話是多餘的吧。」

「你和香折差了十八歲，都可以當人家爸爸了。」

「對嘛。」

兩個女人互看對方咯咯地笑了起來。

16

柳原今天的穿著和我上次看到他時完全不同。他身穿破舊的牛仔褲和沒燙平的短袖襯衫。香折領他走進客廳。

「不好意思，我遲到了。」

他很有禮貌地鞠躬，臉和手臂都曬得黝黑，身上傳來一股汗臭味。仔細一看他全身散發著一股年輕的氣息，看不出已經二十八歲了。

「慎太郎，你怎麼全身汗臭味啊！」香折說。

「對不起，今天一整天都在幹粗活。」

我向瑠衣介紹柳原，他從印有SUNTORY的大紙袋拿出手提包，客氣地取出名片遞給瑠衣。

「初次見面，我叫柳原慎太郎。謝謝你今天的招待。」

「喂，你要不要借一下浴室啊。瑠衣小姐，可以吧？」

「當然當然。我這裡也有新內衣。柳原先生可能穿了有點大，不過將就一下吧。」

瑠衣在搬家的同時替我準備了好幾套內衣。

「浩介，沒關係吧？」

「嗯。」

「不好意思，麻煩你了。」

柳原害羞地低頭行禮。香折拿了內衣和浴巾和他走到浴室，一回座就說：「今天我們公司要去志木的倉庫盤點。其實他已經是營業主任了，根本不需要到場，不過他覺得只讓下面的人做，感覺過意不去，所以昨天突然說他也要去。他呀，在職場上好像不太精明呢。」

過了十五分左右柳原回來了。雖然一頭亂髮還沒乾，但神清氣爽多了。

「真的好舒服，謝謝你。」

桌上擺滿了瑠衣的拿手好菜。我倒杯啤酒遞給柳原，他站著一口氣灌完啤酒。

「啊！太好喝了！」

我請他坐在香折隔壁。

「今天去盤點啊？」

「是的。從早上七點開始，大家分工合作。我們主要負責進口葡萄酒，因為還要抽樣檢查產品，必須把每個箱子從架台上拿下來。雖然可以利用堆高機搬，不過拔木箱的釘子還是得自己來，大家忙到剛才，每個人都滿頭大汗。」

「真辛苦。」

「不過我滿喜歡做粗活的，今天也流了滿身汗，覺得很舒服。」

時間正好是七點半。

「上次在半夜撞見你，還沒跟你好好打聲招呼，真不好意思。」我說。

「請別這麼說，是我太冒昧了。」

瑠衣一直在廚房和客廳間走來走去，這時總算回到我身邊，四個人到齊了。我開了冰在冰箱的香檳王，大家先乾了一杯。

「我猜我和瑠衣小姐應該是同年吧？」柳原說。

「柳原先生是幾年生？」

「我是一九六九年六月生。」

「啊！我也是六九年六月耶！」

「幾號？」

「我是七號。」

「我是六號。」

「只差一天嘛。」瑠衣看了我，很驚訝的樣子。

「對啊，我大你一天呢。」柳原露出親和力十足的笑容。

柳原真的很能吃。他長得不高，但肩膀和胸膛特別厚實。原來他在高中和大學時期都屬橄欖球隊。高中念桐朋高中，瑠衣念的是一橋大學，因而對國立[1]都相當熟悉。

「所以你是因為橄欖球隊才進三得利嗎？三得利的橄欖球隊很強嘛。」瑠衣和他處得很融洽。柳原說他以前是慶應大學橄欖球隊的正式隊員。

譯注

1 地名。桐朋高中和一橋大學皆位於國立。

「不是，公司的確有意讓我進橄欖球隊，但是我不想出社會還繼續打橄欖球。老實說，我進這家公司是靠關係的。」

「慎太郎是銀座辻清的接班人呢。」香折突然插嘴。

「你說的辻清是那家懷石料理名店的辻清嗎？」我驚訝地問道，柳原點頭。

「其實說接班人是有點誇張啦。」

「那裡可是裏千家[2]專用的純正懷石料理老店啊，不得了呢！」

我也曾在辻清招待過客戶，這家餐廳是京都懷石料理名店中的名店，在日本也是首屈一指的老店。

「可是你已經不能繼承家業了，對吧？」香折說。

「嗯。」

瑠衣也神情凝重地看著柳原。

「外公在我國中畢業和高中畢業時，都曾問我要不要拜師學廚藝。我父親原本是廚師，後來和辻清的獨生女，也就是我母親私奔，從此外公和他們幾乎斷絕了關係。雖然我並不討厭做菜，不過突然由我來接管那家店，好像有點怪，就拒絕了。」

「要學廚藝，一定得在十八歲以前，所以慎太郎已經無法繼承家業了。」香折說。

「老實說我不太喜歡從事賣酒的工作。不過學生時代都在打橄欖球，幾乎沒在念書，後來是因為外公是關西人，三得利[3]的高層喜歡到店裡光顧，才在這樣的機緣巧合下進了公司。」

「為什麼不想賣酒呢？我覺得這個工作不錯啊。」瑠衣說。

柳原思考片刻後開口說道：「我父親是酒精中毒患者，他在我小學六年級時就在精神病院過世了。也因此我和我母親對酒精都有慘痛的回憶。從小我就想這世界上如果沒有酒該有多好，結果我現在竟然靠賣酒領薪水，感覺真是奇怪。」

「原來是這樣啊……」瑠衣和我異口同聲。

「你父親是因為酒精中毒過世嗎？」瑠衣小心翼翼問道。

柳原一臉毫不在意，大方回答：「我父親真的很慘。他最後甚至出現認知障礙，連我是誰都搞不清楚，簡直和廢人沒兩樣。真的很好笑喔，我們想盡辦法不讓父親沾上一滴酒，家裡禁止擺放任何含酒精的飲料，因為後來就算是一小杯酒都能讓他不省人事。不過父親還是會偷偷買酒回來，藏在我母親找不到的地方。我房間的書櫃就是他藏酒的地方，有次我真的火大了，半夜偷偷拿出酒瓶，把酒全部倒掉後把我的尿裝在裡面。隔天父親在不知情的情況下喝下那瓶尿，真是笑死我了！他大吼大叫：『是誰！是誰把尿放在裡面！』」

坐在旁邊的香折笑著說：「還有很多有趣的事，對吧？聽說有種幫助戒酒的藥，無色無味和水一模一樣，一旦喝下它再喝酒的話，就會突然反胃噁心。」

柳原接著說：「對啊，那叫抗酒劑，那真的跟水沒兩樣，所以我們也分不清是水還是藥。而父親經常把藥偷偷換成水，每天早上我和母親都要監督父親喝藥，要他非得在我們面前把藥喝完不可。不過要是父親把藥偷換成水了，我們也分不出來。他總是一喝完藥就說要出門，結果又酩

譯注

2 日文茶道的傳統流派。

3 三得利原是關西酒商。

酊大醉回來。就這樣，我們每天與父親處在諜對諜的狀態；他把藥換成水，我們又把水換回藥，父親以為是水喝下藥，出門之後又跑去居酒屋，然後因為藥效發作，痛苦得緊急叫了救護車。總之啊，這類的事天天發生。」

柳原喝了口葡萄酒後繼續說：「父親過世，我真的鬆了一口氣。因為他已經瘦到只剩皮包骨，簡直就像快餓死了。我看著他死去時的面容，覺得他終於解脫了。人一旦酒精中毒，實在無力脫身，所以最可憐的就是他自己啊。」

他的語氣格外平淡。

「我沒有父親，無法說些什麼，不過我想應該很辛苦吧？」

「浩大哥沒有爸爸啊？」香折一臉驚訝。

「嗯，他在我三歲時得癌症過世了。母親也在我大四的時候過世，現在算是舉目無親，不過也因此才可以過著輕鬆的生活。總比你有討厭的爸媽和哥哥好多了吧。」

「噢，原來如此。說起來我完全沒聽浩大哥說過自己的身世呢。」

香折開始醉了，對我的稱呼從「橋田先生」變成了「浩大哥」。

「要看什麼樣的父母啊，有些父母不如不要。香折的父母就是啊。」柳原答腔。

我邊聽著柳原的故事才了解香折為什麼捨棄卓次而選擇了柳原。我想柳原應該多少能夠了解香折背負的苦惱吧。

「大家都好辛苦喔。」瑠衣語氣沉重。

「那是因為你成長在一個健全的環境啊，不過那才是正常的吧。和香折或柳原相比，我根本談不上辛苦呢。」

「對啊，瑠衣小姐好幸福，我好羨慕喔。出生在名門世家，人又長得那麼漂亮，還有浩大哥這麼棒的男朋友。剛才我說他有點古怪，其實沒那回事啦。浩大哥是我見過最溫柔最可靠的人，他在緊要關頭絕不會見死不救。瑠衣小姐，往後不可能再有像浩大哥這麼優秀的男人喔，你得牢牢抓住他。雖然我對自己沒自信，但是我對浩大哥有絕對的自信。很少有男人像浩大哥這樣讓我這麼誇獎的。」

香折滿臉通紅，我看是醉得不輕。

「喂喂！怎麼啦？嘴巴怎麼突然變這麼甜？」我開她玩笑。

「我偶爾也會說真心話呀。」

香折說著嘟起嘴巴，柳原也笑了。

「她真的一直受到橋田先生的照顧，我們兩個真的很感謝你呢。」

「沒什麼大不了啦。如果她是我女朋友，我應該幫她更多，不過我們又不是這種關係。」

「我們很像兄妹，對吧？」香折笑得很開心。

「啊，對了對了！」柳原說著突然站起來。他拿了放在角落的紙袋回到座位，從紙袋裡掏出一個大盒子。

「這是送給你們的。」

「是什麼啊？」瑠衣收下它。

「請拆開來看看。」

拆開包裝後出現一個咖啡色皮箱。打開蓋子，裡面放著一對高腳杯。

「哇！好漂亮喔！」瑠衣發出驚嘆，「謝謝你！」

那是Baccarat的高級水晶杯。

瑠衣取出杯子擺在桌上。兩個杯子在燈光下閃閃發光。

「真不好意思，讓你費心。」

「不會啦。其實是因為工作關係，我可以用較便宜的價格買到。但是真的很漂亮，相信一定很適合兩位。」

「我好開心喔。」

「你喜歡那真是太好了」

柳原一直盯著瑠衣。打從他進門，有時他會痴痴地盯著瑠衣。

「對杯耶，好像結婚賀禮喔。」香折拿起杯子對著燈光忽然說道。

我發現瑠衣的笑容霎時消失了。

「啊！對啊，當結婚賀禮也沒錯嘛！」香折急忙圓場，又問：「橋田先生，你向瑠衣小姐求婚了嗎？」

「這個問題很失禮喔。」柳原立刻糾正她。

「為什麼？哪會失禮？」

「因為這是他們兩人的私事啊。」

我無話可說。瑠衣突然看著我說：「喂，怎麼樣嘛？」

我不禁看了香折。香折一臉尷尬地別開視線，四個人一陣沉默。瑠衣把杯子收回盒子後說：

「對了，等我一下。」

她起身離開。

「這是我送給香折的禮物。」

「啊！」香折站起來收下禮物，匆匆拆開盒子。是個紅色領結的熊布偶。

「哇！好可愛喔。」

「這是真正的泰迪熊喔。」瑠衣說：「看看腳底吧。」

布偶左腳下繡有金色的刺繡：「Harrods 1997」。

「這是哈洛茲的年度熊，每年秋季出售。去年我去倫敦，看到紅色和黑色領結的熊，我把兩隻一起買回來了。這隻就分給你嘍。」

香折抱著玩偶坐下來。「瑠衣小姐，謝謝你。我真的好高興！」她露出滿臉的笑容。

「好像只有我和香折不夠周到喔。早知道我也該準備些禮物才對。」

「沒關係啦。對吧，柳原先生？」

瑠衣問柳原，柳原也點頭了。

最後，瑠衣端出她燉了一整天的牛尾燉湯讓大家享用。之後大家移到沙發上，用完點心和咖啡已經過了九點半。我們喝了一瓶香檳和兩瓶葡萄酒，四個人都已有些醉意。柳原因為早起，眼睛快要睜不開了。我也發覺自己的身體深處滲出濃濃的疲倦。

我想該散場了。香折和瑠衣卻聊個不停，忽然香折問我：「喂喂！我們現在去唱歌好不好？聽說這棟大樓後面有一家ＫＴＶ。浩大哥和慎太郎都一起去吧。」

我看了瑠衣，她好像也有此意。她們兩個剛才大概就是在聊這個吧。

「可是已經快十點了。你明天還得上班吧。而且柳原看起來很累耶。」

「小慎ＯＫ吧？」

「沒問題！」柳原立刻贊成。

「瑠衣你呢？」

「我也想去。好不容易和香折相處得這麼好，而且我好像沒聽過浩介唱歌呢。聽香折說你好像滿會唱歌的嘛。」

很久以前，我和香折曾經有次吃完飯後跑去KTV。

「沒有的事啦。」

我雖然興致缺缺，但三個人都想唱，我也只好從命。

「那就唱一下下就走嘍，明天大家還得上班嘛。」

「好！就這麼決定！」香折率先精神抖擻地站起來。

17

KTV客滿，柳原問店員要等多久，店員說大概十五分鐘。「要等嗎？」柳原問我，我說：「今天還是算了吧。」瑠衣似乎也贊同，但香折卻說「只要十五分鐘，我們就等一下嘛」，然後立刻坐到櫃枱前的高腳椅上。「那我們就等一下吧」，柳原也跟著坐在香折旁邊。我和瑠衣也只好一起坐下。

「浩介通常會唱什麼?」瑠衣問我。

「隨便唱啊。」

「我從來沒跟你唱過歌耶。」

「對啊,公司的年輕人經常找我唱歌,所以啊,我不希望連和你在一起的時間也跑去唱歌嘛。」

「其實我還滿喜歡唱卡拉OK的。」

「你們公司的人應該不會去KTV唱歌吧?」

「不會啊。大家都很喜歡,社長已經唱上癮了呢。」

「是喔。」

瑠衣公司的社長名叫喬治.格林費德,是猶太裔美國人。多數員工也是來自美國總公司的派駐人員。

「我上次去紐約出差的時候,也和當地的員工去唱了好幾次呢。」

「很難想像耶。」

「紐約開了好幾家KTV呢。」

「是啊。」

「浩介,你最近很少出國吧?」

「對啊,大概有兩年沒出國了。」

「今年夏天要不要一起去一趟紐約?那邊這兩三年改變很多喔。」

「旅行嗎?不錯喔。」我口頭上這樣說,心裡卻想今年夏天不知自己會是什麼樣的處境。

香折原本和柳原聊天，這時突然插話。「你們在聊什麼啊？」

瑠衣轉向香折說：「我在問浩介的拿手好歌啊。」

香折誇我：「橋田先生很會唱歌喔。他唱〈永遠的兩人〉的時候很迷人呢！」

「哇，年紀一大把竟然唱這種歌。」

「要你管。」

大約過了五分鐘，五個年輕男女走進店裡。他們聽到客滿，其中一人對店員咆哮：「什麼啊！搞什麼東西！」看來五個人都酩酊大醉，每個都把頭髮染成咖啡色、金色或紫色，兩耳上穿了好幾個耳洞。大概是重考生或是專校的學生吧。他們互相推來推去鬼叫不停，店裡完全亂成一團。

「喂！店員，這些人也在等嗎？」其中一個嚼著口香糖的傢伙指了指我們。

「他們真的在等耶！煩死了！」

另一個戴著NIKE帽子、留著鬍子的傢伙也跟著附和。我看著他想起了池上。瑠衣和香折面向櫃枱不發一語，柳原和我看著他們。口香糖男和NIKE男兩人突然手插口袋靠近我們，剩下的三個則在後頭竊笑，一陣酒味撲鼻而來。我坐在最右邊，離他們最近。他們兩人站到我附近，一開始什麼話都不說，假裝看著櫃枱裡面的海報或玩偶，不停晃著上半身彷彿跳著不熟練的舞步。他們偷偷看著瑠衣和香折，NIKE男首先說：「大哥們帶的馬子都很正點喔！好羨慕喔！」

「那邊那個大姊超正！是模特兒嗎？」

我不回答。

「左邊的也很可愛啊，還抱著熊熊哩！」

口香糖男站在NIKE男後面。

「大哥，講點話嘛。我們在誇獎你的馬子哩。」

我從椅子上站了起來，不理會那兩人，走到緊張不已的瑠衣和香折背後說：「我們走吧。」柳原看著我，用眼神問：「要放過他們嗎？」瑠衣和香折起身，我為了幫三人開路，於是擋在口香糖男和NIKE男面前。

「什麼嘛！要走嘍？」

NIKE男怪叫了起來。柳原走在前面，香折和瑠衣則跟在後面。

「這些傢伙真不夠意思耶！」

口香糖男故意回頭對入口附近的同夥說。我心想如果他們要擋路，那我就不客氣了。那五個人都非常瘦小，NIKE男長得最高，但T恤下伸出的手臂又細又蒼白。他們不止喝酒，或許還嗑了藥。我想我加上柳原應該應付得了。瑠衣和香折在柳原的帶領下平安地走出門外。我故作鎮定不與任何人四目相對，往在門口等候的柳原方向走去。

瑠衣和香折在小路的另一邊憂心忡忡地看著我。

「真傷腦筋。」我說。

「對不起，我不應該提議去唱歌的。」香折向我們道歉，聲音有些顫抖。

「你幹麼道歉啊。」柳原笑著說。

「對啊，跟你沒關係。」瑠衣摟著香折的肩膀。

我仰望天空。看不見星星的夜空。「沒有星星。」我自言自語。看了看手表，時間是十點十分。

「為了平復心情，我們去小酌一杯再解散吧。」

「好啊。」柳原表示同意。

我們四人走到本鄉通，再往小川町方向走了一會兒。我走在最前頭，柳原跑到我身邊說：「橋田先生，你好成熟喔。」話中有些揶揄的意味。

「什麼意思？」

「就是對付剛才那些傢伙啊。」

「有嗎？」

「我看到那種垃圾就受不了。」

「垃圾？」

「對啊，那些人是垃圾吧。」

「沒那麼嚴重啦，他們只是喝醉了。」

「所以才是垃圾啊。」柳原繼續說：「如果只有我們兩個，你會怎麼做？」他以試探的眼神看我。

「什麼叫只有我們兩個？」

「就是說，只有我和你兩個人啊。」

「應該還是會走吧，而且對方有五個人哩。」

「不過那些傢伙，我們應該應付得來吧。」他握緊拳頭，擺出出拳的架式。

「誰知道呢。這只是假設，而且事實上香折和瑠衣都在嘛。」

「瑠衣小姐應該有點失望吧。」

他這話說得莫名其妙，我不禁瞪了他一眼。

「什麼意思？」

「沒有，沒別的意思。」

我在心裡感覺到一股小小的怒氣。

「先別說瑠衣，萬一打起來會嚇壞香折，你不覺得嗎？」

柳原似乎聽不懂我說的話。

我又說：「他們一進來，香折就已經嚇壞了。」

「是喔。」

「對啊。」

我們沉默了一會兒。

「很辛苦吧？」我問他。

「什麼很辛苦？」

「照顧香折啊。」

「還好啦。不過是滿累人的。一說起家人她就臉色大變。你可能沒看過吧，有次我看到她亂嘔心的棉被簡直嚇呆了。不過我盡量不要去刺激她的痛處就是了。我的家庭也是一團糟啊，所以我了解她不希望別人提起她的家人。我大概能夠了解她的感受啦。」

「是麼，那就好。」

我嘴裡雖然這麼說，但我認為他說得太輕鬆了。這種程度的體會或理解是不可能真正掌握香折內心世界的。如果只是這種程度的體會或理解，看到那條「棉被」，應該說不出「能夠了解她」這種話。

「話又說回來，瑠衣小姐真的好漂亮喔！」柳原的語氣充滿好奇，「第一眼看到她，我就傻眼了。」

「會嗎？」

「真是令人羨慕死了！」

他這一句話倒是充滿玩笑的意味。

「你們在哪兒認識的啊？」

「你沒聽香折說嗎？」

「沒有耶。」

「他是我們公司社長的姪女。是社長介紹給我的。」

「是喔，她是藤山集團的大千金嘛。」

「沒那麼誇張啦。」

「橋田先生真是幸運。聽說你在公司也是平步青雲，不是嗎？」

「你聽誰說的？」

「香折跟我說的。」

「其實並不是你想像的那樣。」

「香折真正相信的人只有你啊。」

「也不能這麼說。我想是因為年紀相差懸殊，而且對她沒什麼侵略性吧。」

「說得也是，你們可是兄妹呢。」

從剛才起，柳原的話中總是語帶諷刺。

「應該也不是那種關係。」

「情人和兄妹，哪邊比較重要呢？」

「什麼意思？」

「沒什麼，只是稍微想到這一點。我想瑠衣小姐應該也有同樣的疑問吧。」

「我不懂你想說什麼。」

「沒什麼特別意思。我是獨生子，所以一直無法體會兄弟姊妹之間的那種感情。」

「我也沒有兄弟姊妹，所以其實也不怎麼了解。」我草草敷衍他。

小川町十字路口的轉角有一間小酒吧，一走進店內發現沒什麼人。我們四人坐定後，我和柳原點了威士忌，瑠衣喝白色俄羅斯，香折則點了新加坡司令。

大約半小時後就散場，柳原和香折搭計程車回去了。香折在店裡始終靠著椅背沉默不語，分手時一再向瑠衣說「瑠衣小姐，今天真的很對不起。都怪我掃了大家的興」，弄得瑠衣不知如何是好。

計程車走遠之後，瑠衣輕輕地嘆了一口氣。

她問我：「接下來呢？」

「先回你那裡去吧。」

我打算等酒醒之後再回家。

「你一定累了吧，難為你了。」

我邊走邊說。瑠衣忽然感慨地說：「香折果然是需要多花心思照顧的孩子。我今天才知道浩介有多辛苦。」

「是麼。」

「他們兩人也怪怪的。」

「怎麼說？」

「我剛問了香折和柳原的關係，結果她竟然毫不在乎地說她完全不喜歡柳原。」

「那算是她的口頭禪吧。」

「可是香折今天才剛認識我，而且柳原就坐在隔壁，雖然他正在跟你聊天，但也可能聽見啊。這會不會有點異常啊？」

「你說異常就有點過分了。」

「你是早就習慣了，所以不太能體會啦。」瑠衣的語氣格外嚴厲，「她說男人接近她都是為了身體。只要她稍微對男人好一點，他們就會得寸進尺，立刻要跟她上床，還說只有你是例外。」

「她才二十歲啊，誰都有過這種想法吧。」

「可是她對你好過嗎？」

「我們不是那種關係啊。」

「我覺得她好像把你當呆子耍，她一直在利用你吧？口口聲聲叫你大哥，其實是個心機重的厲害角色。」

「你是說我人太好嘍？」

「沒錯，你是個濫好人。」

瑠衣笑了。我也苦笑，我不喜歡剛才瑠衣的態度，她們才見了一次面，怎麼能說香折「心機重」呢？我認為不管對象是誰，第一印象是最不可靠的。

「那個柳原對你很有意思喔。你也跟他聊得很開心嘛。」

瑠衣在生我的氣，我多少得安撫她一下。

「沒什麼開不開心，那種人我常遇到。」

「哇，很得意喔。」

「沒有啦。」瑠衣勾起我的手。

「柳原說我沒去對付剛才那群混混讓你很失望。」

「真幼稚。」

「對啊。」

我心想：說人家幼稚，你自己也差不多。

我們走到停車處，我對瑠衣說我要直接回去了。

「為什麼？你可以睡在我家啊。」

「我沒帶衣服來，而且酒也醒了。」

瑠衣顯得很不高興，但我不予理會隨即上車。不知為何總覺得心情有些煩悶，我想我是累了吧。

「謝謝你的好菜，我走嘍。」

隨著車子的移動，照後鏡中瑠衣的身影逐漸縮小，然後消失。

我在空曠的馬路上奔馳了一會兒，忽然發現一個高個子走在人行道上。我減速看清他的長相，發現那是剛才KTV的NIKE帽子男。他蓄著落腮鬍，長相酷似池上。我將車子往前開靠邊停下來，從鏡子看著他慢慢接近。等他來到距離大約五十公尺的地方，我從置物櫃取出墨鏡，脫掉上衣下了車。NIKE男沒發現我，兩手插在口袋低著頭走向我。左手邊的大樓和大樓間有條可容納一人通行的小巷，我靠在護欄望著那陰暗的角落並點起一根菸。

我抽了兩三口苦澀的菸，心想：我到底在做什麼？看不見盡頭的小巷彷彿吸走了我的意識。不久，NIKE男正要通過我的眼前。

「喂！等一下。」

我很自然地出聲。NIKE男停下腳步，一臉狐疑地看著我。

「好久不見！」

他以為遇到熟人，瞇著眼睛仔細打量我，但是他似乎忘了我是誰。

我丟掉菸蒂從護欄起身走近他。首先舉起右腳踹了他毫無防備的腹部。這一腳來得太突然，NIKE男根本無法出聲。他身體往前傾，我抓住他的金髮用右手肘賞他一個拐子，只覺得上臂部傳來一陣冰冷的痛楚，簡直就像撞到水泥地。NIKE男發出低沉的呻吟，不過他還是站得好好的。接著我用膝蓋朝著他的胯下緩緩一擊，一種軟綿綿的觸感，NIKE男終於跪下了。這次我朝著他的臉部正面踹下，他的鼻子可能不保了。我看見他臉部中間噴出紅色的液體。NIKE男仰躺在地上，我抓著他的長髮拖到小巷內，他用雙手摀住臉龐，不斷嗚嗚呻吟。進到小巷後，我猛踢他腰部以下的部位。他在狹窄的牆縫間像隻毛毛蟲滾來滾去。每當他試圖起身，我就立即蹲下痛毆他的臉。但是我不想弄傷自己的手，於是從口袋掏出手帕包住右手揮拳。

我滿身大汗，墨鏡因為汗水差點滑下，我終於停止毆打。NIKE男不知是在擤鼻血還是在哭，膝蓋縮在胸前全身抽搐。我將沾滿了汗血的手帕放回口袋，丟下躺在地上的男子回到車裡。發動引擎猛力踩下油門離開現場。

18

我把車子停放在公寓的停車場，走到入口時發現玻璃門前站了一個人。我一走近，香折就揮手叫我。

「啊？你來啦。」

「嗯，有點事。」

「柳原呢？」

「回家了。我把瑠衣小姐給我的熊玩偶送給他。」

「他住在哪啊？」

「西早稻田。我讓他下車後就來這裡了。」

「不用陪他嗎？」

「沒關係。浩大哥自己有沒有關係？」

「什麼意思？」
「你不用睡在瑠衣小姐家嗎？」
「明天還得上班啊。」
香折笑了。
「怎麼了？」
「我就覺得我在這裡等，一定能等到你。」
「為什麼？」
「沒為什麼啊。」
隨便啦，我邊嘀咕邊打開玻璃門走進公寓。香折跟著我走了進來，在樓梯間等電梯時我問她：「你明天也要上班吧，衣服怎麼辦？」
「穿這就行啦。」
「可是柳原會覺得奇怪吧？」
「他明天出差，不會有問題的。」
香折好久沒來我這兒了。進了屋內我先不管香折，自己去沖了個澡。換衣服時我從褲子口袋掏出手帕，紅色的大片血跡已經變黑了。不久前的事卻彷彿一場空。原來，襯衫和褲子上也都沾了一些血跡。我把衣服全塞進塑膠袋，綁緊封口，丟進浴室的垃圾桶。
回到客廳，香折正在看電視。
「如果要洗澡就去沖一下吧。」
「不用，明天早上再洗。」

「是麼。」

香折從冰箱替我拿了啤酒。我們面對面坐在沙發上喝啤酒。

「她人不錯啊。」香折說：「美到那種程度就不會惹人厭。」

「嗯。」

我看了香折，不禁嘆了一口氣。「有沒有按時吃藥？」

「有啦。」

「吃多少？」

香折把啤酒罐擺回桌上。「別問那麼多嘛。我覺得浩大哥你才有心事吧？」

香折露出我從未見過的表情，一種難以言喻且異常溫柔的表情。

「怎麼說？」

「因為你有點怪怪的啊。」

「哪裡怪怪的？」

「看起來無精打采。」

「不會啊。」

「才怪，感覺有點自暴自棄。」

「會嗎？」

「會啊，完全不像平常的你，你是不輕言放棄的人啊。」

「放棄？」

「你的眼神好像已經放棄了什麼，我第一次看到你這種眼神。」

我低下頭。右手關節泛紅腫脹，剛才做了傻事，連自己都受不了自己。
「大概是有點累了吧。」
「你哪時候不累？」
我抬起頭仔細瞧了香折。
「浩大哥，打從認識你以來，你總是很累啊。你揍了池上的那天，我就覺得這人的眼神好疲憊喔，不過不管多累，你還是全力以赴。但是現在的你不同，好比擁有金剛不壞之身的人被破了罩門。我好擔心喔，像這種時候我總覺該為你做些事情。」
我起身再去拿了一罐啤酒。
「是不是在工作上有什麼問題？」我打開拉環，香折忽然說道。
「你怎麼會這麼想？」
「因為你只有工作，一直以來你只專注在工作上啊。」
我笑了。「才沒有。」
「有！浩大哥根本也沒什麼嗜好，生活中值得操心的事大概也只有我這個人吧。但是我現在狀況還好，所以就只剩工作了嘛。」
我腦中浮現扇谷的臉、內山和宇佐見的臉、佐和姊及百合小姐的臉、酒井的臉，還有駿河的臉。如果我快不行了，那麼駿河應該更受不了吧。宇佐見掌握大權的那一天，駿河會是什麼樣的處境呢？不僅董事升任案會撤消，事實上根本無法再留在總公司了。駿河究竟能不能夠忍受這樣的屈辱呢？
我喝完啤酒起身。

「很晚了，去睡吧。我沒事，不用擔心。」

香折也不再說下去了。

關上燈，我躺在床上思索一些事。三年前扇谷把問題紙條交給中野，今年我從一個姓生方的前讀賣新聞記者那裡要了紙條的影本。為了以防萬一，我把紙條內容與當時偷偷記下的政治獻金名單相互對照了一下。神坂五億、現任通產大臣伊藤八千萬、郵政大臣杉村六千萬等等，閣員級的獻金金額無誤。但是名單上總共有二十六人，我和駿河負責的十八人中，有十三人的金額與扇谷紙條上的金額不同。扇谷親手寫下的金額比我和駿河實際分配的金額各多出一千萬至一千五百萬。光是這十三人的差額就多出一億五千萬圓。這代表的意義非常明顯：至少有一億五千萬，如果包括其餘八人，可能就有高達兩億以上的錢事實上並未分配到政客手中，並且也不知去向。

給日本二十億的回扣金中，約有兩億不知誰挪走了。

駿河之前似乎還沒發現。而當我拿到問題紙條向駿河報告後，我得知了一項令我錯愕不已的事實，因此也沒有必要再問是誰拿了這筆錢。這次的黑金作業只由扇谷、酒井以及駿河和我負責處理。如果有人拿走了兩億，那就是我們四人之中的其中之一。

就在我昏昏欲睡之際，隱約聽見微弱的敲門聲。寢室門開啟，外頭的光線射進房內。我起身往門的方向看去。

「浩大哥。」

香折不知抱著什麼直接走了進來。

「怎麼啦？」

「唷呵」，香折輕喊一聲就把棉被放在床邊，攤開棉被擺好枕頭躺了下來。
「我今晚可以睡在這裡吧？」
「睡不著嗎？」
「嗯，而且我沒帶藥過來。」
「是麼。」
「晚安嘍。」
「嗯。」
我躺下閉上眼睛。
「浩大哥。」
「怎樣？」
「我們好久沒有這樣一起睡了。」
「是啊。」
「其實我在這房間睡覺，這回才第二次呢。」
「是嗎？」
「嗯。」
我和香折暫時都沒有再說話。四周一片悄然。
「浩大哥，你睡了嗎？」
「還沒。」
「瑠衣小姐說啊……」

「說什麼？」

「如果兩人真正相愛，做愛是件很美好的事。她說每一瞬間就好像一個小小的死亡。」

「小小的死亡？」

「嗯。就好像殉情一樣，她說她會有這種感覺。很溫暖、很安靜、很安祥，能夠拋開一切煩惱，覺得什麼都無所謂了。這世界上所有的人事物都變得很美，感覺能夠愛上全世界的一切。」

「嗯……」

「浩大哥覺得呢？你和瑠衣小姐做愛也是這種感覺嗎？」

我沒回答。

「浩大哥。」

「嗯？」

「和瑠衣小姐沒有這種感覺嗎？」

我睜開眼看著香折。微弱的光線照亮香折的臉龐。

香折伸出她細長的手臂，我握住了她的手。

「浩大哥。」

「什麼事？」

「你以前常這樣握住我的手呢。」

「對啊。可是你不喜歡，每次都甩開。」

「今晚不會這樣嘍。算是報答你。」

香折的手掌又小又柔，但卻是冰冷的。

「浩大哥。」

「怎樣？」

「如果真的很痛苦……」她握緊我的手，「記得來找我喔。我一定會保護你的。」

19

五月二十六日星期二，冗長的會議總算結束，正當我要起身離開，坐在旁邊的駿河叫住我：

「你可不可以等一下？」兩三分鐘過後，偌大的會議室只剩我們兩人。駿河的表情僵硬，他在會議中並未露出這種神情。

「怎麼了嗎？」

我先開口。會議室內除了我和他沒有別人，但駿河還是偷瞄了一下門邊，然後悄聲地說：

「老大要辭掉會長了。」

「怎麼可能！」我大吃一驚。

「這是真的。消息是佐佐木常務放出來的。」

佐佐木是統籌總務和公關部門的常務，外界認為他是宇佐見派的人馬。該來的總算來了。

「你什麼時候聽到的？」

「剛才聽植村說的。植村也是今天才知道。據說佐佐木下達嚴格的封口令。」

植村是總公司公關部次長，他從經營企畫室轉調到公關部，算是駿河心腹之一。

「封口令是怎麼回事？」

駿河不耐煩地皺了皺眉頭。「公關部已經在製作對外發布的資料了。」

我想也是這樣，只是變動比預期還來得早。扇谷上個星期才到美國出差，我本來預測就算有具體的動作也會等到這個週末扇谷回國後。

「繼任人選呢？」

「據說是宇佐見。」

「這不是真的吧？」

「我就跟你說是真的嘛！植村他們已經在替宇佐見製作資料了。這是千真萬確的消息了！」

駿河眉頭更加深鎖。

「不可能有這種事啊，我們怎麼都沒聽說呢！」

「但事實就是如此。不然公關部怎麼會在這種時候替宇佐見製作資料？等老大回國，他們就會取得董事會的認可，立刻對外發布消息。絕對錯不了！」

扇谷將在三十一日回國，隔天六月一日是星期一。我懂了，他們計畫在星期一上午的經營會議決定新會長、社長的人事，並且當日立即發布消息。

「酒井先生知道嗎？」

「不曉得他知不知道。我現在要去告訴他，你也一起來吧。」駿河顯得有點驚慌失措，聲音微微顫抖。

對酒井而言應該也是青天霹靂吧。我看了手表。五點半。現在離開公司，半小時左右就能到達向島。我今天猶豫了一天，但聽了駿河的消息我決定去赴內山的約。

「我現在有件重要的事情非得去處理不可。但是我也想知道酒井先生的反應，而且我也有話跟你說，所以我們晚上約一個地方會合如何？」

駿河一臉狐疑，他對我鎮定的態度感到疑惑。

「你要跟我說什麼？」他語氣變得嚴厲。

「跟這件事有關，但不能透露太多。」

「你早就知道了是不是？」他一副難以置信的模樣。

「不，我也是第一次聽到。總之今晚九點我們約在『凌』如何？到時候我會說明一切。」

我站起來。駿河看著我驚訝得微張著嘴，整個表情彷彿欲哭無淚。

前往向島的計程車上，不知為何我忽然想起和瑠衣一起看的《新天堂樂園》。電影中出現這麼一段情節：男主角為愛痴狂，照顧他的老人對他說了一段故事。

從前從前，國王舉辦了一場派對。全國的美麗姑娘群聚一堂。有個衛兵在這些女孩當中發現了公主。公主走過他的面前，眾多美女中就屬公主最美。士兵愛上了她，但公主和士兵不可能在一起。有一天，士兵終於鼓起勇氣向公主表白。他說沒有公主不能苟活。公主對他的仰慕之情感到不知所措，於是對士兵說：「如果你能夠不分晝夜天天守在我的陽台下，只要持續一百天，我願意成為你的人。」士兵立刻飛奔到陽台下守著公主。兩天……十天……二十天過去了。公主每晚從窗戶看見士兵，士兵一動也不動。不論刮風下雨、大雪紛飛、鳥屎滴在頭上、被蜜蜂螫傷，士兵依舊守在陽台下。過了九十天，士兵已經全身乾癟發白了。他的雙眼落下了淚水，他甚至連抑制流淚的力氣都沒了，也沒有力氣入睡。公主一直望著他。直到第九十九天的夜晚，士兵忽然站了起來，離開了陽台下。

男主角在電影中問了老人：「為什麼他在最後一天要離開呢？」老人搖搖頭說他也不懂為什麼，如果你知道了，請告訴我。

為什麼士兵會在最後一天離開，電影的最後，男主角終於找到了答案，他也告訴了老人。但此時我卻怎麼也想不起來他到底說了什麼答案。

「我承認，我這次的作法確實非常可恥。你說得沒錯。」

宇佐見直視著我說。一雙大眼睛散發著黯淡的光芒，雖然如此，他的雙眼反而更顯出清澈且寧靜的深沉。和他對話之間，我開始感到某種壓迫感。

「你剛才說我的手段骯髒，你說不能讓這種人經營公司，不過你可不可以稍微反省你自己？或許我這麼說有些殘酷，可是你敢說自己的手段就非常光明正大嗎？」

「至少，我認為我並沒有悖離身為一個人最根本的原則。」

「是嗎？」宇佐見銳不可擋的眼神宛若在逼問我，「把高達四十五億元的政治獻金利用違法的手段送進日本和印尼兩國的政界，這是正當企業的業務範疇嗎？你敢說這叫光明正大嗎？而且這四十五億的源頭正是我國的ＯＤＡ（政府開發援助）資金，也就是每個國民的血汗錢。」

「如果把它當作維護我國利益的操作資金，就沒那麼嚴重了吧。國際社會才不管你什麼道義或倫理呢。對於沒有天然資源的日本來說，為了要確保天然資源的供需，我們絕不能將泗水油田讓給歐美各國。獲得泗水油田，對日本未來的經濟才有莫大的幫助，而這也等於回饋於民。我不認為我們浪費了人民的血汗錢。這些錢是為了執行國家最高政策而使用的。」

「即使是構成貪汙罪也無所謂？」

「我承認違反了政治獻金法，但我不認為那些獻金構成貪汙罪。」

「怎麼不會？你們違反了投標的公平，以財力獲得油田，就刑法而言，行賄的一方將構成行賄罪，收賄一方則構成收賄罪，這不是很清楚嗎？」

「我認為這只是忽略現實、不足為取的形式論。」

「現實，是吧？」

宇佐見冷笑。

「也就是說，為達目的可以不擇手段嘍？」宇佐見繼續問道。

「那是你們吧。而且你們的行為沒有任何道義可言，只是為了貪圖私利。」

「你已經認定我們不在乎道義，只為了貪圖私利嘍？」

「事實就是如此。你們將祕密情報賣給媒體，以此威脅社長確保自己的地位，更乘機奪權篡位。這豈不是枉顧是非的恐嚇行為嗎？」

「我反倒認為那些假道義之名行貪圖私利之實的人更惡劣、更沒品。為了驅逐這種人，抵制的一方也不得不耍一些手段吧。哪怕必須遭人指控背信忘義也無可奈何。」

「即使如此，我還是認為社長比你們好太多了。他沒卑鄙到利用黑函還裝作若無其事。」

內山在他身邊不發一語。他對內山使眼色說：「把那樣東西拿給橋田看吧。」

內山從西裝內袋裡掏出一張紙。

我接過來看，那是一張銀行存摺影本。大概是他們抓到的把柄吧。其中一個匯款欄下方畫有一條綠色實線：

〈7・10・17　SURUGA ATSUKO　200000000匯款F*200000000〉

我的眼睛死盯著這行字。平成七年（一九九五），也就是我們把二十億資金分送給各大政客那一年。匯款人SURUGA ATSUKO又是誰？而這兩億又匯入了誰的戶頭？

「匯入戶頭的所有人是國枝百合，這樣你了解了吧？橋田。」

我抬起頭瞧見了內山得意洋洋的嘴臉。

「SURUGA ATSUKO＊就是駿河老婆的名字。她在平成七年十月匯錢給鶴來的小老闆。匯入銀行是三和銀行飯田橋分行，而匯出銀行同樣是三和銀行的世田谷分行。」

果然，宇佐見他們早已查到二十億獻金的部分金額並未支付給政客。這個月十三號，他們到鶴來時，隨行在宇佐見和內山身邊的是室井總務部次長。室井來自警視廳，在職期間並沒有任何官位，公司主要是請他來負責對付黑道股東。照道理說，他的身分根本不可能與宇佐見或內山在鶴來聚會。光是宇佐見帶他出席，就可猜測他們已經取得某些證據。室井有辦法從以前的部下那裡輕易取得任何人的存摺影本。

「我多少也察覺到了社長還有你們為了泗水油田暗地裡獻金給政界，實際調查之後才驚覺金額未免過於龐大，而且分送給神坂良造等多達二十六個議員。當我繼續往下查，更發現了一些怪

譯注

＊SURUGA為駿河的日文發音。

事。扇谷先生交給中野先生的獻金一覽表和實際分配金額有些落差。我曾經找過兩三個議員向他們確認金額，然後徹底調查剩餘的錢到底流向何處。結果我們發現平成七年十月駿河老婆的戶頭匯出兩億圓到鶴來小老闆戶頭中的紀錄。你也知道，鶴來在隔年改建店面。當時的工程費用是兩億六千萬圓，其中兩億以現金支付給業者。支付的同時，戶頭上的兩億也不見了。」

存摺上確實記載隔年平成八年三月五日全額提領。

我心想：扇谷怎麼這麼傻？怎麼能夠把汙來的兩億送給情婦佐和姊？這下子怎麼狡辯都沒有用了，這份存摺影本就是鐵證。而且就時間點而言，那筆二十億圓的一部分款項確實是挪用在鶴來的改建費用，這是毋庸置疑的。

「我們也拿到了SURUGA ATSUKO三年前的匯款單。地址是世田谷的駿河家。而且最貼心的是連電話號碼都寫得一字不差呢！」

內山的口氣聽起來相當志得意滿。

「其實你早就察覺到了吧？」

我不理會內山，轉而問宇佐見：「社長承認了，是嗎？」

「基本上算是。」

「什麼意思？」

「社長堅持說這是駿河個人的行為，他完全不知情。因為這個戶頭的所有人是駿河多年來的祕密情人。不過，鶴來女老闆是社長的情婦，這已經是公開的祕密了。所以他說不知情是行不通的。」

「原來如此。」

進來之後我沒喝半口啤酒，這時總算舉杯一飲而盡。這啤酒又溫又苦。

「所以你們和社長達成協議嘍？」我問。

宇佐見點頭。

「我請社長就任會長。反正他已經在位十年了，這樣也不算提前下台吧。今後只要關照公司內外的整體動態就行了。對外的交際還是很重要嘛。」

「那公司對外代表權呢？」

「當然暫時還是由會長擔任嘍。」

「酒井先生呢？」

「嗯，我會請他到外頭自由發揮吧。」

意思就是打算將他貶到子公司去。

「駿河先生會怎麼樣？」

「內山，你覺得呢？」

宇佐見笑得很詭異，轉頭看了內山。

內山一副表情嚴肅的樣子，

「這個嘛，要他留在公司，我看難嘍。」

「我想也是。」宇佐見回答得很乾脆。

「社長也認可這項人事異動嗎？」

「那當然啊。」

兩人一同放聲大笑。

「橋田，社長和政治牽連太深了。他喜歡政治導向的經營方式，這必定也加深了官商彼此的勾結。當然，配合國家政策開發經營是我們公司的重要方針，但是太傾向政治的結果，就會導致像扇谷先生這樣過度縱容政客，最後的下場就是泗水油田的二十億黑金。這顯然是一樁非法獻金案。現在民間充斥著對政客的不信任感，若扇谷先生繼續搞黑金，不曉得哪天會在什麼樣的情形下遭人舉發啊。他做得太過火了，我們已經無法容忍這樣的勾結。我們是商人，但不能夠成為政治商人。民間必須與政治保持安全距離，否則像我們這種歷史悠久的企業，總有一天遭到社會淘汰。我的祖父曾是大藏大臣，但他原本是個企業家。他常說『絕對不要深入政治的世界，那是個鬼怪棲息的地方啊』，而我父親也經常說同樣的話。橋田，扇谷先生的時代已經結束了。往後，不論是公司或是我們本身都需要與國家劃清界線，以一種建立全新企業的氣魄，徹底改變自己的意識。」

挪做私人用途的兩億圓無疑對扇谷造成絕對的致命傷。即使可以阻止消息外流，但是宇佐見只要利用這件事就足以說服董事們解除扇谷的職務。扇谷進退維谷，只能向宇佐見妥協。他捨棄酒井、駿河以及我，捨棄所有的親信只求自保。記得印尼報紙爆料當時，扇谷的態度讓人匪夷所思，他那時格外焦躁也格外膽怯，如今謎底總算揭曉，一切都玩完了，不過也沒有想像中震撼。

「話說回來，我想聊聊你的事。」

宇佐見以委婉的語氣開口。

20

九點整，我打開「凌」的門。環顧店內並未看到駿河的身影。我們約九點多，他應該還沒到吧。我請媽媽桑帶我到最裡面的位子。我指著空桌說：「今晚我和駿河先生有重要的事要談，可不可以不要帶人進來坐這個位子？」媽媽桑答應了，立刻拿「預約席」的牌子擺在空桌上。為了答謝她，我以自己的名字開了一瓶Red&Gold。

我以波本酒沾濕嘴唇，回想剛才宇佐見拿出的存摺影本。匯款人是駿河的太太，匯款單上也記載駿河家的地址和電話，而且收款人就是百合小姐，這一切未免太過明顯，反倒令人起疑。扇谷說這全是駿河個人的所作所為，可是這一定是扇谷命令他匯出這兩億圓的吧。話說回來駿河怎麼會以太太的名義匯錢給百合小姐呢？實在太過草率了。如果駿河手上有現金，他大可親手送去鶴來，無須留下這些證據啊。事實上他也是親手送錢給各個政客的。處理這類祕密獻金時，親自送錢絕對是第一守則。駿河當然清楚這一點。雖然將匯款日期挪到十月，但為何選擇銀行匯款的方式，特地留下這些證據呢？我完全無法理解。

如果駿河打從頭就知道扇谷手寫的獻金金額和我們送錢的金額不符，在事後一連串的調查過程中他必定是提心弔膽。因為雖然祕密獻金是個機密，攸關公司命運，就算是宇佐見也絕不可能公諸於世，駿河應該還是會擔心扇谷榨取了兩億圓這件事可能威脅到現存體制。如果駿河是罪魁禍首，當初他絕對膽顫心驚，但依我的觀察，駿河到目前為止還是不改他那樂天的態度。他頭腦敏銳，不可能在心懷不安的情況下還能夠保持安穩的態度。

如此一來結論只有一個：利用駿河夫人的名義匯錢、對象不是佐和姊而是百合小姐，執行這一切任務的並非駿河本人。這麼一想邏輯就通了。那麼，表示執行者不願親手送兩億現金到鶴來，但又希望在東窗事發之際準備一套脫罪的理由，經過審慎考慮後決定使用駿河夫人的戶頭匯錢。假設當局從鶴來追究錢的出處，兩億圓顯然是從駿河夫人的戶頭匯給百合小姐的，如此一來所有責任將歸咎於駿河。原本親手送現金是最好的方法，但是萬一國稅局從鶴來查出一些端倪，最後可能連累到送現金的當事人，於是這個當事人決定做最壞的打算，就算留下一些蛛絲馬跡，也得準備一個替死鬼。也因此他不利用空頭帳戶，刻意留下駿河的名字。原本兩億圓的挪用和二十億圓的獻金會東窗事發的可能性幾乎是微乎其微，當然他也萬萬沒想到會有如此戲劇性的下場，不過還好當初細心規畫，果然使他順利脫罪了。

答案出現了，執行者顯然是扇谷，或許酒井也參與其中。四月我們四人聚餐時，酒井格外專注在我帶來的影本上，扇谷也有別於往常，始終帶著不悅的神情。現在回想起當時的情景，似乎他們兩人早就得悉了一切。

過了九點半，駿河走進店裡。他坐在我的對面，容易流汗的他接下媽媽桑遞給他的濕毛巾用力擦拭臉部。他的身上已經感覺不到傍晚時的焦躁，恢復成平常的駿河了。

「讓你久等了。」說著，他自己加水調了一杯波本威士忌，像喝水一般大口喝光，然後重重地嘆了一口氣。

「酒井先生和紐約的老大聯絡上了。據說剛睡醒，不過老大對社長換人的事一笑置之，說那全是無中生有。」

駿河彷彿卸下心中的大石，露出了笑容。

「我也太貿然了，老嘍！」他解下領帶躺在沙發上，「啊——」的大嘆一聲。「真是受夠了，累死我了！」

我在空杯中倒入較多的波本，兌水稀釋後擺在他面前。

「謝啦！」他拿起杯子喝下半杯，然後大喊媽媽桑，點了一大堆下酒菜。「心情輕鬆，肚子也餓了。」

我看著駿河暫時沒多說話，腦中浮現內山嘲笑駿河的那句話：「要他留在公司，我看難嘍。」又想起宇佐見目光冷淡，就像拍掉衣服上的灰塵一樣地說：「我想也是。」駿河應該會遭到最嚴重的制裁，被迫離開總公司，董事一職也將化為烏有，外放到永遠無法出頭的相關企業。我看著他那龐大的身軀想著，一個順利爬上頂端的男人能夠忍受這樣的對待嗎？對他而言，這絕對是難以接受的屈辱吧。而且他從扇谷擔任廠長的時代就跟隨在旁，全心奉獻他的忠誠，然而扇谷卻徹底背叛了他。

「怎麼了？你怎麼愁眉苦臉？」駿河邊吃著炒烏龍麵問我。

「駿河先生，宇佐見升任社長並非無中生有。」

我的話讓駿河停下了筷子。

我花了十五分鐘把我聽到看到的事一五一十地告訴了駿河。當然我也提及今晚宇佐見和內山出示的SURUGA ATSUKO名下的存摺影本。此刻我已然確信駿河對此完全不知情，因為他的臉色逐漸發白，我實在看不下去了。

「也就是說，我貪汙了兩億圓。」駿河問。

我默默點頭。駿河盤起手低下頭，寬厚的肩膀微微顫抖。

「社長拿我們當替死鬼以求自保。不管是酒井先生、駿河先生還有我，都被他騙了。所以他怎麼可能跟酒井先生說真話呢？下星期一公司將發表宇佐見就任社長，我們將在股東大會後立刻接到制裁的人事異動令。社長派系的其他人馬也會在這兩三年內被一掃而空。」

駿河忽然抬起頭。「這是宇佐見說的嗎？」

「是的。」

我並未提起宇佐見向我招手的事情。

「已經完蛋了。」

「應該是。」

「有沒有辦法說服老大？」

「不可能吧。既然他都背棄我們了，根本沒有對抗的方法。」

「也對。」

「是啊。」

駿河把酒杯拿到眼前凝視了一會兒，喝了一口再擺回桌上。

「一切都結束了。」他的聲音微弱，彷彿是喃喃自語。

他取下眼鏡用手壓著眼角，接著不知在嘀咕些什麼，酒是一杯接著一杯。

我也默默喝著。我沒有話能安慰，也不想聽駿河說些什麼。總而言之我白白浪費了十五年，而駿河白白浪費了二十五年，就這麼簡單。

「我以前就覺得有一天……」爛醉如泥的駿河忽然開口：「有一天會有這樣的下場。不知為何我總是害怕會變成這樣。因為一切都太順利了。順利過頭反而令人有莫名的恐懼。」

我想起百合小姐說過「那個人，他現在只是害怕」。

「你打算怎麼辦？」

駿河總算坐正姿勢，恢復平時冷靜的表情。

「不知道。駿河先生呢？」

「誰知道，我暫時沒辦法思考任何事。」

「也是。」

「嗯。」

駿河起身說：「走吧。」他酒已經醒了。我也跟著起身。

離開店後我們並肩走了一會兒。駿河始終仰望著夜空。東京的天空依舊看不見星星。走到大馬路上等計程車時，駿河對我說：「橋田，這些日子來辛苦你了。」

「我才應該感謝你。」

「這十年過得滿精采的。你也覺得吧？」

「是的。」

「我們都盡力了。至少讓老大維持了十年的實權啊。」

「是啊。」

來了一輛計程車。我推了他的背讓他先上車。關上門車子正要開走時，我敲了車窗。駿河拉下車窗，我貼近他的臉龐說：「駿河先生，我見過百合小姐了。她說她要生下你的孩子，她堅持這麼做。我也建議她生下孩子。抱歉。」

過了幾秒，駿河露出笑容，深深點頭後不發一語對我揮手，車子就這麼走遠了。目送計程車離去後，我看了手表，時間正好是晚上十一點。

21

我在新宿通走了一會兒，想起一個月前也同樣走過這條路。當天我在鶴來見了扇谷和酒井，然後又跟駿河一起到凌喝酒。我們聊了各種人事構想，駿河以下任董事兼人事部長的立場希望我負責特種車部門。當時的他意氣風發，精力充沛，如今才短短一個月就已人事全非，實在令人難以置信。

「那時候真的是神氣極了啊。」

我自言自語。扇谷的十年榮景，對於宇佐見而言是臥薪嘗膽的十年。駿河和我精采的十年，也是內山他們屈辱的十年。就如駿河剛才的感嘆，我也時常覺得自己的所作所為在一個組織中似乎太過招搖了。去年四月升任人事課長時，我感到內心湧起一股和諧即將崩潰的恐懼，這或許是長年累積的不協調所致。我並沒有比別人優秀，我和駿河都只是剛好順利搭上奔湧而至的大浪罷了。

「你們不過是腦筋不壞又有體力，然後又剛好順利搭上成功列車，如此罷了。但是這條路也不知道終點在哪……」百合小姐曾經這麼說過。

她說我們只是順利贏得幾場平凡無奇的賽事，在這過程中人生變得無謂且呆板。或許正是如此，如今這就是我們的終點吧。

我感覺到赤裸裸的自己。被人脫光衣物，雙手緊抱身體無法動彈。不會冷，也不會發抖，只是心情非常淒涼。我深切期盼能有一個歸屬。否則我的心將凍結，身體也將顫抖。我希望回到一個能夠接納最純粹的自我、撫慰心靈的寧靜地方。

我想起香折。想起她在那個停車場，無袖白色洋裝下露出的細長雙手交叉在胸前抱著雙肩動彈不得的模樣。我彷彿能觸碰到她心底深處的某種情感。香折在這二十年來絕對無法獲得卻又渴望得到的，也是一個寧靜的、能夠撫慰自己的地方。

我想念香折。

我停下腳步從口袋裡掏出手機，摁下號碼後將手機貼近耳朵。響了三聲聽到話筒接起的聲音。

「喂？」

話筒那頭傳來低沉的聲音。

「喂，是我。」

「浩大哥？」

「是啊。」

「怎麼了？發生什麼事了嗎？」香折的聲音聽來格外低沉。

「沒什麼事啦，只是想聽聽你的聲音。」

「你在哪？你用手機打的吧？在外面嗎？」

「嗯。」

「怎麼了？一定有事吧？」

「沒有。」

「你騙我，怪怪的喔。」

「怎麼說？」

「你怎麼會說想聽我的聲音。」

香折突然咳了一下。

「喂，你在哪啊？」

仔細一聽，她的呼吸有點紊亂，可能是剛睡醒吧。

「我在新宿。」

「在幹麼？」

「沒在幹麼啊。」

香折沉默片刻，然後說：「要來我這嗎？」

「方便嗎？」

「嗯。快坐車過來吧。」

「好。」

我掛上電話立刻招了計程車。

我在她公寓前下車，香折就站在門口。我跑過去說：「不好意思，這麼晚了。」

昏暗的燈光下，她的臉色顯得很蒼白。

「浩大哥，你還好嗎？」香折憂心忡忡地看了我。

「嗯，沒什麼事啦。」

「我星期天看到你之後就有種不祥的預感。好像有什麼恐怖的事情要發生耶。我也不知道為什麼，只覺得不對勁。剛才因為身體不太舒服先睡了，然後作了噩夢，結果你就打電話來了。我覺得好詭異喔。」

「你還是很愛擔心耶。」

「可是……」

香折走在我前面進了公寓，我們一起搭上電梯。

「什麼樣的噩夢？」

在電梯內明亮的燈光下只見香折的臉慘白得可怕，幾乎沒有任何血色。

「我記不大清楚，只是看見一個男人的背影，那人在昏暗的路上漸行漸遠。我在夢中拚命追他，想拉住他的手，可是他就像在光滑的冰面上被拖著走，完全停不下來。後來有個黑漆漆的大洞接近他，最後黑洞吞噬了他。我覺得那個人好像浩大哥，所以好害怕好害怕！」

香折說著，呼吸逐漸急促了起來。不過比起她的噩夢，我比較在意她的身體。

「吃藥了沒？」

香折搖頭。

「你看起來狀況不是很好喔。」

這時，電梯門開了。

進了屋內，香折坐在床上一臉呆滯。我靠近她摸了她的額頭。

「你發燒了嘛！」

「是嗎？」她也摸了自己的額頭說：「全身無力，有點難過。」

「體溫計在哪？」

「很久以前就壞了，現在沒有。」

我再摸一次她的額頭，並且看了一下手表。十一點半。我記得附近有間藥局開到半夜，現在去或許還來得及。

「我去一趟藥局，你在這等著。」

我拿了桌上的鑰匙立刻出門。

走到青梅街道往新宿方向走一段路，果然有間藥局。正好快打烊了，身穿白衣的男子在店門口收拾物品。我走進店內買了體溫計、冰枕、感冒藥以及營養補充飲料，然後再走到對面的便利商店買了三袋冰塊。

不到十分鐘我回到香折屋裡，她已經躺在床上了。她全身虛脫，呼吸也相當急促。我拿出體溫計，從藍色運動衫的領口夾進她的腋下。

「對不起喔。」香折說。

「什麼時候開始不舒服？」

「白天在公司的時候就不太舒服，所以今天提早下班了。」

「之後就睡到現在嗎？」

香折點頭。

「為什麼沒聯絡我？」

香折不說話。

「柳原沒過來看你嗎？」

「我沒跟他說。」

體溫計發出聲響，上頭顯示四十點五度。

「燒得很嚴重耶！」

「對不起喔。反倒讓你擔心了。你今天來找我，應該是有什麼煩惱吧？」

「沒什麼大不了的事。先別管這些，你現在冷不冷？」

「有點。」

我替她蓋上涼被。香折咳嗽了。一種混濁且潮濕的奇怪咳嗽聲。我拿了營養補充飲料和一包感冒藥給她。她起身喝下藥。我走進廚房打開兩包冰塊還有一些鹽巴放進冰枕中，灌滿水。我進房間把冰枕擺在香折的頭下。

「好舒服喔……」香折邊喘氣邊說，然後問我：「這是什麼？」我說是冰枕，她說：「哇，原來有這麼好用的東西啊！」

「你連冰枕都不知道？小時候感冒，媽媽應該會做冰枕吧？」

香折微微搖頭。

「有感冒啊，可是沒人替我做這個。」

「那你生病時他們都怎麼照顧你？」

「什麼也沒做啊。他們只拿錢給我，叫我自己到藥局買藥吃。」

香折泛紅的臉頰貼在冒出水滴的冰枕上，又說了一次：哇，原來有這麼好用的東西啊。我從浴室拿了臉盆，把水和剩餘的冰塊倒進臉盆，沾濕毛巾後擰乾放在香折的額頭上。

「真的很舒服。」香折閉著眼睛微笑。

「燒得這麼嚴重，明天一定要到醫院喔。叫醫生開退燒藥和抗生素，不退燒真的不行。我會帶你去。」

「真好。」香折乾裂的嘴唇顫抖地說道。可能是因為發燒吧，她的聲音有點變調。

「什麼真好？」

「浩大哥來找我啊。」

沒多久香折就睡著了。額頭上的毛巾很快就熱了，我不停更換毛巾，注視她的睡顏。闔上的雙眼、細長鮮明的眉毛、小小的嘴唇、挺直的鼻梁還有嫩薄的肌膚。這個女孩連冰枕都不知道。她的人生只活了我的一半，卻背負比我多上好幾倍的痛苦。儘管如此，這個女孩仍然拚命想要維持那種體諒他人的溫暖。我忽然體會到她的溫暖，長久以來封存在我內心深處的情感慢慢地從心的縫隙滲透出來。我想，這個臉龐怎麼看都不會膩吧。我取下毛巾，臉貼近她的額頭。額頭傳來一陣冰涼的觸感。我輕輕地將嘴唇貼在她的額頭上。

窗外洩進淡淡的光線。我蹲在床邊，視線從香折臉上移開，轉而望向窗簾背後透進來的曚曨晨光，無意識地看了看手表。清晨五點二十一分。此時口袋裡的手機突然響起，我急忙取出摁下通話鍵，起身走到隔壁房，貼近話筒。

「喂？」

「橋田先生嗎？」

一個男人的聲音。

「是的。」

「我是伊東。」

原來是企畫室次長伊東。

「一大早有什麼事嗎？」

「我剛才接到駿河室長太太的電話……」

一聽到駿河的名字，我不禁全身繃緊了。

「駿河室長過世了。」

伊東的聲音顫抖。

一瞬之光

第三部

倘若一個人的感情會削弱對方的意志，
我們到底需不需要這樣的感情？
難道我也被孤獨侵蝕，
即將喪失依靠別人的能力嗎？
此際我就是想不透這個問題。

1

出殯的車隊在靈車的引導下通過我眼前，隨後消失在馬路的另一端。途中忽然下起毛毛細雨，寺廟裡目送故人的來客在車隊離開後紛紛打開了雨傘。雨勢漸漸轉強。我留下無助的百合小姐，走進佛堂，拿了我的雨傘遞給她。

百合小姐看著走遠的車子，低下頭愣愣地望著腳邊的砂礫。黑色洋裝領口與白皙的脖子呈現鮮明的對比。我移開視線，目光沿著寺廟內的矮牆，看著那一大片繡球花，其中幾朵含苞待放的小花給雨點打得微微晃動。

我們公司的員工和葬儀社的人員一起收拾花圈、接待處的帳棚以及各種物品。伊東和小坂等企畫室的大頭跟著家屬坐上小型巴士前往火葬場了，留下來的都是一些總務或庶務課和駿河不熟的人。巴士出發前，酒井邀我一起上車，但我拒絕了。酒井看了我身旁的百合小姐，馬上就懂了，於是搭上車走了。

「差不多該走了吧。」

我對百合小姐說。昨晚守靈時她並未現身。今天她來了，我就一直跟在她身旁，直到剛剛才對她說出第一句話。

「好吧。」百合小姐點頭。

我們並肩穿過寺門，在路口招了計程車。我請她先上車我再坐上。我告知司機開往神樂坂，並且點起一根菸。我打開車窗，毛毛雨飄進車內。

「已經梅雨季了嗎？」

百合小姐的頭靠著玻璃窗喃喃自語。我想起她有孕在身，急忙捻熄香菸。

「人啊，真是沒用。」

百合小姐說道。我看了她，她也轉頭看我。

「他啊，到臨死那一刻終究還是個爛男人。沒想到他這麼笨，竟然尋短，好惡劣好卑鄙喔。」

誦經或送葬時她都不曾動容，但這一刻早已淚水盈眶。

「不過，我更卑劣，我是個無藥可救的爛女人。」

我遞了手帕，百合小姐擦了擦眼角又自言自語說：「為什麼我沒察覺到呢？為什麼？到底為什麼？」

那晚駿河和我在新宿分手後又去了鶴來，這是昨晚守靈時佐和姊告訴我的。駿河和百合小姐在房間裡聊了一會兒，不到一個鐘頭就離開了。

解剖結果顯示，駿河的死亡時間為深夜一點左右。也就是說，他在十二點多離開鶴來，回家後立刻上吊自殺，沒有留下任何遺書。上午四點，駿河夫人起床上廁所，順便瞧了一下駿河的房間，發現窗簾軌上掛有延長線，丈夫就懸在半空中。夫人緊急叫了救護車送進附近的國立大藏醫院，但駿河已經停止呼吸，回天乏術了。

「我也完全沒察覺到。」

前天和駿河分手時，我向他提起百合小姐，他沒說話只是從車內露出笑容，那笑容依舊清楚浮現在我腦海。

「喂，橋田。」百合小姐把手帕還給我，露出百思不解的神情。

「是。」

「為什麼他要死？」

百合小姐的表情非常認真。當我得知駿河在臨死前去了鶴來，就一直在想他到底跟百合小姐說了些什麼？我告訴駿河那兩億圓遭挪用為鶴來的改建費用且外界把盜用罪嫌指向他時，駿河嚇得啞口無言。我猜駿河聽了我的話之後，立即跑去鶴來向百合小姐求證了吧。但從百合小姐的反應看來，她似乎完全不解駿河為何要自殺。還是說，她已經得知一切始末，也了解駿河今後完全沒有未來，但是即使如此她還是無法接受駿河尋短？

「百合小姐，駿河沒跟你說什麼嗎？」我直接丟出我的疑問。

百合小姐搖搖頭。那天我趕到大藏醫院時，駿河夫人兩眼空洞地抓著我的手說：「為什麼變成這樣？」而現在百合小姐的眼神就和當時的夫人一模一樣。

「我們很久沒見面了。那一晚，他也沒事先聯絡就突然跑來……」

百合小姐循著記憶緩緩說道：「自從我和他因為懷孕的事情大吵一架之後就沒再見面了，不過那天他好像心情特別好，在我房間待了一個鐘頭左右。我們聊得很愉快，已經好幾年沒有這樣了。我問他：『要不要睡在這兒？』他說『也好』，而且連衣服都換好了喔。之後他喊累並且躺在我的大腿上，沒多久就閉上眼睛睡著了。我叫醒他，要他睡在床上，他愣了一下看了看我又看了看四周，然後說『今晚還是回去好了』。」

我能想像駿河躺在百合小姐大腿上的模樣。他應該沒睡著吧。在那短短幾分鐘內，他的腦海裡到底浮現出什麼？忽然一股波動湧上心頭。「好累喔」，我彷彿聽見駿河的聲音。

「他還有沒有說什麼？」

百合小姐拿起手帕拭淚。

「他啊……」靜靜的眼淚變成哽咽，「他啊，把耳朵貼在我的肚子上。」百合小姐側著頭，「然後說『希望你生個好孩子』。」

我不忍看到百合小姐流淚，別過頭去望向窗外。雨停了，天空又出現微弱的陽光。

「他說：我無法真心愛自己的老婆小孩，我只愛你一人。」

百合小姐把臉埋進手帕裡不停顫抖。我把她拉到身旁抱著她。

「那時候他已經下定決心了吧。我怎麼可以沒發現呢？我們在一起十年了，我是這麼了解他的一切。但是他為什麼要自殺呢？告訴我，橋田，告訴我吧！他為什麼得死？為什麼，為什麼寧願尋死也不願來找我？」

我內心一陣激動，不禁握緊了拳頭。駿河沒告訴她原因，怎能由我來告訴她呢？我的心中第一次萌生一股對扇谷的強烈憎惡。人在美國的扇谷竟然沒回來奔喪。

百合小姐，不能哭成淚人兒，你肚裡還有你的寶貝孩子呀。

我不停在心中默念著這句話。

2

我把百合小姐送回神樂坂後沒進公司就直接回家。明天二十九日是友引＊，因此昨晚守靈，今天便忙著送葬，把喪事辦完。一回到房間，睡意立即湧上，我沒沖澡直接躺在床上。

醒來時天已經黑了。打開床頭燈看看時鐘，已經過了八點。我起身搓了搓臉轉了轉頭。感覺好像作了一個夢，但怎麼也想不起來。我振作了一下精神站起來，似乎無事可做，決定還是先沖個澡清醒一下吧。

等走出浴室回到客廳，見到答錄機的燈閃爍著。白天回家後直接衝到臥房，因此沒發現有留言。我摁下按鈕，答錄機響起：「您有三通留言。」每通都是瑠衣留的。我想了想也有三天沒聯絡她了，拿起話筒打算撥個電話給她，但摁到一半就作罷。我想起宇佐見的話，覺得不該把駿河的事情告訴她。我猶豫了一會兒，摁下另一個號碼，響了幾聲後總算有人接起。

譯注

＊為六輝之一。六輝是日本的曆注（日曆的備注），分為：先勝、友引、先負、佛滅、大安、赤口。功用相當於判斷吉凶的農民曆。友引日不宜喪葬。

原以為柳原會接起電話，電話那頭卻傳來香折的聲音。

「怎樣？好點沒？」

「燒都不退耶。」

「幾度？」

「剛才量了一下，竟然有四十一度。」

「你後來有沒有聯絡柳原？」

「嗯，他早上陪我去看病了。」

「藥呢？」

「吃了。可是還是沒辦法吃東西。」

香折突然又咳了起來。

「柳原有好好照顧你吧。」

「也沒有啊。只有第一天開車帶我到附近的診所看病，然後幫我準備食物，之後就只有電話聯繫。他最近工作好像很忙。」

「所以你都自己做飯嘍？」

「他幫我買了很多粥類的調理包，不過我沒有胃口，都沒吃。」

「他今天會過去找你嗎？」

「剛才他打過電話給我，好像正在陪客戶喝酒，應該不會來吧。」

說完她又咳起來了。

「你做過完整的檢查了吧？」

香折沒說話。

「血液檢查、胸部X光都做了吧？」

「沒有，因為我只是去附近的內科診所看病啊，醫生說是感冒，只給我藥。」

「已經高燒不退三天了！吃了抗生素還發高燒，這不是很奇怪嗎？」

我知道自己的語氣愈來愈焦慮。累積已久的疲憊似乎已經消退，但心中還殘留著難以釋懷的疙瘩。

「浩大哥，幹麼那麼生氣啊？是你突然有事丟下我自己先回去的啊！而且也不聯絡我。」

「我這邊的狀況根本沒辦法打電話啊！既然高燒不退，為什麼不打手機給我？」

「打了啊！可是打不通嘛！」

對了，我的手機沒電，從二十七日下午就無法通話。

「對不起。因為這兩天太混亂，完全沒時間充電。」

「浩大哥是工作狂嘛。工作還好嗎？」

「我最信任的上司自殺了。昨天為他守靈，今天出殯了。他今年才四十九歲。」

香折一時語塞。

「怎麼會自殺……」

「社長背叛了他，把盜用獻金的罪名嫁禍給他。他失去了一切，所以對一切絕望透頂吧。我也面臨同樣的狀況，無法繼續待在這家公司了。我十五年來的努力都白費了。我非常能夠體會他的心情。那晚去找你之前我見了他一面，我算是促使他自殺的罪人吧。如今我卻完全無法贖罪。

我把一個人逼上了絕路，而一切的一切都完蛋了。過去我的所作所為導致今天無法挽回的後果。

雖然我沒辦法負起什麼責任，但我還是會做我該做的事，我能做的就只是這些了。我真是太愚蠢了。」

我一口氣把話說完。彷彿一開口這些話就從嘴巴裡跑出來。

「該做的事是什麼事？」

「人死不能復生。該做什麼，我也還不知道。」

「你該不會尋短吧？」

「我不會做那種事。」

「浩大哥。」

香折顯得非常擔憂。

「什麼事？」

「你一個人沒問題嗎？」

「有問題也沒辦法啊。」

「要不要來我這？雖然我現在生病不能幫你什麼，不過我覺得你今晚最好不要一個人。就算只是跟我說說話也可以舒解一下心情啊。」然後香折又想了一會兒，說道：「或是去找瑠衣姊吧。她一定能夠好好安慰你的。」

「我不能去找瑠衣，我不能夠依賴她。」

香折似乎不理解我的說法。我繼續說：「其實我比較擔心你，怎麼會發燒那麼久都還不退？」

「那你要不要來我這？我想看到你，好想你。」

我看了時鐘，九點整。

「我現在出門。開車應該半小時就到了。你不必到門口接我。」

「嗯，我等你。」

聊了太久，感覺香折似乎有點呼吸困難。隨後我掛上電話。

一見到她，我就知道她的狀況不對，而且剛才竟然還跟我講那麼久的電話。她替我開了門又匆匆回到寢室靠在床邊，滿臉通紅，嘴唇發紫，呼吸急促，看來相當不舒服。我喚了她一聲，她抬起頭，神情恍惚，露出虛弱的笑容。床頭擺著的冰枕已膨脹起來，我摸了一下，裡頭的冰塊已融化成溫水。香折駝著背用雙手壓著胸部。

「這裡從剛才開始有點痛。」

我把她抱到床上讓她躺平，然後拿冰枕到廚房，看見餐桌上頭放了好幾包粥的調理包，也堆了一堆真空包裝的烤鰻魚及罐頭，一旁還有裝衛生紙的袋子和瓶裝礦泉水。

我幫她換好冰枕、量體溫。四十一點五度。不照個X光實在很難判斷她目前的情況，不過從她濃濁的咳嗽聲和沒有血色的嘴唇看來，我懷疑這是感冒病毒引起的肺炎。大學時代我也曾感染肺炎，當時朋友緊急叫了救護車，把我扛進大學附屬醫院，年輕的醫生面色凝重地告訴我再晚一天就沒救了。香折連呼吸都有困難，我想她胸口疼痛可能與此有關。我看了一下時間，十點了。不能再拖了，我決定立刻帶她到醫院。

「香折，我們要去醫院。」她的呼吸相當急促，我靠在她的耳朵旁說道。

香折乖乖點頭，大概她自己也知道事情不太對勁。

我從手機找出神坂幹事長的祕書菊田的電話，摁下通話鍵。

「我是菊田。」話筒傳來菊田一貫的沉穩聲音。

「喂，我是橋田。」

「噢！怎麼啦？很久沒聯絡嘍！」菊田的語氣顯得輕鬆。

「菊田先生，你現在在哪？」

「我在黨總部，議員才剛回去呢。」

「我有件急事想要拜託你。」

我這一句話讓菊田在電話那頭屏住了氣息。我們認識十年了，對彼此非常了解，年紀也相近。他做人講義氣並信守承諾，是我重要的朋友。

「怎麼了？」

「我的女友突然生病，狀況不太妙，有急性肺炎的徵兆，她現在非常痛苦。」

「要去醫院是吧？」

「是的。」

「了解，你現在在哪？」

「我在她高圓寺的家。」

「那最近的就是東京醫大嘍。」

「不，可不可以到女子醫大？我有車，可以送她過去。」

「OK，她的名字呢？」

「中平香折。中間的中、平坦的平、香水的香、折紙的折。」

「我知道了。我會說她是議員的姪女。要不要請救護車過去？」

「不用，我直接送去比較快。」

「了解，你們現在立刻去醫院吧。女子醫大比較嚴格，我先打電話給文部省的官房長官關說一下，因為那家醫院不太容易空出急診病患用的病床。」

「不好意思。」

「哪裡。」

「再麻煩你幫我找呼吸循環科的專門醫生，我怕夜間只有實習醫生。」

「沒問題，交給我吧。」

「麻煩你了。」

「總之好好照顧她吧，不要小看肺炎喔。明天一早我會拜託議員打電話給院長打聲招呼。」

「真是太謝謝你了。改天再補償你。」

「不用啦，你趕快帶女朋友到醫院吧！」菊田說完先掛了電話。

我從香折的衣櫥找出黑色大包包，隨手抓起衣櫃裡的內衣、毛巾往裡頭塞。準備好行李後，把穿著黃色運動服的香折抱起來。

「萬一得了肺炎就不好了，我現在就帶你去東京女子醫大。」

香折只是不停地大口喘氣。

「你知道有個政治家叫神坂良造嗎？他現在在當幹事長。」

過去我就算向她談起工作的事，也絕口不提政治。香折微微點頭，我想即使是二十歲的ＯＬ也該聽過神坂吧。

「從今晚起到出院為止，你就是神坂幹事長的姪女，這一點可要牢牢記住。等一下你就會舒服一些，再撐著點！」

我右手提行李、背著香折出門。她在我耳邊吐著熱氣。「對不起，老是給你添麻煩。」我讓她坐上車、繫上安全帶，立刻出發。

不到半小時就到了醫院。香折立刻被送進緊急醫護室，有兩名護士和三名醫生等著她。神坂良造的名字果然有力，基本上，文部省握有私立大學補助金的分配權，只要高層一通電話，對大學醫院而言這一點特別待遇是應該的。他們替香折戴上氧氣罩，用擔架車送進放射線室，我背著行李跟在一旁。看似主治醫師的醫生叫作金井，我遞了名片向他打聲招呼，他的態度簡直是恭敬過度。拍完X光，香折被送進八樓眼科樓層的個人房。大概是內科病房不夠，他們硬是挪出一間空房吧。我被帶進內科諮詢室，金井向我說明香折的X光胸腔檢查結果。我看到香折的病歷表名字旁邊蓋上斗大的紅色印章「特」字。金井用原子筆指著X光片，親切地為我說明。

「老實說病況並不輕微。請看整個肺野到處都有肺結節的跡象，而且一部分已經融合。明天會進行支氣管內試鏡檢查，不過就呼吸狀態看來，病毒可能已經擴散到支氣管了。今晚先打退燒針和抗生素觀察一下狀況，如果是感冒病毒引起肺部感染，我們只能換藥，試試哪種藥物最有效。另外，還會和γ球蛋白併用，γ球蛋白含有大量的病毒抗體。」

金井看我面色凝重，稍稍緩和表情說：「不過幸好目前的狀況並沒有嚴重到危及生命，她的意識還算清楚，不用擔心。這兩三天我們會二十四小時隨時待命，請放心吧，不會有事的。」

我低頭道謝。

「那麼請在今晚之前辦妥入院手續，另外，待會兒事務長會過來探視。」

我仔細看了金井胸上的名牌，發現他是「內科部長」。我向他問了一個我擔心的問題。

「她父母目前人在國外，沒辦法當保證人。我可以代替嗎？」

金井笑著說：「當然。」然後又問：「橋田先生，你打算留在這裡嗎？」

「如果可以的話，我希望今晚能夠陪在她身邊。」

「了解。我交代護士再搬一張床到房間。有任何事請儘管找護士幫忙，我也會隨時待命。」

我們倆同時起身。

香折住的是七坪大的特別病房，病床旁邊已經擺好了另一張床。沒多久，一名看似事務長的中年男子走進來。我們坐在沙發椅上，他向我簡短說明住院手續，我在文件上寫上自己的地址和工作地點，蓋下指印。

「依規定需要您交付十萬圓保證金，不過時間已經這麼晚了，您只要在明天或後天直接交給我就行了。」事務長說完就離開病房。

等醫護人員都走了之後，我坐在床上望著戴著氧氣罩的香折。牆上的時鐘已經過了十二點。

「怎樣？好點沒？」

香折微笑，氣色比剛才好多了。她用沒插針的右手拿下氧氣罩扮了一個鬼臉。

「會不會太小題大作啦？」

她噗哧地笑。聲音已經恢復，不再有喘息聲，應該是藥效發作了吧。

「醫師說可能是肺炎，要住院一個星期。」

「那麼久啊？」香折露出不悅的表情。

「你可別小看肺炎。你得好好養病，讓身子趕快好起來啊。」

「可是我得請假十天耶。」

「沒辦法，生病嘛。」

「怎麼辦？我得跟公司說一聲。」

「明天早上我再打電話給柳原。」

「對不起喔，你這麼累了還麻煩你。」

「沒關係，看到你，心情就輕鬆多了。」

我摸了摸香折的額頭，燒退得差不多了。香折靜靜地凝視我，過了一會兒她說：「你過世的上司就是那位駿河先生嗎？」

我放開手輕輕點頭。

「是噢。浩大哥常提起駿河先生啊。」

「是嗎？」

「嗯。你說他像一隻很大的絨毛娃娃。」

「我好像說過喔。」我對她微笑。

「你很難過吧？」

我想起駿河入殮時的臉孔。駿河豪放的性格中帶著細膩的心思，是個心地非常善良的人，絕不會把責任推卸給部屬或其他人，也因此他更是無法接受扇谷的背叛。駿河失去靈魂的臉孔，找不到任何訊息。死亡連根奪走了一個人所有的生氣。希望、熱情、苦惱、悔悟，這些情感畢竟只是人生中的微小泡沫。人喜歡讓這些泡沫沾滿全身，有時陶醉，有時陷溺窒息。然而一旦死亡，所有過往都不會留下痕跡，只待蒸發消失。

事實上，深切的孤獨感才是奪走駿河生命的元凶，這一份孤獨侵蝕了他。任何一個人在呱呱落地的瞬間都沐浴在祝福的光芒中。這些光芒從天上、從腳下、從眼前、從背後射出，是為了引導我們走完充滿艱辛的人生，照亮每條往人生終點邁進的道路。人活著，也等於逐漸失去這些光芒。猶如星星般閃亮的無數光芒隨著生命逐一消失，三道光、兩道光，終至最後一道。最後一道光芒熄滅的瞬間，人將遭黑暗吞噬，終致喪失自我。對駿河而言，升官之途就是他最後一道光，除此之外沒有任何光芒能夠照亮他了。不論妻兒或是百合小姐，對駿河而言都不再重要了。孤獨侵蝕了他，並且把他一步一步逼到懸崖邊緣。

野心或是理想勢必帶來人際關係的崩壞。人只能以燒盡對方、吞噬對方的方式來實現並壯大自我架構的妄想世界。就這一個層面而言，駿河所陷入的孤獨只能歸咎於他個人的選擇。試圖燒毀、吞噬對方的強烈意志，往往跟隨著遭人燒毀吞噬的危險。簡而言之，駿河就是被扇谷這麼一個擁有更強烈妄想的男人吞噬了。

我覺得好悲哀，這是一個多麼悲哀的男人啊。其實，任何人都行，他可以抓住任何一個人求救，然而他卻連這一點力氣都沒了。成功的夢想以及夢想附帶而來的束縛將他綑綁得動彈不得。

我沉默不語，香折不安地看著我。

「浩大哥，還好嗎？」

「嗯……」

彷彿扛了莫名沉重的東西，似乎駿河的孤獨也成了我自身的孤獨。

3

我確定香折睡著後，脫下衣服關上燈躺在床上。

白天睡太久，現在毫無睡意。我凝視眼前的香折，剛才取下的氧氣罩還掛在她的臉頰上，我替她挪開氧氣罩，以食指和中指撫摸她削瘦的臉頰。香折沒發出鼾聲，宛如死去一般。

我愧疚這兩天沒關心她。原以為柳原會好好照顧她，但事實上我也知道，不管是卓次或是柳原都不是香折的真命天子。上次柳原說「香折真正相信的人還是橋田先生啊」，當時我只覺得那是廢話。柳原還說：「情人和兄妹，哪邊比較重要？」他會問這句話大概是因為香折常把我們比喻成兄妹吧。

然而我和香折並不是兄妹，香折也非常清楚這一點。但正因為如此，我才要強調自己是哥哥，香折才會說自己是妹妹。

香折也經常對我保持距離的方式感到不耐。

「浩大哥每次都說一樣的話。」

「什麼話？」

「說什麼你是我大哥啊，或是我是乾女兒之類的。」

「你自己也常說啊。不過，我確實沒辦法像真正的親人無時無刻地照顧你。」

這時候，香折總是露出格外落寞的神情。有一回她曾對我說：「浩大哥不是我的哥哥也不是我的親人，我們沒有血緣關係呢。你再怎麼努力也不可能成為我的親哥哥，也沒必要啊。」

儘管如此，我依舊不願加深兩人的關係，因為我認為香折此時最需要的並非情人，而是一個真正了解她、適時幫助她的人。香折還沒有辦法愛一個人，沒有能力深深包容對方。不能愛人也無法被愛，卓次和柳原只能是香折消磨時間的慰藉罷了。雖然這對他們而言有些殘酷，但為了維持香折的生活或是生命，難免得在情感上面讓他們受點傷。幸好香折擁有年輕美麗的身軀。對二十來歲的年輕人而言，能夠暫時享受這些就夠了。香折對瑠衣說的話，確實是香折的真心話。

「男人靠近我都是為了身體。只要我稍微對男人好一點，他們就會得寸進尺，見了面就要上床」——香折以這種冷酷的方式對待任何男人。

香折深信像她這樣的人不值得活下去，也不值得被愛。如果有人想接近她，那必然不懷好意或是別有目的。「只想做愛」，這是她對異性的根深柢固的看法。當然，想必她也有屬於年輕人的快感或是激昂，但在做完之後應該幾乎得不到任何安全感吧。她漸漸相信只有提供身體才能維繫關係，為了發洩自己的怒氣或是鬱悶，做愛便成了一種交易，她對異性的了解就只停留在這種程度。

做愛，對她只是一種變相的暴力。

香折的性虐待經驗起於幼稚園。

等她上了國中才想起小時候遭受到性虐待。有一天，她母親搶走她的漫畫書，但她非得把漫畫書要回來不可，於是偷偷跑進母親的房間找，她找了書櫃和抽屜都找不到，最後打開了衣櫥。

她在裡頭翻找，發現一捆雜誌，取出一看，最上頭那本雜誌的封面頓時喚醒她封存已久的童年記憶。

「照片上有兩個外國女人全身赤裸抱在一起，我一看到那張照片就頭痛欲裂，急忙放回衣櫥，回到自己房間。我忍著頭痛躺在床上閉上眼睛，眼前浮現無數個畫面……」

打從香折懂事起，每當她和附近或是親戚的男孩子玩耍，事後母親必定把她叫過來接受「治療」。

「我總隱約記得母親好像給我塗過什麼藥。看到那本雜誌上的照片後，才終於想起來那是怎麼一回事。」

母親在香折房間把她脫得一絲不掛，並且問她「男生有沒有對你做什麼」，然後撫摸她全身。她母親讓她仰躺在床上張開雙腿，然後問她：「他們有沒有摸你這裡？」她母親把手指伸進她的性器內。

「我覺得好痛，可是我一叫出聲她就打我的頭，然後替我塗上藥膏。每次和男生玩耍之後都要來一次。我當時天真地以為自己得了什麼病，而母親在替我治療。可是看到那兩個女生赤裸擁抱的照片之後，那些記憶就變成清晰的畫面從腦海深處浮現出來。原來母親對女人的身體有興趣。另外我還想起我在接受治療的時候，哥哥就會打開房門，站在門口盯著我們看。」

所謂的「治療」持續到香折小學二年級左右。

「母親的父親是個大學教授，據說相當嚴格，所以母親在成長過程中被她父親徹底壓抑了對於性的好奇。我想大概就是因為這樣她的個性才會變得扭曲吧。」

當香折記起這些事情，哥哥也開始對她暴力相向以及性騷擾。偷窺她洗澡、摸她胸部，這些都是家常便飯。有時哥哥還會叫她到房間去，要她看他自慰的過程。

「他說這樣會很舒服，可是我才剛上國中，完全不懂他在說什麼，我只是一副原來如此的表情，也沒有太驚訝。」

最令她震驚的事發生在她國二那一年，她在哥哥的房間發現她經常遺失的內褲。

「當我在哥哥的房間找到內褲的那一刻，我立刻衝到廁所吐了。可是我卻不能抗議。要是跑去找他理論，一定被他痛打一頓。」

香折左耳的聽力不及右耳。那是因為她在兩歲的時候被母親打到耳膜破裂。這是已過世的祖母告訴她的。到了國中後半期之後，她身體的第二性徵逐漸發育成熟，母親和哥哥開始有事沒事就罵她：「惡魔！蟑螂！蛆蟲！蒼蠅！豬！淫蕩！」

她現在會在鏡子前罵自己「豬！」、「蛆蟲！」、「淫蕩！」全是因為過去遭受過這樣的折磨所造成的。

二月和三月那段期間她嚴重失眠，當時她每天晚上作的夢都是一些相當不堪的內容。兩次被強姦的經驗混合著哥哥、母親的虐待記憶持續折磨著她。夢裡哥哥隆則強姦她，母親則在背後看著他們，簡直是糟到極點的噩夢。

不管是卓次還是柳原甚至是我陪在她身邊都無法消除她內心的不安。但是只要想想她這一連串的幼年遭遇便不難理解她的反應。更何況卓次和柳原只要和她同床就會要求做愛。雖然她會接受，但絕對無法像一般女性享受做愛後的滿足，反而讓她喚起童年記憶、加深內心的恐懼罷了。

因此我從未想過和香折上床。

一旦我把香折當作戀愛的對象，便會立即破壞我們倆的信賴關係。這一年來，我一直以這樣的想法維繫兩人的情誼。對於不懂真正愛情的香折而言，我和她的關係是她這一生最深、最堅固的事物。但是我也一再告訴自己：當她完全祛除心中恐懼的那一刻，我們的關係將會變成微不足道的平凡羈絆。

然而儘管香折背負這麼沉重的擔子，那天我們和柳原、瑠衣聚餐之後，她竟然在我公寓前等著我。她非常擔心我，也猜到我為工作的事煩惱。她說「這個時候該換我替你做點事吧。如果真的很痛苦，記得來找我喔。我一定會保護你的」，然後握緊我的手。

我以為只有我單方面地注意她，沒想到香折竟然確切地掌握了我的心緒，讓我有些訝異。我感覺自己和香折之間有股引力。或許有別於戀愛關係，但或許可說是兩人互相了解對方最深沉的內在。我知道瑠衣愛我，但是即使香折不了解真正的愛，即使我們沒有肉體關係，香折對我而言，或許就如同我對香折一樣，我們是唯一了解彼此的人。

4

我一大早聯絡了柳原，他匆匆忙忙地趕到醫院。香折依舊高燒不退，但情況比起昨晚穩定多了。

八點過後醫師相繼巡視病房。吊在香折床上的牌子登錄的主治醫師就有八位。每位醫師都稍稍看了狀況，並且向我和柳原仔細說明病情後才離開。我想大概是神坂一早打了電話給院長吧。柳原驚訝這一連串高規格的待遇，我向他簡短說明昨晚的經過，交代完一些事情後就先離開了。

我到公司整理駿河的遺物。這是駿河夫人守靈時拜託我的。我花了一個上午整理他的私人物品並裝箱。櫃子裡有一個大餅乾盒，裡頭裝了百合小姐給他的信、卡片以及整疊照片。我把那些東西拿進會議室，把門反鎖後又開始整理。我不碰信件類的東西，但仔細看了每一張照片。

其中一張泛黃的照片是駿河和百合小姐的合照。駿河的手搭在百合小姐肩上，背景似乎是以前鶴來的某一間包廂。當時兩人都好年輕。百合小姐二十來歲，駿河正好是我現在的年紀吧。當時他還很瘦，頭髮也很長。微醺的他臉頰泛紅，露出孩子般無邪的笑容。

其中也有許多旅行的照片。有一張是百合小姐穿著皮大衣正經八百地坐在米蘭史卡拉歌劇院前，還有兩人依偎在波多馬克河畔長椅上，以及駿河浴衣下襬凌亂，一臉輕鬆地靠在旅館柱子的照片。

「我們在一起十年了，我是這麼了解他的一切。」

我想起昨天百合小姐在回程的車上號啕大哭的模樣。

我從一疊照片中抽出一張放進口袋，其餘的放回餅乾盒。總有一天得把這些照片還給百合小姐。等她順利產下駿河的孩子，待孩子長大成人，我再去找她吧。這段期間就由我來保管。

我回到座位後見到電話上貼了一張紙條：藤山小姐來電，請回電，5/29 1:25。

我拿起話筒撥電話給瑠衣。響了三聲，電話通了。

「喂？」

「是我。」

瑠衣在電話那頭嘆了一口氣。「你到底怎麼了？我一直在找你呢。我擔心你是不是發生什麼意外了。」

「對不起，這幾天有點混亂。」

「是不是香折怎麼了？」

「不是，她那邊還好。」

「果然又在忙香折。」

「不是啦，不過她的確因為感冒住院了。」

「啊？」

「已經沒事了。今天早上也交給柳原照顧了。」

瑠衣總算發現自己多心了。「還有什麼其他事嗎？」

「嗯。」

沉默片刻後，瑠衣低聲說道：「我現在可不可以去找你？」

「我還在上班啊。」

「我會找個理由提早下班，你有沒有辦法出來一下？」

我看了手表，正好兩點。

「我是沒關係啦。」

「好，那我現在就出門。到了之後再找你。」說完瑠衣就掛上電話。

十分鐘不到，櫃枱就打內線通知瑠衣已經到公司門口了。我告訴部屬今天不會再進公司，便離開辦公室。放駿河遺物的紙箱就擺在我桌上。公司雖然沒有公布駿河自殺的消息，但整個經營企畫室的同仁似乎已經知道這件事，因此整個上午大家都無心工作，不是出去散心就是坐在位子上發呆。駿河的親信伊東和小坂還留在駿河家，沒進公司。上午酒井曾打電話說要找我聊聊，但我拒絕了。目前尚未確定企畫室長的繼任人選，照理說應該由我統整，但我毫無動力。我整理駿河的遺物時，大家都察覺到氣氛詭異，沒人敢跟我說話。

一下了電梯，瑠衣立刻走向我，勾起我的手。櫃枱的兩個女職員好奇地看著我們。

「前天晚上我到你公寓找過你呢。」瑠衣放開手說。

「是麼。」

「我等了一陣子，但是你沒回來，手機又打不通。」

「前天沒辦法回家。」

「發生什麼事了嗎？」

我先走出一步，瑠衣跟在身旁。

「我有點話要跟你說。我們出去吧。」

「嗯。」

走出大門，外頭陽光普照，天空一片蔚藍。再過三天就六月了。我們通過日比谷通，往皇居外苑走去。皇居前的廣場每到中午總是人滿為患，現在卻空空蕩蕩。

我們背對著皇居坐在草皮上。護城河「馬場先濠」的綠色水面在陽光映照下宛如一面鏡子閃閃發光。對面丸之內的商業大樓林立，其中一棟大理石建造的巨大建築物就是我的公司。十五年來我每天都到這棟樓報到，如今它彷彿已跟我無關了。

「天氣真好。」我默默望著眼前的景色，瑠衣坐在旁邊說道。

「我打算辭掉工作。」

瑠衣並未露出訝異的表情，只是一直看著我。

於是我開始說明駿河的自殺、扇谷的背叛、百合小姐的事情以及三年前那樁祕密獻金的始末。當然我也提到藤山宏之涉案。瑠衣時而點頭仔細聆聽。

「我無法原諒你姑丈。」我得把該說的事說出來，「駿河先生一定非常悔恨！死也不瞑目啊！」

我抓著草皮，指尖一用力，一陣撕扯，草皮應聲連根拔起。我的視線變得模糊，原本下定決心絕對不流一滴淚，如今卻熱淚盈眶。

「他是多麼不甘心啊！」

我再也無法壓抑情緒，淚水不斷湧出。鼻子一陣酸麻，我低下頭任由眼淚滴落。我想要忍住，卻無法遏止喉嚨發出的哽咽。她遞出手帕，我沒接下直接從口袋裡掏出自己的手帕。我擦拭眼淚，瑠衣輕撫我的背。

我收好手帕看著瑠衣。「我不能夠再和你交往了。」

輕撫我背部的手定住了，我把她的手擺回她胸前。瑠衣睜大了眼睛，另一隻懸空的右手輕輕放在左手上。

「宇佐見跟我說他要替我想辦法。你知道為什麼嗎？」

瑠衣微微搖頭。

「因為我是你的男朋友啊。他要我去當扇谷會長的祕書、監視會長。也就是叫我去當間諜。做滿兩年我就無罪赦免，重返升官之路。」

我仰望天空。天空萬里無雲，清澈蔚藍。

「據說你父親和宇佐見是莫逆之交，而且還參加同一個同學會。他笑著說總不能虧待藤山的女兒吧！」

瑠衣屏住了呼吸。

「當時，我終於領悟到自己有問題，真的有問題。經由扇谷的介紹我認識了你，起初我總是煩惱該怎麼跟你劃清界線，但時間久了我發覺你是個心地善良的好人。因此，即使你是社長的姪女，即使別人怎麼看這件事，我還是決定把你當作一個女人認真對待你。我告訴自己，你只是湊巧生為藤山家的女兒、又是扇谷的姪女，但是這樣想終究是行不通的。你就是扇谷的姪女，你父親就是宇佐見的好友。我必須忠於自己的想法。駿河先生已經死了，我無法容忍自己成為你的情人或是丈夫。就算你對我有多重要，我也無法違背自己去接納你。再說我要離職了，對你來說我已經配不上你了，往後我再也不想見到你，你也別出現在我面前。」

我站起來。「這種分手方式也不壞。你了解了你自己，我也充分了解我自己。」

瑠衣突然奮力抓住我的手，我被拉回再次蹲在她面前。

「我要捨棄我的家人。不論是藤山家、父母、姑丈，我統統都不要了。」她握著我的手小聲地說：「今後，我只為你一個人而活。我只相信你，永遠、永遠地支持著你。就算這一輩子再也見不到我父母或姑丈也無所謂。我只為你而活，所以求求你，別拋棄我，我不能沒有你。我的出生就只為了與你共度一世。你要我做什麼，我都答應。你要我死，我可以立刻就去死。你是我的一切啊！我絕不會像那部電影裡的士兵在第九十九天的晚上離開你！」

士兵為什麼不繼續等公主，我終於想起他的理由了。電影主角是這麼說的：

我終於知道士兵為什麼沒等下去了。因為再等一晚公主就是他的人了，但是他怕萬一公主爽約，就太悲慘了，到時候他一定會尋死。如果在第九十九天離開，他這一輩子就能夠留下最美好的回憶：公主曾經等待他。

我撥開瑠衣的手。「你要了解我們已經不可能了。」

瑠衣再度抓起我的手。「浩介。」

「幹麼？」

「你現在一定累壞了，這種時候不能孤單一個人。辭掉公司也好，先暫時放掉一切事情。我會一直陪在你身邊直到你想做事為止。我會養你的，你只要好好休息就夠了。你過去太賣命，以後不要再那麼拚命了。人不一定非得要做事才能活下去。只要找個人依靠，賴在別人身上就行了。」

我凝視瑠衣。

「這樣怎麼行。人一旦放棄自食其力的能力就會失去自我。」

「才沒那回事。任何人都需要靠別人的扶持，有人幫忙、有人愛護才能夠度過艱困的人生。你總是一個人，只想著幫助別人。其實你根本不了解自己其實也是非常、非常脆弱的。」

瑠衣拉起我的手去抱住她。

「這世上我只愛你一個人，我比任何人都愛你，所以求你別再去找香折了。她並不是你想像的那種人，她只會利用你，裝無辜想辦法榨乾你的善意。你不了解，但是我看得很清楚。你就算去找香折也得不到慰藉，也絕對不會幸福的。」

我再次起身，瑠衣熱淚盈眶。

「我已經決定了，不管你怎麼說都沒用。你走你該走的路，一定有人比我適合你。我要離開戰場了，拋開過去的一切從頭開始。與香折的關係也是如此。」

瑠衣也跟著站起來。突然一陣疼痛掠過我的臉頰。

「你未免太高估你自己了吧！你最景仰的上司都自殺了，可是你卻一點也沒改變！總以為自己一個人能夠克服一切，還能照顧香折……開什麼玩笑！你現在哪有這種力氣啊！你完全不了解自己有多傲慢，只會耍帥，實在是太自以為是了！」

瑠衣放下賞我巴掌的手，緊閉雙唇一直瞪著我。她的樣子簡直就像個男人。眼前的她，讓我說不出半句話。

「辭呈遞了沒？」

「還沒。」

「打算什麼時候遞？」

「下星期吧。」

「星期一嗎？」

「大概吧。」

「所以今天也不用再回公司嘍？」

「嗯。」

「那我們回家吧。到我家寫辭呈，我們來慶祝離職吧，順便悼念駿河先生。」

我任由她牽著我的手，走出日比谷通。瑠衣攔下計程車，把我推進車內，再坐上車。「司機先生，雖然很近不過麻煩你到御茶水。」瑠衣說完之後就倚在我身上。

「我絕不會讓你孤單一人的。也絕不會把你讓給任何人的。」

她的語氣堅決。

5

宇佐見升任社長、扇谷就任會長等人事案在六月一日上午九點最高經營會議中定案，經過緊急董事會後，上午十一點於總公司第一講堂舉行記者會。當天上午八點我正在和瑠衣吃早餐時得知此項消息。總務公關部的常務佐佐木直接打電話通知我的。駿河已逝，我身為經營企畫室的主管，收到事前通知也是理所當然的。

記者會由宇佐見與扇谷共同出席。我趁記者會召開的期間召集總公司部長級以上的人員到股東大會議室，要求他們盡快聯絡國內外分公司及相關企業。繁雜的業務告一段落已經下午一點多了，我回到座位後隨即打電話到社長室。祕書說扇谷正在辦公室裡用餐，我離開經營企畫室前往十二樓的社長室。

我問社長祕書田代裕子：「社長在嗎？」她回答：「在，他正在用餐呢。」「我可以進去打擾一下嗎?」她微笑點頭。我跟扇谷的關係是眾所皆知的。

我連門都沒敲就開門進去,扇谷正坐在沙發上吃蕎麥麵。見到我的瞬間他皺起眉頭,但馬上又回復神情。

「真是悠閒啊。」

我笑道。扇谷把吃一半的蕎麥麵挪到一旁,從口袋裡掏出一根香菸。兩人一陣沉默。

「真是為難駿河了。」扇谷忽然開口,聲音和白煙同時冒出。

「是啊,最小的兒子今年才高一呢。」

扇谷深深地嘆了一口氣。「我會盡力照顧他的家屬的。」

「那當然。」

「你不用擔心你的去留,我跟宇佐見談好了,他們也不會把酒井調到莫名其妙的地方啦。」

「是麼。」

「剛才酒井來過,他也了解了。」

「反正這也是無可奈何的嘛。」

扇谷點頭,捻熄了菸蒂。

「駿河替我們扛起一切責任走了。現在撐著點,以後或許還能逆轉情勢。我也不打算就這麼認輸啊。」

「我了解。」

「為了不讓駿河白白犧牲,我要繼續奮戰!怎能讓宇佐見這種人把公司弄得亂七八糟呢。橋田,今後得要咬緊牙根跟著我呀!」

扇谷睜大眼睛看著我，顯得精力旺盛。他的模樣令我打從心底發笑。我為了這場鬧劇作為一個小配角賣命演出，實在太滑稽了。

「扇谷先生。」

可笑的意念貫穿我的身體，浮上意識表面的那一刻，瞬間轉化為深切的憤怒。我十指緊握的手微微顫抖，併攏的膝蓋也不由得晃動起來。扇谷露出不解的神情。

「我有件事非得拜託您不可。」

我從西裝口袋裡掏出一張照片，擺在桌上推到扇谷面前。駿河的笑容，倒著看像是一張哭臉。扇谷的視線停在照片上。

「請您向駿河先生道歉。」

扇谷抬起頭一臉疑惑地看著我。我起身拿起照片離開沙發，把照片端正地擺在社長桌前的紅地毯上。

「麻煩請您到這邊。」

扇谷不肯移動。

「橋田，你到底在幹什麼？」

我走近扇谷。

「也沒什麼大不了的請求，只是想請您對著那張照片道歉，請您下跪好嗎？」

扇谷瞬間臉色脹紅。

「你在說什麼！你瘋啦？」

「不，瘋的應該是你吧。」

「豈有此理！」

扇谷說完正要起身，我立刻從長褲口袋裡掏出軍用刀，甩開刀鞘逼近扇谷，刀身整個貼在他的喉頭上。

「你到底想幹麼！」

扇谷坐回沙發上，不動聲色地斜眼瞪著我。

「幹什麼？我根本不用回答大可直接殺了你。如何？你要死，還是下跪求饒？很簡單的選擇吧。」

扇谷試圖以右手打掉我手上的刀。我揮開他的手，同時伸出左手抓住他的領帶用力往上一拉。扇谷整個人隨著呻吟浮在半空中。我繞到他的背後把刀抵在他喉嚨上，他個子矮，我一把揪起他的白髮。

「你想死嗎？」

扇谷無法出聲，我抓起他直接拖到桌前。

「你膽敢做這種事，不想活啦！」他的聲音顫抖。

「你再大叫我就一刀捅下去，我是認真的。」

我踹他的右膝讓他跪倒，他正好倒在照片面前，雙手趴在地毯上。

「來吧，向照片磕頭！」

我將刀身牢牢貼在扇谷的脖子上。

「向駿河先生下跪道歉！向駿河先生、百合小姐即將出生的孩子道歉！」

扇谷全身發抖。

「不想死就照做！你這臭老頭！」

扇谷一動也不動。我緩緩立起刀刃。刀刃微微陷入脖子，滲出一絲血液。他瘦弱的背震了一下。我伸出腳勾著他的鞋子，將他的雙膝擺齊。我彎下腰壓著扇谷的頭，奮力將他的額頭貼在照片上。

「說！『駿河先生，我真的對不起你！』」

扇谷沉默片刻，我更加用力壓住他的頭，他發出了呻吟聲，最後終於妥協，小聲地說：「對不起。」

「太小聲了！要說『駿河先生，我真的對不起你』！」

「駿河先生，我真的對不起你。」

「還有！『駿河先生和百合小姐的寶寶，真的對不起！』」

「駿河先生和百合小姐的寶寶，真的對不起。」

「再一次！大聲點！」

「駿河先生和百合小姐的寶寶，真的對不起。」

我鬆開手站起來。扇谷保持同樣的姿勢趴在地上。我從口袋掏出辭呈往他的後腦殼丟去，他因為有些嚇到而稍稍抬起了頭。我從他額頭下方抽回照片，扇谷不敢再抬起頭。他的白髮翹起，左邊脖子流出少量的血把白色襯衫染成紅色。

「駿河先生……」我看著手中的照片叫喚他的名字，卻不知道接下來該說些什麼。

駿河的笑容即使從正面看仍然感覺他在哭。

我撿起沙發旁的刀鞘，收好刀子放回口袋，然後頭也不回地走向門口。

6

我再次回到座位簡單整理一下私人物品。昨天我已把大多數東西帶回池尻的公寓，駿河的遺物也一起搬回家了。我打算近日內交給駿河夫人。

其中有一件駿河的遺物我想請夫人讓給我。那是一本書，總是擺在駿河桌上，每當遇到瓶頸他總喜歡重讀一遍。那是美國實用主義的代表人物威廉·詹姆士所著的《宗教經驗之種種》。

每當工作遇到困難，他總是翻到書中的一段抄在手邊的紙上。我時常看到他謄寫那段話。那一段寫道：

遇到問題時，我們往往捫心自問，大多數人會這麼想：「總有人會去處理吧。」但是也有極少數人會如此思考：「我怎能不去處理呢？」這兩者之間存在著人類道德進化的所有過程。

最後一次見到駿河時，我記得他說「我總覺得有一天會有這樣的下場。不知為何我總是害怕會變成這樣。因為一切都太順利了。順利過頭反而令人有種莫名的恐懼」。

只要我們決心面對某些事物，恐懼自然會伴隨而來，但是唯有思考「自己怎能不去處理」的人得以達到「人類道德上的進化」。有更多這樣的人，這個社會才會更多元，才會更加和諧。

我自己也有很喜歡的一段話。學生時代讀過湯恩比的《歷史的研究》，其中有一段是這麼寫的：

我們人活著，就是活在死亡當中。從出生的那一刻起，人總是背負著不知何時死亡的不確定性，而這個不確定性遲早終將成為事實。最理想的情況是，把人生的每個瞬間視為最後一瞬間。

如果下一個瞬間就是最後一瞬間，那麼任何瞬間都將是最閃耀的極致時光。瑠衣說「任何人的人生都需要靠別人的扶持」，又說「人不一定非得要做事才活得下去」、「要了解自己其實是非常脆弱的」。

這兩天來多虧瑠衣的支持。但是當一個人決心要去面對一些事情時，到底需不需要別人的幫助呢？

瑠衣說我總是孤單一個人，一味地幫助別人。或許我確實孤單，但我從未想過要幫助任何人。我只希望解決眼前的問題，我期望自己能夠活在當下，把下一個瞬間視為最後一瞬間。過去我根本不在意自己是堅強還是脆弱。因為如同瑠衣所說，每個人都是脆弱的，但是我深信即使脆弱也能靠決心和意志讓每一瞬間化為徹底的堅強。

香折只是在利用我——或許吧。她要榨乾我的善意——或許吧。

只是我不知道這個事實到底對我有何意義。即使她只是想利用我、享受我的善意，這和我對她的態度並沒有太大的關聯。

如果把瑠衣的意見放在支配當今世界的「交換理論」上當然是成立的。交換理論認為一切價值來自於交易。然而，在這樣的過程中能產生真正的價值嗎？思考「自己怎能不去處理」的人，能夠從中獲得任何價值嗎？

駿河錯估成功，終究招致毀滅。但我認為那只是他個人選擇的結果罷了。有決心處理大事的人，遇到失敗必定得接受相對等值的懲罰。強烈的意志經常伴隨著遭受另一個更強大意志制裁的危險。儘管如此，意志仍會激勵某些人。

香折之所以吸引我，是因為她背負了複雜的問題。而儘管她本身背負這麼多的問題，我卻能感受到她試圖幫助我的一絲心意。瑠衣說我傲慢，但真正傲慢的人是我嗎？香折在生來背負的困境下僅能擁有些微的關懷，而瑠衣可說是在一個充滿愛的安定環境中長大，若以「交換理論」來看這兩者，瑠衣確實較占優勢。然而一個人的價值能夠以此基準來衡量嗎？倘若一個人的感情會削弱對方的意志，我們到底需不需要這樣的感情？逼駿河走上絕路的是徹底的孤獨。我悲憐他的孤獨。我也想過他為何不願去依靠百合小姐？然而我又如何？難道我也被孤獨侵蝕，即將喪失依靠別人的能力了嗎？此際我就是想不透這個問題。

我到達醫院時正好是下午三點。昨天星期天到公司處理事情無法過來，但星期六我和瑠衣一起來探視過。原本醫生擔心香折的支氣管受到感染，不過看來情況沒那麼嚴重。可能是年輕的關係，香折恢復神速，氣色判若兩人。柳原可能也覺得自己之前太忽略香折了，一整天都陪在她身邊。

今天香折已經能起身坐在床上。床桌上的大花瓶裡插著一大把鮮豔的花束。香折見到我來，笑了。

「還好嗎？」

「嗯。」

香折點點頭，之後便一直凝視著我。我移開視線。

「好大一束花喔。」

「剛才瑠衣姊送來的。」

「噢。」

「你要辭掉工作啦？」

「你怎麼知道？」

「瑠衣姊說的。她說你今天要遞辭呈。」

「嗯，剛才遞了。」

「是喔。」

「我要重新出發啊。」

「嗯，浩大哥一定沒問題的。而且還有這麼好的幫手在身邊。」

「也是啦。」

這次換我注視香折。

「結果我還是沒幫上忙。對不起喔。」

「怎麼會呢。」

「有幫到一點點嗎？」

我沒回答。

「我還是沒幫到忙吧，顧自己都來不及呀。」

「你只要想你自己的事就夠了。要擔心別人還早呢！」

香折笑了，我也跟著笑。

「剛才醫生說大概星期六就可以出院了。」

「這樣啊，那太好了。柳原有好好照顧你嗎？」

「嗯，昨天也陪我一整天，他說今天下班後先到我家再過來看我。」

「為什麼要到你家？」

「他要幫我拿換洗的衣服。你幫我帶的全是些亂七八糟的東西，都派不上用場啊。」

「怪我嘍。」

「浩大哥也會慌張啊，好好笑喔。」

「總之，可以放心了。」

「嗯，放心、放心。浩大哥以後得要辛苦了，不能再讓你擔心我啦。這陣子你就好好依靠瑠衣姊，享受悠閒的生活吧。」

「星期六來慶祝你出院吧。」

「星期六不行。」

「為什麼？」

「你不用再操心我的事啦。而且星期六是柳原的生日呢。」

「啊，是喔。」

「還什麼『是喔』。」

「那就等星期天和柳原一起來御茶水吧。我和瑠衣幫你慶祝。」

「浩大哥星期天不行吧。」

「為什麼？」

香折一臉無力地說：「六月七號耶！」

我不懂香折在說什麼。

「七號有什麼事嗎？」

「不是瑠衣姊的生日嗎？」

說得也是。上次四個人聚餐時，瑠衣和柳原曾說過兩人是同年生，生日只差一天。

「你真的不記得啦？」

「她跟你不一樣，我沒看她的履歷表啊。」我笑著敷衍過去。

「對喔，浩大哥以前是面試官呢。」香折感慨地說：「當時萬萬沒想到自己會和浩大哥成為朋友。實在有點難以置信呢。」

「我才沒想到呢。如果那晚沒到你店裡也不會相遇啊。」

「真的好不可思議喔。浩大哥為什麼到店裡來呢？」

「而且如果你沒在停車場和池上吵架，我也不會叫你。再怎麼說我可是沒讓你通過面試的人呢。」

「真的耶。也該感謝那個傢伙嘍。」

「還有竹井那個廢物啊。」

「沒錯沒錯。」

我們兩人又一起大笑。

「活著真好。」香折說道，臉上掛著微笑，雙眸閃耀著光芒。

「怎麼說？」

「因為認識了浩大哥啊。雖然盡是不愉快的事，不過也因為如此才會遇見你。」

我從床邊的椅子站起，抱著床桌上的花瓶走到沙發旁，把花瓶擺在沙發桌上，在沙發上坐下。

「柳原怎麼樣？是值得依靠的傢伙嗎？」

香折下了床，拖著點滴走過來坐在對面的沙發上。

「嗯，算不錯吧。」

「跟小卓比較起來呢？」

「柳原比較體貼。他會讓我耍任性。」

「任性？」

「對啊，就是無理的要求。」

「什麼無理的要求啊？」

「祕密。」

「連我都不能知道啊？」

「是啊。」

香折淺笑。她的話讓我有些掛心，但我沒再問下去。

「小卓沒再跟你聯絡了嗎？」

「怎麼可能，我們已經分手啦。」香折的語氣顯得有些不悅。

「也是啦。」

我看了手表，正好過了三點半。「差不多該走了。有沒有需要什麼東西？」

「沒有。」

「是麼。」

「浩大哥……」

「什麼？」

香折欲言又止。雖然她已經恢復體力，但還是消瘦了不少。

「怎麼了？」

「沒事啊。」

我站起來。

「我再過來看你。」

「嗯。」

香折也一起站起來。

「我送你到樓下。」

「不用啦，別逞強。」

「沒關係，燒也退得差不多了。」

說著香折走近我，拿起我的手貼在她的額頭上。

「對吧？」

額頭確實沒什麼燒，但她的手卻非常燙。香折遲遲不肯放開我的手。

最後香折還是拖著點滴送我到一樓大廳。分手時她問我：「今天也要去瑠衣姊那兒嗎？」

「不知道。待會兒我想去一個地方，看看會待到幾點再說吧。我還會過來看你。」

「嗯。」

我走出大門，回頭已經看不見香折的身影了。

7

我從女子醫大慢慢走到合羽坂。晴朗的天氣從上星期六持續到今天，氣溫超過二十五度，早上天氣預報說炎熱的天氣將持續三天。難怪連走個下坡，額頭和脖子也出汗了。走到十字路口剛好四點整。青葉可能還沒營業，不過千惠姊應該在吧。自從千惠姊再婚之後我已經兩年沒去找她了。今年我曾收到賀年卡，所以店裡應該還在營業吧。

走進日銀會館後方的巷子，再走一段看到小巷子右轉就可以找到「青葉」。由於遠山的老家在仙台，因此店名取為「青葉」＊。遠山死後一年，千惠姊再婚，對象是常到店裡光顧的上班族。這家店只有她和工讀生兩個人打理，但千惠姊的孩子已經上高中，或許也會幫忙做點事。

店門口沒掛上布簾，門卻半開著。跨過門檻，一時之間眼睛還不太能適應眼前的一片昏暗。千惠姊就在原木吧枱裡側。

「你好。」

千惠姊正好在整理酒櫃上的寄酒，她回頭看我。

「好久不見。」我說。

「咦？怎麼啦？」

千惠姊一臉驚訝。她還是一樣瘦，大大的眼睛看著我。她比我和遠山大四歲，所以今年已經四十三歲了。

「好像來得太早了。」

千惠姊隔著吧枱走近我。

「真的是好久不見呢！」

「是啊。」

「有什麼急事嗎？」

「沒事，只是想跟遠山打個招呼。」

千惠姊再婚時帶著千佳搬進夫家，但遠山的骨灰還擺在店裡的二樓。

「是麼，等我一下。」

她背對著我繼續整理酒瓶。我在椅子上坐了約五分鐘，望著她的背影。眼睛慢慢適應光線，我環顧店內，這裡景物依舊。千惠姊整理完畢後，從通往二樓的地方探出頭來說：「請進。」我在入口處脫下鞋子，跟著她走上又陡又窄的樓梯。

點上香燈，我望著香火裊裊升起，向遠山的牌位雙手合十。神壇擦得非常乾淨，也供奉著鮮花。千惠姊在廚房泡好茶端進來。

我背對遠山盤起腿。千惠姊端出茶杯和羊羹一邊問我：「橋田先生，你要調職啦？」

我喝下一口茶。「不是。其實我今天才辭掉工作呢。」

千惠姊把茶杯放在大腿上。「你要獨立創業嗎？」

「我辭掉工作之後並沒有什麼打算啦。只因為發生一些事情。」

「是喔。」

「所以我想過來跟遠山報備一下。唉，如果他還活著，我就會找他商量。」

千惠姊不發一語。

「千佳還好嗎？上高中了吧？」

「她啊，完全不聽父母的話。頭髮還染成紅色，真受不了。」

千惠姊笑了。我想起他們一家三口住在這裡的歲月。兩層樓的房子只有這間三坪大的房間和隔壁兩坪房間以及一間廚房，以前他們常常請我吃飯，我很羨慕這裡溫馨的氣氛，也曾經幾次帶著足立恭子一起來。如今這個房子已經完全失去生活的味道，空蕩虛無，曾經占據一方的整面書

譯注

＊日本戰國時代的伊達政宗在仙台的青葉山建立青葉城，成為仙台著名景點。

櫃彷彿遭人遺棄。遠山數量龐大的數學書籍沾滿了灰塵。

「這麼久沒來找你，真不好意思。」

千惠姊搖搖頭。

「直到現在，我還會想起那晚你對我說的話呢。」

「我也很後悔說了那些話，真的很抱歉。」

遠山死後半年，我到店裡來的時候，聽說千惠打算再婚。我氣她只隔半年就要和新的男人在一起，彷彿羞辱了死去的遠山。記得當時自己借著酒意對她大發脾氣。

「真的很抱歉。」

「那件事之後你再也沒來了，我想遠山應該很寂寞吧。」千惠姊看了牌位。

她微笑，把茶杯拿到嘴邊。兩人默默地喝茶。

「橋田先生，你現在有心上人嗎？」

「唉，我也不知道。」

「他常說『我和橋田基本上都是個很單純的人，只不過腦筋太複雜，不容易被人了解，也不太能夠了解別人』。你和恭子分手的時候，他真的很擔心你，還說『那傢伙會不會再也不能夠相信任何人啊』。」

千惠姊拿起一塊羊羹。

「千惠姊現在幸福嗎？」

她把羊羹放進嘴裡。「算是吧。日子雖然平淡，不過感覺可以安心過活。」

「這樣啊，那太好了。」

「雖然經歷過好多事，不過最近我常想人生不過就是這樣子吧。」

「不過就是這樣子嗎？」

「對啊，千佳的父親拋棄我，然後我認識了遠山，和他一起開了這家店，然後我又和店裡的客人結婚。有好事也有壞事，不過所有的事大概就是這樣子吧。」

「這樣子又那樣子嗎？。」

「千佳出生、跟遠山一起開店，我已經有兩段美好的回憶了，真的很幸福。年輕的時候總以為永遠幸福才叫作真正的幸福，不過我發現其實不然。如果永遠只有幸福，任誰也會厭煩，對吧。」

千惠姊又笑了。

「我和遠山的個性就很難這麼想。」

「或許吧。我就是喜歡說這種話才被你罵啊。不過我這一路走來就是這麼想的。遠山是我見過最憂鬱的人，他同情我，而我也同情他。或許你也和他一樣，這一生只為了證明自己和別人不同。有生以來我頭一次見到這種人，覺得他好可憐，實在看不下去。他在你和恭子面前裝出開朗的一面，不過我認為他當一個居酒屋的老闆其實一點也不幸福，後來還遭到病魔折磨，短短三個月就走了。不過，就因為我們的婚姻短暫，彼此才沒露出馬腳，才有辦法好好相處。我全心全意同情他，他也同樣同情我，我們互相舔舐對方的傷口，然後就這麼分開了。我覺得我能為他做的事都做了，才會在短短半年後認識新對象，然後決定和對方在一起。我一點也不後悔啊。」

「不過，我想遠山確實愛過你。」

千惠歪著頭又看了牌位。「難說喔。我想他適合一個人度過一生，那才是他最理想的人生吧。只是他沒有那麼大的才能罷了。」

「才能嗎？。」

「是啊，才能。他沉溺在自己的才能中，最後卻輸給了自己的才能。」

「我想沒有人只靠才能過一生吧。」

「是嗎？不盡然吧。他常說『如果自己是人以外的東西，那該有多好』。但因為知道那是不可能的，所以他就努力愛別人或被愛。不過他做不到。因為他沒辦法愛人，所以只好以同情來代替愛，同情我和千佳。那就是他的極限吧。」

「你確定是同情嗎？」

「是啊。我是不知道你發生了什麼事，不過要小心喔，別變成他那樣。人生可以重來好幾次。女人啊，不一定要對方有什麼特別之處仍然可以為他著迷。我還是深愛著千佳的父親，雖然他是個沒用的男人，但我喜歡他勝過遠山和現在的丈夫。」

我把冷掉的茶喝完。

「以後打算怎麼辦？」她問。

「不知道，暫時先放鬆一陣子吧。」

「那也好。」

我起身，千惠姊也跟著站起來。

「我要開店了，你要不要喝幾杯再走？」

「好啊。」

「那多吃一點。等一下千佳也會過來。我老公也可能過來看看，到時候我介紹給你認識，今天算我請客嘍。」

「謝謝。」

我輕輕點頭道謝。

醒來時發現瑠衣在我身旁。每當汽車晃動，腦袋就一陣劇痛。外頭一片漆黑，格外寧靜，車窗吹進涼爽的風。瑠衣握著方向盤，我坐正姿勢看了她。頭好痛。等紅燈的時候瑠衣轉頭看我。

「還好嗎？」

我想回答，但喉嚨乾澀無法出聲，視線也模糊不清。我望著外頭的景象，意識逐漸清醒。

「現在幾點？」

「已經半夜三點啦。」

「是喔。有點喝過頭了。」

瑠衣微笑。號誌燈轉綠，她又轉頭看著前方。

「你什麼時候來的？我完全不記得耶。」

「一點左右。」

「你怎麼會知道那家店？」

「千惠姊告訴我的。」

我不太懂瑠衣的意思。她怎麼認識千惠姊？這部車是瑠衣的標誌。是我喝醉酒，打電話要她來接我嗎？想著想著，終於拼湊出模糊的記憶。對了！過了十二點之後手機就響個不停，我受不了接起電話，原來是瑠衣。我好像對她大發脾氣，千惠姊搶走我的電話，不知和瑠衣說了些什麼。我望著千惠姊，不知不覺就醉倒了。瑠衣到店裡之後的事已完全沒有記憶，就連怎麼坐上車，都一概不記得了。

8

六月二日、三日、四日，連續下了三天冰冷的雨。我整天窩在床上混時間。從十二樓的瑠衣家望去便是神田一帶的景色，但是陰雨綿綿使得外頭的景物一片陰鬱。白天瑠衣去上班，我就在家睡一整天。傍晚瑠衣回來一起吃晚餐，吃飽又回到床上。瑠衣柔嫩的身體是我唯一的現實，每天總和她纏綿到清晨才睡覺，醒來時她總是不在，成天就只有等她回家，從來沒有如此渴望女人的身體。我感覺不到辭去工作的踏實感或解放感，卻也不會留戀或後悔。許多人出現在我夢中：扇谷、佐和姊、百合小姐、駿河、遠山、恭子還有瑠衣。醒來之後反芻夢中的情境，最後總是想起香折。只有香折不曾出現在我夢裡。我反覆思索卻找不出原因。

五日星期五。久違的陽光照亮了東京。吃早餐時，瑠衣約我週末去旅行。

我想起七日星期天也是她生日。

「如果可以去的話，我打算下星期請幾天假。」

「不會妨礙工作嗎？」

「不會啊。這星期會告一個段落，而且黃金假期的前半段也在工作，休個假也是應該的。」

「旅行啊……」我放下筷子。

「一直窩在房間裡會悶出病的，出去走走轉換心情也不錯啊。」瑠衣說。

這幾天的瑠衣比起過去更加精神百倍。她帶著一個失業中年男子，難道不會不安嗎？一回到家總是興匆匆地準備晚餐，照料我的起居，每晚幾乎都沒睡，肌膚卻依然光滑透亮，沒有絲毫倦怠。而且每天為我採買一些大大小小的日用品。我問她有什麼時間去買東西？她喜孜孜地說：

「午休時間啊，或是找一些空檔去百貨公司嘛。」

「喂，怎麼樣？」她邊收碗盤邊問我。

「那天剛好也是你生日嘛，該慶祝一下嘍。」

瑠衣嘴角露出微笑。

「這趟旅行就當作是我送你的禮物吧。」

瑠衣把碗盤收進廚房後急忙回到我身旁，趴在我的肩膀說：「第一次和浩介去旅行呢。」

我們決定星期天出發，地點由我來決定。瑠衣準備好出門，我目送她到門口對她說：「我今天要回池尻。」

瑠衣鞋子穿到一半，回頭露出困惑的表情。

「為什麼？」

「總不能永遠賴在這裡吧。下星期得回公司一趟，還是得辦一些手續啊。」

瑠衣知道我向扇谷丟辭呈的始末。

「可是……」瑠衣欲言又止，神情僵硬地注視著我。

「還得準備行李啊。」我對她笑。

「我要你陪我到旅行回來為止。」瑠衣的眼神是認真的，「拜託你啦。」

她非要我答應不可，我只好聽從。瑠衣頓時神情放鬆。

「今天就到外面吃飯吧，我會早點下班。」

「嗯。」

「我會在六點之前回來，我們一起出門吧。」

「好啊。」

瑠衣拉起我的手。「那我出門嘍」，說著放開手走出門。

回到客廳打開陽台的窗戶，昨天的雨使得空氣中瀰漫一股清新的氣息。我坐在窗邊的地板，仰望萬里無雲的晴空，全身沐浴在陽光和涼風中。香折說星期六出院，也就是明天了。出院前最好去看看她。星期一離開醫院時我說過還會再去看她的。

在陽光底下暖和了身子之後我站了起來。腦海中浮現香折的臉龐，好想見她。

中午前出門到銀座。在Marion看了一場電影，然後再到和光，打算替瑠衣買個生日禮物。我買了一條價錢適中的手鍊，正要走出店外，忽然發現櫥窗裡有個閃閃發亮的東西。走近玻璃櫃一看，是一對鑽石耳環在燈光下熠熠生輝。我在櫥窗前駐足許久。

「要送人的嗎？」

抬起頭，年輕女店員站在櫥窗對面，我答：「是啊。這個好漂亮。」我指著耳環說。

「對方大約幾歲呢？」

「二十歲左右。」

說出年紀後擔心對方覺得奇怪，害我有些尷尬。尷尬之餘我說：「能不能請你戴給我看？」

她從櫥窗拿出耳環，撥開長髮戴在小小的耳垂上。果真閃閃動人。

「您覺得如何？這個鑽石質地非常精純，也非常適合在正式場合配戴。」

我看看標價，比剛才買給瑠衣的白金手鍊貴上兩倍。

「很不錯，幫我包起來吧。」

結完帳後，店員拿了卡片要我寫些東西。我想了一陣子，寫下「恭喜出院。早點讓我喝到你最愛的調酒吧」，然後簽下名字。瑠衣的禮物綁上綠色緞帶，香折的禮物就選紅色緞帶。原本打算兩個禮物放進同一個紙袋，但猶豫了一會兒，最後把耳環盒子收進了夾克口袋。

晴海通人山人海，好不熱鬧。花枝招展的女人和西裝筆挺的男人匆匆忙忙穿梭在街道上。走沒多久我就累壞了，於是在瓦斯燈通拐個彎走進一家小餐館。正好過了午餐時間，店內的客人寥寥無幾。我一個人坐在四人桌，點了一瓶啤酒和豬排飯。喝了一口啤酒，把瑠衣和香折的禮物擺在桌上。

耳環似乎不適合作為出院的禮物。不過回頭想想，我從來沒送過禮物給香折。不管生日或聖誕節都沒送過任何禮物，頂多找時間請她吃一頓美食罷了。我刻意避開任何越軌的可能，香折有卓次，而我也有瑠衣。如今狀況並沒有多大的改變，現在香折有柳原，而我和瑠衣的關係更加親密。然而望著兩個禮物，我心中竟然比較希望看到香折開心的表情。

店員端上豬排，我急忙收起禮物。待會兒帶到醫院送給香折吧。我把兩個禮物分別裝進兩邊的口袋。

我大約在四點多到達醫院，進了大門搭上電梯，有種迫不及待的心情。在八樓出了電梯後，我不由得加快腳步往病房走去。房門沒關，我直接走進去。

香折並不是一個人。我和香折眼神交會時，病床旁的女性回頭看我。

「咦？」瑠衣嚇了一跳。

「你也來啦？」

我對她揮揮手。香折坐在床上看了我們兩人。

「原來你們約好啦？」香折微笑。

「沒有啦。」我走到瑠衣身旁語氣堅定地說。

「明天可以順利出院嗎？」

「嗯。」

瑠衣拿鐵椅讓我坐。我仔細端詳香折，她氣色紅潤，精神也好多了。

她的聲音也恢復以往的宏亮。

「柳原會來照顧你嗎？」

「嗯，他每天都來探病啊。」

「這樣啊。」

「瑠衣姊也是每天來看我呢。」

我含糊地點頭，並且抬頭看了站在背後的瑠衣。瑠衣笑得很燦爛。

「明天什麼時候出院？」我問香折。

「上午。慎太郎會開車來載我。」

「要幫忙嗎？」

「不用啦，也沒什麼東西。」

「是麼。」

瑠衣插嘴說：「而且明天是柳原的生日呢，香折也想享受兩人世界嘛。」

「對啊對啊。橋田先生星期天不是要去旅行嗎？反正已經辭掉工作了，每天在家發呆也不是辦法，去放鬆一下順便想想今後的打算吧。如果橋田先生一直不工作，瑠衣姊會不想理你喔。再怎麼說，女人還是希望男人去工作嘛。」

「不過浩介是個工作狂，最好還是稍微休息一下。」

「瑠衣姊，不能現在就這麼寵他啦。他的興趣只有工作呢。」

我默默地看著兩人對話，宛如一對感情甚篤的姊妹。今天的香折看起來比較成熟，少了平時的柔弱，多了一股穩重沉著的氣息。或許是整整一週住院，沒有服用鎮靜劑和安眠藥的關係吧，也或許是沒上班的緣故。她身上有種莫名的透明感，也可能是因為我在瑠衣身旁，讓她試圖和我保持一定的距離。她似乎已經決定不再像過去那樣依賴我，表情或眼神都顯得有些生疏。

瑠衣看著時鐘說：「那我該走嘍。」

「謝謝你。」

香折客氣地行個禮。瑠衣從皮包內取出信封交給香折。

「這是一點小意思。明天和柳原去吃點好吃的東西吧。」

信封上寫著：出院賀禮。

「這怎麼可以！我不能收你這麼份禮啊！」香折急忙退回信封。

「沒多少啦，別那麼客氣。」

瑠衣委婉地推回信封，香折看了我。

「你就收下吧。」

我這麼一說，香折的眼神頓時露出銳利的光芒，但又立刻收斂眼神把信封擺在大腿上。「瑠衣姊，真的謝謝你。」她再次道謝。

「代我向柳原問候一下吧。下星期我們有一半的時間不在東京，週末再過來找我們吧，四個人一起慶祝出院，等你喔。」

「好。」

「浩介你才剛來，還會待一陣子吧？」

「嗯。」

「那我們要不要約六點半在青山老地方見面？」

「好。」

瑠衣揮揮手走出病房。我起身坐到沙發上，香折也跟著過來。

「不用再打點滴嘍？」

「嗯。」

兩人沉默片刻。

「難為你了。」我說。

香折一臉疑惑。

「剛才的錢啊。」

「不會啦。」

「她沒有惡意啊。」

「我知道，我真的感謝她呀。」

我從口袋掏出禮物，小盒子上繫著一個紅色大緞帶。不知該怎麼送她，只好玩著緞帶。香折傾身靠過來說：「那是什麼？」

我把禮物遞到香折面前說：「送你。出院禮物。」

香折一臉呆滯地看著禮物，然後伸出雙手緩緩接下盒子。

「不知道該買什麼，所以送得有點怪。」

香折直直盯著禮物，沒露出開心的表情，反倒有些困惑，扭著嘴巴。

「如果不方便收下，還給我也行喔。」

她抬起頭。「可以打開嗎？」

我點頭。香折打開緞帶，小心翼翼地拆開包裝紙打開盒子。她沒拿出耳環就蓋上盒子，反而先打開卡片反覆閱讀。我覺得有些尷尬，不敢直視香折。

「浩大哥。」

我的視線回到她身上。

「謝謝你。我真的好高興。」

「不好意思喔，這東西好像不合你意。」

「怎麼會，我會珍藏一輩子的。」

「別說得那麼誇張嘛，耳環很容易弄丟的。」

香折緊握著禮物。「才不會呢，我不會戴它，我會好好收藏起來。」

我笑了。

「你還是跟以前一樣傻啊。」

「還好啦。」

香折也笑了。

「所以我才擔心你啊。」

「那你得擔心我一輩子嘍？」

「怎麼說？」

「人傻，一輩子改不了啊。」

「是嗎？」

「是啊。」

「那我就擔心你一輩子。」

此時，香折忽然收斂起笑容。

「我沒騙你。我是真的一直很擔心你。」

我想像香折的十年、二十年後，還有更久以後的模樣。就算香折和某人結婚生子，年華逐漸老去；就算今後的每一天、每一年她不再想起我，我還是會每一天、每一年牽掛著遠方的她。我想我能以這樣的心情度過我的後半輩子。

千惠姊說遠山希望成為人以外的東西，但事與願違，所以試圖愛人或渴望被愛，然而這也無法如願，因此他只好懷抱著同情來接納千惠與千佳。雖然千惠姊這麼說，但我認為其實不然。沒錯，遠山的人生或許只為了證明自己與眾不同。但也正因為如此，他試圖用和其他人完全不同的方式來愛千惠姊。就算再有才能，就算發揮了才能，人還是不能夠孤獨一輩子。遠山希望成為人以外的東西，也因此比任何人都深知自己不會是人以外的任何東西，也比任何人都體悟到身為人不能夠孤零零地度過一生。他只是不願輕易向他人求救罷了，只有這樣他才有辦法繼續相信自己的才能。所謂才能終究不過如此，相反的，只有這樣的才能才得以賦予人類等值的尊嚴。

遠山年紀輕輕卻得了癌症，為難以想像的病痛所苦，但他從不曾抱怨。他雖沒接受死亡，卻也不畏懼死亡的逼近。千惠姊說他輸給了自己的才能，但我不認為。才能是他不屈服的表現。我知道遠山的精神到最後一刻不曾輸給任何東西。他是我唯一的朋友，我願為他的尊嚴和名譽作證。

我陷入短暫沉思，香折叫了我。「浩大哥？」

「嗯？」

「說得也是。」

「什麼？」

「浩大哥就是這種人。」

香折臉上已經恢復了笑容。

9

那天深夜我睡著後，神坂良造的祕書菊田打電話來了。我走出寢室接起手機。

「橋田先生，聽說你遞辭呈啦？」

我謝謝他上回替我介紹醫院，我們閒聊一會兒之後菊田隨即切入重點。我早已察覺到這通電話的目的，因此心裡多少有個底。

「是啊。」

「怎麼了？你在公司鬧事了嗎？」菊田開門見山劈頭就問。我就是喜歡他這種個性。

「菊田先生，你是不是聽到什麼消息？」

「也不是啦。駿河先生發生那種事，扇谷先生也突然退居幕後了嘛。我想你辭職應該跟這些事情脫不了關係。」

駿河守靈那天神坂親自出席，而且待了將近一個鐘頭。

「會長一定是去向議員哭訴了吧？」

我也直截了當地說，菊田不說話。

「菊田先生，你這樣太見外了吧，我們打開天窗說亮話吧！」

他在電話那頭苦笑。

「也對，我和你之間也沒什麼好隱瞞的嘛。」

「對啊。」

「老實說，議員和扇谷先生喝酒喝到剛剛才結束。他從議員宿舍打電話給我，說下星期想找個時間見見橋田先生。怎麼樣？能不能抽空來一下？」

我不回答。菊田繼續說：「議員已經把大致的始末告訴我了。我打從心底了解你的心情，不過能不能替我做個人情見見他？議員也說希望盡量幫助你。這次的事情對扇谷會長的打擊也不小呢。」

原來是這麼回事啊。想想扇谷也真是愈來愈沒用了，人老了就變成這副德行。忙於自保的結果，讓他失去以往的銳氣和氣魄。那天我的舉動讓他心生恐懼，甚至怕我把黑金醜聞賣給媒體，因此想利用神坂來壓制我。真是卑鄙至極，令人作嘔。

「菊田先生，麻煩你告訴議員我不想麻煩他，也不要在意會長說的話。以後我也不打算做任何反擊。」

要我去見神坂不外就是談錢，想必他會提出可觀的金額當作封口費。到時候如果我不收下，後果可能不堪設想，因為政界傳言神坂與台灣黑道的關係密切。在政界裡發生狀況必定鬧出人命，還是小心為妙。

「那你今後打算怎麼辦？」菊田希望得到更確切的保證。

「不知道耶，暫時休息一陣子吧。我可以拿到一筆退休金，存款也不少，可能到國外放鬆心情，之後再來想下一步嘍。」

我把我的想法告訴了菊田。「退休金」和「出國」這兩句話足以讓他清楚我的意思了。事到如今，某種程度的妥協是必要的。

「是喔，或許這樣比較好。如果有什麼事需要我幫忙，記得隨時找我喔。我會盡全力幫你的，相信我。」

「嗯。總之代我向議員說聲謝謝吧。謝謝他這些日子以來的照顧，等我安定之後，必定親自拜訪他。」

「了解。那麼請你保重。」

「謝謝。」

事情就此搞定，菊田先掛了電話。不久，我的戶頭將匯入一筆可觀的「退休金」，足夠讓我在國外生活兩三年。老實說，我根本沒資格領半毛退休金，但在政治的世界裡，金錢交易就等於性命交易，接受一定的金額，方能獲得生命安全的保障。

我回到寢室，瑠衣已經進入夢鄉。她睡得很熟，一動也不動。我小心翼翼地躲進被窩看著她的睡顏。想必這一週來，她也面對了許多必須要面對的糾葛吧。我不禁心疼起她，她比誰都關心我、愛護我，她對我的愛是毋庸置疑的。

瑠衣背對著我，我環抱著她把她的身體拉過來，溫暖的身軀自然地蜷曲在我懷裡。我緊緊摟住她，她翻過身，臉貼在我的胸膛，似乎還在熟睡。我赤裸的胸膛感覺到她安靜的呼吸聲。我拉起棉被幫她蓋到肩膀，我們倆宛如在蠶蛹中合而為一，充滿安全感。

我想，有些事沒有身體上的接觸是不會了解的。

男女不管如何貌合神離，只要有肉體關係以及對肉體的依戀，還是能夠在一起的。只是這幾天我常問自己為什麼和瑠衣在一起？我找不到答案。雖然我找不到，但是我想可能是因為瑠衣願意在我身邊。因為在我身邊，瑠衣是真實存在的。人無法抵抗真實，任何人若能夠抵抗真實，也只有在現實無法讓人感覺真實的時候。我能夠明確感覺瑠衣是真實的。她全身散發著溫柔與體恤，那是一個人要讓對方感覺真實的時候所不可或缺的情感。肉體關係使得瑠衣比任何人更接近我。我們孕育了實實在在的親密感，那是我與香折之間絕不存在的親密感。

記得瑠衣曾向香折說過，如果兩人真正相愛，做愛的每一瞬間就好比小小的死亡。感覺就像殉情一般能夠拋開一切煩惱，甚至忘我。於是世界變得美好，使人能夠憐愛這世上的一切。

現在我抱著瑠衣，感覺自己受她引發的連續死亡深深吸引。正因為下一瞬間是死亡，更不應該失去當下這一瞬間。這原本是我一貫的生活態度，瑠衣卻能夠藉由愛情接受每一瞬間都是小小的死亡。

那是一種男人無法獲得的感覺。男人再怎麼掙扎，只能橫衝直撞跑完僅有一次的人生。然而，女人卻能夠在每一個瞬間再生。當時香折問我：「你和瑠衣姊做愛也是這種感覺嗎？」我沒回答。女人能夠藉由愛與性孕育出新生命，我能夠回答什麼呢？男人不可能用唯一的愛來愛這世界的一切。只是一旦被女人的愛所擄獲，男人將動彈不得。我無法離開瑠衣或許也是因為如此。那是一種難以抵抗、原始且明確的真實感。

我們在黎明時分醒來。瑠衣迷迷糊糊地看了時鐘，正好過了上午六點。床上沾滿了瑠衣的香汗、呼吸，以及昨晚纏綿的氣味。

「要不要喝什麼？」瑠衣輕輕吻我問道。

「啤酒。」

瑠衣走進浴室，然後到廚房拿了兩罐啤酒回來。白色小可愛配上熱褲，她坐在床邊將啤酒遞給我。我起身靠在床頭，抓住瑠衣的腰，讓她坐在我的腿上。些許啤酒溢了出來，瑠衣嬌嗔一聲。我雙手抓住小可愛包覆的豐滿乳房，解開她熱褲的鉤扣脫下它，只見她已換了新內褲。我喝完啤酒，開始撫弄她的身體。隔著內褲用中指和無名指撫摸她的下體，左手伸進小可愛用食指和中指捏著她左邊的乳頭，慢慢揉搓整個乳房。瑠衣喝著啤酒任由我玩弄，內褲慢慢濕透，時而發出嘆息。

「趕快喝完啊。」

瑠衣點頭。

「說話呀？」

「嗯。」

「不是嗯吧？」

「是。」

瑠衣把啤酒罐拿到嘴邊，我的右手伸入她內褲，中指放入深處。

「啊！」

瑠衣發出哀怨的聲音，啤酒罐離開了嘴邊。

「把啤酒一口氣喝完啊。」

「不行，你這樣我怎麼喝啊！」

裡面已經完全濕潤，我的手指仍不斷撫弄。

「不管，趕快喝！」

瑠衣雙手緊握罐子，整個頭往後仰，開始發出喘息聲。

「說話呀？」

「是。」

「滴出來要處罰喔！」

「怎麼這樣啊，浩介在欺負人哪。」

「你敢頂嘴呀？」

我再多插入一隻手指，瑠衣呻吟。

「你剛剛頂嘴對不對？」

「我沒有。」

她雙手上的啤酒不停搖晃。

「你有。」

「我沒有。」

我手指用力，瑠衣叫得更大聲。

「有沒有頂嘴？」

「有，我有。」

「那就道歉啊。」

「對不起。」

「只是對不起嗎？」

「非常抱歉，請您原諒我。」

「不要滴出來喔，滴出來就處罰！」
瑠衣只能呻吟。
「回答呢？」
「是。」
「滴出來要怎樣？」
「要處罰。」
「好好回答！」
「如果啤酒滴出來，請您處罰我。」
「要說拜託您！」
「如果啤酒滴出來，請您處罰我。拜託您」
「那就趕快喝完！」
瑠衣小心翼翼地把啤酒拿到嘴邊。當她啜了一小口，我用力捏了左邊乳頭。
「好痛！」
瑠衣全身顫抖，嘴裡的啤酒滴下來了。
「你在幹什麼！」
我罵她。搶了啤酒含在自己嘴裡，抓起她的頭，嘴對嘴把啤酒倒進她嘴裡。啤酒從瑠衣小小的嘴唇流出，滴在小可愛上。
「在幹麼！要處罰嘍！」
「對不起，對不起！」

「對不起也沒用！我已經說過了！」

瑠衣對我投以求饒的眼神。

「我說過要處罰吧？」我說。

「是的，說過了。」

「那就求我吧。」

瑠衣不說話。

「說啊！」

「請您處罰我。」

「怎麼沒說：拜託您？」

「拜託您，請您處罰我。」

「脫吧！」

瑠衣低著頭準備脫掉小可愛。

「你在幹麼？不是那件！」

她停下手看我，然後慢慢脫下內褲。

「腿張開，讓我好好欣賞！快！」

瑠衣靜靜躺下。

「回話呀！」

「是。」

「抱著自己的腿，張大一點！快！」

瑠衣抱起大腿將一切攤在我的面前。我仔細看著眼前的光景，想起睡前思考的事情。小小的死亡，以及這奇妙的肉塊深處存在著再生的生命泉源，孕育著我永遠無法擁有的愛的本質。

瑠衣再次入睡後，我悄悄下床沖個澡，換上衣服出門。漫步在人煙稀少的神田一帶，不知有多少年沒在清晨散步了。街道上盡是老舊的大樓，烏鴉聚集在垃圾堆上，只要一靠近，牠們便振翅一轟而散。天空萬里無雲，今天應該也是悶熱的天氣吧。走了二十分鐘，來到了以前加班時偶爾經過的地方，那裡有一家二十四小時營業的超市。

我慢慢地往超市走去，心想：買些菜替瑠衣煮個早餐吧。

10

傍晚，瑠衣說要做散壽司*，我用扇子幫她搧木桶裡的醋飯，這時寢室裡的手機響了。我走到房間拿起手機摁下通話鍵。是柳原打來的。

「橋田先生嗎？」

他似乎人在外面，電話那頭傳來周遭的嘈雜聲。

「是啊。」

「謝謝你這次的幫忙。出院的時間比預定稍微晚了點，不過兩點左右就出院了。不好意思還讓瑠衣小姐包紅包給她。」
「別客氣。香折狀況還好嗎？」
「嗯，身體完全沒問題，主治醫師也說不必再擔心了。」
「嗯，那就好。」
柳原的聲音異於往常，似乎有些緊張，也有些生硬。
「今天有什麼打算嗎？」我問他。
「待會兒去吃個飯，然後回我家。」
「嗯。」
今天是柳原的生日，兩人應該已經約好了吧。
「等一下，香折要跟你說話。」
隔了一會兒，聽見香折的聲音，聽起來相當開心。「浩大哥。」
「恭喜你順利出院啦。」
「嗯，這次真的麻煩你太多，謝謝你。」
「沒關係，身體還好嗎？」
「沒問題，沒問題！浩大哥現在在哪？」

譯注
＊作法有別於一般壽司。首先把醋飯盛於容器中，再把配料撒在米飯上。

「在御茶水。」

「原來如此。」

「嗯，我們明天要出門旅行，不過你有事一定要打手機給我喔。」

「才不要呢！你好不容易跟瑠衣姊享受兩人世界，我沒那麼不上道啦！」香折竊笑。

「你出院到現在都在幹麼？已經這麼晚了。」

「沒事啊，只是繞了遠路。」

「噢。」

「浩大哥今晚又要住在瑠衣姊家呀？」

「不會，今天要回池尻一趟。得準備行李，也得開車過來啊。」

「噢。」

「怎麼了？」

「沒什麼事啊。那就這樣嘍！掰掰。」

「嗯，才剛出院別亂來喔。」

「知道啦。代我向瑠衣姊謝謝喔。掰掰！」

「掰掰。」

電話斷了。

瑠衣站在寢室門口。「是誰打來的？」

「柳原和香折。」

「有什麼事嗎？」

「沒什麼，香折出院了。今晚她會住在柳原家。她要我跟你說聲謝謝。」

「是喔。」

我放下手機走向瑠衣。「不過……」我自言自語。

「怎麼了？」瑠衣問道。

「沒事，只覺得奇怪，為什麼香折不回自己家呢？」

「怎麼說？」

我欲言又止。香折無法在別人家入睡。只要有人在旁邊她就會緊張，更何況要安心待在別人家裡呢？即使是男朋友家也一樣。唯有我家例外，香折經常這麼說。所以怎麼會在剛出院身體還很虛弱的時候選擇到柳原家睡呢？

「沒事，只是覺得怪怪的。」

「今天是柳原的生日，況且香折今天剛出院，他也想多陪她一下吧。」

「也對。」

我摟著瑠衣的肩膀回到客廳。

「你今晚要回池尻啊？」

「嗯。要準備行李，還得開車過來嘛。」

她聽到我剛才說的話。

我還沒告訴她要到哪裡旅行。

「要開車去啊。你要帶我去哪裡呢？」

「明天你就知道嘍。」

「那明天早上一起回池尻，再從池尻出發就好啦。」瑠衣看著我，「好不好嘛？」

她一再問我。其實我原本也是這個打算，只因為香折一說「浩大哥今晚又要住在瑠衣姊家呀」，我便脫口說要回家。

「嗯，吃完飯我還是回家好了。以後要住在這裡，還得拿一些需要用的東西。我明天早上八點來接你。」

拿東西是我臨時編出來的藉口，瑠衣不安的神情漸漸緩和下來。

「好吧。」

「你的身體也該休息一下吧。」

「討厭！」

瑠衣雙頰霎時一片潮紅。

晚上九點多我離開御茶水，十點就回到了池尻。我打開窗戶讓空氣流通，簡單打掃了一下，坐在沙發上望著窗外抽菸。此時此刻，我無法感覺也無法思考任何事情。該準備旅行的行李，卻提不起勁。其實，我哪裡都不想去。

心中有個模糊且不成形的情緒。猶如隔著好幾層的霧面玻璃的另一頭，有個很小的人影瑟縮在那裡。仔細凝視就能夠知道那是誰。不，其實我早就知道了。封鎖、克制、壓抑，卻依然無法刪除，那正是自己的身影。

我起身關上每一扇窗。

回到寢室躺在床上，閉上眼睛。咬緊牙根，雙腳和雙拳出力然後慢慢放鬆，再重複幾次。情緒逐漸平靜。

好安靜。睡意漸濃。我想明天再來準備，今晚就先睡了吧。意識逐漸模糊。門鈴響的瞬間，我立刻清醒，以為自己睡過了頭急忙看了鬧鐘。半夜兩點。我跳起來走出寢室，門鈴又響了一次。我拿起話筒。

「喂，我是橋田。」

「喂，浩大哥嗎？」是香折的聲音。

「怎麼了？這麼晚了。」

「對不起，睡了嗎？」

「還沒。」

「可以幫我開門嗎？」

「嗯。」

我掛上話筒立刻衝到門口。

一開門，香折穿著白色洋裝，帶著小手提包和紙袋出現在眼前。

「怎麼了？」

「我溜出來了。」

香折露出調皮的笑容。

「柳原呢？」

「喝醉了，正在呼呼大睡呢。」

「是麼。」

「我等一下就回去了，讓我進去吧。」

「嗯。」

我們坐在客廳的沙發上，香折打量著屋內的一切。

我突然想起一年前的此時，當時她突然出現，也穿著同一件無袖連身洋裝。那天晚上下雨，香折全身淋濕，右手繃帶還滲出淡淡血跡。我讓她洗澡並且換上我的運動衫。袖子和褲管過大，我忍不住發笑。香折裝出生氣的模樣，脹起臉頰嘟起嘴巴，當時的她是多麼弱小、無助，又那麼惹人憐愛……

「身體還好嗎？你才剛出院呢。」

「沒問題啊。我才想問你還好嗎？心情好點沒？」

「我還過得去，不用擔心。」

「那就好。」

香折再次環顧房間。

「要喝點什麼嗎？」我問。

於是她一副神祕兮兮地看著我，拿出紙袋放在桌上，取出袋子裡的東西。

「噔噔噔！」

一瓶葡萄酒，最便宜的國產紅酒。我看了香折又看了酒瓶，一臉得意的她又從袋子裡拿出另一樣東西。這次是小小的玻璃瓶，上面貼著黃色標籤，裝著土黃色液體。

「這是什麼？」

「蜂、蜜！」

她滿臉笑容，看起來真的很開心。我好像第一次見到她笑得如此燦爛。

「浩大哥，幫我煮開水。」

她似乎迫不及待的模樣。

「到底怎麼了？」

「先別管嘛，幫我煮水啊。快點快點！」

我站在廚房，她在我背後說：「還要兩個杯子和湯匙喔！」我煮了水，拿了杯子和湯匙回到沙發。香折已打開紅酒，酒瓶蓋子不是軟木塞而是普通的蓋子。她在杯子中倒進三分之一的紅酒，蓋上瓶蓋看著兩個酒杯。

「你這樣沒關係嗎？」

「什麼沒關係？」

「不管柳原沒關係嗎？」

「嘿嘿嘿。」香折竊笑。

「什麼啊，好詭異的表情。」

「我給他灌藥了。」

「啊！」

「我在啤酒裡放了安眠藥讓他喝下。」

香折比出拇指做出得意的表情。

「所以他現在睡得跟死人一樣！」

我嚇到說不出話來。水開了。香折起身跑到廚房，拿著水壺回來，將熱水倒進杯子，接著又打開蜂蜜。

「浩大哥，幫我拿湯匙。」

我遞湯匙給她。她撈起滿滿的蜂蜜，滴在兩邊的杯子裡，仔細攪拌。我在旁邊看著她的一舉一動。

「好了，大功告成！」

她拿起一個杯子說「很燙，要小心喔」，擺在我面前。我實在搞不懂到底是怎麼回事。香折三更半夜突然跑來，做一份奇怪的飲料要讓我喝。她到底在想什麼？

「浩大哥，請慢用。」

我仔細看了杯子裡的東西，淡紅色的酒因為加了蜂蜜而變得濃濁，還能聞到一股紅酒的酸味。香折小心翼翼地拿起杯子，我也雙手捧起溫熱的酒杯。

「那麼，我們來乾杯吧！」

我停止動作看著開心不已的香折。

「怎麼啦？」她露出疑惑的表情。

「沒什麼，只覺得你怎麼會做這麼奇怪的飲料。」

香折又笑了。「浩大哥，你還不懂嗎？」

「什麼意思？」

「你上次寫說希望早點喝到的啊，所以我才特地跑來做給你喝嘛。」

「所以這是……」我舉起杯子再度瞧了紅色液體。

「沒錯。」香折點頭。「紅酒泡熱水。這是我最愛的調酒，其實根本沒這種調酒啦。」

我喝了一口。

「如何？」

「嗯。」

「不好喝嗎？」香折顯得不安。

「好喝啊。整個身體都熱起來了。」

「太好了。」

香折也邊吹氣邊喝下它。每喝一口她就開心地對我笑。剩下半杯時，香折將杯子擺回桌上。

「念短大的時候，我不是每天哭到早上嗎。」她想了一下，然後又開始慢慢說。「結果哭太久，身體就像鉛一樣沉重，精神也愈來愈亢奮，根本完全睡不著。在老家的時候，每到晚上就聽到哥哥在隔壁房間發出怪聲或是在咒罵我，不管我如何摀住耳朵，還是聽得見。就算躺在床上蓋著棉被用枕頭摀住耳朵也一樣。因為聲音是一種震動，絕對不會消失的。於是我把鬧鐘貼在耳邊，用指針的跳動聲來干擾我哥的聲音，才有辦法早點入睡。只是後來就算一個人生活，記憶仍然存在，我總是想起哥哥和母親打我罵我，我好害怕，我一直哭，哭到睡不著。實在睡不著的時候我就調這個來喝。我不喜歡喝酒也沒錢，只能買這種最便宜的紅酒再加熱水和蜂蜜讓它順口一些，一口氣喝完後立刻上床躺平。醉了就可以稍微入眠。這杯飲料真的幫我不少，對我來說，這是我最愛的調酒了。」

香折祥和地看著自己的酒，再度拿起酒杯。

「我一直希望，哪一天可以跟一個人幸福快樂地喝這杯酒。我至少得活到那一天，所以絕不能認輸。雖然我每次都差點放棄……」

我默默地看著自己手中的杯子。

「浩大哥。」當我喝完剩下的酒，香折叫我。

「嗯？」我看了香折，她的臉頰已經泛紅了。

「你跟瑠衣姊要幸福喔。」她誠懇地說：「你要好好地依靠她喔。因為瑠衣姊比誰都還要珍惜你。」

我沒回答，透過燈光看著空杯子。

「這樣好嗎？」我問她。

朦朧的玻璃杯上看到小小的自己似乎吶喊著些什麼，但我聽不見。

「什麼意思？」

「你不是說要等到你遇到最快樂的事情才要給我喝嗎？」

香折頓時露出遲疑的神情。

「我已經遇到啦。」她說得非常堅定。

「是麼。」

「嗯。」

香折喝完剩下的酒，忽然說出奇怪的話。「浩大哥你太好強了。」

我不由得看了她的嘴角。

「自己的事總是擺到最後，只替別人想，太愛逞英雄了。」

「喂喂，你是來找碴的啊？」

我苦笑，香折泛紅的臉嘟起嘴巴瞪著我。

「不是啦，我只是想說，就算是我這樣的人，偶爾也會替浩大哥想啊。」

「噢。」

「真的啊。我雖然不能像浩大哥做得那麼好，不過也會擔心你啊。」

「我知道啦。」

香折嘆了一口氣。「如果知道的話……」

香折用力握緊手中的杯子。

「如果知道的話，你就要珍惜真正在乎你的人。你得好好依靠她啊。我想瑠衣姊也希望你能這麼做。那陣子每天見到瑠衣姊，我了解到一件事。瑠衣姊真的很在乎你，愛你愛得無法自拔。那麼漂亮又溫柔的人愛你，浩大哥，你真的知道這件事多可貴嗎？雖然珍惜對方也很重要，不過被人珍惜也非常非常重要啊。因為被人珍惜也就等於珍惜自己。」

被人珍惜也就等於珍惜自己——香折的話深深地觸動了我的心靈。過去我一直對香折說不愛自己就永遠得不到別人的愛。我雖然這麼說，但我愛我自己嗎？我不斷捫心自問。

「被人珍惜真的等於珍惜自己嗎？」

果真如此，那瑠衣對我而言絕對是任何人無法取代的存在。

香折一臉訝異地說：「浩大哥不是常跟我說要更珍惜自己嗎？你也說有人珍惜你就不要客氣，盡量讓對方珍惜你。」

「好像是喔。」

「本來就是。」

我覺得我有些話必須對香折說，但我不知道那些話到底是什麼。

「好了。」香折拿起桌旁的手提包站起來，「那我要回去嘍。我怕他醒來會擔心。」

我抬頭看香折。

「我要走嘍。」

「嗯。」

我也起身，香折往後退了一步。

「我送你到樓下。」

「浩大哥明天幾點起床？」

「七點左右吧。」

「已經沒有多少時間可以睡嘍。」

「對啊。」

「開車去嗎？」

「嗯。」

「開車別打瞌睡喔。」

「沒問題的。」

我到寢室拿了鑰匙，香折在門口穿好了鞋。我出了門上鎖。

一起搭電梯時，香折看了我手上的鑰匙圈。

「你還在用它啊。」

「那當然。」

電梯門打開，手表上顯示已經半夜三點了。

「我開車送你，要去西早稻田對吧？」
「不用，到這裡就夠了。我到馬路上攔計程車。」
「不好啦，我送你。」
「不要。我要自己回家！我堅持這麼做！」
香折一字一句說得清清楚楚，隨即走出玻璃門走外。我也跟著她走了出去。
「那就這樣嘍，浩大哥。」
「嗯。我星期三就回來了，再跟你聯絡。」
「嗯，謝謝你。」
「你也要小心喔，身體不舒服就不一定要上班啦。」
「什麼啊，自己不上班了就說一些不負責任的話。我上班可是為了領寶貴的薪水呢，當然得好好上嘍。」
「但是不要勉強自己喔。」
「浩大哥以後打算怎麼辦？完全沒想過嗎？」
「嗯，這兩三年先避避風頭吧！」
香折忍不住笑了。
「那是什麼計畫啊，好像在躲警察喔。」
「差不多啦。」
「浩大哥真是個怪人。」
忽然覺得香折的笑容似乎有些無奈。不過太暗了無法看清楚。

「掰嘍。」

「嗯。」

「浩大哥，謝謝你的照顧。要加油喔。就算辭掉工作，浩大哥還是可以過得很好，一定會很順利的。」

「知道了，你也要保重喔。」

「嗯。」

香折揮揮手，然後轉身離開。我目送她的背影。她走了五十公尺左右，又回頭了。

她對我揮手，我也對她揮手。兩人對望了一陣子，香折的臉朝大樓方向一撇，意思是要我進屋子裡。我還是不動。

「趕快進去啦！你這樣我會回不了家啦！」

我點頭走進大門內，隔了三十秒又走出門外。香折還在看我。

「喂！」這次她兩手扠腰，擺出生氣的樣子。

「掰掰嘍。」

我只好向她道別進了大樓，隨即偷偷往外看，香折總算往前走了。我再次走出門外看著她逐漸渺小的身影。過去總是這樣目送著她，香折從不回頭看我，但是她剛才回頭了。

香折走了一百多公尺又回頭了。

她停下腳步認出我，舉起雙手用力揮。不知揮了幾次，然後轉身消失在夜幕中。

一瞬之光

第四部

我想要珍惜你。
對我而言，珍惜你就等於珍惜我自己。
不愛自己就無法愛別人。
但是唯有愛對方比愛自己多，
人才能夠眞正愛自己。
我希望捨棄自己，
在你身上完成眞正的自我。

1

早上八點整抵達瑠衣的公寓，瑠衣早已準備就緒等著我。她穿著深米色七分袖毛衣配上白色褲子，腳下一雙咖啡色涼鞋，左手提著旅行袋，戴著玳瑁手環。雖然經常見面，不過看到她盛裝打扮還是令人十分驚豔。

「要不要喝杯咖啡再出門？」

「不，直接出發吧。而且差不多開始塞車了。」

「嗯。」

說著瑠衣回到房間，拿了一個大包袱出來。

「那是什麼？」

「我們今天的午餐啊。」

我們拿著旅行袋和包袱走到停車場，一坐上車瑠衣就問我：「浩介，昨晚有睡飽嗎？」

「大概睡三個鐘頭左右吧。為什麼這麼問？」

「嗯，因為你看起來好像很睏。」

「是嗎？你呢？」

「我也差不多。」

「你根本不必做便當啊，中途隨便找個地方吃就行了。」

「沒關係啦，我是興奮得睡不著覺才做便當啊。」

「又不是小朋友去遠足，說什麼傻話啊。」

我笑她，瑠衣靠過來抱著我的手。

「其實是因為寂寞。我們這幾天都在一起啊，沒有你在身邊就睡不著了。」

我望著瑠衣，有種不可思議的感覺。這麼漂亮的人怎麼會執著於像我這種男人呢？

「那我們出發吧！」

我繫上安全帶，瑠衣也坐正姿勢。

「要去伊豆啊。」瑠衣顯得有些失望。

「我去過伊豆東邊的稻取幾次，那裡的溫泉很棒。想說找個近一點的地方放鬆一下。」

「是喔。」

「伊豆已經去膩了嗎？」

「不會啊。」然後瑠衣笑了起來，並且喃喃說道：「不過，只要聽到伊豆，好像就會有這種反應耶。」

「幹麼啊，一個人在那裡傻笑。」

車子上了東名高速公路往小田原方向駛去。天空萬里無雲，夏日般的刺眼陽光照在車窗上。

我拿出墨鏡戴上。

「沒想到你還滿適合戴墨鏡的嘛。」瑠衣說。

我想起瑠衣和香折見面那晚，我戴著這副墨鏡痛打了一個年輕人。我收起墨鏡，瑠衣也不再多說話。

車子通過小田原西交流道進入國道一三五線，剛才路況一路順暢，但這時前方的車輛愈來愈多了。

「我想從真鶴道路開到海岸線，可以嗎？」

瑠衣點頭，時間才剛過九點。

「午餐怎麼辦？」

「我看路上還不怎麼塞，我們就開到小室山那邊吃午餐吧。」瑠衣說。

「小室山在哪？」

「啊？你不知道啊？」

「嗯。」

我從置物箱拿出紅色封面的伊豆導覽書給瑠衣，她開始翻書。

「上面寫說『從伊東搭巴士約二十分鐘』。這座山的杜鵑花很漂亮喔！我在學生時代和三個朋友一起來過，很好玩呢。或許現在還有一些杜鵑花。」

「原來你比我熟嘛。」

「沒有啦。我們家以前有棟別墅在修善寺那一帶，不過我從來沒去過。」

「為什麼？」

「我從小就不喜歡伊豆。」

「你不是沒去過嗎？」

「對啊，就是不喜歡。大學時候大家曾提議要去玩，我心裡雖然不願意，但只好跟大家一起去。」

我轉頭看到瑠衣看導覽書看得入神，只見她指著書說「啊！找到了！」並且讀起內容：

「『小室山公園，以小室山為中心的自然公園。小室山標高三二一公尺，纜車直達山頂約三分鐘，山頂上一望無際，可遠眺富士山、天城連山以及相模灣外海的大島。公園入口處的山茶花園裡有多達一千種、大約四千株的山茶花，開花期從十二月到五月。此外四月下旬約十萬株杜鵑花齊放，把山腰染成一片朱紅，美不勝收。』對啊，杜鵑花海真的好漂亮喔。我們就到那邊吃午餐吧！」

「不過照這樣看來，小室山比伊東還遠，開到那裡可能已經過了中午嘍。」

「你餓了嗎？」

「不會。」

「那晚點吃也無所謂啊。我們到那邊慢慢吃吧，今天我可是準備了大餐喔！」

「你那麼會煮菜，是媽媽教的嗎？」

「不是耶。我母親完全不會做菜。她雖然專精裁縫和茶道，但是做菜的事總是交給傭人，我們幾乎沒吃過她做的菜。所以我才立志一定要好好學做菜，因為誰都希望結婚之後讓先生或小孩吃自己煮的好菜嘛。」

「是喔。」

我佩服她。我想起瑠衣曾問過香折替我煮過什麼，這樣說來，她好像從來沒為我煮過東西。

「一到聖誕節我一定在家裡替小卓煮特製濃湯，還有烤麵包。這濃湯可是燉了一整天，非常好吃喔！」關於做菜，我只聽香折說過這件事。

「怎麼啦？」

瑠衣突然問，我這才發現自己沉默了好久。

「沒事，我只是在算從這裡到伊東還要多久。」

「是喔。」

瑠衣面向車窗看著外頭的風景。剛才她提到結婚我卻沒什麼反應，可能有點受傷吧。再找個話題跟她聊吧。

「你為什麼那麼討厭伊豆呢？」

「因為……」瑠衣有些鬧彆扭地說：「伊豆不是很多地震嗎？我最怕地震了。小時候爸媽說要去修善寺，我打死都不肯去，結果害得全家沒辦法一起出遊，還將別墅換到蓼科[1]呢！」

今年的伊豆東方海面依然地震頻傳。即使如此，我還是覺得好笑，沒想到她討厭伊豆的理由竟然如此幼稚。

「你討厭伊豆只因為地震？」

「嗯。」

「可是你這樣會不會誇張了點。」

譯注

1 位於長野縣的度假勝地。

瑠衣嘟起嘴巴。「每次大家都這麼說。」

我忍不住笑了出來。

「不要笑！我真的怕死地震了！」

「我倒希望早點跟你一起遇到地震。」

「我會抓著你不放喔！」

「那不用地震，每天晚上都是啊。」

「討厭！」

瑠衣也笑了。

小室山的杜鵑花季已經進入尾聲，不過依舊令人讚歎。然而更令我驚訝的是瑠衣做的便當。光是一個蛋捲就加了鱈魚漿，這是在餐廳也鮮少吃到的菜色，而且口感滑順。另外還有醋泡鮭魚、鴨肉丸、炸豆皮包蝦丸、蠔油炒花椰菜和五花肉、蒸京芋[2]，再加上山菜紅豆飯。點心是巨峰葡萄做成的果凍，去籽葡萄的口感果然相當特別。昨晚我離開她家之後，她竟然一個人做了這麼多菜，實在令人由衷佩服。

吃飽後我躺在草皮上抽菸。地面傳來一股熱氣，但下午開始起風，空氣也涼爽了許多，天空依舊晴朗無雲。這十幾年來我不曾度過如此悠閒的假日。

或許，我的人生已經告一段落，或許，我正在某一段落的谷底。

香菸抽完時，瑠衣遞了水杯給我。我把香菸丟進裡面，吱的一聲，菸熄了。

對於今後的人生將會如何，我毫無頭緒。我將和這個人共度後半生嗎？

「我常吃到香菸便當，哥哥會在我便當裡撒菸灰。」香折曾經笑著這麼說。

「剛上高中的時候，有次便當裡的香腸烤得焦黑，我跟我媽提起這件事，她立刻歇斯底里地大罵我說：『沒有女兒像你這麼任性！我生出來不是為了替你做這些事！』從此直到我離開家裡為止，將近兩年她拒絕替我做便當。」這也是她告訴我的。

香折拿筷子的方式很怪，剛認識的時候我問她：「爸媽沒教你怎麼拿筷子嗎？」當時她沒回答，不過後來她說：「我們家筷子是用飛的。」

吃飯的時候，母親一不高興就會往年幼的香折丟筷子。

「筷子的頭尖尖的，其實滿危險的。有幾次還受傷流血呢。」

香折的焦黑香腸和瑠衣的便當簡直天差地別。瑠衣必定能夠成為好母親，每天做出美味又美觀的便當讓孩子帶去學校，同學的羨慕將讓孩子引以為傲。

一個女孩子若在幼兒時遭受虐待，一旦自己生下孩子，往往不知道該如何教導孩子，容易導致錯誤的教育方式。虐待孩子的父母親往往本身就是受虐童。香折也會是這樣的母親嗎？

我聞著草香閉上眼睛，腦中浮現香折昨晚的小小背影。她將離我愈來愈遠，隨著時間流逝，香折將得到屬於她自己的幸福。平靜且祥和的家庭，體貼的丈夫和孩子。那晚香折消失的另一頭應該會是這樣的景象。我在腦海中竭力描繪出輕鬆愉快的香折，以及和另一半走在筆直的林蔭大道上的香折、穿著純白新娘禮服的香折、和先生快樂購物的香折、站在廚房的香折、站在廚房停

譯注

2 京都特產的里芋。

下手邊工作望著夕陽餘暉的香折、在小公園抱著孩子曬太陽的香折……我集中精神努力想像她的動作、表情與身影，她的先生則配上柳原的臉。然而，不論我如何想像，香折的影像依舊模糊沒有焦點，猶如陽光照射下不斷晃動的熱霧，而在另一端出現的是昨夜那個清楚又渺小的香折。她在揮手，舉起雙手用力對我揮手。離開的人不是她而是我。香折從沒離開，是我丟下她往後走，香折才逐漸離我遠去。

我張開眼睛，瑠衣坐在一旁看著我。

「我們走吧。」瑠衣說。

2

六月七日傍晚我們抵達稻取的溫泉旅館。每個房間都是獨棟獨戶，面海的庭院上設有小小的露天岩石溫泉。室內全以檜木打造，奢華至極。就連房間與房間之間的走廊也以上等檜木鋪成。瑠衣不禁發出驚嘆聲。

「浩介！你怎麼知道這種地方啊？」

她在寬敞的客房內巡了一圈，打開窗戶欣賞熱氣裊裊的露天溫泉，然後回到桌旁。我泡茶給她喝。

「我帶外國客戶來過幾次。」
「是喔。」
「不過我已經兩年多沒來了。上次是招待麥克唐納．道格拉斯伉儷，那時候你姑丈和駿河也一起來。」
我從旅行包中掏出前天買的手鍊。
「雖然不是什麼好東西，送給你。」
瑠衣嚇了一跳。
「生日快樂。」我說。
瑠衣打開盒子。「謝謝你。」
她取出手鍊和左手的手環戴在一起。
這時電話響了，瑠衣起身接電話。
「服務生問我們要先吃飯還是先洗澡？」
「先洗個澡再吃飯吧。」
「嗯。」
我起身換上浴衣，瑠衣掛上電話拿著浴衣走進隔壁房。當我正在整理脫下的衣服，瑠衣換好浴衣看到便急忙跑過來。
「不用啦，這點小事我自己來就好了。」
「不行！」
她拿走我的衣服掛在衣架上。浴衣很適合她，我望著她的背影，她回過頭。

「怎麼啦？」她問。

「沒有，沒事。」

瑠衣拿了兩人的毛巾勾起我的手。

「走吧。」

「嗯。」

「待會一起洗露天溫泉吧。」

還說不喜歡伊豆，此刻的她卻興奮得不得了。

因為床鋪不同，也因為溫泉徹頭徹尾地讓人全身舒坦，瑠衣的身體反應更加敏感了。她的聲音之大，讓我慶幸這是獨棟獨戶的房間。而她的反應實在太有趣，也讓我的興致更加高昂。當我即將到達高潮準備從她體內抽出時，她卻使盡全力壓住我，著實嚇我一跳，險些射精在她體內。瑠衣已經到達忘我的境界，很難懷疑她是刻意如此的，不過精神牽引著肉體反應，我能感覺到她對我的強烈執著。瑠衣連續高潮好幾次，最後彷彿成了幼兒一般。結束後我們幾乎有一個鐘頭無法開口說話，我喝了三罐啤酒，抽了五根菸。

我一直認為和瑠衣在性愛上還滿合得來的，而今晚更是超乎想像的契合。

我留下陷入昏睡的瑠衣，一個人進到露天溫泉泡湯。溫泉水的溫度稍低，但有一種紓解疲憊身軀的快感。夜空清澈星星閃爍，在東京很難看見的明月高掛夜空。

不知香折在做什麼？她這陣子瘦了不少，恢復體重需要花一段時間。現在應該已經吃藥正在睡覺吧。

香折害怕作噩夢，只靠不阻礙ＲＥＭ睡眠的巴比妥類安眠藥是無法入睡的。她服用的是非巴比妥類的Amoban，無法自然醒來，再加上最近醫院開的處方是長效型安眠藥，上午時間仍舊會出現睡意或暈眩的現象，因此在工作上需要極大的忍耐力才撐得下去，而這又造成心理負擔，令她的失眠更嚴重。她必須準備五個鬧鐘才敢進入漆黑的睡眠。

背後傳來開門聲。瑠衣全裸入湯，她靠在我身旁，我讓她坐在我腿上，滑嫩的肌膚貼在身上。我揉著她的乳房，靜靜泡在溫泉裡。

「還好嗎？」

瑠衣用髮夾夾起長髮，雪白的脖子極其性感。

「好舒服。」她發出狎暱的嘆息。

她在水中變得很輕，我能夠輕易移動她的身體，讓她轉過身覆蓋她的嘴唇。黏稠的舌頭在我嘴裡纏繞。瑠衣又纏住我的身體，我的右手深入瑠衣的股間，用中指攪弄她濕潤的內部。瑠衣再度痙攣般顫抖。

我扶著陰莖強行進入瑠衣體內。「啊！」瑠衣發出聲音，摟住我的脖子。搖了幾下她立刻達到高潮。

「你好像玩具喔。」

「嗯。」她嬌滴滴地說：「我是你的玩具啊。」

「真傻。」

「嗯。」

我由後方插入，擺動腰部。水中有抗力，乒乒乓乓濺起水花。瑠衣細白的手靠在表面粗糙的岩石上不停呻吟。她那白皙的手猶如生物般，散發著妖冶的氣息。

離開溫泉，我抱著幾乎癱瘓的瑠衣回到房間，讓她坐在籐椅上替她擦拭全身，穿上浴衣抱回寢室。我們一起蓋上被子，她的身體稍微涼了，我把她抱在懷裡溫暖她。

「瑠衣。」我叫她的名字，她從我懷裡抬起頭來。

「什麼事？」

「跟我這種人在一起，快樂嗎？」

瑠衣一臉疑惑。「浩介，怎麼啦？」

「沒什麼，像我這麼無趣的男人還不多呢。這十幾年來，我的生活只有工作，如今連工作也沒了。我不懂你為什麼願意和我在一起。」

瑠衣直直盯著我，撫摸我的頭髮，食指緩緩畫過我的鼻梁。

「從小我父親就時常提醒我。」她提起父親，戰戰兢兢地試探我的反應。

「然後呢？」我要她說下去。

「嗯。父親常說，『瑠衣，不論任何事都要全力以赴。不管你是男人還是女人都必須盡全力面對問題。不要在意別人的眼光。要相信自己，珍惜自己』。」

此時瑠衣停頓了一會兒。

「不過，父親說完這些話一定附帶說『但是瑠衣，別忘了一件事。現在你正在跑一段人生的道路，最後你會找到一張休息的椅子，但如果這時身旁有個男人陪著你，你必須把那張椅子讓給男人。這就是女人的義務』。」

瑠衣靠在我手臂上抬頭看我，她端正秀氣的臉龐令我痴迷。

「直到最近我才覺得父親的話有他的道理。大學畢業後我開始工作，做了一陣子，我才深刻體會這個道理。女人終究贏不了男人，也無法跟他們競爭。譬如說哪天結婚了，先生如果有非完成不可的夢想，女人就該放棄自己的夢想，全力支持先生，這就是女人的義務。

「其實我以前比現在更倔強。不過看了這麼多男人為了生活拚命，老實說我只覺得他們好辛苦。男人沒有東西可以證明自己的人生，但是女人可以生小孩，我們可以靠自己的能力複製最愛的人。

「當然在我更年輕的時候，也覺得結婚生子的人生很無趣。不過，女人終究是女人。希望和自己所愛的人結合，生下對方的孩子，照顧先生養育孩子。這就是女人的工作。

「不說你不知道，我從小經常受到排擠。有一次我最要好的朋友突然對我說：『看你笑的樣子就惹人厭！』也常有女生在我背後說壞話。男生只會諂媚我，每天都有一些不認識的男生跑來向我告白。我愈來愈討厭自己，也苦惱為什麼會這樣？我想是不是因為自己的長相惹的禍，所以我也很討厭自己的臉。我總是孤單一人。

「住在瀨田時，我的房間在二樓。每天晚上我打開窗戶望著星星，心裡想著：我不會愛任何人，也不會有任何人愛我，但我必須留下一些痕跡，證明自己曾經活在這世上。否則我將失去出生為人的意義，也失去人生的意義。

「不過，現在不同了。

「去年我去倫敦的時候，認識了一個小我一歲的女生，回國之後我們也經常見面。這個女生在學能劇，這種傳統藝術充斥著無數老舊的規矩，一切都得遵循古老的儀式，並且把這傳統傳承給後代。一開始她也非常痛恨迂腐的舊規，不過在學習的過程中她逐漸發現維護傳統、傳承給下一代其實很重要。她說能夠開創新事物的只有天才，平凡人只要把現在連結到未來、各自扮演好自己的角色就夠了。她還說人生也是如此。聽她這麼說，我覺得她說得很有道理。

「我最近常想，人生就像是在搬運某些東西。我們都在為下一代搬東西。既然要找個人嫁，就該找個認真搬運的人一起度過一生啊。雖然我還不曉得浩介在搬什麼東西，不過你應該就是那個認真的人吧。

「你說你嚴肅無趣，不過我不認為。女人喜歡男人全心投入在某樣事物上。就算思想簡單也好，只要抱持信念，認真過生活的男人最棒。不用陪我、也不用討我歡心，女人就是喜歡男人的執著還有笨拙啊。」

我默默聽著瑠衣說完這麼一大段話。

「像搬東西……嗎？」我小聲地說。

如同瑠衣所說，我既不曉得自己在搬什麼，也不清楚自己想搬些什麼。

「對不起喔，淨說一些莫名其妙的話。」

「不會啊。」我把瑠衣擁入懷裡，「你要為下一代搬運什麼東西呢？」

「我也不知道耶。」

她在我胸膛磨蹭，並且靜靜地說：「雖然不知道，不過我想我應該會搬運一些很重要的東西吧。雖然很辛苦，但又一點也不辛苦，因為那是很開心的過程。」

「很辛苦又一點也不辛苦？」

瑠衣移開身體直視著我。

「是啊。不是因為有人期待你或是鼓勵你才去做，而是自己，真實的自己才能順利夠完成它。所以必須非常努力。只要努力一定有收穫。這實在很值得。」

瑠衣充滿甜蜜的眼神彷彿能夠融化一切。看著她，我想起昨晚香折說的話：你得珍惜真正在乎你的人啊，你得好好依靠她啊，瑠衣姊真的很在乎你，愛你愛得無法自拔。

「所以……」瑠衣的眼睛閃爍著淚光，「所以，不管有多苦，我一點都不以為苦……」

我感到胸口升起一陣鬱悶，深深嘆了一口氣。

3

身體微微晃動了一下，我張開眼睛環顧四周。我好像作了怪夢，這個晃動是在作夢嗎？但意識逐漸清醒，榻榻米卻依舊微微晃動。似乎是地震。瑠衣還在熟睡，還說自己多討厭地震呢。我苦笑看著她香甜又美麗的睡顏。

過了一會兒，搖晃終於停了。

忽然感到一陣寒意，我摸了摸自己的裸體，發現全身冒汗。濕滑的汗水令人不快。天亮了，從紙門透進微微的光線。我看了放在枕邊的手表：早上五點二十一分。

「五點二十一分啊。」

我喃喃自語。記憶的皺褶輕輕抖開，一段回憶湧上心頭。五點二十一分，我在香折家過夜時得知駿河過世的時刻。一想到這兒，剛才夢中的片段又浮現腦海。

香折在哭。我不清楚那是哪裡，也不知道我自己是從什麼地方觀看這個景象。香折裹著那條棉被，不停顫抖無聲地哭泣。我只記得這些。

我起身走出寢室坐在窗邊的籐椅上。海面上閃耀著斗大橙色太陽，在陽光下猶如撒下銀粉般閃閃發亮。好一個璀璨的黎明啊。

我點了一根菸。已經是第二天的早晨。昨天也只是出去散散步，其他時間不是在泡湯就是和瑠衣翻雲覆雨。交歡愈加濃密，瑠衣的渴求愈強，相反地我的感覺卻愈來愈淡，逐漸冷卻消退。昨天不停想起香折，為了打散思念，我極力增加做愛次數，然而香折在我腦中的輪廓卻更加鮮明。

香折為什麼哭？而且還裹著「那條棉被」。

那條棉被從香折高中搬到外面生活起一直用到她短大畢業為止。那是一條薄薄的涼被。她曾經從衣櫥裡拿出來給我看。第一次看到時，我以為那是一條紫色紮染的棉被，背面已經褪成咖啡色，看來年代相當久遠。不過原本那條棉被是紅色的，從中間部分可以看出最初的布料顏色，其餘全變色了。變色較嚴重的地方還形成斑點，四個角更是顏色脫落，殘留一大片如瘀青般的汙痕。

那些全是香折的淚痕。

從高中到短大，她一直裹著這條棉被哭泣入眠。淚水永無止盡地流淌，整晚她必須不停變動棉被的方向來擦拭眼淚。在這四年期間她到底要流下多少淚水才能夠把一條棉被摧殘成這副模樣？就算讓棉被在雨中淋個三四天也未必變成這樣啊。看到這條棉被，我驚訝得說不出話來，第一個感覺是反感。怎麼會把棉被搞成這樣呢？為什麼不肯丟掉呢？

香折把那條棉被小心翼翼地摺好收回衣櫥。

「為什麼不把這種東西丟掉呢？」

我至今無法忘記當時香折的回答。

「浩大哥，你能夠把我的過去還給我嗎？你能夠把它換成更幸福的回憶嗎？」

香折無法丟棄的那條棉被，代表她對父母的複雜情感。每當她母親寄信或包裹來，她總是陷入一種錯亂狀態，然而她的冰箱上卻用磁鐵貼著一張卡片。那是她念短大時，母親去紐約旅行寄給她的卡片，上面寫著幾句描述紐約街景的話語。香折這樣一再拒絕接觸父母，卻又珍藏母親的卡片，可能連她自己也無法解釋如此錯綜複雜的心理吧。

香折渴望他人的肯定，期盼每個人都喜歡她。然而這種想法卻使她遠離真正的愛情。事實上，香折只渴望獲得某人的肯定。那個從小怒罵她毆打她的人，也是把她帶到這世上的人。香折最渴望獲得的是母親的肯定。

不論那條棉被蘊含多少心酸的回憶，它依舊是香折的青春歲月。渴望被愛卻得不到，想要愛人卻又無法付出感情，那是香折對母親的無言吶喊。所以香折無法割捨它。我想，當中平香折能夠割捨那件棉被時，也就是她能夠真正拋開恐懼、走出屬於自己人生的時刻。

淚水的化石——這是我看到那條滿是汙痕的棉被時的感想。香折的眼淚慢慢地凍結，最後成了化石。任何人都無法改變香折的過去，也不能還給她一個美好的回憶。「你能把它換成更幸福的回憶嗎？」面對這樣的詰問，我又如何能夠強行拿走那條棉被，把它丟棄呢？

然而當時香折也說過：「我好希望能夠告訴短大時代的自己，世界上還有許多像浩大哥這樣的人。我好想告訴那個沒人願意伸出援手、孤單無助、每天以淚洗面的自己，世界上還是有好人。這個好人願意傾聽我，願意安慰我。我好想這樣告訴那時候的自己。」

她這句話一直鼓舞著我撐到現在。

香折服用安眠藥和鎮靜劑，但不願服用抗憂鬱劑。醫生一再叮嚀她必須依照處方用藥，她卻不肯聽話。她除了擔心副作用之外，其實還有更重要的理由。

「從小我母親就說我是瘋子，我怕一旦服用抗憂鬱劑，我就必須承認自己真的是個神經病。」

太陽漸漸升起，大海變得更藍。回到寢室，瑠衣像死亡般安靜地睡著。我們原本預計還要多住一天，但我決定今天離開。我希望能夠早點一個人靜一靜。

吃完早餐泡完澡，瑠衣正在化妝。

我對她說：「該回東京了吧？」

「為什麼？」

「你星期四就要上班了，明天一天該待在家裡休息吧。」

「你玩膩了嗎？」

「也不是。只是過得太悠閒，有點自責。也該認真規畫未來了啊。」

「不需要自責，你該好好休息個一年半載才對啊。否則也不會有什麼好想法。」

「不能休息那麼久啦，總不能一直讓你照顧。我有我的責任。」

「責任？」

「嗯。」

「我不認為你現在有什麼責任。」

「有啊，我有你。」

「可是……」

「男人跟女人畢竟不同啊。」

瑠衣沉默，表情卻透露著高興。

「今天要不要走遠一點，到弓濱看看。然後晚上就回東京。」我問她。

「嗯。」

將近中午時分我們離開了旅館。位在兩個岬角之間的弓濱海岸有一片寬廣的沙灘。今天是平日，遊客三三兩兩。我們在海螺專賣店吃了午餐，三點左右便啟程回東京，晚間九點多抵達御茶水。

在途中的休息站我趁瑠衣下車時偷偷打電話給香折，但沒有回應。我留下簡單的留言掛上電話。

回到公寓，瑠衣在停車場下了車，她很自然地在一旁等我把車停好。我握著方向盤遲疑了一會兒，結果還是關了引擎打開車門。

從十二樓房間的窗戶眺望東京夜景反而覺得格外新鮮。走到陽台吹著夜風，閉上眼睛傾聽風聲，依稀還能聽到海浪聲。瑠衣換了衣服就到廚房準備消夜。

她叫我進房間，餐桌上擺著弓濱買來的金梭魚乾、香菇和茶樹菇的天婦羅、豆腐皮、竹筍和山菜的拼盤、芝麻豆腐、款冬的鹹醬菜及魚丸湯。

「是不是比較想吃茶泡飯之類的？」

瑠衣從微波爐端出解凍的白飯。

「不會啊，這些菜看起來好好吃呢。」

拿起筷子才發覺自己餓了，夾起魚乾吃了一口，日曬過的魚乾外皮酥脆，肉質卻相當柔軟。拼盤和魚丸湯嘗起來很清淡，但湯頭十分入味。長時間開車筋疲力盡，吃了東西後身體逐漸恢復元氣，瑠衣的手藝確實了得。

我把消夜吃得精光後坐在沙發上，瑠衣端出熱騰騰的烘焙茶和羊羹。她洗好碗盤脫下圍裙。

「我先去沖澡嘍。」

她說完離開客廳。我一邊喝茶感覺自己完全放鬆了。剛才和瑠衣一起進房時的淡淡憂傷，如今已消失無蹤。

周圍一片寂靜，我不禁陷入一種錯覺，彷彿自己被遺忘在一個空無的世界裡。沒拉上窗簾的玻璃窗映照出自己的身影。

我忽然想起千惠姊說的「人生就是這樣子吧」。

我口裡喃喃念著「這樣子又那樣子」，腦中浮現千惠姊顯得有些疲倦的神情。

我凝視窗外的夜色。瞬間，我真切地看見一個白色的小小身影往黑夜中跑去。

我起身，走進寢室打開衣櫥取下外套，從口袋裡掏出手機摁下香折家的號碼。電話聲持續響著，看看手表確認時間。正好過了十點半。電話沒人接，我再打香折的手機。

「我是中平。現在無法接聽您的電話。」

與手機同樣的語音答錄。切斷後我拿著手機回到客廳。

一直以來心中微微擺盪的擺錘，此時突然激烈搖晃起來。為什麼今天早上被地震震醒時沒立刻回來呢？香折一直在等我回來呢。她孤單一人，因害怕而顫抖，邊哭泣邊呼喚我。強烈的悔意湧上心頭，不安的情緒充塞著整個胸口。

我覺得自己似乎想太多了。然而如此忐忑不安的情緒似乎暗示著不尋常的噩耗。

「怎麼辦？」我出聲。

聽到自己的聲音，終於讓思緒得以冷靜下來。

我又打手機過去，依舊無人接聽。再打到家裡，響個不斷的電話聲也沒有切換到答錄機。既然出門，為什麼沒設定答錄機呢？我有一股不祥的預感。或許她拔掉電話線了。難道家人又找到她了嗎？但，既然如此，手機應該開著才對。

令人窒息的不安籠罩著我。

我告訴我自己：只不過是作了一個夢，大可不必如此緊張。香折不會是一個人，柳原會陪著她。就算出事也有人處理才是。只要事情處理完，她一定會聯絡我。香折不會有事，不需要擔心……

想著想著，心情總算平復許多，但濃稠的不安附著在意識中難以消融，我不禁微微顫抖，宛如一曲不祥的旋律在耳邊迴盪。

總之先到香折家看看吧，我得確定她的安危。只要確定她沒事再回到這裡就行了。我想，只要好好跟瑠衣說明，她應該會了解的。

浴室門開啟，腳步聲靠近，我隔著客廳的玻璃門看到披著灰色浴袍的瑠衣。

瑠衣進到房間，先看了我，隨後視線落在我的手上。她目不轉睛地望著。我把手機換到左手，想叫她但發不出聲音。

「浩介……」

瑠衣似乎在喃喃自語。她凝視著我，帶著哀求的眼神。我沒說話只是看著她。

瑠衣閉上眼睛，輕輕地點頭，然後露出笑容。

「電話講完了嗎？」

我別開視線含糊地點頭。

「換你去洗澡嘍，我替你準備衣服。」

我低著頭看著腳邊。

被人珍惜也就等於珍惜自己——香折的話迴盪在我腦中。那時候我想告訴她卻沒說出口的話，突然快速成形。

我想說的是：

我想要珍惜你。對我而言，珍惜你就等於珍惜我自己。

不愛自己就無法愛別人。但是唯有愛對方比愛自己多，人才能夠真正愛自己。

我希望捨棄自己，在你身上完成真正的自我。

「浩介。」

瑠衣安靜地靠過來，我抬起頭。瑠衣泫然欲泣的神情令我心疼，不由得展開雙手擁抱她。

那晚，跑遠的不是香折，而是我。沒錯。香折回頭看我，我卻留下她，終究沒有回頭。

瑠衣溫暖的身體在我懷裡。這是我好不容易得來的唯一真實的東西。我摟住瑠衣的腰緊緊抱住她。往後至少不要再失去這個真實，不要再傷害她了。

不管我與香折相距多麼遙遠，即使從此無法再見，我仍然衷心期望她能夠幸福，並且感謝她帶給我的一切。這是我僅能做到的事，也是從一開始我和香折不得不然的結果。

瑠衣和我接觸的部分漸漸暖和起來。同時我的心中湧起了對瑠衣的柔情。

我撫摸瑠衣濕冷的頭髮，雙手輕放她肩上推開她。

「我去洗澡了。」

「嗯。」

我摁下左手上的手機電源鍵。摁下的那一瞬間幾乎無法呼吸。嗶的一聲，手機關了。我暗自嘆息，把手機交給瑠衣。

「我會打很好喝的蔬菜汁給你喝喔。」

瑠衣似乎沒察覺我遞過去的手機，笑著離開客廳。

我握著手機回到寢室。背後傳來打開冰箱的聲音以及廚房的水聲。這些聲音讓我起伏的情緒逐漸平靜。

雙人床上擺著剛才從衣櫥取出來的外套。我坐在床邊拿起外套，心想今晚別再做愛，兩人好好睡一覺吧。

我正要站起來，身體頓時失去重心倒在床上，意識逐漸模糊。

有人愛我，而我也能夠愛她。我不是一個人，世界上也有個溫暖的地方——我的思緒逐漸模糊，身體逐漸放鬆……

不知昏睡了多久，感覺周遭有些動靜。我啊的一聲醒了過來。我起身，總覺得身邊有人。寢室門外射進一絲光芒，廚房傳來瑠衣用菜刀切東西的清脆聲音。

就在這一瞬間，整個床突然劇烈搖晃了起來。

接著一陣大震動，地板開始上下起伏。

強烈地震。

瑠衣慘叫，我立刻站起來。然而晃動比預期來得大，根本無法站立。我抓緊床沿，鑰匙圈從外套裡掉了出來，鑰匙互碰作響。

我緊握鑰匙圈。

「我到底在幹什麼！」

宛如被潑了一桶冷水一般，我的意識頓時清晰起來。指尖突然充滿力量。

我把鑰匙塞進口袋，穿上外套，搖搖晃晃走到牆邊，沿著牆壁衝出寢室。

只見瑠衣蹲在廚房。餐桌和櫥櫃咔噠咔噠響。

瑠衣摀住耳朵不停地顫抖，一臉驚恐。我和瑠衣眼神交會。

但我卻移開目光不敢正視。

4

我摁了幾次門鈴都無人應答，便胡亂摁下別人家的號碼，懇求對方替我開大門。「她打電話給我說要自殺！請你幫我開門！」摁了三次，第三間的住戶終於肯替我解除大門的電子鎖。

我站在香折家門前，感到毛骨悚然。

我終於知道香折星期六出院那天為什麼不回到這裡。她打電話告知出院時說「要繞遠路」，我總算了解她的意思了。

隆則怎麼找得到香折的地址呢？話說回來，只要隆則向公司表示自己是香折的親哥哥，要個地址並不困難。而且她母親知道地址，或許隆則是從母親那裡逼問出來的。

玄關的門慘不忍睹。門上全是用類似粗釘子劃過的痕跡，還有用噴漆噴上的一堆莫名其妙的文字。中間有個紅色字寫著「咒」字。五十幾個大大小小黑色的「死」字圍繞著紅字，其中還有用黃色噴漆寫上的不知哪國話的羅馬字母，依稀辨識出「Satan」、「Lucifer」等字眼。此外，還有類似血跡的東西噴得到處都是。

從塗料風乾的程度以及毀壞程度看來，事情發生應該已經好一陣子了。上星期香折都在醫院，所以應該是回來拿東西的柳原發現的。香折聽到柳原的報告不知有多害怕。記得第一次去探病時，臨走前香折叫住我卻欲言又止。我問她怎麼了？她說沒事。仔細回想香折的表情，當時她應該已經知道了。出院時她說要繞遠路，其實是和柳原回家去拿足夠在外生活一陣子的行李。星期六傍晚，柳原電話裡的聲音顯得有些緊張，一定是這件事情的緣故。

我摁了隔壁的門鈴，心想只要問住戶就能知道事發的確切時間，但無人應門。對面也是。我放棄了，只好打電話給香折，但依舊聯絡不上。

我不知道柳原家在西早稻田的哪裡，也不知道他的電話。完全沒辦法查到香折的行蹤。香折如今在哪裡做什麼？從休息站打電話時，我曾在手機裡留了話。「今晚會回到池尻，回電給我。」但到現在仍然沒有消息。會不會香折在昨天或今天出事了呢？隆則既然發現香折的住所，只要暗中監視香折家就能夠跟蹤柳原，或許他早已掌握香折和柳原的一舉一動。

不論我如何摁門鈴、敲打大門都無人應答。我很後悔，當初不應該為了一點小事就把鑰匙還給她。

雖然明知可能是無謂的動作，但我還是打電話到查號台查詢柳原的電話號碼。沒想到柳原竟然在電信局登記了號碼。

我立刻打電話到柳原家，卻是答錄機。我只好留話：「聽到留言立刻打我手機。我會一直在香折家等你電話。」

現在還不能斷定香折出事了。或許她今晚和柳原出門去了，待會兒就回到柳原家。我知道香折不可能再回到這裡，但除了在這裡等，我別無選擇。

我坐在門前仰望樓梯外的天空。清晨五點多，昏暗的天空漸漸發白。這段期間我仍舊每隔五分鐘撥一次電話給香折。

六點多，手機響了。柳原打來了。

「你在哪？香折跟你在一起嗎？」

「在醫院。」柳原的聲音充滿恐慌。

「醫院？怎麼回事？」

「香折受重傷了。」

頓時我感到全身血液凝結。

「什麼時候？」

「昨天早上。」

「目前狀況呢？」

「仍然意識昏迷中。」

「你們在哪家醫院？」

「戶山綜合醫院。救護車送她來的。我們一起離開我家的時候，被她哥哥襲擊。」

「為什麼不馬上聯絡我！」

「抱歉。」

「道歉就能了事嗎？」

「那時候在救護車上香折還有意識，她不斷提醒我說絕不能聯絡橋田先生。」

怎麼會弄成這樣！怒氣在我心中爆發。

「混帳！」我怒斥他，「我現在馬上過去！」

我電話沒切斷就直接下樓衝到停車場。從這裡到戶山綜合醫院開車大約只需要半小時。

柳原說香折意識昏迷有生命危險，我後悔沒有聽從自己的直覺。

「手術進行得順利嗎？」

我坐上車發動引擎。

「命是保住了，不過今後會怎樣還不知道。」

我深深嘆了口氣。

「好了，剩下的就由我來處理。我待會兒想聽大致的狀況，請你等我。了解嗎？」

柳原沒應答。

手浸入半溫的藥水中，再用烘手機烘乾。門靜靜地開了，我緩緩走進猶如白晝般明亮的加護病房。每張床之間都有隔板，每個病患身上都罩著白色床單躺在床上。盡頭有一個玻璃帷幕的醫護站，裡面有兩個護士。

戴上口罩讓我感到有些呼吸困難。藍色的隔離衣觸感粗糙，簡直就像穿上太空衣般令人不適。

醫護站旁邊有扇乳白色的門，香折就睡在那扇門的後面。

昨天早上八點半左右，她與柳原離開公寓時遭到了襲擊。一名男子靠近香折，用扳手重擊她的頭部後立刻逃逸。柳原急忙叫了救護車並且報警。救護車和警車幾乎同時抵達，大約九點多把她送進這家醫院。她在救護車裡告訴柳原那人是她哥哥。而行凶後身上滿是鮮血的隆則拿著血跡斑斑的扳手，在警方的圍堵下，不到一個鐘頭就被捕了。

傍晚，香折的父母也趕來醫院。

「她母親一直到剛才都還在，不過她說要回家一趟，所以先走了。」

我抵達時，柳原等在醫院門口，隨即帶我到三樓加護病房，途中他把整個過程詳述了一遍。打開乳白色的厚重門之後，距門一公尺的前方有一張床。我向前走近，忽然感覺肩膀上一陣冰冷。抬頭一看，天花板上的大型空調正吐著微弱的風，房內傳來規律的器材運轉聲。有好幾條管子連接床和後面的儀器，聲音從儀器傳來。

我深呼一口氣後走向床邊。ＩＣＵ的綠色拖鞋啪啪地拍著地板。

香折嘴上戴著氧氣罩，雙手打著點滴，脖子插上土黃色接頭的導管排出混濁的血液，手腕與胸部的細長管線延伸連結到儀器上，頭部則包著白布。

隆則用扳手直擊香折的左腦，使得她頭蓋骨凹陷，腦部受損範圍相當大。腦部手術超過十二小時，事後執刀醫師向柳原說明病情。醫師表示雖然保住一命，但腦部受損的影響難以預測。柳原問醫師她能不能恢復意識，醫師只回答很難說。

香折臉色蒼白，沒有一絲血色，與其說是浮腫，不如說整個臉都膨脹了一圈。緊閉的雙眼和鼻子、嘴唇縮成一團，簡直判若兩人。輕薄床單下的身體猶如黏土人偶，絲毫感覺不到生命的氣息。

我只能佇立不動，呆看著香折的臉龐。胸口一陣窒悶，同時感到劇烈的頭痛。胃部泛起作嘔的感覺。就像投影片沒對準螢幕一般，畫面跑出框外周圍一片昏黑。頓時我連一根手指都使不上力。

過了一會兒總算恢復意識，我以食指和中指輕撫她的臉頰。冰涼的觸感透過手指傳到身體；霎時感到一陣疼痛，宛若全身的皮膚龜裂。許多話浮現腦海又消失，彷彿任何話語都傳達不到意識深處。

柳原躺在長椅上昏睡，我搖醒他，他布滿淡淡鬍碴的臉龐震了一下。

「到樓下聊聊吧。」

柳原轉了轉脖子站起來。

剛剛曾走過門診櫃枱旁的休息室，現在總算有時間進去了。休息室內擺滿了花盆，還有一張咖啡色辦公桌和四張摺疊椅。一樓門診處除了幾名默默打掃的清潔人員外，沒有任何人。我拿紙杯倒了杯茶放在柳原面前，隨後和他對面而坐。我啜了一口沒有香味的粗茶。柳原雙手垂下死盯著地板，似乎還沒睡飽。我揮開腦海裡香折的臉孔，振作精神決定把該問的事情問個清楚。

「不好意思，剛才在電話裡對你大吼大叫。」

柳原沒說話只是搖搖頭。

「什麼時候知道香折的哥哥出現了？」

柳原低著頭低聲說道：「上星期日我到她家，當時就……」

「當時門就已經畫得亂七八糟了嗎？」

「不，星期日那天是發現門口的信箱裡有些怪東西。」

「什麼怪東西？」

「應該是貓的腿吧。信箱裡塞了四隻鮮血淋漓的腿。我是進到家裡聞到臭氣沖天，才發現信箱裡的東西。」

「你告訴香折了嗎？」

「嗯。因為我不知道這是怎麼回事。」

「香折怎麼說？」

「她說已經被她哥哥找到了，不能繼續留在那裡。」

「還有呢？」

「她很擔心我被人跟蹤。」

柳原終於抬起頭，好像想起什麼事。「當時她一再叮嚀我絕對不能告訴橋田先生。」

柳原似乎很後悔當初沒聯絡我。我想這十天來他也感到相當不安吧。而且竟然釀成大禍，他顯得有些自暴自棄，不知所措。我想他畢竟還是太嫩了。

「隔天星期一你又去香折家了吧？」

「是的。除了換洗衣服之外，她要我務必拿一樣東西給她。」

「當時大門就已經變成那副慘狀了嗎？」

「是的。我看傻了眼，也總算了解香折說的都是真的。」

「什麼東西是真的？」

柳原顯得有些難以啟齒。我使眼色要他說下去，他緊閉雙唇，然後小小聲地說：「她說這次可能會被殺。」

他抱著頭表情扭曲，喃喃自語著：「可是，為什麼她哥知道我家在哪呢？出院那天，我們急忙把行李搬上車，為了不讓他跟蹤，我們換了好幾條路才終於回到西早稻田啊！」

我心想：隆則早就查到了。他早在某個時點徹底鎖定柳原，早已經跟蹤到他家了。連這點預想都做不好還把香折帶回家，根本不是一時疏忽，簡直是愚蠢至極。

我忘了眼前柳原的存在，逕自想像香折的情緒。

隆則突然出現，可想見香折當時多麼驚恐。今年一月，中村醫師和香折的父母面談時，隆則確實還關在醫院裡。他到底是什麼時候重獲自由，而且竟然躲過了父母的監視，難怪香折無從防範。她說會被殺，其實一點也不誇張，可想而知她必定陷入了極度恐慌。

但是為什麼她不願把這麼重要的事情告訴我？如果我知道，一定立刻通知她父母，並確定隆則人在哪裡。當然我也會報警，絕對不會讓隆則有機可乘。我絕不會像柳原那樣帶著受到驚嚇的香折到處躲藏。隆則的出現正是逮捕他的最好時機，也可說是消滅他的大好機會啊！

我再次轉頭看著無精打采的柳原。

這個傢伙竟然……一想到這兒，憤怒的情緒再次沸騰。

「香折什麼時候失去意識的？」

我想起香折的臉，背後突然一陣劇疼，彷彿被人用鐵錐擊打一般。

「進入手術房之前還有意識。」

「她有沒有說什麼？」

「沒有。送到醫院時已經大量出血，她只是號啕大哭，根本不能說話。只是她在車上一再強調絕對不能夠告訴橋田先生，她一直重複這句話。」

「這樣啊。」

柳原疲憊的眼神注視著我。

「我想我果然還是無能為力……發生這件事後我才深刻體悟。」

「什麼東西無能為力？」

「照顧香折。」

「別說這種不負責任的話！還不都是因為你害香折變成這樣！」

「我很抱歉。」柳原低頭。

「這不是道歉就能了事的。香折現在陷入昏迷，生命垂危啊！」

這一刻，我發現柳原眼中燃起一絲憎恨的火苗。

「可是……你說我不負責，那你為什麼不想想你自己呢？」

「什麼意思？」

他一臉不耐煩地看我。「我是說，香折終究只相信你一個人，她需要的人不是我。這一點你也應該了解吧。」

如此幼稚的說詞令我瞠目結舌。

「就算是這樣，你還是接受了香折，香折也決定跟你在一起。反正說到底就是你沒能力好好照顧她罷了。」

「香折並沒有決定跟我在一起。她只是為了橋田先生的將來，只好退出。她真正愛的人不是我。」

「你既然知道，為什麼還跟香折交往？」

「因為她很可憐。」

「可憐？」

令人意外的答案。

「是的。她愛你愛到無法自拔，卻強忍著這份感情。我心疼她，無法坐視不理。而且橋田先生有一個那麼漂亮的女朋友，還刻意在她面前炫耀。你總是擺出一副高姿態，付出半吊子的感情，好像在施捨她一樣。老實說我很不爽，我希望香折能早點清醒早點獨立，不再依賴你。我相信時間能夠使她看清事實。」

柳原拿起紙杯一口喝下涼掉的茶。

「不止我沒有好好照顧她，橋田先生何嘗不是？我承認是我造成今天這種難以彌補的局面。就這一點而言，我的確沒有資格保護她。可是，你又如何？你也沒有保護香折。不管你怎麼責備我，事實就是事實。你敗給了自己的懦弱，在最後一刻捨棄了她，像你這種人有什麼權利責怪我？」

我聽著柳原的話，不知為何想起足立恭子說過「人的任何感情都絕對不是來自算計」。

「你懂香折的什麼？」我說著，腦筋多少有些混亂。

「或許你確實比我了解她，比任何人都知道她的過去，也努力替她療傷。不過你獨漏了最重要的一點。那是對於活在當下的香折而言最重要也是最期盼的東西，你卻裝作沒看見。說什麼兄妹、當什麼家人，淨說一些敷衍的話，不止欺騙她的感情也欺騙了自己。如果想要帶給她真正的安心，有些東西是絕對必要的。這點你明明知道卻不願付出任何行動。

「至少……」柳原放慢速度，一字一句地強調，「這三個月來，我比你還要了解香折真正的心情。」

我默默地聽他說。

「不過，我相信人的感情會變。我想賭賭看她的感情會不會改變。」

我不是不能了解柳原的想法。只是他想得太單純，並沒有真正了解香折本質中最根本的部分，我只能說他太膚淺了。

「我想你的想法香折也充分感受到了，所以她才選擇你。」

柳原顯得更不耐煩。「明明就不是這樣！她還是希望選擇你，只是沒辦法選啊！」

柳原嘆了口氣後繼續說：「她出院那天晚上，我向她求婚了。」

原來如此。那天晚上香折到我家，替我做了她最喜歡的調酒。「有一件最開心的事」指的就是柳原的求婚。

「她答應了嗎？」

「答應了。」

「那就沒有問題啦。」

我苦笑，柳原露出諷刺的笑容。

「橋田先生，你真的這樣想嗎？」

柳原站起來從口袋裡掏出一個摺起來的信封，默默遞給我。信封上寫著池尻的地址和我的名字。連郵票也貼好了。

「昨天早上我在她的包包裡找到的。因為辦入院手續需要打開包包。我當然沒看內容，不過我知道這就是上星期一她要我務必從家裡拿出來的東西。裡頭是她寫給你的信，待會兒慢慢看吧。」

信封裡有個類似金屬的東西。

「我該告退了。事情鬧成這樣，真的很抱歉。」柳原鞠躬之後轉身就走。

我坐在位子上看著他離開，忽然他回頭，若有所思地說出令人意外的話。

「其實我覺得，當時她應該能躲開她哥的。」

我注視柳原。

「她哥哥慢慢走近她。我站在她背後，一開始還不知道發生什麼事，不過香折應該看清楚了對方是誰，可是她卻直直走向她哥哥，被重擊時也完全不閃躲。」

柳原緊咬嘴唇，不安地看著我。「還有……」

他一副苦惱的神情，停頓了一會兒說：「前天晚上，我第一次和她上了床。」

柳原彷彿全身膨脹了起來，我不禁睜大了眼睛。

「那麼告辭了。」他鞠了個躬，快步走出筆直的走廊。

柳原的背影消失之後，我整個人趴在桌上。他的最後一句話在我心中揮之不去。苦澀的情緒湧上心頭，眼角發熱，腦海裡不停浮現我與香折這一年來的點點滴滴。

不知過了多久，我抬起頭看看時鐘。上午八點多了，醫院裡人來人往，喧鬧不已，只有這個角落被人遺忘而獨享寧靜。我站起來走到窗邊，拉開百葉窗，早晨的陽光灑滿全身，我稍稍恢復了精神。

還沒結束。

香折說過，我「在任何時候都能堅持到最後一刻」。

我坐回椅子拿起桌上的信。打開信封倒過來，一個小東西落在手掌上，是一支鑰匙。香折家的鑰匙嗎？我望著鑰匙，從信封裡抽出厚厚一疊信紙。

5

橋田浩介　展閱

浩大哥，你正在做什麼呢？離開東京，有沒有消除一些疲勞呢？應該睡得很好吧。現在是清晨五點。我無法入睡，想了好多事情。以前每天晚上總是以淚洗面，根本沒有餘力好好思考事情，不過今天腦袋特別清楚，感覺好奇妙。

現在我桌上擺了浩大哥送給我的耳環，真的好漂亮。浩大哥，謝謝你送我這麼好的禮物。我真的好開心，我一定會珍藏一輩子的。

雖然出院那天晚上我才到你家找過你，不過感覺好像是好久以前的事了。

那一杯我最愛的調酒，你說很好喝，我好高興。雖然我已經喝習慣了，不過那天和浩大哥一起喝，感覺好像第一次喝呢。以前是為了睡覺才逼自己喝下紅酒，上次卻有種安心的味道。

其實那天我心中湧上好多好多情緒，我怕一說話就會哭出來。

所以我才會寫這封信給你。

這一年來，我處處都依賴浩大哥。無論何時，儘管你已經筋疲力盡，你還是願意接納我、回應我。你說這些事不足為奇，可是對我來說可不一樣。你做的每件事都讓我大吃一驚。

其實，過去我也曾向男友談起自己的家庭背景。對不起，我騙你說你是第一個訴苦的人。我總是改不掉希望別人關心的欲望，而且只要向人提起我複雜的背景，大家總是同情我。

一開始，我對浩大哥也是同樣的心態。

不過，浩大哥和其他人不一樣。你是唯一願意陪我走到心底最深處的人。我有生以來第一次認識像你這樣的人。

可是我卻滿腦子只想著自己，只會給你添麻煩。當我終於想通、希望幫助你的時候，已經太遲了。

我沒能幫你任何忙，覺得好愧疚。你工作總是那麼辛苦卻不曾抱怨，不過最近看來真的很痛苦，這種時候我更應該扶持你……可是我卻住院了，最後還是造成你的負擔，一事無成。

浩大哥，你還好嗎？以後打算怎麼辦呢？你過去總是為別人賣命，回到東京要多留些時間給自己喔。你自己能夠應付太多事，太不會依賴別人了。浩大哥需要的不是珍惜對方，而是讓人珍惜。讓人珍惜也就是珍惜自己。

所以當你辭掉工作、和瑠衣姊住在一起，我特別提醒我自己：往後不能夠繼續依賴你了。

我在你身邊，你就會放不下我，所以我下定決心要一個人好好活下去。

那天，柳原向我求婚了。他對像我這樣的人說「我們結婚吧」。雖然柳原比不上浩大哥，不過他也是個善良的好人，我也帶給他許多困擾。所以現在我認真考慮和他共度一輩子，希望靠自己的力量，營造新的家庭。

新的家庭……我竟然說出這種話，連我自己都覺得不可思議。浩大哥，你能相信嗎？我將改姓，死後可以葬在柳原家的墳墓，也可以脫離中平的户籍。這簡直就像作夢啊。不過有件事比結婚更重要。我希望別再打擾浩大哥，自己好好地生活，這才是最重要的。

雖然過去的日子那麼悽慘，但對我而言那也是我的回憶。雖然它總是束縛著我，不過現在我願意捨棄這一切。去年七月認識了浩大哥，那時我才第一次了解如何一個人過活。一個人雖然孤單，但不能夠放棄，必須不斷努力，對吧？

如果我有下輩子，我希望自己成為配得上浩大哥的人，陪你一起走完人生。

如果有那麼一天，我一定讓你刮目相看！

我很慶幸能夠認識你。

也慶幸自己能到浩大哥的公司面試。

對我最溫柔的浩大哥，謝謝你這些日子以來的照顧。

不論我們距離多遠，儘管我們不能夠再相見，我還是永遠祝福你。

雖然不能夠陪在你身邊，不過我會永遠為你祈禱。

再見了，浩大哥。

再見。

香折

6

病房窗戶吹進涼爽的風。

昨天下了一整天的雨，今天早上雨停了。

我隔著圍在病床周圍的薄窗簾，凝視著護士走動的影子。我已經住在醫院十天了。我把摺疊床搬進病房，一直陪在香折身旁。六月十日深夜，我和香折的父親見面後，一度回到池尻，不過之後再也沒回去了。香折在加護病房的半個月期間，我就睡在距離醫院五分鐘路程的商務旅館。如此一來，醫院若有任何狀況就能夠隨時趕過去，也不必見到瑠衣。我只聯絡過她一次。她說：「你想怎麼做就怎麼做吧。我也需要一些時間冷靜一下。」瑠衣的語氣格外冷淡，說完立刻掛斷電話。我的換洗衣服和日常用品在十號那天都已從家裡帶來，其他不夠的東西就在便利商店買，吃飯洗衣也在院內解決。

窗簾開了，護士幫香折換好紗布、擦好身體，從窗簾探出頭來，手上拿著舊睡衣說：「她穿新睡衣很好看喔。」

負責香折的護士叫近藤，年紀和香折差不多。

「傷口狀況怎麼樣？」

「好多了，我覺得癒合狀況很不錯。」

傷口恢復的狀況確實神速。住院時，醫師為了抑制腦腫和腦壓升高在香折頭側部位開的洞短短一週就癒合了，之後腦部也沒有異常。當初擔心併發感染以及器官功能不全的問題也都沒發生。香折二十歲的肉體展現出快速的恢復能力。

從這個星期起，換紗布的次數降到一天兩次，早中晚定時擦拭身體，目前沒出現汗疹或褥瘡。

「謝謝你。」我向護士道謝。

「今天下午要檢查，中午過後我會來接她。」

「麻煩你了。」

近藤護士推著銀色推車走出病房。

我關上門站在香折床邊。

香折靜靜地呼吸，睡得很香甜，氣色也好多了。臉頰的肌膚透著紅潤，面容甚至散發著莊嚴的光輝。如果胸部沒有插上中心靜脈導管，香折看起來真的只像在睡覺，等待清晨的甦醒。

「真的，你穿起來好好看喔。」

我替香折整理衣領。

「我還買了紅色腰帶，過陣子再幫你繫上。到時候更好看喔。」

昨天我難得外出，在新宿領了錢逛了百貨公司。香折只能穿醫院提供的睡衣，所以我替她買了五件新的浴衣。剛才拜託近藤護士替香折穿上，她也欣然允許我這麼做。

菖蒲花樣的亮藍色浴衣襯托出香折脖子和胸口的白皙肌膚，讓她看來格外清新。我拿出梳子替她梳頭，她的頭髮日漸恢復光澤，也愈來愈柔順。照顧香折之後，我才發現人體的狀況是由一點一滴的微小變化累積而成的。我沿著香折的額頭往下梳，她的眼皮微微抖動。三天前還沒有這種反應。

我在醫院的麵包店買了麵包和牛奶當早餐，然後回到病房替香折剪指甲，一邊對她說話，一邊細心按摩她的全身。

香折的狀況已經穩定。回想當初她住院時的慘況，如今恢復的程度可稱得上是奇蹟。前天檢查腦波時發現過去幾乎消失的 α 波已經清楚可見。α 波容易在靜坐冥想或打盹時出現。聽性腦幹反應（Auditory Brainstem Response）可檢測生命中樞的腦幹狀態，而聽性腦幹反應的波形也幾乎恢復正常。

然而將近一個月卻未見香折任何清醒的徵兆。

醫療團隊的說明也愈來愈保守。手術後的第一個星期，大家全力追蹤，努力維持香折的生命，但等到腦損部位癒合、生命狀態穩定之後，團隊內對於如何判定香折的意識程度似乎出現不同的意見。從加護病房轉到普通病房時，主治醫師透露香折恐怕會直接進入植物人狀態。但另一個醫師則告訴我並非完全沒有恢復意識的可能，然而就目前的醫療技術而言，醫院該做的都做了。往後只能靜觀其變，等待她的甦醒。

當我從主治醫師口中聽到植物人這個字眼時，心情霎時跌到谷底。那天我在醫院的洗衣間洗衣服，眼淚不停滑落，我驚覺自己竟然能夠哭得這麼傷心。這時正好有人走進來，是大村女士。她走進洗衣間，手上抱著裝滿亞麻布的大洗衣籃，打開一旁的員工專用洗衣機，側目看著坐在椅子上的我。過了一會兒她走了過來。我一直看著腳邊，任由淚水滑過臉頰。

「你在陪你太太嗎？」

抬起頭一看，一位身穿綠色醫護裝的六十多歲女性站在我面前。看見那滿臉皺紋、黝黑的臉龐，不知怎麼著心中感到一陣溫暖，有一種熟悉的感覺。我搖搖頭，大村女士坐在我身旁看著我。她的視線讓我有些不好意思。

我說明香折的病情，大村女士認真地傾聽。她告訴我，即使是植物人，只要接受治療和復健還是可能恢復四肢的活動，三個月或半年的植物人狀態之後突然恢復意識的也大有人在。

「總之，你就每天陪她說說話，替她按摩身體吧。我做這個工作看過各種病人，深深覺得不管是病人或照顧的人，雙方都不要放棄希望，要開朗面對一切。這麼一來啊，病人恢復的速度會比放棄希望的人快好幾倍呢！」

大村女士是護理助手，負責醫院雜務已經十五年了。她來這家醫院之前在埼玉急診中心工作，看過許多重症患者。

「每個患者都在半生半死的狀態中扛進醫院，這個時候稱為ＯＤＡ狀態。有人因為車禍毀了半顆頭，可是後來竟然甦醒了，還健健康康地出院呢。人的生命力是不能小覷的。我在那家醫院看過一個昏迷好久的女孩，她媽媽每天都來替她按摩好幾個鐘頭，三個月之後她竟然醒過來了呢。所以你也別氣餒，要振作起來，一定會好起來的！」

大村女士的話激勵了我。從此我們一見面就聊起許多事。她先生在她年輕的時候過世了，獨自扶養獨生子長大，兒子卻在十八年前溺水身亡。她在我們第三次見面時談起她的過去，據說當年她兒子才二十歲。「跟你女朋友一樣年紀呀，如果他還活著就跟你差不多年紀吧」，大村女士說。

不論早中晚，只要我醒著，就不停對香折說話或是替她按摩身體。第一個星期她沒有任何反應，不過在持續的過程中，我逐漸從指尖感覺到她恢復的跡象。她肌膚的溫度、色澤、彈性變了。在我掌心上可以微微感覺到奇蹟般的波動。這些小小的反應就是我無比的快樂。只要能夠在香折身邊就夠了，現在的我別無所求。

前天傍晚我和一些患者在休息室看電視新聞，其中一則新聞說F3測試機出現重大缺陷。F3搭載反艦飛彈，在高速飛行途中，雙主翼突然出現異常震動。F3是我們公司賭上公司命運開發多年的美日共同開發支援戰鬥機。如果我現在還留在公司，必定得為了善後搞得昏天暗地。然而這一則新聞卻沒有引發我任何感慨。想起當時我從開發初期就參與這個案子，並且強烈主張F3完全國產，與扇谷或駿河開了無數次會議。幾年前的那個我彷彿已經是與我無關的陌生人了。

昨天開始放音樂給香折聽。香折履歷表上寫著她的專長是小提琴，於是我在新宿買了音響和CD，昨晚放了巴哈和柴可夫斯基的小提琴協奏曲，早上則放了香折最愛的歌曲——槇原敬之的〈無論何時〉。那一個下雨天，她在世田谷公園邊盪著鞦韆邊哼唱的歌曲。

我和香折有了兩人獨處的時間後，才發現其實我對她認識不多。那次和瑠衣、柳原四個人聚餐，香折說「其實我不太了解浩大哥呢」。

我也沒好到哪裡去，我只在乎她小時候的慘痛經驗，就自以為了解她，其實我幾乎不了解香折二十年的人生經歷。曾經開心的事、努力過的事、感動的事，我應該多聽她說才對。我心目中的香折太悲哀了，若我當時能夠引發她生命中的美好回憶，我現在會舒坦許多。

聽到走廊配送午餐的聲音，我停下手。十一點半了。今天下午需要檢查，我必須在那之前填飽肚子。

「我去吃個飯喔。」

我向香折報告後走出病房。

餐廳在小兒科和婦產科的新館一樓，午餐時間的餐廳非常混亂。我點了六百圓的套餐，以番茄汁代茶。自從來了醫院之後，我決定不在醫院喝茶或咖啡。雖然是個很無聊的發願，不過除此之外我也無法替香折做任何事。

用完餐後，我到餐廳廚房前排隊還餐盤，無意間望向外頭。這間餐廳有一大片玻璃帷幕眺望本館的大庭院。偌大的庭院只在玄關前開了一座小噴水池，其餘地方都是停車位，現在也停滿了車。難得的晴天，各種顏色的車體在陽光下閃閃發亮。昨天的雨宛如一場夢一般，柏油路上的雨痕已經乾了。視線掃到醫院正門前的柵欄機時，雙手捧著餐盤的我頓時全身凍結。

一個高䠷的女性正好穿過正門，走在往本館的走道上。米色無袖薄帽夾克配上粉綠色裙子，右手捧著大紙袋。途中幾個男性回頭看她，她毫不在意地緩慢往前走去。

瑠衣沒注意到我，走進正門玄關。

7

瑠衣正在醫院櫃枱和護士交談，我從背後叫了她，她回頭嚇了一跳。門診只受理到上午，不過一樓仍有許多病人在繳費或領藥，所以還是一團混亂。我引瑠衣走到外頭。ㄇ字型的本館有個廣大的中庭，幾張長椅散落在角落。我們一起走到中庭。

外頭悶熱，原本涼爽的風蘊含著夏日的熱氣，天空飄著類似積雨雲的雲朵。今年雨量特別多，不過再過半個月梅雨季就會結束了吧。散步途中，瑠衣不時偷瞄我，當我們視線交會，她露出淡淡微笑。

中庭內有個很大的藤花架，花季已經結束，只剩茂密的樹葉遮擋陽光，地面灑落斑斑葉影。我們並排坐在角落的長椅上。

我默默望著庭園景色，瑠衣也不開口。

我調整姿勢面向她。「剛才我在新館看你走過來，心想不知道是哪來的大美女呢。」

瑠衣凝視著我說：「第一次耶。」

「什麼意思？」

她移開視線，板起臉仰望頭上的藤蔓。刺眼的陽光讓她瞇起了眼睛。

「你第一次說我是美女。」
「是嗎？」
「嗯。」
瑠衣站起來，走了兩三步然後回頭。
「浩介，你瘦了。」
這一個月來，我的體重確實降了五公斤。
「我一直睡在這裡啊，不過身體狀況還不錯。」
「你沒再回池尻了嗎？」
「嗯。」
瑠衣偏著頭看著我的背後，然後閉上眼睛深深吸了一口氣。她耳朵到下顎的美麗線條稱得上是藝術品。
「好香喔。」
微微的風吹動了裙襬，淡淡芳香飄散在四周。我轉頭往瑠衣看的方向看去。那裡有個灌木叢，開滿了白色花朵。
「你知道那是什麼花嗎？」
「不知道耶。」
「那是梔子花。」
瑠衣淡淡微笑然後又回到我身旁。「浩介好奇怪喔。」
「怎麼說？」

我想起我們第一次發生關係那一晚，她也說過同樣的話。

「乍看之下，像一般的男人，做的事卻很奇怪，而且完全不聽人家的話；好像什麼都懂，卻又不懂得一些一般人都知道的常識。」

「會嗎？」

「會啊。」她的雙手撐在長椅上擺動著雙腿。

「那天我作了一個夢。我們在伊豆的第三天清晨，香折在我夢中哭泣。」

瑠衣停止擺動雙腿。「香折遇襲那天嗎？」

「大概是她哥攻擊她的三個鐘頭前吧。」

「所以你那天才急著回東京嘍。」

「嗯，但還是沒趕上。」

瑠衣沉默片刻，然後撩起長髮說：「都怪我不好。」

「不，不是這樣的。都是我的錯。」

我嘆了一口氣。「出院那一晚，香折來找我。柳原說那天他向香折求婚了，可是香折卻沒跟我提起。她在我家待了一陣子就回柳原家了。我不懂當時自己為什麼會放香折回去。如果我叫她回來，今天就不會發生這種事了。我真的不知道當時是怎麼了。」

「是這樣啊……」

瑠衣的語氣平淡但帶著溫柔，彷彿在傾聽別人談心事。我看看時間，該是近藤護士到病房接香折的時候了。

「香折的狀況呢？」

「還沒醒來。」

「柳原呢？」

「已經不干他的事了。」

「是喔。」

瑠衣閉上眼睛，似乎在想些什麼。「你打算一直陪香折，直到她醒來為止嗎？」

「嗯。」

瑠衣點頭，然後低頭不語。過了一會兒又抬起頭。

「那，醒來之後呢？」

平時迷濛的雙眼，此刻目不轉睛地緊盯著我。柔和的表情消失了，露出緊迫盯人的神態。我能想像瑠衣是以什麼樣的心情度過這一個月，也猜得到她今天來找我的目的。我必須把我的想法告訴她。

「我不會再離開香折了。」

我看著瑠衣的眼神微微閃動。

「可是……」瑠衣欲言又止。她眨了眨眼，彷彿在整理自己的情緒。

「如果香折永遠不醒呢？」她的語氣堅定。

我直視她。

「要我等幾年都無所謂，我會等到她醒來為止。」

瑠衣慢慢露出微笑。她說我瘦了，其實真正消瘦的人是她。

「了解了。」她立刻站起來，「那，我該走嘍。」

「嗯。」

我也同時起身。

走出藤花架時，瑠衣停下腳步，仰望天空。

「下星期我要去紐約了，聽說那邊已經是夏天了呢。」

我也仰望天空。太陽愈來愈大、愈來愈亮。心想：紐約呀，感覺那是比太陽還要遙遠的城市。一瞬間，周圍的景象頓時收縮，好比往後一仰掉落深井，中庭的樹葉、古老石造的建築、還有青天白雲都愈縮愈小。我閉上眼睛深呼吸，然後再睜開眼睛。幻覺消失了。最近偶爾出現這樣的幻覺。

「這個……」瑠衣的聲音使我回過神來，她把手上的紙袋遞在我面前。

「我做了便當。裡面還有換洗的內衣褲。」

我沒說話，往後退了一步。「不會有事啦！我沒下毒啦。」

瑠衣笑著把紙袋推到我胸前。

「也對。」我也笑著收下紙袋。

「我再也不能替你煮飯嘍。」她瞄了我手上的紙袋，小聲地說。

「嗯。」我說。

「其實，我有自信讓你幸福的。」瑠衣抬起頭，視線緊盯著我，「我超有自信的。」

她的笑容漸漸垮了下來。

我想應該是吧。如果和瑠衣共度人生，我應該能得到寧靜且長久的幸福。我們能夠互相安慰，建立一個平靜溫暖的家庭。但是，我和香折之間，每一瞬間都無可取代。即使香折不能給我安穩的日子，不能豐富我的人生，但與她相處的每一個瞬間都能讓我感受生命的氣息。

我看了手表，已經一點了。再不回到病房，檢查就要開始了。

「那麼就這樣嘍。香折在等我，待會兒要檢查呢。」

瑠衣點頭。

我慢慢往後退，腳步移了一公尺左右之後看看手上的紙袋，猶豫了一會兒，又走向瑠衣。

「還是還你好了。」

我遞出紙袋，瑠衣紅了眼眶看著我。

「我沒下毒呀。」她又說了一遍。

「就因為這樣，我才不能收。」

瑠衣閉上眼退了幾步，我放下拿著紙袋的手。

「好心沒好報。」她低頭喃喃自語：「香折好詐喔。」

睫毛底下落下大滴淚珠，她急忙擦拭臉頰上的淚。

瑠衣沒再多說什麼。她只是盤起手望著天空，一動也不動。我靜靜地把紙袋放在她的腳邊，然後轉身離去，心裡對她說「再見了，瑠衣」。昏暗的中庭出口猶如一個無底洞。

香折不會再醒來了，我很清楚。

8

總以為香折的東西不多，但全部搬進我家後才發現其實還滿占空間的。原來短短二十年的人生也會囤積各式各樣的東西。同時，把香折所有的東西搬進自己的公寓後，也才感覺到今後要照顧她的沉重壓力。

搬家公司回去後，我拿起丟在客廳沙發上的香折棉被，捲起放進紙袋。看看時間，正好過了上午十一點。丟掉只喝一半的咖啡，洗了杯子就離開房間。

坐上車把紙袋擺在助手席。從擋風玻璃灑進來的陽光宣告夏天的到來。握著方向盤的手顯得慘白，最近體重掉了將近十公斤。總是關在病房裡，總有一天會拖垮自己的身體，於是我改變想法，從上星期起每兩天就回池尻一次。香折的狀況穩定，依舊睡得很安祥。

我逐漸習慣現在的生活。香折從小沒有一天睡得安穩，如今總算能夠安心地睡覺，不需要感到任何恐懼。我想就讓她好好睡吧。

香折之前到九段的醫院就診時，中村醫師第一次教她利用腹式呼吸的睡眠法。她躺在床上慢慢重複深呼吸。從指尖、雙手，腳尖到雙腿，逐漸放鬆全身。

「醫生誇獎我說『你做得不錯喔』。」

香折當晚一回來就在房間試做，並且得意地說醫生誇獎她。不過在我看來，她的身體還是有些僵硬。我看不下去，於是一起躺在窄小的床上示範給她看，但香折怎麼也無法完全放鬆肩膀、手肘以及膝蓋的肌肉。她失望地起身。

「還是不行。我總不由自主地想繃緊身體以防被揍。已經改不了啦。」

車子在八月的陽光下啟動。香折住院到今天正好滿兩個月。

一開進市中心就遇到大塞車，抵達日本橋時已經遲到十五分鐘了。我把車開進三越的停車場，穿過熱氣蒸騰的中央通，進入充滿古意的磚瓦玄關。我向櫃枱說明來意後，站在櫃枱旁穿著米色制服的年輕女孩對我說：「我們已經在恭候您的大駕。」

她領我走到大樓盡頭的專用電梯，到達六樓的幹部樓層。這次換深藍色制服的祕書帶我經過長長的走廊，在「中平常務室」的門牌前停下腳步。祕書敲門，輕輕地打開門。

走進房間，坐在辦公桌另一邊的中平隆一站了起來。

「不好意思，遲到了。」

我輕輕低下頭，中平招手要我坐到沙發上。這是第三次見到他，今天有別於前兩次在醫院碰面，他的裝扮特別氣派。雖然有不少白髮但體格壯碩，看起來是個明理的人。第一次見到他，我就覺得香折遺傳了父親的長相。香折曾給我看過她父母的照片，母親美沙子本人與照片大同小異，不過父親則與本人大不相同。

我面對著他坐在沙發上。

「香折的狀況如何？」中平握起雙拳放在膝蓋上。

「意識尚未恢復，不過還算健康。」

「是麼。」

中平一星期前才去看過香折。美沙子則是香折住院隔天來過一次後就再也沒出現了。她也不會再來了。

「那他的情況如何？」我問起隆則。

「就像我上次跟你說過的，醫院正式開出診斷，上星期已經送往川崎的醫院。」

「暫時不會再出來了吧？」

「是的。檢察官和醫生都說至少需要住院兩年。」

我回想起第二次和中平見面時，我要求他帶了幾張照片。照片中的隆則酷似母親，給人一種看似認真又木訥的印象。

「不會再讓他擅自偷跑出醫院吧？」

「我們去醫院確認過了。那是一間封閉式的醫院，戒備相當森嚴。」

中平面不改色語氣平淡。他拿照片給我的那一天，我們聊了好久。針對母親美沙子虐待香折的事實，他表示：「隱約察覺到，不過老實說，在中村醫師告訴我之前，我怎麼也沒想到情況竟然那麼嚴重。」他還說了些不成理由的理由：「因為這十年來，我和妻子都為隆則傷透了腦筋。」「不過，不論是半瘋癲的母親美沙子，還是父親中平隆一，想必他們心底最深處也深受重創吧。我很後悔為何沒在釀成大禍之前見見他們兩人。

「美沙子女士的狀況如何呢？」

「她也穩定多了，今後也不會造成你的麻煩了。」

「確定沒問題嗎？」

「是的。」

那天我把精神錯亂的美沙子趕出病房，後來中平隆一才趕到醫院。我嚴正要求他，今後再也不准美沙子靠近香折。照目前看來，中平算是乖乖遵守了承諾。他說美沙子從今年一月起開始到中村醫師介紹的醫院接受診療，並且接受藥物治療和心理輔導。

「橋田先生。」中平嘆了一口氣，「那傢伙也是個可憐的女人。她現在應該非常後悔自己的行為。我也是如此。」

「或許吧。中平先生，我不打算苛責你們夫妻倆。我只要你們把香折交給我，只要你答應這件事就夠了。如果做不到，我一定跟你們抗爭到底。了解嗎？」

中平點頭，然後閉上眼睛。

「文件呢？」

文件是上星期我找他時要求他準備的。中平從西裝口袋掏出咖啡色信封。我從信封中拿出文件，確定是香折的戶籍謄本。

「那麼，我就收下了。我打算在這個星期內辦妥手續。」

「是喔……」

中平用大拇指和食指揉了揉高高的鼻梁，眉頭上皺起足以透露年齡的皺紋，臉色顯得疲憊。

我摺好謄本放回信封。

「從今以後，香折和中平家已經沒有任何瓜葛了。今後，除非我主動聯絡，否則不允許你們接近香折一步。就算她出院也得依照我們的約定，我不會把我們的住所告訴你們。了解嗎？」

「我了解。」

「美沙子女士也能夠理解吧？」

「我保證。」

我站起來，而中平則繼續坐著。一陣沉默之後中平抬起頭。「橋田先生。」

他從口袋掏出另一個信封，起身把信封遞給我。「請你收下吧。這不是為了香折，而是為你準備的。」

我盯著中平的臉。信封裡應該是高額的支票。我感覺中平的眼神膽怯。身為男人、身為父親，這是多麼悲哀的神情啊。

「中平先生……」然而我回瞪了他那懦弱的眼神，「你，已經沒有任何事可做了。」

他緩緩放下拿著信封的雙手。

「那麼我就告辭了。」

「請問……」

在他那僵硬的表情中，嘴巴彷彿是另一種生物，緩緩張開。「香折她……」沙啞的聲音像是從喉嚨擠出來的。「香折她，總有一天能夠原諒我們嗎？」

我轉頭，不看中平。辦公桌後方的大窗戶射進刺眼的陽光。窗外充滿盛夏的熱氣和喧譁。相較之下這個房間實在過於安靜。我內心微微抽痛，壓抑已久的情感緩緩滲出，眼前這個男人卻在白光一片中逐漸渺小，我心裡擺動的情緒立刻鎮定。

我說：「或許吧……」看著他忍住痛苦的表情，輕輕點頭。

我正要轉動門把的時候，他叫住我。我回頭。中平以立正的姿勢站在那兒。

「橋田先生，香折今後麻煩你了。」

他深深一鞠躬，我瞄了他一眼就逕自走出房間。

9

我在病床旁望著香折將近一個鐘頭，七夕竹葉圖案的浴衣非常適合她。七夕當天我第一次讓她穿上這件浴衣，整個晚上都在等待她睜開雙眼。等著等著，窗外漸漸亮起，我放棄等待，躺在床上想著：今後我得經歷好幾個這樣的夜晚，慢慢等待天明。

香折也瘦了，臉頰有些凹陷。等她醒來，我要讓她吃盡山珍海味。握著她的手，感覺比以前纖細許多。病房內不熱，但她的手掌卻有些濕黏。

「香折，你知道明天是什麼日子嗎？」

我把香折的手放在涼被上，開始對她說話。

「八月十一號是我的生日。我已經三十九歲了。時間過得好快喔，連我自己都不敢相信呢。

「明天一醒來，我就去一趟區公所。我去幫你改姓。你和中平家再也沒有任何瓜葛了。我們無法改變過去，但至少可以改寫現在吧。

「等你醒來，我們一起去旅行，去你最想去的地方。找一個我們倆能夠真正放鬆的地方，一個沒有人認識我們也沒有人打擾的地方。

「乾脆到國外住個兩三年好了。我會說英語和法語，絕不會讓你吃苦的。去歐洲如何？去南法或西班牙，在海邊租個房子，種一些花花草草，好好養病。洗衣、做菜、買東西都由我來做。你不用擔心錢，沒問題的。我有池尻的房子還有退休金呢。上次查了帳戶存款我嚇了一跳，那些錢足夠讓我們在國外住個五六年喔。

「哪天我也會去找工作。我們一起想想看，有什麼工作能讓我們一起做。我之前沒跟你說過，其實我很想開一間小小的爵士酒吧。到鄉下開店也不錯，到時候我是老闆，你當調酒師好了。不過你可能不喜歡。

「總之，今後我們倆要永遠在一起，絕不再分開。我們同甘共苦，無論何時都要陪在對方身邊。」

我凝視香折的臉龐許久，香折沒有任何反應。我看累了就握著她的手，讓她的手背輕輕地貼在自己的臉上，她的手背既瘦弱又冰涼。

「不知不覺你已經變成我的老婆了呢！等你知道了，一定會嚇壞吧。真想早點看看你驚訝的表情。」

我把她冰涼的手放回床上，看了手表再站起來。三點半了。我拿起腳邊的紙袋。

「那我出去一下喔。很快就回來了。」

說完便離開病房。

經過護理站前，護士紛紛向我打招呼。住了兩個月，大家都認識我了。一開始總覺得這裡的護士體制怎麼那麼草率，不過對我這種常駐在醫院的人而言，反倒方便多了。每位護士都既親切又善良。

這家醫院是二次世界大戰後開業的老醫院，卻是全館禁菸，這是唯一困擾我的地方。他們甚至連吸菸區都沒有，所以天氣晴朗時我就到頂樓曬曬衣服順便抽菸。頂樓有個醫師病患聚集的角落，在那裡擺了兩個高腳的菸灰缸。

三天沒來到頂樓，頂樓上清一色白色。

涼爽的風吹起床單和被單，宛如白浪滔滔。我停下腳步望著前方一片白色飄揚在風中。天空是無止境的藍。視線內只有白色和藍色，耳朵裡只聽見風聲。閉上眼，再慢慢睜開。

好刺眼。陽光灑在臉上，感覺周圍的光景在一瞬間漸漸膨脹、漸漸生動而充滿光彩。或許這光就是時間，而這一瞬間正是一道光。瞇著眼睛仰望空中，強烈的陽光讓人暈眩。我告訴自己，香折再也不會有醒來的一天。但也無所謂，維持現狀就夠了。我想我和香折應該是幸福的。我們只能以這樣的方式在一起，也唯有如此我們兩人才能夠結合。

穿過床單走到抽菸的老地方，現在沒有半個人。我從襯衫口袋掏出香菸，取出一根菸，抽了兩三口，從腳邊的紙袋拿出東西。

頂樓有一個高台放了儲水塔，旁邊有個小焚化爐。我把菸頭丟進菸灰缸，抱著棉被走向焚化爐。

穿綠衣的女子雙手戴了橡皮手套，把一條條沾滿血跡的繃帶或用過的棉花丟進焚化爐。

「大村女士。」我叫她。

「噢！是你呀！」她邊工作邊轉頭看我。

「今天天氣真好啊。」

「是啊。」

焚化爐裡的火正燒得旺盛，我抬頭看小煙囪冒出的白煙裊裊升空。

「她還沒醒來嗎？」

「嗯。」

「是喔。真希望她快點醒來。」

「是啊。」

「天氣這麼好，睡覺太可惜了。」

「是啊。」

我把腋下的棉被遞給笑容滿面的她。

「大村女士，能不能順便幫我燒掉這個東西。」

「沒問題。」

她順手接過去，動作相當迅速，把棉被揉成一團塞進焚化爐。

我望著煙囪頂端冒出雪白的煙。白煙乘著風慢慢消失空中。我向她道謝後離開，走到屋頂的邊緣。靠著鐵絲網靜靜凝視焚化爐的白煙。大村女士不時抓起脖子上的毛巾擦拭額頭上的汗水。

白煙漸漸淡去，最後成了一絲細長線條。

那件棉被，終於化成白灰。

為何不能早一些讓香折看見這個光景？

香折成天躺在陰暗的病房，我多麼希望能讓她曬曬這溫暖且潔白的陽光，就算只有幾秒也好。找一天抱著香折到戶外走走吧。我想像會有那麼一天，視線慢慢模糊。剛才才想「這樣就夠了，這樣應該是幸福的」，但心中的縫隙卻湧出一股難以形容的感情。我擦拭眼角，淚水微微沾濕了指尖。

我從口袋裡掏出香折的信。摺痕太深，每張信紙都快支離破碎了。信上的文字不知讀了多少次，手指緩緩撫摸那些字跡。

我把信紙收進信封，這次掏出了鑰匙。起初以為那是香折家的鑰匙，仔細一看才發現原來是我家的鑰匙。原來香折把鑰匙還給我之前偷偷打了一把備鑰。

我拿起鑰匙對著太陽。銀色的鑰匙在陽光下散發金屬光芒。也許是心理作用，我感覺午後的陽光不再那麼強烈，不過風倒是增強了。我清楚聽見衣服在另一端翻飛的聲音。清脆的拍打聲正是夏日乾燥的風聲。

暫時任由風吹拂身體。過去包圍我的各種時光逐漸鬆開、分解，如同一片片薄紙從我身上剝落。

香折說「我可以捨棄過去」，又說「如果還有下輩子」，她一定要找到我。

或許，這世上並沒有過去也沒有未來，就連現在也不存在。果真如此，現在這一個瞬間，應該是香折正在重生的時刻。

腦中浮現香折最後一次找我的那一晚，消失在黑暗中的白色背影。那一剎那，或許是我第一次以雙眼看清香折的時刻。或許也是我第一次面對香折的時刻。

為了與我相遇，香折只為了遇見我而度過那一段痛苦且漫長的歲月。最後香折終於找到了我。

這次換我了。我要一直追尋那晚遠去的白色背影，再次找回香折，緊緊抓牢她，不論多麼艱辛，我一定堅持到底。

這不是為了任何人。因為我只存在香折心中，而香折也只存在我心中。

我把鑰匙放進信封，離開了鐵絲網。

焚化爐前已經看不到大村女士的身影，偌大的頂樓只剩下我一個人。我慢慢地抬起頭，再次看著煙囪頂端。

白煙斷斷續續，猶如細長的絲線。沒多久，最後一絲煙也隨風而逝。

沒有煙的天空，我隱約看見香折的背影出現在遠方。

國家圖書館出版品預行編目資料

一瞬之光/白石一文著；黃心寧譯. -- 四版. -- 臺北市：麥田出版：英屬蓋曼群島商家庭傳媒股份有限公司城邦分公司發行, 2023.09
面； 公分. --（日本暢小說；12）
譯自：一瞬の光
ISBN 978-626-310-506-5（平裝）
861.57 112010021

城邦讀書花園
www.cite.com.tw

ISBN 978-626-310-506-5
電子書：(EPUB)
Printed in Taiwan
本書若有缺頁、破損、裝訂錯誤，請寄回更換。

日本暢銷小說12

一瞬之光

作者｜白石一文
譯者｜黃心寧
封面設計｜鄭婷之
主編｜徐　凡
責任編輯｜戴偉傑（初版）、陳瀅如（三版）、丁寧（四

國際版權｜吳玲緯　楊　靜
行銷｜闕志勳　吳宇軒　余一霞
業務｜李再星　陳美燕　李振東
總編輯｜巫維珍
編輯總監｜劉麗真
發行人｜凃玉雲
出版｜麥田出版
10483台北市民生東路二段141號5樓
電話：(02)2500-7696
傳真：(02)2500-1967
部落格：http://ryefield.pixnet.net
發行｜英屬蓋曼群島商家庭傳媒股份有限公司城邦分公司
地址：10483台北市民生東路二段141號11樓
網址：http://www.cite.com.tw
客服專線：(02)2500-7718｜2500-7719
24小時傳真專線：(02)2500-1990｜2500-1991
服務時間：週一至週五09:30-12:00｜13:30-17:00
劃撥帳號：19863813　戶名：書虫股份有限公司
讀者服務信箱：service@readingclub.com.tw
香港發行所｜城邦（香港）出版集團有限公司
地址：香港灣仔駱克道193號東超商業中心
電話：+852-2508-6231
傳真：+852-2578-9337
馬新發行所｜城邦（馬新）出版集團
【Cite (M) Sdn. Bhd.】
地址：41, Jalan Radin Anum, Bandar Baru S
Petaling, 57000 Kuala Lumpur, Malaysia.
電話：+603-9056-3833
傳真：+603-9057-6622
讀者服務信箱：services@cite.my

印刷｜前進彩藝有限公司
初版一刷｜2005年11月
四版一刷｜2023年09月
定價｜499元